马路吉他队

狂想曲
天下霸唱 著

新世界出版社
NEW WORLD PRESS

一未文化　　非同凡响

北京一未文化传媒有限公司
www.bjyiwei.com
出品

在那些波澜壮阔的时代开启之前，
人们往往一无所知。

序

从事出版行业有二十年了，在我倏忽数年的职业生涯之中，梳理自己的记忆仓库，竟然从来没有给任何一部作品写过序言。

这是第一次。

机会难得，终于轮到我说话了，为什么开了这个先例？

先聊聊之前为何没有写过序言吧。

首先，作品是作者的表达集合，编辑始终是辅助完成这个工作的人，不能越俎代庖，不要喧宾夺主，永远安静地站在幕后。这是一种职业操守，无关才华和道德。无论多么伟大的作品，编辑所做的工作仅仅是一种注脚。

其次，编辑这项工作，是为作品要面向的读者把关守门的。一部公开出版的成熟作品，有封面、有内容，作者的表达和编辑的工作尽在其中，不恰当的题外话总显得有些画蛇添足。

再次，一部作品公开出版，总是希望更多的人能来读。让你写个序言，对销量有提升作用吗？不小心起到副作用，那真是贻笑大方了。

为什么想到给这部作品写序呢？

当然，首先是作者天下霸唱的邀请，他希望我能对这部作品说点什么，留个纪念。

另外，跟我近些年的经历有关。抛掉光怪陆离的文娱外壳，我总在不同的场合提到，自己是个贩卖故事的人。故事，顾名思义，是过去发生的事情。人到中年，似乎总是对过去的事情念念不忘，不可避免地，面对仍在发生的当下，保持“古老的敌意”[①]。

我特别幸运，经历了出版行业的黄金时代，获得了如此丰富的营养，让我一直受用至今。踏入了缤纷多彩的文娱市场，我一度坚信，职业的训练是让你回归理性和数据，那个时候，所有的声音都在说：看待一部作品要客观，要公正，要有观众视角云云。时至今日，我想，终于可以坦率地面对这个真相：任何一部作品，任何一

---

① 古老的敌意：里尔克语。

些表达，无疑最终还是自己内心的投射。

心外无物，作品即本心。

寻找的路上，最终遇到的是自己，特别是在人工智能大行其道的如今，主观态度在这个时代是稀缺可贵的。故事本意正是千姿百态，一些不合时宜的表达，某个很难定义的人物，都值得尊重珍惜。

《马路吉他队》这部长篇小说，就是我内心对“过去发生的事情”的黄金嘴替。

与天下霸唱相识十多年，他至少有两个地方让我非常欣赏。

第一，他并没有停留在“鬼吹灯”系列成功的巨大光环中故步自封，他一直在思考，努力突破自己的舒适圈。这些年陆续创作了“大耍儿”系列、“四神斗三妖”系列，创新意味着不一定完全被市场接纳，这需要巨大的勇气和坚持。第二，天下霸唱的手里只握着一支笔，只埋头写自己的故事。在他的笔下，永远都是底层的小人物。他们闪着光亮，各怀心思又忠义热血。对底层的关注，对小人物的悲悯之心，永远流淌在作品之中。

我们行业有色香味俱全的各种面包，独独我总是痴迷于一粒种子——我痴迷从麦种到面包的全部，由于这是一个漫长且充满不确定的过程，无奈只能自己赋予其意义：这个经历的本身，就是对创作巨大的褒奖。所以，我与天下霸唱经常沉浸于天马行空的闲聊之中，从京城料理店吃到各地名目繁多的苍蝇馆子，从古代的笔记小说聊到乡村奇谭，“古今多少事，都付笑谈中”，可谓明目张胆且不亦乐乎地浪费时间。

那是一个冬日的深夜，踏着北京的初雪，我们从北京的北三环一路步行到了东三环，和着雪夜的寂静，我们一口气聊了好几个选题，大脑的兴奋取代了脚步的疲惫。我发现，我们彼此交流的密码都是共同经历的曾经岁月。走过环路的地下通道的时候，竟然看到了还有流浪艺人在唱歌。天下霸唱想到了最近的经历，他经常去全国各地取材游历，结识了很多流浪艺人。也忽然让他回忆起了当年在天津玩吉他、搞乐队的那些人。这个话题一下子点燃了我的兴致，曾经白衣飘飘的年代，飘荡在时代上空的歌声……隐藏着多少迷人的故事。我也是曾经的摇滚青年，要是聊起音乐往事，那真是如数家珍。

我坚信，这就是一粒伟大的种子，我甚至想到了它枝繁叶茂的未来。于是，职业的敏感和较真状态上线，我有了如临大敌般的兴奋，从下一周、下个月……让我关注到的事情，一定要有个结果。天下霸唱也被点燃了激情，我们不断地开会，不断找原型、找人物，我也开始关注问题和节点，如何迅速化解、迅速迭代……天下霸唱是个信守承诺、使命必达的人，他认定了我们共同的想法，马上行动起来，时不时跟我同步创作的进度和进展。

终于，这一粒伟大的种子发芽了。成稿的《马路吉他队》，可以说全无匠气，一气呵成。完全是从天下霸唱心中流淌出来的故事，语感、节奏、人物都是一流的。相信每一个看到这部小说的人，都会被文中闪亮登场的卫星、阚大路、高冷、小彬彬等一众人物所吸引，被他们的种种行为所动容，哪怕一闪而过的小角色，也会让你会心一笑。

我遇到的所有出色的作品，一定都是作者自然流露、水到渠成。我经常用“超级拖拉机”形容的天下霸唱同学，这次居然超额完成了创作任务，真是令我猝不及防——对不起，用错词了，应该是“刮目相看”。真实情况是，这部作品创作没有任何障碍，行云流水般完成了。我每次读这部作品都心潮澎湃，激动不已。《马路吉他队》里所有的人，都是为了自己的想法而活。他们最初，从来不知道音乐为何物，却又不为人所知地创造了一个属于自己的传奇。

《马路吉他队》是一部让人心荡神驰的作品。我是这部作品的第一个读者，对其中的故事可谓感同身受。我算是经历了流金岁月下半场的吉光片羽，从二十世纪九十年代的磁带听起，到后来不过瘾，开始追时髦，听打口磁带。说到“打口带”，多解释一句，就是把查扣切断的磁带，拆开之后，用各种胶带粘接到一起，还能用播放器放出音乐来。九十年代末，索尼 Walkman（随身听）、MD（迷你磁光盘）开始兴起。再到二十一世纪初，苹果的 iPod（数字多媒体播放器）横空出世——简直是那个年代的奢侈品，社交利器。谁要是脖子上挂了个 iPod，那简直可以成为众人羡慕的焦点了。后来更过瘾的还是摇滚乐，开始从国内乐队一路追到国外乐队……我现在的社交平台账号头像还是涅槃乐队（Nirvana）的主唱科特 · 柯本一张专辑的封面。

这部作品从二十世纪七十年代开始写起，音乐其实是那个时代文艺青年的进阶版配置。流行音乐是时代的情绪，青年社交的最大公约数。骨子里的激情和懵懂，某个迷人的瞬间，难忘的时刻，一定是被音乐唤醒的。

我忽然想起多年前，看过高原的《把青春唱完》。这部记录中国著名摇滚歌手的画册，一下子激起了我尘封已久的记忆。泛着光的照片，洋溢着那个年代独有的气质，曾经的风云流转，青春无敌，渐渐成为想象，幻化成一个个传奇。

面对曾经如此精彩的青春岁月，我在想，在完成这个故事之前，必须写点东西才行。

很快，我想到了一句话：在那些波澜壮阔的时代开启之前，人们往往一无所知。这句话就放在扉页之后。很庆幸，《马路吉他队》就是我想要跟大家讲的故事。优秀的作品始终像钻石一样，它多个不同的切面，是最迷人的部分。好故事从来不提供答案，隐喻着我们五彩斑斓的往事。

阚大路一仰头，喝光了瓶子里的啤酒，看看摞得老高的包子屉说："以后？以后能靠弹吉他唱歌养活自己，那该多好！"

小说主人公的这句话，像一颗子弹，瞬间击中了我，在那个年代，音乐能不能养活自己？抑或说，人，究竟能不能靠自己的爱好养活自己？

这个问题的答案，大家自己去寻找。

感谢天下霸唱的生花妙笔，给我们带来了如此精彩绝伦的故事。

我们一同在不朽的故事中，寻求彼此的庇护。

是为序。

魏童　于北京　2024 年　冬

第一季　狂想曲

目录

第一章

江湖营生

对于卫星姥爷这路江湖人来说，出门卖艺为的是嘴，挣够了就能在家歇上几天；于卫星来说，那可是开眼、过瘾、长见识的好机会。

1

想当年，海河两岸玩六弦琴的，谁没听说过卫星这个“马路吉他队大队长”？那真叫“脚踏关上关下，琴扫市内六区，名震四郊五县七十二沽”。他的吉他队里高手如云，不只弹琴，打架也不含糊，进派出所跟去姥姥家一样。后来甚至有人开玩笑，说他是相声段子中“和平老三”的原型，跺一跺脚，电报大楼顶上的报时钟都得晃三晃。直至今时今日，追忆往昔的峥嵘岁月，他仍有说不完的话题、讲不完的故事、唱不完的歌曲。

实际上的卫星，出生在一个普普通通的双职工家庭，父亲卫连贵，母亲谷凤芝，都是和平区一家国营电子厂的职工，到点上班、到点下班，兢兢业业，任劳任怨。赶上大规模三线建设，电子厂要分出一半“人力、物力、财力”援建大西南。令下如山倒，卫连贵两口子同在这个厂，调动方便，必走无疑。那一年卫星刚刚一岁半，一家三口坐上绿皮火车，到贵州遵义的大山里安家落户。

卫星四岁那年，母亲谷凤芝难产大出血，山区里缺医少药，抢救不及时，大的小的全没保住。那时卫星太小，对母亲的印象不深，除了相册里几张火柴盒大小的黑白照片，就是母亲哄他睡觉时，经常哼唱的一首小曲。此后在梦里，他总能断断续续听到那段旋律，哭着从梦里醒来。而他爸卫连贵上进心强，身为厂里的先进生产者，工作方面一点不敢耽搁，下了班还要买菜、做饭、洗衣服、看孩子，忙得四脚朝天，顾了头顾不了腚。偏偏卫星天性顽劣，一眨巴眼一个馊主意，淘得出了圈儿，频频招灾惹祸。他爸火气一上来，抬手就打，没轻没重，过后看着孩子身上青一块紫一块的瘀伤，心里也不是滋味儿。可卫连贵如今光棍一人，上无三兄下无四弟，一个能帮忙的都没有，又不想孩子落在后妈手里，从未动过再婚的念头。出于万般无奈，写了封信，跟儿子的姥姥、姥爷商量，想把卫星送回天津，求二老搭把手，盯着这块活宝。姥姥、姥爷心疼闺女，想起来就抹眼泪儿，外孙子能来，也算心里有个寄托，自是求之不得。

两边说妥了，卫连贵请了几天假，带着儿子去了天津，送到北门外河北大街石桥西胡同姥姥家，一个大杂院里的三间小屋，离天桂戏园子不远。家里还有个小老舅，名叫谷志军，整比卫星大一旬，家族同辈人中排行第四。甭看岁数儿不大，他身上有一股天津卫老耍儿[①]的劲头，什么话该说、什么事能办，绝对是有分有寸，家门口的半大孩子都听他招呼，尊称他一声“四哥”。他跟故去的姐姐感情最深，对卫星格外疼爱，一天到晚不是扛着就是抱着，省下来的零花钱全给这个外甥了。卫星也愿意当小老舅的跟屁虫，有样学样，举手投足，说话的腔调语气都有点小玩儿闹的意思。

一转眼，卫星长到六岁半，到了该上学的年龄，但问题来了——他没有天津市的户口，多一张嘴吃饭无所谓，上学可上不了。那一时期，城里大批量疏散人口，想把户口转回来太难了。卫星满不在乎，觉得不上学更好，跟姥姥说：“我为什么要上学？当个快乐王子，天天玩儿不行吗？”家里大人当然不同意，小树得砍，小孩得管，不上学可不行。他爸来信，说厂里有子弟学校，想让卫星到遵义上学。姥姥、姥爷又舍不得，何况卫连贵也带不了孩子，吃饭怎么办？洗衣服怎么办？惹了祸又得挨揍，屁股都得打开了花。打算办借读，往后的麻烦事又少不了，不是长久之计，总不能一直没户口吧？

---

① 老耍儿：耍儿这个称呼是天津人的叫法。原意是指旧社会耍手艺，耍绝活，“老耍儿”是出类拔萃、高人一头的能工巧匠，后来引申为走街串巷的老混混。

最后还是小老舅想了个法子，街道天天催他去插队，他以父母岁数大了，身边没有儿女为由，赖着不走，宁可不务正业四处晃荡。而今要让卫星上学，他才跟街道谈了个条件——同意去内蒙古插队，哪怕是最艰苦的地方，深山老林、沙漠戈壁，随便安排，但是你们得把我小外甥的户口办到天津。街道的一听谷志军要走，可高兴坏了，一是解决了一个抗拒插队的老大难问题，还有一个至关重要的原因，谷志军是这一片儿最大的祸头，隔三岔五捅娄子，附近的菜店、粮店、副食店都得防着他，他一不偷二不抢，但总给人家捣乱，街道干部总得给这小子“擦屁股”，还抓不着现行。拿这么一块滚刀肉换一个小孩，还有什么可犹豫的？而且所有人都知道，卫星打小没娘，再离开姥姥、姥爷，回到大山里，往后怎么办？故此是一路绿灯，几张表格外加几个大红戳子，敲锣打鼓送走了谷志军，让卫星落了户。

那一阵子，卫星看姥姥家总来客人，有时一个，有时两个，有男有女，有老有少，都是姥爷从马路边领回来的，皮肤黝黑，风尘仆仆，背着个鼓鼓囊囊的大兜子，一看就不像城里人。姥姥给他们做炸酱面，再切一大碟子咸菜疙瘩头，管饱管够。

慢慢地，卫星才明白，那都是跑江湖的艺人，有打把式练飞叉的，有卖野药大力丸的。早年间，他姥爷干的也是这一行，人不亲艺亲，所以他遇上江湖人就往家领，特别是买卖不济、多少天没开张的，那必须带回来管上一顿，边吃边聊，盘道结交。

卫星搬个小板凳坐在旁边，瞪着大眼、支棱着耳朵听着。很多江湖话他听不懂，可有时候那些人玩个小手彩儿，抖个小包袱，来段趟子活、数来宝，他倒能记个八九不离十。

记得有一次，姥爷带回来一对父女，吃饱喝足后谈兴正浓，当爹的拉弦，闺女唱曲，咿咿呀呀来了一段，小卫星的眼都看直了，盯着人家手里的胡琴，眼神都拉丝儿了，这不就是母亲哄他睡觉时哼唱的、自己在梦里时常听到的那段旋律吗？

那个江湖艺人也是讲里讲面，爱惜这孩子浑身上下透出的机灵劲儿，就送了他一把小胡琴，告诉他这个曲子叫《望银河》，流传很多年了，描述的是游子夜行，仰望满天繁星落银河，以此表达思乡之情。

自此之后，小卫星是琴不离手，成天磨着姥爷教他。姥爷倾囊相授，怎奈会的也不多，剩下的全靠他自己瞎琢磨了，家里一天到晚“滋咕滋”的，全是母亲唱过的那段《望银河》，把姥姥的耳朵根子都快磨破了。

实际上，姥爷一辈子没上过班，打年轻时就撂地卖艺，练的是“彩”字门的玩意儿，吞铁球、吞宝剑、钢丝缠脖子，或者变个仙人摘豆，打个九连环，可谓样样精通。那几年管得严，不过再严也得干，挣惯了活钱，在家待不住。老头不敢走得太远，只在市区周边的四郊五县转悠，生怕被当成盲流子抓了。

姥爷没拜过师，按他自己所说，咱这是朋友送的买卖。江湖人“宁舍一锭金，不传一句春”，姥爷懂得取舍，看见跑江湖的，能帮一把就帮一把，便有不少人愿意教他两手小玩意儿，跟他聊聊江湖上的规矩门道。他自己也爱钻研，整宿不睡觉，脑子里想的全是这个。抽空得闲，他最爱去道外的茶馆里听书、听相声，为的是捋叶子，举一反三，编纂撂地的纲口，家里厚厚的一本《大字典》翻得卷了边，挨个字琢磨，撂地时随口能讲出些道道儿，因此得了个外号叫“老秀才”。但说实话，这都是在江湖上挨饿挨出来的，真逼到那一步了，不下苦功夫，上哪儿找窝头去？

卫星好奇心重，央求姥爷，撂地时一定带着自己。从此姥爷身边多了个做伴的。出门时拎一个大旅行袋，里面装着剑、丹、豆、环、八彩碗，一小布口袋汉白玉的粉末。所谓的“哄子”，也就是铜锣，那也是必不可少的，一来为招揽观众，敲起来响动大；二来要拿它敛钱，不能托着，手心朝上那成了要饭的了，用三根手指头捏住了锣边，接着人家给的钢镚儿、毛票儿。

白沙撒字行话叫“戳朵儿”，乃是撂地的基本功，卫星姥爷则有一手绝招，绝在什么地方呢？甭管这一个字笔画多少，写到最后一笔，手里这一把白沙正正好好用完，一丁点儿不多，一丁点儿不差。不能说撒了半截沙子没了，再去抓去，那可丢人现眼了。还有一个，写到最后，画一只小鸟，画完站起来，把手里剩下的这一小撮沙子随手一扔，“啪”的一下，看似漫不经心，但落下的位置不偏不倚，正是小鸟的眼珠子，这一手叫“画龙点睛”。那个小鸟展翅欲飞，真跟活了似的。

拿沙子撒完字，围上来若干看热闹的，姥爷不疾不徐，先抖个小包袱：“为生活所迫出来卖艺，家里仨老婆一个孩子。仨老婆？一个老婆我都养不起！说岔劈了，一个老婆，仨孩子，这么多张嘴等着吃饭，钱不够花，怎么办呢，就得撂地求人。没别的，您有钱帮个钱场，没钱帮个人场，站脚助威，您可别走。我支上锅熬碗稀饭，您一走，等于往锅里撒把沙子，我吃不了了。倒不如您多站几分钟，我给您鞠躬了。”这么一说，想走的也不好意思走了，粘子散不了，接下来就得使活了。练到满头大汗，得让人看出来是真卖力气了，先要一回钱，这时候身上带着零钱的，二分五分，一毛两毛，都往圈里扔。

看着钱扔得差不多了，姥爷一抬手，说声“打住”，卖个纲口：“大伙给的钱不少了，可是人心不足蛇吞象，有了上顿还得琢磨下顿。咱这样，花过双份撂过重份的，您别往地上扔了，往地上扔我不知道是哪位扔的。受人点水之恩，自当涌泉相报，您高高兴兴地给，我欢欢喜喜地接。您放心，家里孩子大人吃上饭，绝对念您的好处，仁义！”地上的钱先不急着捡，因为早晚是他的，没人抢，先挨着个儿再敛一圈钱，这叫二道托边杵。

姥爷打下二道杵接着练，练完口彩相连，再使三道杵：“各位，刚才我发现一个问题，我这一要钱，有的人跑了。这回我不拦着您，您跑您的，谁乐意跑谁跑，有君子就有小人，留下的是君子，跑了的是小人。不是说他个矮啊，这人心不好。没钱不要紧，您就看您的，站脚助威，我还能往您兜里拿去？咱这回这么着，东南西北四面，一面我不多求，求八毛钱，一人给一毛，八位就够，一人给两毛，四位就够。哪位说我阔气，自己给八毛，那也行，等于您请客了。”这又开始敛钱，八毛一敛就多，这叫杀四门。

杀完四门，还有更狠的，叫作点将。姥爷先在暗中把色，看准人堆里哪位衣着讲究、神态自若，估摸着腰里横，便作个罗圈揖：“老几位，您该上班的上班，该办事的办事，千万别耽误了。没走没散的，咱是朋友，我马上开始练。”接着该使绝的了，比如“海滚子”，也就是吞铁球，降人的不是把铁球吞下去再吐出来，而是靠这个打钱，这叫苦纲口。铁球进肚，猫着腰吐酸水、干呕，憋得满头大汗，围着场子转上几圈，连着使劲，吐不出来，看得人揪心，替他难受。耗到最后，终于脖子一伸，铁球哐当一声掉在地上，骨碌碌滚到看客的脚底下。姥爷这才长舒一口气，朝着被他点将的那几位伸手："一看您就是金主，当着这么多人，您可别驳我，咱丢不起这个人。"那几位多少有点身份，当着众人面子薄，伸手一摸兜，零钱都给得差不多了，再掏出来就是一块两块的。就这几道杵使下来，还愁赚不到钱吗？

姥爷顺带卖膏药。一般江湖人卖野药，多是连蒙带骗，但姥爷的膏药却是真材实料，配方也不出奇，"香油炸樟丹，气死活神仙"，另配上七味中草药，舒筋活血，哪儿疼治哪儿。

话说回来，卖艺的不可能总是过五关斩六将，败走麦城也是家常便饭。有的郊县太穷，凭着玩意儿挣不上钱，姥爷就摆个卦摊，别人算一卦三毛两毛，他敢要五块。那是什么年代？下到大馆子，点四个菜也花不了五块钱，谁舍得花这么多钱算卦？可一听这个价码，就觉得算卦的有能耐，要不然敢要五块钱吗？

一来二去，慢慢地他的名头传出去了。一天两天不开张，到第三天有一个算的，这就捞上了！摆卦摊光坐着也不行，姥爷买一个白报本、几支圆珠笔，招揽路过的人，让他在纸上写字，从一写到一千，不许涂不许抹，写得一点不差，姥爷给他五块钱，写错一点，这个人给姥爷两块钱。很多人觉得这个容易，而且写完就能挣五块钱，实则不然，乡下种地的拿过几次笔？一上来写得还行，但是写到一百开外后，再接着写没有不出错的。其实这一招并非姥爷琢磨出来的，凭着见过、听说过，知道老时年间跑江湖的就这么干，十个人写，十个人上当。

姥爷告诉卫星，说咱们这一行，用五个字概括，就是“神仙老虎狗”。怎么讲呢？出去卖艺，被人捧着，就是神仙；到了一个地方，玩意儿能拿住同行，你就是老虎；人家要是拿咱当要饭的，又得干活又得上赶着人家，咱就是狗。男儿膝下有黄金，上跪天下跪地，中间跪父母、祖先牌位，但咱得把脸舍出去，人家给咱一张大票，就值单膝一跪，替爹妈、孩子谢谢人家，哪怕回头再跺着脚骂大街去呢。

对于卫星姥爷这路江湖人来说，出门卖艺为的是嘴，挣够了就能在家歇上几天；于卫星来说，那可是开眼、过瘾、长见识的好机会。见得多了胆子也大了，每到一处生地，不用敲锣圆粘儿，他拿出胡琴来给拉上一段，甭管好坏，这么点儿大的孩子，长得古灵精怪，摇头晃脑拉胡琴就是一景，着实可以拢人。

不出门的时候，卫星也在家待不住，经常到处乱跑。有一次走到东北角单街子，看路边空地有个说野书的，围着十几个看客。说书这位三十六七岁，一条袖管里空空荡荡，是个残疾人。说的倒是中规中矩，杵门子却不灵，说完了一节，张着嘴磕磕绊绊找听众打钱，没一个给的。卫星翻了翻兜，身上只有一毛钱，掏出来大声说:“给你！”把钱递过去。他听姥爷跟江湖人聊天时讲过，这叫“带尖、带黏、带杵”，可不是帮他一毛钱的事，是作艺的“德行”。围观的人一看，连小孩都掏钱了，毕竟听了半天，不好意思再装傻了，也都跟着掏了几个。等说完这段书，又打了一轮钱，人群散了，说书的在那数钱，卫星凑过去一抱拳:“合字儿，辛苦了！我刚才给你带杵了知道吧，你得把我那一毛钱还给我，这可够买两根奶油冰棍的！”说书的脸一红，择出五毛钱递给卫星，又拉着他说:“多谢小兄弟，我请你吃饭去！”按他姥爷的话讲:“我们家孩子岁数不大，可够个江湖了。”

2

每年春节，卫星他爸都回来探亲。厂里有探亲假，车票可以报销，还按日子给补贴。由于工作上任劳任怨，技术方面也胜人一筹，厂领导都看在眼里，提拔他从小组长、工段长，一路升到车间副主任。可是有得就有失，全心全意扑在工作上，这么多年他也没再婚，始终一个人过日子。回到天津探亲时，眼见着卫星一年一年长大了，言谈话语、穿着打扮却越来越像个小流氓，不禁气不打一处来，又不敢埋怨姥姥、姥爷没教育好外孙子，只能把火撒在儿子身上，横挑鼻子竖挑眼，动不动就是个大耳帖子。

怎奈这个时候的卫星已经不服管了，他爸一打他就跑，顺着子牙河的河堤，能一直走到劝业场，一通乱逛荡，溜达到半夜，估摸他爸睡觉了，这才偷着回家。姥姥、姥爷心疼外孙子，对卫星他爸连数落带埋怨：“一年见不了一次面，一见面就打，孩子小不懂事，你这么大岁数还不懂事？万一跑丢了，还不把我们老两口急死？”卫星他爸不敢还嘴，但是这么一闹腾，一家子人年都过不痛快，不是一次两次，每年春节基本上都闹这么一出，爷儿俩的感情也生疏了。

大约在卫星上初中的时候，他们那个大杂院里新搬来一户人家，住在靠西边的一间小破屋里，房顶子漏雨，四面墙透风，总共六块窗玻璃，就有两块是坏的，舍不得换，用橡皮膏粘上凑合着。只有两口人，四十来岁的寡妇老娘带着一个十几岁的半大小子。老娘长得又黑又壮，大脚片子足够43码，走路呼呼带风，说话高门大嗓，活脱《水浒传》里开黑店的孙二娘。儿子叫阎大路，也是个黑小子，方面大耳，两道浓眉，高鼻梁大嘴岔，剃着寸头，后脑勺还留着两寸多长的雀尾，说话瓮声瓮气，一看就不是善茬儿。

娘儿俩出来进去穿得补丁摞补丁，冬天的棉鞋都露着脚指头，屋里一件像样的家具也没有，唯一的家用电器，是一把小号塑料壳的手电筒。过得不济，但舍得吃，而且会吃，隔三五天就炖一次兔头、鸡架子、猪头肉、猪下水。这些东西不贵，但不容易买到，不会炖的，炖熟了也不好吃，一嘟噜一块的，不是腥就是骚，可是人家一炖肉，满院子都飘香。

住的时间一长，街坊邻居就扫听出来了。这户人家当家的男人曾是西于庄的老混混，新中国成立前拿过子孙签。旧时混锅伙的有两支签：一支是绝户签，锅伙中的混混，只要开过逛的，人手一支，按月拿一份例银，直至人死为止；另一支是子孙签，死后可以传两代人，只有为锅伙立过大功，因伤落残，甚至把命搭上的，方可拿这个子孙签。阚家当家的这位，祖传多少代都是鱼锅伙的混混，摔打茬刺，要胳膊根儿吃饭。

传到阚大路他爹这一辈儿，为了争地盘，在河边的擂台上，把胳膊放到滚沸的油锅中炸了个外酥里嫩。本以为一辈子吃喝不愁，死后还可以传给儿孙，留一份嚼谷儿，这才娶了媳妇儿。不承想过了没几年，锅伙没了，他废了一条胳膊，又不会干别的，只能靠拾茅篮过日子，成天在苍蝇堆老鼠窝里翻腾，沾了满身的病。前几年老要儿病故，扔下孤儿寡母，当娘的在街道工厂糊纸盒，挣个一毛八分的，又得拉扯着儿子，几乎过不下去了，不得已用原来西于庄的两间房子，换了石桥西的一间破屋，对方多少给她补了点钱，娘儿俩的日子这才死人放屁——见缓！

西于庄曾有一个大屠宰场，供应着全市的猪肉，不只宰猪，也宰鸡、鸭、兔子，甩下来的边角碎料，都集中在西于庄合作社出售，别处还没有。兔头并不单指兔子脑袋，连兔架子、肠子、肚子、心肝肺都混在一块儿，三毛钱一铁锨，分量只多不少，卖得特别快，家里头穷的、人口多的，全指着这点儿荤腥解馋呢。阚大路他老妈的娘家也是老西于庄人，家里祖传的手艺，曾经摆摊卖过酱猪头肉、熏兔架子，讲究老汤老味，所以做出来的肉才那么香。

自打阚大路搬到这个院子，看见卫星第一眼就别扭。往日无怨，近日无仇，就是看不顺眼，因为他本身也是出了名的打架大王，初中一年级就辍了学，到处胡打乱闹，谁敢跟他炸刺儿？卫星一个小淘气包，岁数没他大，论身高也不如他，大腿还没他手腕子粗，真不知哪儿来的底气，成天“摆造型”，脑袋上留着俩“大鬓角”，上衣扣子从来不系，脚底下趿拉着两只白球鞋，走路一步三摇，七个不服八个不忿的，天老大、地老二、他老三，阚大路看见他能不来气吗？一山不容二虎，一个大杂院的弹丸之地，怎能有两个大哥？尤其是他那把破胡琴，不分时候不看钟点儿，拉起来没完没了，搅得人心烦意乱，所以他一心要扳扳卫星的一身臭毛病，让这小子明白明白，什么叫锅是铁打的！

卫星能怕他吗？也憋了一肚子邪火，打算给阚大路拿拿龙[1]。俩

---

① 拿拿龙：天津方言，本义指自行车轱辘经长时间使用会变得不圆，地面上的痕迹便不再是一条直线，而是像一条龙。拿拿龙便是给自行车轱辘紧紧辐条，让车轱辘的痕迹变为直线。引申义指用强硬手段教训别人。

人谁也不服谁，成了对立面，举拳飞砖，骂过来打过去，一直分不出个高低上下。

转眼到了夏天，河北大街的孩子们，最喜欢去大红桥下的子牙河游泳。河堤上堆着一堆堆的衣服，河里跟煮饺子似的，扎堆儿乱扑腾，水性差的拿个汽车内胎打足了气当救生圈，水性好的一猛子扎到河底，摸点小鱼、小虾、小王八，折腾累了也不上岸，脸朝天躺在水面上一动不动，这叫“漂死人”。游完泳回到家一路暴晒，家里的大人拿指甲尖一划胳膊，显出一道白印儿，就知道游野泳去了，免不了一顿暴打。因为每年都有溺水身亡的，哪个家长不担心孩子出事？可无论怎么打，该游还得游。卫星的水性一般，只会狗刨儿，但游得比谁都欢，瘾头儿比谁都大。

合该是冤家路窄，那一天卫星刚到河边，没等下水，就碰上阚大路了。这二人好似一对斗鸡，见面就得掐架。阚大路挡住卫星的去路，大声说道：“姓卫的，你不是不服我吗，敢不敢比试比试？”卫星长这么大没含糊过谁：“黑大个儿，你嚷嚷什么？显你嗓门儿大是吗？嗓门大怎么不拉磨去呢？你说吧，玩儿文的还是玩儿武的，你划下一条道儿，接不住算我栽，往后管你叫大哥！”阚大路嗤之以鼻：“你这小坯子小份儿的，玩儿武的我真怕一巴掌掴死你。这么着，咱俩玩儿文的，一个对一个，你敢吗？”

严格来说，卫星不算真正的玩儿闹，他玩的主要是造型，嘴损话茬子硬，从没动过真格的。因为谷志军去插队时，特别嘱咐一众小兄弟，照顾自己的小外甥，所以无论他闯了什么祸、惹了什么人，总有人替他出头挡横。不过对立面阚大路划下道儿了，他绝不可能不接着，当时把胸脯一拍："行啊，今天小爷陪你玩儿一把，小孩放炮——你点吧！"阚大路深得父辈混锅伙的衣钵，挑眉虚眼，抬手一指大红桥的桥膀子："看见了吗？跟你这小粑粑渣子用不着一刀一个窟窿，咱来一把跳大河，爬上去往下跳，谁不跳谁是孙子！"

大红桥是一座老铁桥，本身不算高，但两侧各有一道铁质的桥膀子，色呈深灰，锈迹斑驳，一尺多宽，如同两柄立着的弯弓，最高处距离水面足有十几米。真有不少胆大不怕死的，为了找刺激出风头，爬上桥顶跳水，引得来往行人驻足观望。有跳飞燕的，有跳镰刀的，有打着转入水的，也有人干脆来个"大冰棍"，头朝上脚朝下，直接戳进水里。卫星总在河边游泳，却从没跳过水，别说往下跳了，单单是爬到桥膀子顶端，站住了，再走回来，那就够吓人的！

他这一迟疑，阚大路立马就看出来了，扬着那张黑里透红的大脸蛋子，轻蔑地一笑："怎么着，呲了[①]？不敢跳吐个口儿，说个

① 呲了：在天津话中，呲了表示事情失败了，是一种嘲讽之意。

‘服’字，回家把你那把破胡琴踹了，我就放你一马！”

卫星无路可退，咬着后槽牙说：“我呲了？呲你一脸来苏水，给你消消毒！我是怕你不敢，心疼你，懂吗！还让我服？我扶你坐月子去！来吧，你先跳还是我先跳？”

阚大路慢吞吞把跨栏背心脱下来，破凉鞋甩到旁边，只剩一条运动短裤，抬手拍拍黝黑紧实的胸大肌：“我划的道儿，当然是我先来，淹死算我的！”说着话走到桥边，一步一步爬到了桥膀子正中间，站稳脚，直起腰，高喊一声：“小卫星，你看清楚喽，我阚大路可跳啦！”声音传出老远，人们纷纷抬头往上看。阚大路跳了个飞燕，身体往前倾，屈膝展臂，双腿并直，绷住脚面，大头儿朝下飞入水中，激起层层水花。不过几秒钟，一颗大黑脑袋探出水面，来了个狮子摆头，甩掉头发上的水，嗷嗷喊了两嗓子，“噼里噗噜”地往回游，得意扬扬地上了岸。

看到桥膀子上有人跳水，河边立马围拢了不少闲人，纷纷给阚大路叫好。轮到卫星了，他脱下海军衫、塑料凉鞋，显露出精瘦的躯干，接着又把短裤的带子解开，勒紧了重新系好，以免一会儿上来变成“大光杆儿”。他偷偷喘了口大气，翻身上了桥膀子，只觉脚下的铁板被太阳晒得发烫，顿时脚心出汗，倒是不打滑了，两条腿却有点儿哆嗦，如同踩着棉花套。但在大庭广众之下，宁可让水拍死也不能栽面儿。他在心里给自己鼓劲，仗着胆子往前走，总算爬到了桥膀子顶端。颤颤巍巍站直了身子，偷眼往下一看，不知道是不是错觉，以往平缓的水面，仿佛变得波涛汹涌；又抬头看了看天，晴空如洗，飘浮着一朵朵白云，似乎在不停地旋转、翻滚，好像有一股巨大的力量裹挟着他，马上要卷起来飞向云端了！

卫星赶紧低下头，不敢再看了，两眼一闭，心说："发昏当不了死，跳就跳吧，早死早投胎！"可还忍不住胡思乱想："我用个什么姿势呢？我也没练过啊，小燕投井？猿猴坠枝？狗熊下树？得了，别追求难度系数了……我拍个冰棍儿吧！"横下心来，将身子一挺，脚底下一松劲儿，稀里糊涂地跌进了水里。

卫星跳水，与其说是跳下去的，不如说是掉下去的。足足过了两分钟，水中仍没动静。阚大路怕出人命，正要下去捞他，忽见水花一冒，露出两颗脑袋，一个是卫星，另一个长头发扎着麻花辫，像是个女孩子，一边浮着水，一边把卫星往岸上拖拽。

岸边有个大石礅子，圆鼓轮墩的还挺光滑。阚大路和另外几个热心肠的跑过去帮忙，让卫星脸朝下趴着，肚脐眼贴着石礅子，一下接一下拍打他的后背，直至喷出一肚子河水，众人才把他抬下来。

卫星躺在河边的石子地上，逐渐恢复了意识，看阳光格外明亮刺眼，眼前是一张俏丽的面孔，两条湿漉漉的大辫子，人字形的刘海有如两条乌黑的瀑布，顺着两侧倾泻而下，眉毛、睫毛、脸颊上都挂着水珠，一双灵动的大眼睛又黑又亮，晶莹剔透，仿佛能摄人心魄。他从没见过这么漂亮的眼睛，恍恍惚惚记了起来，刚才自己从桥膀子上跳下来，狠狠拍到水面上，浑身上下针扎一般疼，连灌了几口水，头晕目眩，腿肚子抽筋，感觉要沉底，不知从哪游来一个少女，好像没怎么费劲，就把自己拖到了岸上。

等卫星完全清醒过来，坐起身子，周围看热闹的也都散了，那个女孩早已不知去向。身边只剩下阚大路了，气哼哼地指着鼻子告诉他:“我阚大路讲规矩，这一次你敢从桥上跳下来，怎么着也不能算你输，往后咱俩接着比试，非跟你分个公母不可！”

卫星根本没听进去，自此之后，他每天都去大红桥河边转悠，因为他做梦都会梦到那双灵动的眼睛，毕竟是情窦初开的年纪，总想着再见一见救下自己的姑娘。可是天意弄人，那个女孩子再没出现过。卫星脑子里甚至冒出一个念头——以那个女孩的水性，肯定经常在河边待着，怎么会碰不上呢？难道是传说中的蚌精、龙女救了我一命？

3

阚大路不单跟卫星较劲，跟谁他都不含糊，三天两头惹是生非，多大的娄子都敢捅。他老娘再混不吝，也不想眼睁睁看着儿子折进去，说到底是担心跟自家爷们儿似的，白天囫囵个出去，晚上缺胳膊少腿地回来，只得四面托人、八方打听，求爷爷告奶奶为阚大路找了一份工作。安排在北门外一家国营包子铺当临时工，到点上下班，坐在案板子前包包子，好歹可以收收心、蹲蹲他的性子。本以为阚大路有个班上，足以把他拴住了，不会再出去打架了，谁知为了一条狗，又险些闹出人命！

起因是谷志军最铁的一个兄弟三梆子，也住在河北大街。许是刚生下来的时候睡觉姿势不正，落了个前梆子后勺子的“地雷”脑袋，不过人挺精明，一直对卫星照顾有加。他从农村带回来一条大狼狗，名叫“黑子”，立起来俩爪子能搭到人肩上，几乎跟半大小子一边高。个头大不说，长得也精神，细腰、长腿、立耳朵，血红血红的大舌头，浑身上下的毛都跟钢针一样，顺着捋滑溜、戗着摸扎手，卫星一看就喜欢上了，非得借来养几天。三梆子是个爽快人，直接把狼狗送给了卫星。

当时，城市里可没有养狗的，因为每个人的口粮有定量，肉、蛋、鱼、油以及各种副食都得凭本、凭票供应，除非去黑市，否则有钱买不着富余粮食，一个鸡蛋少不少？没有票根本买不到，哪有吃的喂狗？卫星跟姥姥、姥爷软磨硬泡，宁可自己少吃点，也得给黑子省一口吃的，一个窝头、半碗剩菜就行，总算把狗留下了。

正所谓“养狗伤邻”，卫星又从来不拴绳，胆小的大人孩子，碰上黑子都躲着走，绝不敢多看一眼。阚大路瞧见卫星带着一条大狼狗在胡同里溜达，当真是气不打一处来。之前他们两个人势均力敌，卫星多了一条狗，等于多了个帮手，自己还怎么跟他平起平坐？俩人不对付，这狗也看出来了，见着别人都不叫，单冲阚大路他们娘儿俩狂吠。

有一天，阚大路忍无可忍了，梗着脖子、瞪着俩大眼珠子拦住卫星。卫星的眉毛也立起来了：“你想怎么着？”阚大路说：“什么叫我想怎么着？你凭什么养狗？”卫星不耐烦地说：“我养狗怎么了？我们家黑子又不咬人，街道居委会都不管，碍着你什么事儿了？”阚大路嚷嚷道：“什么？黑子？我长得就黑，你叫这狗黑子？拿我当什么了？”卫星“扑哧”一乐：“你管天管地，还管得着我的狗叫什么？”

阚大路快把自己绕迷糊了，嘴上还不服：“我不管能行吗？你们家那条狗，前天冲我老娘叫，吓得我老娘都坐地上了，万一伤了筋动了骨那还了得？我不得找你说道说道吗？”

卫星心说这大老黑是不是缺心眼儿？他笑着拍了拍阚大路的肩膀：“放心吧，我们家黑子从来不咬人，它冲你叫是喜欢你，不是想咬你，不信你把手伸过来试试？”又低下头，指着阚大路跟狗说：“黑子，你看他是谁？”

黑子吐出血红的舌头，两眼冒着寒光，冲着主人的对头龇了龇牙，又叫了两声。阚大路天不怕地不怕，但他有点怕狗，吓得直往后躲，贴着墙根儿撂下一句狠话：“卫星，你小子给我等着，看我怎么把你这狗给炖了！”

卫星没往心里去，哪知道没过几天，黑子口吐鲜血，莫名其妙地死了。可把卫星心疼坏了，抱着黑子哇哇大哭，从小到大没掉过这么多眼泪，哭着哭着他明白了，甭问，肯定是阚大路那个王八蛋下的药，不报此仇对不起黑子！他脑子一热，从窗台下边顺手捡了一块板砖，塞进书包，气冲冲跑出院子，杀奔阚大路上班的包子铺！

说话是上午十点多，还没到饭点儿，包子铺里一个顾客也没有。卫星三步两步跑到后厨门口，掏出板砖拎在手中，撩开半截天蓝色油渍麻花的布帘，看见七八个穿着白色工作服、戴着白帽子的师傅，围坐在一张大条案前，一边嘻嘻哈哈地说笑，一边和面、擀皮、包包子。其中一个黑脸儿的，正是阚大路。阚大路侧对着门口坐着，听见动静一扭头，也看见卫星了，稍一打愣，卫星已经冲进来了，一把扯住阚大路的后脖领子，另一只手抡圆了，一板砖拍在他的后脑勺上！

当年打架拍板砖也有讲究，拍脑门子那叫吓唬人，见得着血又不要命，拍太阳穴或者后脑勺的，那可是下死手了，所以会挨打的见板砖下来都是用脑门子往上迎，拍个满脸花看着挺壮烈，到医院最多缝上几针抹点药水儿，没什么大碍。

阚大路当时没反应过来，想不到卫星真敢下黑手，被打了个措手不及，脑袋上哗哗淌血，摇摇晃晃地想挣扎起身，却又闷哼一声，栽倒于地，将板子上的白面都染红了，一屋子的人全惊呆了。

卫星下手之前义愤填膺，这一砖拍下去，他自己也有点发蒙，只觉心脏“扑通扑通”猛跳，喘着粗气随手把板砖一扔，转身夺门而去。他自己也明白，这个祸惹大了，不敢回家，学也甭上了，一口气跑到东站，掏五分钱买了张站台票，混上一列开往内蒙古的火车，逃去投奔在那边插队的小老舅。

谷志军得知卫星惹了祸，倒没说什么，是鹰抓兔子、是龙盘柱子，他本身也是出了名的祸头，自己的亲外甥能是省油的灯吗？谷志军在广阔天地历练了几年，跟生产队队长处得不错，在知青中也是人头儿，让卫星踏实待着，别再乱跑了。

卫星不好意思在生产队白吃白喝，打算找点儿活干。谷志军胆大主意正，私底下做些小生意，把农民攒下的瓜子、花生、绿豆、鸡蛋之类，倒腾到城里偷着卖了换钱，当时这叫投机倒把，但是猫有猫道、鼠有鼠道，撑死胆大的、饿死胆小的，又没人跟他竞争，所以真没少挣钱。生产队上上下下都得了他的实惠，有什么种庄稼之外的活，全包给他干。

生产队以前建了一座炼钢炉，后来钢没炼成，留下一个大水坑，长满芦苇、杂草。谷志军看出有利可图，给队长送去两瓶好酒，外带三张“大团结”，揽下了填坑的活。趁着农闲，谷志军带着卫星和一众知青，挽起袖子裤腿，光着脚丫子下到坑里，从淤泥底下抠出不计其数的废铜烂铁，又从高处拉土填坑。卫星没少卖大气，顶着烈日，踩着泥水，手脚都泡浮肿了，还拉着装满土坷垃的小车一路飞跑，汗水顺着大腿往下流，力气没有白出的，日子一长，肩膀、胳膊、大腿上的肌肉也硬实了。谷志军又找来一辆拖拉机，将废铜烂铁一趟一趟运到城里，卖给废品回收站，最后一算账，每人分了几百块。在那个年代，这绝对是一笔巨款了。知青们跟着谷志军干活，都觉得有奔头儿。

咱再说脑袋上挨了一砖的阚大路，被包子铺同事送到医院先剃了个光头，前前后后缝了十多针，才用纱布给裹了起来，老远一看跟孝子似的，仗着年轻皮糙肉厚，倒没什么大事。可把卫星的姥姥、姥爷吓坏了，再三去阚大路家道歉，好话说了一大堆，又赔医药费，又托关系走后门买来营养品，红糖、鸡蛋、麦乳精、奶粉、藕粉、牛肉干……比坐月子准备的东西还全，只为了给外孙子擦屁股。

阚大路的老娘是个热心肠，以往街坊邻居谁家里有什么事，都不够她忙活的，老两口钱也花了，卫星也跑了，都在一个院儿住着，低头不见抬头见的，冤家宜解不宜结，无非是小孩儿打架，说开了就得了，用不着上派出所报官，跟姥姥、姥爷握手言和，走动得反而更勤了。

阚大路可不这么想，正所谓“有恩不报非君子”，放出话去：“是不用报官，关他几年够干什么的？他不是往我脑袋上拍了一砖吗？我得往他心窝子上捅一刀！”

有一个回城探亲的知青，把这个话捎给了卫星。卫星想起死去的黑子，仍是咽不下这口气，就给阚大路写了一封信，装进信封，贴上邮票，按地址寄过去。他文化水平有限，什么起首语、致敬语、落款署名、日期一概都没有，只有短短几句话：“大老黑，你可说了要还我一刀，咱俩总有见面的一天，到时候不敢下手，你就不是人揍的！”

既然没出人命，卫星也用不着提心吊胆了，内蒙古的蓝天白云和青草地再美，也没有城里待着舒服，收拾收拾，准备回家。谷志军拿上“黄米、芸豆、葵花子”之类的当地土特产，装了满满一旅行袋，让卫星带回去。正赶在这个当口，谷志军接到一封电报，原来三梆子跟人约了一场架，让他赶紧回来帮忙！

那时候城里十八九到二十几岁的年轻人，除了少数进厂当工人的，大都去了农村插队，留下一帮小不点儿的生瓜蛋子，整天胡打乱闹，搅得四处乌烟瘴气。打架无外乎三个原因，一是抢军帽，二是拍圈子挂货，三是扛旗挑号，更不乏无事生非的。两人走马路上一对眼神儿，互相看着不顺眼，三言两语说拧巴了，当场就得动刀子。一旦捅了大娄子，收不了场了，往往要想方设法搬救兵，请那些在农村插队的大哥回来主持大局。

插队的知青一年到头干农活，尽管吃的是粗粮，可正是出力长力的岁数，都落下个好体格，一身黑黝黝的腱子肉。到了农闲的时候，浑身力气没处使，憋得要爆炸，一提打架就亢奋，而且什么都不在乎，那种感觉有点儿像战争年代武工队深入敌后执行任务，打完了就跑，玩一把胜利大逃亡，再没有这么刺激的活动了！

谷志军天天在生产队干活儿，有一阵子没打架了，手都痒痒了，立刻给三梆子回电报，定下返城的时间，招呼了十几个关系不错的同城知青，各带刮刀、军刺，外加自己做的火枪，连同卫星一起，回了一趟天津。

第二章

不打不相识

卫星怅然若失：“这次又错过了，往后还能再见着吗？她似乎都没认出我来，我这不纯粹是单相思吗？”

但是经过这一次联手救人，也让卫星、阎大路两个死对头，彻底尿到一个壶里去了！

1

一路上千辛万苦，先坐生产队进城拉货的牲口车，到敖汉旗下来，再搭乘过路的解放牌大卡车，去往火车站。仍是一个人掏五分钱，买张站台票混上火车。途中几乎没有查票的列车员，万一遇上了，列车员对知青也是睁一只眼闭一只眼，很少为难这些年轻人。抵达叶柏寿之后，换乘另一列硬座慢车，走走停停，每一站都上来很多人，扛着大包小包，将整个车厢塞得满满当当，一点空隙也没有，人挤人站着，只能缩着肩膀，收着肚子，想去趟厕所，都得一点一点挤过去。

正是夏天最热的时候，车厢里开着车窗，但臭脚丫、臭胳肢窝的气味儿，仍熏得人迷迷糊糊。如此熬上两天一夜，终于到了天津，您就说这伙人打架的瘾头多大吧。天津东站是终点站，出站必须检票，想混出来不容易。这十几个知青熟门熟路，提前在北站下车，活动活动发麻的腿脚，翻着墙头跳进北宁公园。

卫星至今记得，那个下午出奇地闷热，一丝风也没有，天上厚厚的云彩都拧成了大疙瘩，像是一朵朵巨型的棉花糖，慢吞吞地滚动着。一伙知青刚从公园大门出来，就看见树荫底下已经聚了四五十号玩儿闹，个顶个神头鬼脸，跨在自行车座子上，手里攥着啤酒瓶子，嘴里叼着烟卷，军挎包的带子勒在脑门上。路边行人看见这阵势，全躲得远远的，生怕被哪位大哥盯上，万一说你跟他对眼神儿，那可就是“土地爷掏耳朵——崴泥了”。

其中一个领头的是三梆子，另外还有一个瘦高个儿，乱蓬蓬的头发，满脸青胡子茬儿，螺纹弹力跨栏背心勾勒出结实的胸肌、腹肌，胳膊上刺着张牙舞爪的青龙，下身穿一条肥大的草绿色军裤，脚上一双“军跑儿”，后帮不往上提，踩在脚后跟底下，腰系一巴掌宽的牛皮武装带，铜扣闪闪发亮。卫星不认识这位，谷志军也是看了半天才认出来：“哎哟，鸟哥！怎么还惊动你的大驾了？”

来的不是旁人，绰号“损鸟”，是个敢拿死签的亡命徒，烟头烫胳膊、手捋烧得通红的火筷子，肉皮“嗞啦嗞啦”作响，用砖头拍自己脑袋，鲜血顺着腮帮子往下流，眉毛皱都不皱。他跟谷志军一起在和平分局的拘留所里待过几天。损鸟进去得早，带班管号儿，都得听他的，谷志军进去后跟他干了一架，不打不相识，结为了盟兄弟。前几年损鸟被判处两年劳改，没去下乡插队。哥儿俩也有几年没见了，过去来了个拥抱，寒暄几句，谷志军这才问，到底是怎么一档子事儿？

三梆子迎上去，喊了声“四哥”，点头哈腰递上一支“大前门”，简单描述了事情的始末缘由：三梆子的军帽前几天被人抢了，原本小事一桩，家里搁着一大摞军帽呢，都是他抢别人的，不差这一顶，不过丢不起这个人，栽不了这个面儿，抢走的那是军帽吗？那是他三梆子的脸皮！

打听着是谁下的手，双方码人、定点，事情越闹越大，在全市的玩儿闹圈子里都传遍了。三梆子担心兜不住，约来和平区的大耍儿损鸟，但他也明白，人家能给自己撑腰，完全是冲着谷志军的面子，所以还是给谷志军发了封求援电报。

谷志军顺手给了三梆子一个脖溜儿：“净给我找事！”随即大声对在场众人说：“辛苦哥儿几个了，完事之后谁也不许走，我做东，咱撮一顿解馋的去！”他在内蒙古插队这几年没少挣，正可借此机会，跟兄弟们热闹热闹。

众人七嘴八舌纷纷响应，这些人中有三梆子请来的朋友，互相撺乎，找来一个等于叫来了五六个，也有损鸟带来的小兄弟，彼此之间并不怎么熟悉，甚至有当初打过架的，但是一码归一码，大敌当前，暂且调转枪口一致对外！

卫星年轻火气旺，上蹿下跳，犹如打了鸡血、吃了驴肾，憋足了劲儿准备大打出手。谷志军可不想让自己这个小外甥去打群架，刀枪无眼，真乱起来顾不上他，万一有个闪失，对不起死去的姐姐，于是把卫星喊到边上，从兜里掏出一沓钞票，指派他去干一件“大事”——提前到红旗饭庄占座、点菜！

那卫星能干吗，这不成碎催[①]了？谷志军一瞪眼：“这么多人，用得着你上吗？再说了，兵马未动粮草先行，打完仗咱得犒赏三军，几十口子人去了没座，在外面干戳着让人看笑话？而且这么多钱，交给别人我也不放心！”卫星也知道胳膊拧不过大腿，只得悻悻地答应了。

在谷志军和损鸟的带领下，一众人等浩浩荡荡地出发了。卫星推着三梆子留给他的自行车，后椅架上驮着给姥姥、姥爷带的土特产，眼巴巴看着大伙远去的背影，心里那叫一个失望！简直就是兴冲冲地来，灰溜溜地去。本以为可以攒下炫耀的战绩、吹牛的资本，

---

① 碎催：方言，指跑腿儿、打杂的人。

怎料却屎壳郎赶上蹿稀的——白高兴一场！

红旗饭庄位于北马路，沿街二层楼，在当时来说规模不小。卫星到门口一看，两扇玻璃门从里面反锁着，营业时间写着下午五点。他把自行车靠在墙根儿，孤零零地蹲在树影儿下愣神儿，心里长了草似的，胡思乱想瞎琢磨——这会儿两拨人已经交上手了吧？损鸟真有那么厉害吗？三梆子不会受伤吧……

路上行人稀少，偶尔有公共汽车慢悠悠地开过去，车上没几个乘客，车尾冒出黑烟，一股浓烈的汽油味飘散开来，卫星提鼻子吸气，那味道简直可以用“沁人心脾”来形容，这些日子在内蒙古闻腻了混着牛羊粪便的青草味儿，太怀念这口儿了，而头顶上的太阳一动不动，时间仿佛静止了……

随着饭庄子里一阵窸窸窣窣的响动，有人从里打开了门锁。几乎在同时，几十号人蜂拥而至，脸上都挂着笑，也有挂了彩的，却丝毫不影响眉宇间那份得意，骑车的姿势一个比一个招摇，众星捧月一般簇拥着损鸟和谷志军，很明显已然大获全胜了。卫星一脸尴尬，引着众人停放自行车，乱哄哄地推门而入。

那个年代没有服务员一说，饭馆里跑堂的、掌灶的、切菜的、做卫生的都是工作人员，一个比一个横。吃饭要自己到柜台前，按墙上的牌子点菜、开票。损鸟抢着付钱，谷志军死活不让，说如果损鸟掏了钱，等于没拿自己当兄弟，喊卫星过来结账。实话实说，损鸟真没带那么多钱，索性就坡下驴了，对谷志军越发服气。

一众玩儿闹挤满了红旗饭庄的二楼，鲁菜津味，煎炒咕嘟炖，老手艺一直没断，满堂飘香。唯一美中不足的是——端菜也得吃饭的自己来，没人伺候你。酒是装在白瓷罐里的“散白”，以及三升一个大塑料杯的“散啤”。损鸟心情不错，起身举杯致辞：“今天借花献佛，给哥儿几个接风洗尘，咱一家人不说两家话，今后常来常往，我先干为敬了！”说完一仰脖，随着喉结一动，满满的一杯白酒灌下肚，足有二两多，完事潇洒地一扬手，亮出杯底。大伙也纷纷举杯，吵吵嚷嚷、乱乱哄哄，嘴里不捎上几个长辈不会说话。喝到兴头上，脱鞋的脱鞋，光膀子的光膀子，文着龙的、刺着凤的、胳膊大腿上烫着“死签”的，能亮的全亮出来了。划拳行令之声震耳欲聋，房盖都快压不住了。旁边有几个散座吃饭的，一看这阵势，惹不起躲得起，自己端着盘子碗下楼另找地方去了。

众人推杯换盏、倾心吐胆，肆无忌惮地谈论着刚才那场恶斗，一句一句往卫星耳朵里头钻，不想听都不行。双方交手的地点在红旗地道，其中一端，与西青道形成了一个交叉路口，对面是红桥体育场，经常举办足球赛；另一端连着子牙河红卫桥，地道与河边中间有一大片空旷地，很少有人往这边走。地道上面是铁路线，下面挖出三个坡道涵洞，当中走汽车，两边走自行车。

对方来了六七十人，造型绝对到位，气势绝对唬人！都是标准的玩儿闹打扮，军裤、板带、跨栏背心，有文身的光着膀子，七个不含糊、八个不在乎，横眉立目，骂骂咧咧。手里拎着镐把、钢丝锁，后面还跟着几辆平板三轮车，车上装满了砖头、瓦块、碎洋灰疙瘩。那又怎么着？损鸟带来的几个弟兄也是硬手，跟谷志军一同回来的知青更是一个顶仨。他盼这场群架已经盼了一路了，真可以说是旱苗盼春雨一般如饥似渴，见双方人马到齐了，都不等过过话盘盘道，手里的烟头儿一掐，抄家伙就冲了过去。身后的兄弟们也都不甘示弱，人人奋勇、个个当先，争着抢着往前冲。狭路相逢勇者胜，几乎没怎么费劲，就把对方打了个稀里哗啦。跑的跑，颠的颠，屁滚尿流。硝烟散尽，留下一地的战利品——钢丝锁、板带、军刺、军跑儿、凉鞋、袜子、烟盒、打火机！

其实打群架这种事，参与的人绝大多数是来起哄凑热闹的，犯不上拼命。只要一拨人占据了上风，尤其是见了血，白刀子进去，红刀子出来，另一拨人立马变得人心涣散，斗志全无，稍在后面的人可能还没上手，看出局势不妙，扭头就跑了，那能不输吗？

谷志军等人细数今天的战绩，越说越兴奋，胡吃海喝一直闹腾到晚上九点多，饭馆轰人了才肯散场。卫星初中没毕业的岁数，不会喝酒，也降不住酒，却架不住群情激昂的这个场面，一杯一杯硬往下灌，喝到后来舌头都不会拐弯了，勉强站起来，脚底下打着晃，走几步就往地上坐。

卫星拎着土特产，醉醺醺地跟谷志军回了家，找姥爷、姥姥说了一会儿话，就到另一间屋睡觉去了。迷糊到后半夜，卫星难受醒了，只觉胃中烧灼，吃下去的饭菜翻江倒海一般往嗓子眼儿顶。他急忙爬起来，走到院子外面，蹲在大门口哇哇呕吐，鼻涕眼泪都下来了，出了满身的大汗。吐完舒服多了，却仍是头重脚轻，脑瓜子直嗡嗡。黑灯瞎火也不知道几点钟了，他晃晃悠悠往回走，陡然间天旋地转，周围的房屋都晃荡起来，先是左摇右晃，然后上下颠簸，如同散了黄的鸡蛋，稳当不住了！

卫星以为自己喝多了站不稳，酒还没醒，没往心里去。此时又听见一声巨响，有如从地底下钻出来的，震得他耳膜生疼。可能因为这个响声太大了，他再也听不到别的动静了，仿佛进入了一个无声的世界。地面晃动得更为猛烈，像是一艘遇上狂风巨浪的大船，随时可能翻覆。恰在此时，夜空闪过一道刺目的蓝光，比过年放的闪光雷、电光炮还要亮，但稍纵即逝。有几户人家的窗口灯光也闪了一下，马上又暗下来，路灯也灭了，眼前抹了锅底灰一般，黑得伸手不见五指。

仅仅在这一瞬之间，卫星又恢复了听觉——四面八方的惨叫声、哀号声、呻吟声此起彼伏，很多人惊呼:“地震了！快跑啊！”人们慌张地往外跑，有的光着膀子，有的裹着毛巾被，有的打着手电筒，你拥我挤乱成了一团。由于地面持续摇晃，人们只能像麻雀那样，半蹲着稳住重心，一下一下往外蹦着走。

卫星逆着人群跑回自己家，看见小老舅已经搀着姥爷、姥姥从屋里出来了，正跌跌撞撞地往大杂院门外走。黑暗中忽然有个女人扯住了卫星的胳膊，哭号着求救:“快来帮忙啊，房子塌了，我们家大路砸底下了！”

听得出那是阚大路的老娘，整个院子就数她家的房子最破。借着半空中道道电光，卫星可以看见，阚大路家的房子被震歪了，屋顶塌下一大半，门都倒了。他当时喝多了，思路跟正常人不一样:“阚大路说过要捅我一刀，如果我扔下他不管，岂不是让他觉得我怕了？我非得给他扒拉出来，看看他怎么捅我！”

阚大路一条腿被掉下来的半截房檩压住，房檩上又堆了很多碎砖头、烂板子、破油毡，疼得他龇牙咧嘴，动弹不了。卫星跟阚大路的老娘一齐动手，奋力将房檩抬高了半寸。阚大路使出吃奶的力气，从下边爬了出来，一手撑地，挣扎了几下起不了身，整条腿都砸变形了。多亏卫星在内蒙古生产队锻炼得有了力气，情急之下背着他往外跑，他老娘在旁边帮忙，刚从屋里出来，但听身后“轰隆隆”一声，那间破屋子轰然坍塌，变成了一片废墟，荡起滚滚尘烟，再迟一步，三人谁也别想出来！

2

1976年7月28日，凌晨四点左右，阴沉的天幕格外昏暗，半空中滚动着一大团奇形怪状的云彩，说红不红，说紫不紫。宽阔的河北大街上，挤满惊魂未定的人群。有人打开手电筒或者汽灯照明，天桂戏园子高高的墙体上布满裂纹，远看像是铺了一张巨大的蜘蛛网，房顶塌了一角，底下的台阶都成了碎砖头。周围的民居也是倒的倒、塌的塌，有的屋顶没了，有的只剩下两三堵墙。大地的震动尚未彻底平息，又下起了倾盆大雨，慌乱的人们没地方避雨，全被淋成了落汤鸡。

天亮之后再看，四周的景象更是惨不忍睹，扭曲变形的马路上布满裂纹，到处是砖头瓦砾，人们扯开嗓子，呼喊着大人孩子的名字，深一脚浅一脚地四处乱走。受伤的人被陆续抬到路边，等着往医院送。

接下来的十几天，余震始终没断，说不准什么时候，大地就晃荡几下。大伙从废墟中捡来木板、砖头，弄点水泥、沙子、芦席、油毡，在空地上搭起简易的临建棚，有的人真是因为房子倒塌无家可归，更多的人则是担心发生余震或更大的地震，不敢住在家里。粮店、副食店门前天天排队，人们想尽办法囤积粮食、蔬菜，以防万一。

大杂院里的人家，很快住进了临建棚子。冬天太冷了，就在棚子里面往下挖出一米来深的坑，边上围一圈塑料布，既挡风又防潮，跟东北的地窨子差不多。用砖头架起铺板，生了炉子，安上烟囱，也不觉得太冷，但早上起来会发现，被子上结了一层白霜。受损的房屋逐步得到修复，房管站也帮着阚大路和他娘这对孤儿寡母翻盖了房子。搬回去之前，人们担心再有地震，便用铁管焊成上下两层的床架，搭上木头床板，即使半夜地震把房子震塌了，人睡在铁架下面，总不至于砸伤。此乃特定时期之内，民间自创的一项发明，各家各户争相效仿。

在那次大地震中，阚大路腿部严重骨折，奈何医院里急需抢救的伤员太多，手术做得匆忙，伤愈后落下一定程度的残疾，走路时略有一点跛足。可再怎么说，他也是大难不死，一瘸一拐地去找卫星道谢。卫星却说：“那天我喝多了，做过什么事，我自己都忘了，不信你问我小老舅去！”

他越不把救了阚大路一命当回事，阚大路就越服卫星，只要他老娘一做酱货，无论兔头、鸡架子还是猪头肉、猪肝、猪蹄子、猪尾巴骨，都给卫星家端去一碗。阚大路他老娘是祖传的手艺，佐料无非就那几种，没什么稀奇，关键在于搁面酱的手法，不能多也不能少，不只靠这个挂色儿，也靠它提味儿，掌握不好容易发苦头儿。中火炖上半个小时，再放蒸锅里蒸半个小时。赶上有兔头，拿刀劈开，嘴巴子上那两块肉最香，阚大路都给卫星留着。

卫星本不想领这份情，架不住肚子和嘴不争气，人家的熏肉太香了，尝一口就停不下来，索性吃个碗底朝天，又趁着阚大路不在家，匆忙刷干净空碗，给他老娘还回去。按照老例儿，街里街坊的还碗不能还空碗，每次吃完了人家东西，姥爷都让他在碗里放两个鸡蛋，或者家里刚蒸的馒头再去还。

有一次还碗的时候，迎头撞上阚大路。阚大路见卫星端着自己家的碗，碗里放着两个白面馒头，就问他：“肉都吃了？”卫星说：“那可不都吃了，我得看看你敢不敢给我下药！”阚大路也没个脏净，大黑手抓过馒头咬了一口，边嚼边说：“我真没给你家狗下药，你那条狗一点儿不忌口，成天去扒脏土箱子，乱吃里边的东西，还老捡死耗子吃，保不齐就有吃了耗子药的，死了能怪我吗？我阚大路宁可让狗咬死，也干不出那偷偷摸摸的事！”

卫星心里一动，觉得阚大路光明磊落，的确不是那种人。从此往后，他不再跟阚大路敌对了，可也说不上有什么交情，反正是该吃肉吃肉、该还碗还碗。

3

转过年来的春节，大年初一，姥爷拎着小包出门，找人多的地方，戳朵儿、敲哄子，耍起来看。耍完敛一道钱，又练了一套，再敛一次钱，接着练，这回敛了一道“啃符子”，也就是粮票。他回到家把包里的东西全抖落出来，整整六十块钱，够得上一个月工资的，外带二十几斤粮票。明显感觉到，人们的心思活了，跟过去不一样了。姥爷觉得应该趁这个机会大干一场，走一趟“跑马穴”。

江湖上所谓的“跑马穴”，无非是一步一换地方，今天在这儿，明天又奔下一站了，缕着铁道线，想去哪儿去哪儿。卫星自从上次外漂之后，再也没回学校，连退学手续都懒得去办，跟着姥爷从家里出来，只带了五块钱，到塘沽开了一次穴，挣了钱买火车票，下一站奔辽阳去了。当地有个大集，人山人海，按说买卖应该好干，怎知当地人兜里不富裕，看归看，任凭你杵门子使出花来，愣是没人掏钱。姥爷想了个辙，买来一百根筷子，围观的一人发一根，这叫“扣腥”，告诉大伙:“玩意儿您白看，我也不图钱，您家里有饽饽、馒头、烤饼……吃剩下的，拿筷子插上几个，给我送回来。您可别不回来，因为我这筷子上有符咒，但凡沾过手的，我一念，您一宿睡不好觉。”果然过了没多会儿，连筷子带干粮送回来不少，堆成一大堆，三毛钱一斤全卖了。有人拿这个做面酱，也能喂牲口、喂猪，那是上好的饲料。

爷孙俩走到内蒙古的免渡河镇，在小旅馆住下，睡到天光大亮，出来在礼堂门口，“咣咣咣”敲了一通锣。过了老半天，跑来一个老头，光着膀子，穿着一条大裤衩，拎着一块小闹表不满地说:“这才几点啊，为啥敲锣？”姥爷一看表，三点半，天色跟早晨八点似的，镇上的人还睡着觉呢，赶紧跟人家道歉。

他们也到过西宁，打那奔西藏，半路赶上天葬，围观的人还挺多。头戴僧帽、身披袈裟的喇嘛开始念经，这个过程中，就见一只、两只、三只……一大群老鹰，脑袋瓜都秃了，在半空盘旋，把天遮得严严实实，乱纷纷地落在山顶上。又过了好半天，那些老鹰陆续跑了起来，两个翅膀伸展成一条直线，身体一动不动，靠着气流俯冲滑翔，奔着地上的尸体而来。当地人说，秃鹫是圣鸟，它们临死的时候，会一直飞向太阳，直到燃烧成灰烬。姥爷心里含糊了，跟外孙子说："打住吧，别再把咱这一老一小的给吃了，别受那份罪了。"

这一路走下来，卫星开了眼界，长了见识，钱没少挣，但也明白了，跑江湖卖艺真不容易。他也不肯下苦功夫，让他学姥爷那一套本事，他还真学不会。等回到天津，谷志军也从插队的地方返城了，通过关系倒腾些牛羊肉、木耳、小米之类的特产，卫星和三梆子一块，帮着跑个腿、找个下家什么的。虽说挣了点儿钱，可一个大小伙子总不能一直这么晃荡下去，不单姥姥、姥爷和他爹操心，有时他自己也挺发愁。

当时社会上最好的工作是进国家单位，比如国营大厂、学校、医院、科研院所以及各级机关；其次是集体企业，像饭馆、早点部、粮店、菜店、副食店、糕点店、土特产店、商场、浴池之类；再其次是街道办的小工厂，大集体、工资低、待遇差，说出去也不提气；第四类是无业人员，待业青年，等着分配工作，前途未卜，但还抱着那么一线希望；最末一类才是做小买卖的，比如卖拔糖、大梨糕、炒瓜子的，夏天卖冰棍的，地位还不如无业人员，随时有可能被定为投机倒把。

卫星也想找个正式工作，阚大路却说："找工作干什么？有我一口吃的，就有你一口吃的，不可能让你饿着！"卫星怎么听怎么别扭，心想："这不是我养狗时说的话吗？合着拿我当狗了！"

为了安置待业青年，街道成立了水暖安装队，干这行的俗称"管子工"。这个工作比上不足，比下有余，不过安装队人员复杂，老实巴交的人留不住，因为队里除了陆续返城的知青，还有不少两劳释放人员、社会上的玩儿闹混子，没一个省油的灯，凑在一起总不免冲突。不知街道里的哪个大聪明，想出一招"以夷制夷"，让谷志军来当队长，他在这一片的玩儿闹当中名气够大，威信也很高，而且口碑不错，为人仗义，虽然从不怕事，但也不会无故惹事，有他坐镇，没有敢捣乱的。

卫星和三梆子都进了水暖安装队，每天的活不断，起早贪黑忙个没完。尽管吃苦受累，但是挣得多，普通工人一个月挣几十块钱，干水暖安装的能挣两三百，生活渐渐稳定下来。

那天，卫星路过家门口一条胡同，撞见四五个小流氓拦着一个女孩动手动脚。那女孩十分泼辣，丝毫没有服软示弱的意思，连踢带打，高呼"救命"。毕竟寡不敌众，最终被两个小流氓一左一右扭住胳膊，另一个一脸淫笑，晃着膀子靠过去，伸手掐住了她的脖子。

天津卫的小流氓也分三六九等，最让人看不起的就是花案儿，除了调戏妇女，也包括扒女厕所、女澡堂，公交车上划洋火，闻自行车座子，偷女人的内衣、袜子以及暴露狂……一旦折进去，这种人会额外遭罪，擦茅房拖地不能闲着，扔地上踩一脚的窝头都不管饱。卫星最恨此等人，绝不可能袖手旁观，冲到跟前才看出来，挨欺负的女孩不是别人，竟是在河里救自己一命的那位！

卫星又高兴又窝火，高兴的是众里寻她千百度，没想到在家门口碰上了，窝火的是几个小流氓胆大包天，居然敢欺负自己的梦中情人！他如同滚烫的油锅中倒进了一碗水，一下子就炸了，撸胳膊挽袖子往上冲，突然从他身后蹿出一位，一瘸一拐的，跑得比他还快，上前将那女孩挡在身后，怒气冲冲地吼道:“哪来的几个小杂种，敢在老子家门口耍流氓？”卫星一看，这不是阚大路吗？怎么跑我前头去了？

那几个小流氓见阚大路来势汹汹，不禁往后退了退，其中一个说道:“别管闲事啊，这是我对象，你滚一边去！”同时手里多了一把弹簧刀，刀尖由下往上，直刺阚大路面门。

阚大路本可以躲开这一刀，但他那股子混劲儿上来了，一不躲二不闪，大巴掌一伸，一把攥住了刀子，几缕鲜血顺着手指缝渗出来，滴滴答答落到地上。那个女孩脸色煞白，一句话也说不出来。持刀的小流氓吼道:“你撒手！”阚大路面不改色，眼中冒火，死死盯住小流氓。小流氓也不含糊，握着刀的手腕子一拧，手臂猛地往后一拉，阚大路这下攥不住了，就在松开手的一刹那，抬起那条好腿，狠狠蹬在了对方的裤裆上，但另一条腿站立不稳，一屁股坐到地上。

那小流氓“嗷”的一声惨叫，音儿都劈了。另外几个同伙一拥而上，对着阚大路拳打脚踢。卫星在一个小院门口找到把铁锨，举过头顶冲上前去，劈头盖脸一通乱砸。一众小流氓见对方来了帮手，也怕出事，架起躺在地上叫唤的那个，夺路而逃。卫星追了几步，又似乎想起什么，扔下铁锨回来，只见那个女孩正扶着阚大路，刚才攥刀子的那只右手都红透了，又沾满了脏土污泥，已经看不出伤口在哪儿了。他不敢多耽搁，阚大路已经废了一条腿，手再没了，那还怎么捏包子？急忙扶上他，送到北马路上的二中心医院治伤。怎知进了医院一通忙活，那个姑娘又不见了。

卫星怅然若失:“这次又错过了，往后还能再见着吗？她似乎都没认出我来，我这不纯粹是单相思吗？”但是经过这一次联手救人，也让卫星、阚大路两个死对头，彻底尿到一个壶里去了！

第三章

歌声飘荡在八十年代

有这么一批追新潮的人，喜欢弹吉他唱歌。那阵子吉他刚开始普及，比胡琴、三弦、琵琶这些传统乐器显得洋气，比钢琴、手风琴、大提琴这些西洋乐器便于携带，门槛儿低容易学，都用不着识谱。学上几个和弦，即可自弹自唱，潇洒、帅气又时髦，还特别招姑娘喜欢。

1

二十世纪八十年代以来，大批知青陆续返城，仿佛一夜之间，在家待业的人突然多了起来。这些人精力过剩又无所事事，一个人吃饱了全家不饿，光剩下玩了——滑冰刀的，滑轱辘鞋的，跳交谊舞的，去河沟、水坑钓鱼的，拎着气枪打鸟的，斗蛐蛐的，养蝈蝈的，玩鸽子的，砸六家[①]打扑克的……还有什么也不干、一天到晚四处晃荡的，净剩下惹是生非了。

其中有这么一批追新潮的人，喜欢弹吉他唱歌。那阵子吉他刚开始普及，比胡琴、三弦、琵琶这些传统乐器显得洋气，比钢琴、

① 砸六家：一种流行于天津的扑克牌游戏。

手风琴、大提琴这些西洋乐器便于携带，门槛儿低容易学，都用不着识谱。学上几个和弦，即可自弹自唱，潇洒、帅气又时髦，还特别招姑娘喜欢。走在大街上经常可以看到，成群结伙骑着自行车的男男女女，有的将吉他横放在车把上，有的坐在后椅架上拨弄着吉他弦，怪腔怪调地唱着《外婆的澎湖湾》或者《一条路》《送你一朵勿忘我》飞驰而过，能把路上行人的目光带出去老远。

每到晚上，街头巷尾路灯底下，总能看见这群人的身影。追溯起来，这个现象似乎是从地震之后开始的，那会儿家家都是临建棚，夏天的晚上又闷又热，小年轻在家待不住，全跑到路边喝酒、唱歌、玩吉他。晚上没那么多噪声，一个人自弹自唱也好，或者人多合唱也好，声音能传出去老远。后来房管站修完房子，人们陆续搬了回去，但是在马路边玩吉他的习惯却保留了下来。

一时之间，三五成群的"马路吉他队"多如过江之鲫，凭一把吉他扬名立万的大有人在，比如南马路薛奇、东北角刘大明、八里台二华子、佟楼白猴儿、一宫铁柱、中山门谢红军、西青道的双胞胎方立文方立武……各自挑旗报号，如同占山为王一般，各属一方阵营。

天津市大大小小几十拨玩吉他的，水平参差不齐，不可能互相都认识，但只要玩得出众，至少能在圈子里闯下一个名号。还有人给他们从中引见，这位不见得会弹吉他，但是认识的人多，交际面儿广，他知道你玩吉他，找机会跟你攀谈："你认识谁谁谁吗？""知道这人，没见过。""下次我给你们约个时间，咱一块玩玩儿。"通常把地点定在公园、广场这种热闹的地方，双方见面先是握手打招呼，说几句客套话，之后抱上吉他你来我往，大家轮着唱。看热闹的里三层外三层，谁会的歌多，谁唱得好听，谁的琴技过人，谁就有面子。其间偶尔会有老外主动过来握手，也有姑娘递纸条找你约会，当然也有戴红袖箍的前来扫兴。

唱完了之后，如果双方志同道合、意气相投，再一起喝个酒，马路边随便找家小酒馆，三毛钱的木须肉、六毛钱的鱼香肉丝、一毛七的素什锦、一毛五的油炸花生米、两毛二半升的啤酒，几块钱摆满一大桌子。席间把酒言欢之余也少不了吉他助兴，连弹带唱，相互配合，越玩儿交情越深。

当然也有不这么和谐的，两拨玩琴的彼此不服气，互相看不顺眼，通常会定下时间地点斗一场琴，谁输了谁认栽，当着众人的面，把琴扔到地上踹个稀碎；或者几个人正坐在马路边弹着吉他唱着歌，碰巧过来一队人马，个个长发墨镜、奇装异服，骑着自行车，背着吉他，哼唱着流行小曲，这叫狭路相逢，怎能不比个高低、分个上下？

此类的比斗蔚然成风，甚至形成了一种社会现象，北京称为茬琴，天津称为会琴，也叫斗琴。有时还会被扣上“精神污染”的帽子，在报纸、广播上引发讨论，不过“死猪不怕开水烫”，玩琴的大多不在乎，依旧是我行我素。

有人说了，文无第一武无第二，这哪比得出来呢？其实公道自在人心，否则也不会有“几大高音”“几大天王”之类的称号了。再往远处说，京剧界还有“四大名旦”“四大须生”，梅兰芳先生如果说自己在旦角中排名第二，谁敢当这个第一？文人要是论起输赢，比练武的有过之而无不及。

以斗琴来说，围观看热闹的众目睽睽，对方唱的歌你不会唱，或者嗓子比你好，调门儿比你高，弹得比你花哨，技不如人，那就得服输砸琴。那些个玩玩闹闹的，各区各片儿的大哥，无不以结交吉他高手为荣，这些人一掺和进来，可就是“卖煎饼馃子的翻车——乱套了”，从斗琴转变成斗殴，乃至群殴，打得热火朝天，没完没了！

阚大路着了魔，从牙缝里省下一个月的工资，三天两头往乐器厂门市部，或者是百货公司的文体柜台跑，好不容易买到了一把红棉牌吉他，如获至宝一般捧入家中。当时市面上常见的吉他，以广州的红棉牌最响、质量最硬，五十元上下的价格也相对合适，成为非常抢手的紧俏货。红棉牌吉他每次刚到柜台，不论什么颜色的，都会立刻被抢购一空。其余的像什么知音、美声、金雀，还有个天津的鹦鹉牌，价钱比红棉便宜，却也低了一个档次。

话说回来，红棉牌吉他虽已接近国际水平，可是当时为了降低成本，完全按照古典吉他的尺寸和外形来做，镂空的琴头、横插式的弦轴，很容易跑音。琴颈也是古典吉他的规格，又宽又厚不说，选取的南方木材也不适应北方的干燥气候，很容易变形，只要家里一生炉子，用不了三五天，准弯得跟弓似的，即便找人调了，琴弦到指板之间的距离，依旧能插进去两三枚五分钱硬币，不使出吃奶的劲儿根本摁不响。

演奏用的古典吉他是尼龙弦还好，弹唱用的吉他可是钢弦，上边四根还都缠着铜丝，拿肉做的指尖跟它们较劲，起泡出血简直是家常便饭，所以说吉他买到手，顶多才算是万里长征走出了第一步，若不勤学苦练，等同于抱着一根烧火棍子。

为了早日在大庭广众之下亮相，阚大路下足了苦功夫。当时的文化宫、群艺馆，乃至乐器厂都有吉他培训班，但他舍不得交学费，何况让他进教室比进拘留所还难受，就在海河边的旧书摊儿上，花三毛钱淘了一本飞边短页的吉他弹唱教程，回家一点一点地抠，全凭自己摸索。

阚大路慢慢才明白，一格一格的叫品，一条一条的叫弦，最细的是一弦、最粗的是六弦，六根弦的音高不一样，从上到下按照定音笛上的顺序调好，然后才可以弹音阶。相邻的两个品叫半音，中间隔一个的叫全音，练熟了再对着简谱弹出旋律。接下来是最重要的和弦，按照教程上的图例，他的手都快劈成鸡爪子了，这才勉强摁住，左手摁弦右手拨弦，一个音一个音地分解，怎么分解，怎么扫弦，这个功夫可下大了。

也是该着扛着，阚大路长这么大，头一次对一件事情这么上心，真正地掉坑里爬不出来了。上班包包子，稍微有点空闲，手指就不停地在面板上又点又按，跟小鸡啄米似的，他还特地买了个橡胶做的握力器，揣在口袋里，没事儿捏上几下，为的是练手劲；只要一下班，迈步进了家门，吉他就算长到他身上了，比万能胶粘得都结实。阚大路咬牙切齿苦练了两个月，手指尖磨出了厚厚的老茧，老茧上还覆着一层绿色的铜锈，洗都洗不下去，总算是把常用的和弦拿下了。

其次是找谱子，那倒不难，旧书摊儿上有的是，巴掌大的小本子，一页一首歌，只不过曲目偏老，唱着不带劲。也可以花个三五分钱，买来电影歌曲简谱折页，印着《驼铃》《流浪者》《大篷车》，拉开跟手风琴似的。但谱子上边并没有标注吉他和弦，阚大路一脚门里一脚门外的半吊子水平，不会自己编配，只得左一个右一个地瞎试，感觉差不多是那意思就记下来，就这么胡凑乱弹的，居然也让他学会了几首歌。

实际上说穿了，吉他弹唱跟天津快板一样，三分在板、七分在唱，手里再利索，唱得不行也白搭，弹唱之间的配合至关重要，绝不能互相搅和。比如有的人，琴弹得挺利索，张开嘴一唱手里就乱了，也有人唱得不错，可一弹上琴，嘴里就拌蒜了。

阚大路有一定的天赋，手里、嘴里都挺明白，歌唱得也不错。冬日午后，往窗边炕沿儿上一坐，唱着《爱情》《初恋的地方》《怕分离又分离》《大江东去》《葡萄美酒》《爱的路上千万里》……琴声婉转、歌声悠扬，循声望去，在斑驳的砖墙、破旧的窗户衬托下，颇有几分文艺气质，招得隔壁院子里的姑娘们纷纷探头张望。

看到阚大路弹琴的模样挺帅，卫星的瘾头也给勾上来了，以他当时在水暖队的收入来说，买把吉他不算什么，可从自己兜里掏钱总是心有不甘，正赶上过年他爸回来探亲，就在年夜饭的饭桌上提了一嘴，想让老爷子“赞助”一把吉他。

本以为又得招出一顿数落，那不是流氓乐器吗？怎料老卫同志一点儿没犹豫，立马点头同意了。因为在当爹的眼中，那两年社会秩序混乱，各类刑事案件接连不断地发生，出事的大多是争勇斗狠的小年轻，卫星玩吉他虽也是不务正业，可总比在外边打架惹事好多了，六弦琴再流氓，总比天天玩刮刀、军刺强多了吧，这就是想学好的转变！于是二话没说，等到大年初三，百货大楼一早开门营业，他顶门进去，给儿子买了一把上海乐器厂的“百灵”牌吉他。

不同于阚大路的红棉吉他，百灵是二十世纪八十年代国产吉他里最贵的牌子，一把要六七十块，摆在柜台最显眼的位置上，却很少有人问津。实心的琴头，立柱式弦轴，声音稳、样子新，颜色也漂亮，锃亮的油漆外圈深中间浅，好似落日余晖，音孔下边贴着一块白色的水滴形护板，可以避免扫弦时划伤漆面。配上针织的背带、军绿色的琴包，其余的像什么拨片、定音笛、变调夹、备用琴弦，全给卫星买齐了。

卫星原本会拉几下胡琴，有这个底子，再练吉他相对容易多了，最起码手指的灵活性没问题，换个把位什么的也游刃有余，而且胡琴上没有品，拉得对不对全靠耳朵听，吉他则简单一些，摁什么位置是什么音，不带错的。他本身又有灵气，没费多大劲就练会了几首眼目前的流行歌，但他不像阚大路那么肯下功夫，反正是“齐不齐一把泥，够不够两头凑”，使劲儿扫弦，扯着脖子吼，在气势上不能输。

两个人搭伴练琴，可跟自己单崩不一样，互相督促、互相勉励，明里暗里较着点劲儿，而且各有所长，阚大路占了个“细”字，和弦转换怎么加花，前奏、间奏怎么出彩，什么叫推弦、揉弦、击弦、勾弦，滑音、泛音、闷音、制音……越练越细致，越弹越上道，一本挺老厚的教程，从头到尾全吃透了。唱上也下了功夫，他从小兔头、下水、猪头肉的，没缺过嘴，吃得中气充足，又练了各种尾音、颤音、装饰音，一心琢磨着怎么能唱好了、唱美了，音准、节奏半点不含糊。

卫星则主打一个“新”，在他看来，别人不会唱的他会，这才叫露脸，整天守着家里那台红灯牌收音机听新歌。那会儿中波最边上，可以断断续续收到“澳大利亚广播电台中文台”，每天晚上七点是“华语音乐半小时”节目，里边放的歌一首比一首新，刘文正、刘家昌、邓丽君、凤飞飞……

旋律简单优美，哼哼几遍就会了，就是记不住词儿。他叫上阚大路，一人一支笔，准时准点守在话匣子跟前，提前安排好谁负责记哪一句，记不下来的先空着，等到再次播放时抓紧补全，完事拼在一起，配好了和弦，就可以出去“现演”了！

阚大路摩拳擦掌，他问卫星：“南开的水上、河北的北宁、河西的尖山、红桥的西沽、河东的中山门，这几个公园都是弹吉他的窝子，你说咱先去哪儿震震？”卫星一摆手：“那不着急，咱的玩意儿没问题了，可还缺一身行头！”

2

弹琴唱歌不比唱戏的行头，袍套靴帽、靠旗髯口，却也讲究个造型，没有一定之规，只看谁能穿出特点了。好比中山门的谢红军，永远是军裤、军跑，夏天穿大红色的跨栏背心，冬天穿军大衣，胸前别着像章。方立文、方立武哥儿俩喜欢穿西服，装得跟归国华侨似的。东北角刘大明制服、短裤加三接头皮鞋，上身穿的确良衬衫，下摆塞进裤子里边。南马路薛奇总戴着一副墨镜，无论白天晚上、屋里外头，从来不摘。总之是要么一帅，要么一怪，至少得占一样。

卫星跟阚大路周末起了个大早，跑到河西区的尖山八大里，这是二十世纪五十年代建起来的一大片居民区，包括红星里、红升里、红霞里、红山里、曙光里、红光里、金星里、光明里，统称“八大里”，在当时来讲属于高档社区，楼上楼下，电灯电话，是普通人住不起的“干部楼”，其实里边住的也未必都是干部。

“里”跟“里”之间的马路边有很多商户，吃的、喝的、用的，卖什么的都有。每到周末，便道两侧还有自发形成的市场，大部分是倒腾外贸商品的摊位，布头儿、箱包、玩具、百货应有尽有。最吸引小青年的还要数那些“出口转内销”的服装，款式好、样子新，绝对的新潮加大胆。小贩支上一把遮阳伞，打开一张钢丝的行军床，上边衣裳、裤子堆得跟小山似的，自己往折叠椅一躺，收音机举在耳边听着，旁边凳子上搁着个特大号的搪瓷缸子，半缸子茶叶半缸子水，偶尔坐起来灌上一口，用不着吆喝，买主乌央乌泱的，他只管看人要价。

地摊上的货品往往是“二小看画——一样一张”，没有一模一样的，怎么选全凭眼光，有人搭配出来远看近看，怎么看怎么时髦，也有人选了半天，穿上跟怪鸟似的。阚大路天天在包子铺里，就那一件白大褂，不怎么会捯饬，他跟着卫星学：高领的小夹克、大领花衬衫、喇叭裤、花袜子，同款不同色，又到卖鞋的摊位上，一人挑了一双尖头的大皮鞋，踢一脚能钉墙里去的那种。

哥儿俩找了间公共厕所，从头到脚装扮好了，换下来的衣服往包里一塞，拿出梳子来沾了点水，把早上刚洗干净的头发梳得一丝不乱，耳朵后边喷几下春蕾牌香水，戴上蛤蟆镜，骑上擦得锃亮的二六“燕把”飞鸽牌自行车，背着吉他来到水上公园，存车买票，直奔眺远亭。

水上公园东湖和西湖之间的一个小土坡上，有个上下三层的砖石亭子，黄墙绿瓦，汉白玉的栏杆，名为“眺远亭”。阳春三月，风和日丽，四周围百花争艳、万木争春，显得格外俏丽，是众多文艺青年的聚集地之一。在这边经常能看见白衬衫纽扣系到头的小伙子，对着湖光朗诵高尔基的《海燕》；还有身着“布拉吉”梳两条麻花辫的姑娘，用手风琴拉着《喀秋莎》；更不乏带着吉他来此献艺的“各路英豪”。卫星从小跟他姥爷四处撂地，简直把今天的眺远亭当成一块“新地”了，初来乍到、人地两生，说什么也得打响了头炮，来他个“狗熊扒窗户——露一露大脸”！

用不着敲锣打鼓圆粘儿，只看他们二位这身扮相，再加上两把崭新的六弦琴，一露面就引得众人侧目。卫星是“老江湖”了，丝毫不怯阵，二话不说，先自顾自地唱了一首《阿美阿美》，本就是一首旋律欢快的歌，被卫星装腔作势地唱出来，又多了一丝痞气，他还紧着“使相”，挑挑眉、歪歪嘴，再不然一边弹一边扭几下，在场众人纷纷鼓掌，起流氓哄，吹流氓哨，人圈也越聚越大。

紧跟着轮到阚大路唱《梅兰梅兰我爱你》了，这是来之前两个人就商量好的顺序，先用两首快歌开了场，后边再唱什么《三月里的小雨》《在水一方》《乡恋》《牧羊曲》之类的抒情歌曲。阚大路弹唱都比卫星细致，上来的主歌部分先是轻轻扫弦，到了副歌改用“切分”节奏，一下节拍感变得更强了。阚大路为了炫技，特地加入了转调，听起来更有味道。阚大路不但音准半点不差，而且转得那叫一个有味道，结尾的部分又往上翻了八度，真比听原唱还过瘾，一时间掌声雷动，口哨声此起彼伏，听歌的把眺远亭上下三层围了个水泄不通。

兄弟二人你方唱罢我登场，出尽了风头，挣足了面子，接了好几张写着姑娘姓名、地址的纸条儿，飘飘然都快飞起来了。阚大路心花怒放，装模作样地甩了甩头发，拨动琴弦又来了一首《黄色的玫瑰》:“摘一束黄色的玫瑰花，寄给你表示我想忘了你……”

刚唱没两句，人圈里挤进来几个身穿制服的治安员，一把抢过二人的吉他，呵斥道:“盯了半天了没管你们，怎么还唱起黄色歌曲来了？走走走，去治安科！”

阚大路一脸困惑:“什么黄色歌曲？哪黄色了？”治安员说道:“我们一直在旁边听着呢，什么一束黄色的玫瑰花……歌词都带出来了，不承认也没用！”就这么着，稀里糊涂地把两个人带到了水上公园治安科。

那是在公园的隐秘之处，一个院子角上的两间小屋，游客根本走不到这一带。水上公园一年四季游人如织，小偷小摸、调戏妇女、寻衅滋事、打架斗殴屡有发生，公安部门实在没那么多人手，全凭治安科维持秩序，只要不出公园大门，人家就有话语权。

卫星和阚大路进去一看，靠着墙根儿已经立了好几把吉他，跟着治安员到了里屋，嚯！蹲了一屋子人了，差不多都是二十岁上下的年轻人，一人一条秃噜到地的喇叭裤，五颜六色的，怪不得今天眺远亭里没看见其他玩吉他的呢？敢情都跟这儿取齐呢！

两个人垂头丧气地蹲到傍晚时分，饿得前胸贴后背，连口水都没喝上。好不容易盼到治安科长回来了，老头子五十多岁，高平头大长脸，满脸的苦大仇深，头也不抬，往椅子上一坐，盯着面前这排喇叭裤运了半天气。终于摆了摆手，让小哥儿几个都站了起来，随即叫人拿来个啤酒瓶，挨个儿塞到裤腿儿里，在外边用剪子一划，全给豁开了，又劈头盖脸地训诫了一番，吉他也没收了，这才把人放回家。

第二天，这事儿还上了报纸，被当成反面典型写成了一篇文章，大标题是“莫负好春光”，下边另有一行小标题——“远离靡靡之音，拒绝精神污染”，旁边配着一幅漫画，一个穿着高领夹克、花衬衫、喇叭裤的黑大个儿，抱着吉他咧着嘴唱歌，也不知是故意的，还是没画好，黑大个儿的两条腿一长一短，明显有点瘸。阚大路被报纸上讽刺的话气得不行，怒火中烧，三天没吃饭！

幸亏当天一块蹲治安科的人中，有个叫小多的，是阚大路在西于庄的老街坊，他的一个同学在水上公园管片儿的派出所里当民警，烦人托窍[①]写了保证书，终于把阚大路和卫星的吉他要了回来。

玩琴的圈子一贯如此，多认识一个人就等于多认识了一帮人。自此之后，以小多为首的一伙哥儿们，三天两头来找他们俩玩吉他。因为阚大路有残疾，吉他弹得还那么好，大家都高看他一眼。卫星能说会道，交朋好友，把这伙人组成了一支马路吉他队，自己号称"马路吉他队大队长"，出去斗琴赢了几场，自以为打遍天下无敌手了，多少有点儿得意忘形。

不出去斗琴的时候也闲不住，他们住的这个小院简直成了"马路吉他队"的大本营，从早到晚出出进进，不是留着大长头发的，就是膀子上刺着花儿的。这些人特别能闹腾，天凉的时候还好说，在屋子里关着门唱，邻居都能忍，到夏天可缺了德了，几个人熬一大锅绿豆汤、宰个大西瓜，拿着小板凳、小马扎往院子中间一坐，弹到半夜也不挪地方。他们当中有人弹得好，有的只会扒拉几下，

① 烦人托窍：天津方言，大意是请人帮忙办事，想方设法打通各种关节。

还经常互相抬杠，“你弹的这是什么？和弦都不对！”“你对你弹一个！”“说你还不听，不信咱翻谱子去！”经常鸡吵鹅斗、连喊带闹的，搅得四邻不安。临走时琴也不带走，都放在阚大路家里，下次来接着弹。

他们这些人里也藏污纳垢，不乏玩玩闹闹的琉璃球，出去斗琴的时候，自行车把上架着吉他，链子盒边上插把砍刀，别人斗输了，顶多是觉得今天唱得不行，挨栽了、没面子，仅此而已，回去自己练，下次再找回来。他们不行，输了就找茬儿打架，打完了一哄而散，其中有下手狠的，抡刀真往对方脑袋上招呼。

那一年的 8 月 25 日，夏季严打开始了，两三天的工夫，这些小玩儿闹被收进去不少，阚大路家一下冷清了，再也没有来学琴的了，只剩下一屋子吉他。他天天躺在吉他堆里睡觉，想弹哪个弹哪个！

3

城市开始了轰轰烈烈的危房改造，石桥西这一片平房大杂院全部推倒重建，取名为“中华楼”，天桂戏园子改造成了文化馆大剧场，足以容纳上千人，演戏、演曲艺、演音乐会，还总放电影。老街旧邻们先是住进周转房，过渡一段时间，再搬进新楼房，只觉得窗明几净，单元里还有厨房、卫生间，过去做梦都不敢想。大家各自忙着收拾新房、置办新家。卫星姥姥家原来有三间屋子，分到三个独单，离得都不远，姥姥、姥爷、小老舅以及卫星各自都有地方住，阚大路娘儿俩原有一间小平房，也分到了一个独单，跟卫星他们家一个楼门洞。

搬了新家肯定要添置几件新摆设，卫星心气儿高，不惜血本买了一台日本原装进口的松下双卡收录机，交直流两用，平时在家插着电门听，装上六节一号电池，还可以扛出去招摇过市。阚大路也趁机鸟枪换炮，托人帮自己买了一把鹦鹉牌电吉他，前后两个拾音器，三个旋钮能调节音量和音色，附带一个黑皮琴盒，红绒布的里子，一拿出去绝对引人注目。帅归帅，不过电吉他有个缺点，如果不接音箱，弹不出多大响动，又得找朋友踅摸电吉他音箱去。当时有这么一路人，玩儿得不行，但是能淘换乐器，在圈子里也算神通广大。

阚大路通过朋友找到了一个中华乐器厂的老师傅，从废音响上拆了两个纸盆喇叭，又找来几块电路板拼拼焊焊的，最后愣是用木头板子给他钉出来一个音箱，涂上黑漆，凭着关系只收了个手工费，尽管插上琴有些“刺啦刺啦”的，略显美中不足，但在阚大路听来，那无异于“绝世之声”了！

忙忙叨叨过了一段时间，都拾掇得差不多了，卫星又去找阚大路玩吉他，却发现阚大路少有地满脸愁容，一问才知道——他的饭碗丢了。

要说阚大路，这几年确实出息了，不仅吉他弹得不错，在包子铺干得也挺好。老师傅手把手地教，阚大路踏踏实实地学，再加上他也算半个厨子世家，有点做饭的天分，和面、调馅儿、蒸包子样样拿得起来，别看腿脚不利索，但胳膊有劲儿，干活可麻利，足以独当一面。只不过这家包子铺是国营买卖，隶属于区饮食公司，他这个临时工想转正太难了。

经理常常安抚他，让他把心放肚子里，踏踏实实地干，哪怕上面批下来一个进人的指标，也会给他转正。阚大路抱着个热火罐子，上班干活更卖力气了，白案上揉面、红案上剁肉、大铝盆拌馅、大笼屉蒸包子，连扫地擦灶台的活儿都抢着干。可在前不久，包子铺连着来了三个新职工，都有正式编制，进来从学徒工干起，剥葱、剥蒜，打打下手，却比阚大路这个干了好几年调馅、和面、包包子、蒸包子样样都拿得起来的挣得还多。老姐姐们一边包包子一边小声议论，替阚大路叫屈鸣不平，说其中一个新来的是经理的表弟。

阚大路越听心里越别扭，腾地一下站起来，把手里的面团重重地摔在案板上，掸了掸身上的面粉，搓着双手直奔经理室，拍着桌子讨要说法。经理一脸无辜，说新来的三个人都有后门，他小小一个包子铺经理，上面安排他管包子，他只能管包子，管不了人，做不了招工的主。阚大路气急了，质问经理："我在包子铺干了好几年，没功劳也有苦劳，不给我转正也就算了，凭什么我的工资比学徒工还低？你拿我当傻小子使唤是吗？我阚大路不蒸包子蒸口气，不伺候你了！"说完拽下套袖、脱了工作服，往桌子上一扔，转身出门当了家里蹲。

开弓没有回头箭，再回包子铺上班是不可能了，如今只好走一步看一步。他倒是不太着急，每天除了吃饭睡觉就是练琴唱歌，原本挂在墙上“镇宅”的电吉他也被他玩熟了，只不过“男愁唱，女愁浪”，阚大路唱得自己心里不舒服，更给他老娘愁得够呛。

卫星也觉得为难，阚大路腿脚不方便，干不了体力活，进水暖队不难，小老舅一句话的事，但恐怕阚大路自己面子上过不去，怎么办呢？心事重重睡不踏实，凌晨四点多就醒了，饿得前胸贴后背，正好茶壶里还有凉白开，他对着嘴“咕咚咕咚”灌了几口，压了压心头火，又拿凉水洗了把脸，出门去吃早点。

路灯还亮着，马路边卖早点的小摊一家挨一家，煎饼馃子、炸糕、热蒸饼、烤饼、卷圈儿、茶鸡蛋，花样迭出，升腾着一道道白雾般的热气。就数摊煎饼馃子的香味传得远，一勺水磨的绿豆面，“刺啦”一声，点到热铛中间，一股清香味儿就飘上来了。倒退几年可跟现在不一样，那时还是平房，人口密集，却只有两家国营早点部。先得排队买竹牌，再到其他窗口排队，拿竹牌换馃子、烧饼、豆浆或者老豆腐，至少得半个小时，才能把这顿早点凑齐了。

在早点部上班的职工，每天后半夜就得起来，一天两天还好说，天天这个作息可难熬，睡不好觉，气儿就不顺，脸拉得比叫驴还长，跟顾客吵架斗嘴是常有的事。改革开放后，渐渐有了卖早点的个体户，国营早点部依旧我行我素，赶时间的人不愿意看他们的脸子，往往在马路边找个小摊，随便吃两口凑合一顿。

卫星常去一家个体早点铺吃早点，就开在国营店斜对面，一角大饼、二两棒槌馃子，也就是油条，卷好了一大掐，外边香里边脆，天天吃都吃不腻，再来碗豆浆或是老豆腐，吃饱喝足顶到下午也不饿。一来二去跟店主熟了，是一对老夫妻，打年轻时就在天桂后卖炸馃子，跟卫星他姥爷、姥姥都熟。二十世纪五十年代粮食统购统销，家家户户都有定量，多买不了一点儿，炸馃子干不成了，两口子被安排到街道工厂上班。八十年代恢复个体户，他们想趁着身体还行，给儿女挣点钱，到工商所领了营业执照，把压在箱底儿的存折找出来，置办了油锅、炉灶、案板子、面盆，在胡同口搭起小棚子，重操旧业。

老爷子炸出来的馃子实打实地一尺多长，二两一根只多不少，枣红色，焦脆酥软，地道的天津老味儿，让人吃一根想两根，三天不吃就馋这口儿。不单有棒槌馃子，还有馃头、馃篦、糖皮、大馃子饼，样样拿手。几年后赚了点钱，租了间临街的铺面，面积也不算小了，屋里用木窗户隔出三分之一当后厨，买来桌子、板凳、碗筷，添了烧饼、老豆腐、豆浆，每天早上顾客盈门 做多少卖多少，九点半以前准能净手，来晚了吃不上。

今天卫星起得太早了，大口呼吸着新鲜空气，溜溜达达走到早点铺，老爷子刚点上火，趁着人少，跟卫星聊了几句闲天儿:“人啊，不服老不行，我这身子骨，一天不如一天，站上一早晨，脚底下发飘打晃，真有点顶不住了。几个孩子都上着班，谁也不愿意接我这一摊，没辙，我也琢磨了，等把家里存的二百多斤面粉卖完了，就停业关门了。”卫星挺遗憾，看意思今后得换地方吃早点了，突然脑子里闪出一个念头: 我为什么不把早点铺盘过来呢？那就不用在水暖队受约束了，跟阚大路合伙卖早点，不仅是正常的营生，而且早点铺上午十点以前就能关门，一整天干什么都不耽误，再出去斗琴，那就是八小时以外，可不算不务正业了！

卫星把自己的想法一说，老爷子特别高兴，这时油锅也热了，一边炸着馃子一边跟卫星念叨:“做早点不难，一层窗户纸，一点就透，只是比别的行当辛苦，为什么呢？半夜就得起来，和面，熬卤子，点豆腐脑，忙活到天亮，在炉子前面一站几个小时不挪窝儿。人家排着队，你说你想上厕所，一走六七分钟，不是不行，活人总不能让尿憋死，但也是真不合适，你自己心里都觉得过意不去。

“冬天还好说，守着炉子好歹落个暖和，夏天可不行，哗哗出汗啊，背心裤衩都跟从水里捞出来的一样，偶尔掉油锅里几滴，崩在身上就是个小水泡。你们小年轻的真能塌下心来干这个，可也不容易。你看这周围那么多卖早点的，哪有大小伙子？你可想好了！”

卫星从来是想起一出是一出，打定了主意谁劝也不听：“您老放心，我肯定能干！”

老爷子也想让自己的手艺传下去，就把炸馃子的秘诀和盘托出：“关键在和面，碱、矾、盐这三样，哪一样多了不行，少了也不行。三九天用温水，三伏天太热，得用凉水。一盆面搋上几百下，炸的时候，馃子一根一根下锅，拿筷子来回翻动，炸成枣红色，这才能外酥里嫩。再有就是这老豆腐，浓豆浆点豆腐脑，整只老母鸡加上口蘑、黄花菜、木耳、鸡蛋，炖得‘咕噜咕噜’冒泡，把老母鸡炖化了，鸡汤打卤，辣椒油、花椒油、麻酱汁、蒜汁、腌韭菜花这些调料都得自己做，直接买现成的口味儿可不行。”又告诉卫星，早点干好了能对半赚，这叫“斧子利”，是个好买卖。

卫星听了个一知半解，他也记不住这么多，反正以后随时能找老爷子请教。吃完早点，又买了些烧饼、馃子回家，给姥姥、姥爷和小老舅撂下一半，另一半给阚大路和他老娘送了过去。

阚大路正睡得迷迷瞪瞪，让卫星从被窝里掏出来，牙也没刷脸也没洗，抓过早点来就吃，听他说了卖早点的计划，觉得可以走这一步棋，问题是本钱从哪来？卫星说这都不叫事儿，自己手里有点，再找小老舅借点，等挣了钱再还他！

第四章

早点铺子的兴衰

自从王小青到了早点铺，生意果然有了起色。可还是那句话，“做生意不懂行，等于撞南墙”。

卫星和阚大路从没做过买卖，更何况他们的心思根本没在早点铺上。尤其是卫星，总觉得自己不是池中之物，并不甘心每天起早贪黑卖早点。

1

卫星和阚大路哥儿俩说干就干，当天上午就去水暖队找小老舅。谷志军问明情况，对卫星说：“我不反对你自己出去闯闯，但无论干什么，都得提前琢磨明白了。卖早点说着简单，可上手一干，各种问题就来了，咱还别说你能不能天天半夜起床，一直坚持下来，我就问你，你炸馃子的油、面从哪来？”卫星随口答道：“买啊！”谷志军摇头一笑：“每个人的粮食都有定量，现在倒是有议价粮了，可你想没想过，你买议价粮炸馃子，卖得就比国营早点部贵，那还有人买吗？如果把价格压下来，你又怎么挣钱？再有一节，到煤店买煤球要凭煤本，这个你怎么解决？”

卫星脸一红，本以为简简单单的事，让谷志军几句话问了个哑口无言，但转念一想，这我都可以问老爷子啊，便说:“老爷子怎么干，我还怎么干呗。”谷志军觉得不行:“小鸡不尿尿，各有各的道。人家有人家的办法，可能还有隐私，不会轻易告诉外人，即便告诉你了，可能你也玩儿不转，师父领进门，修行在个人。就拿我们干水暖的来说，全市各区都有施工队，同样进一批管子，那价格还不一样了。如果你真想卖早点，还是得找自己的路子。”

当时粮油都凭本供应，有粮票可以买到平价粮，随着市场渐渐开放，没有粮票也能买到议价粮，不过比平价粮贵不少。谷志军拍了拍卫星的肩膀:“我早看出来了，你不可能一直跟着我装水管，这么着吧，本钱我先给你拆兑几个，前些天队里接了粮油公司的一个活，我再托人帮你打听打听能不能买到平价粮。”说完拉开抽屉，拿出一沓“大团结”，数出八百块钱，递给卫星。卫星倒有点儿不好意思了，推脱了半天，谷志军把脸一板:“怎么说我也是你舅，从小到大你花我的钱还少吗？废什么话？给你就拿着！”

没出三天，谷志军把平价粮油和煤球的事情办妥了，一切准备就绪。卫星把钱交给开早点铺的老爷子，连剩下的面粉、油，带店里的家伙什全部盘了下来，个体营业执照也更了名、过了户。选定良辰吉日，开业当天，他和阚大路俩人一宿没睡觉，半夜三点就到早点铺忙活上了。阚大路干这些活轻车熟路，和好了面，打好卤子，豆浆也熬热了，这时天光放亮，卫星点了一挂鞭炮，“噼里啪啦”跟过年一样，街坊邻居没睡醒的也给吵醒了。阚大路生火倒油，炸馃子的香味立时飘了出来。

早点铺开业大吉，头三天八折优惠，生意相当不错。怎料三天过后，顾客突然变少了，说门可罗雀那算好听的，蛐蛐、蚂蚱、树牛子甚至蚂蚁，都不往这边爬。卫星胡思乱想，是不是风水不行啊？营业额断崖式下跌，辛辛苦苦忙活一个月，到月底一算账，不但没挣着钱，还赔了一部分，事先可想不到，卖个早点怎么这么费劲？

问题出在什么地方呢？首先来说，别看人家国营早点部服务态度差，大爷的买卖，但人家人手富余，前台后灶，分工明确，有炸馃子的，有烙大饼的，有熬老豆腐卤子的，有卖牌收款的，有拾掇桌椅碗筷的，早点的品种特别全，又没有成本压力，进货由公家划拨，赔钱了也有人给发工资。像卫星他们这种小本营生，人家国营店稍微加把劲，就能把你的客源抢走。

另外一个，河北大街这一片得有二十来个早点摊，早上想吃什么都能买着，谁能天天来你这儿吃炸馃子？最关键的一条，还在于他们自己，虽说老爷子的手艺毫无保留，一股脑儿传给了卫星，但无论干什么事，总得有个日积月累的过程，尤其是干餐饮，做早点的算半个厨子，更讲究熟能生巧。

阚大路蒸包子是把好手，却从没炸过馃子，卫星就甭提了，活这么多年，连锅沿儿都没碰过，一上手才知道有多难。比如说，一根馃子中间应该是劈开的，但他们炸出来可就不一样了，有的散成两根，有的粘成了一根，个头大小还不一样，都属于残次品，来买馃子的一看这造型，人家扭头就走，都犯不上跟你矫情。遇到这种顾客，得赶紧给人家喊住了，买两根，饶一根，人家才肯买，那还怎么挣钱？

一番生意两番做，当初老爷子干得红红火火的买卖，到了卫星和阚大路手上，变得半死不活，跟个鸡肋似的，食之无味，弃之可惜。阚大路提议："不行咱改包子铺吧，这个我熟啊！"

卫星说那可不行，包子怎么说也比馃子贵，早晨吃包子的人太少，可要是改成中午和晚上卖，这一整天全得搭在里头，还怎么出去斗琴？咱可不能"王八炝蹶子——有前劲没后劲"，说出大天来，也得咬牙挺着！

2

一晃又过去半个月，哥儿俩天天半夜起床，晃晃荡荡地出门，哈欠连天地营业，真得算兢兢业业了，无奈挣不着钱，心里比吃了黄连都苦。这天早上六点多，早点铺里没几个吃主儿，但开买卖的照样闲不住，卫星在后面炸馃子，热得脑门冒汗，阚大路一瘸一拐地忙活，收拾着桌子上用过的碗筷。此时门帘一挑，慌里慌张地闯进来一个姑娘，一看就是乡下人，十八九岁，不高不矮，不胖不瘦，大眼睛，翘鼻子，皮肤倒是挺好，白里透红、又细又嫩，脑后扎着两根大辫子，又黑又亮，白衬衣、蓝裤子，脚下一双白塑料底一字扣带黑布鞋，露出半截花袜子。手里很费劲地提着一个铁灰色帆布旅行包，侧面印着一座白色的大楼，楼前面有汽车、路灯，写着

“上海”两个大字，边角磨得发白，塞得鼓鼓囊囊的，拉锁牙子都撑咧嘴儿了。

阚大路在包子铺那几年，跟着从旧社会过来的老师傅学过一些生意经，像什么“没有笑脸莫开店”“买卖人三宗宝——货全、干净、态度好”“不怕生意小，就怕主顾少”，但这些在包子铺用不上，人家那是国营买卖，你爱吃不吃，不吃更好，没人求着你。如今当了个体户，把这些陈芝麻烂谷子全捡起来了，有空就拿客人练手儿。立刻招呼那姑娘坐下，帮忙把包放凳子上，一边用抹布擦着桌面，一边赔着笑脸问:“你想吃点什么？”别看这姑娘是外地人，买早点倒还挺有经验，要了一两馃子，两角大饼，一碗豆浆，一碗老豆腐，多放麻酱、蒜汁、辣子油。

阚大路把吃的端上来，只见那姑娘把头一低，甩开腮帮子一通猛造，转眼吃了个盆干碗净。阚大路看得直嘬牙花子，心说这是多少天没吃饭了？姑娘挺了挺身板，拍了拍胸口，告诉阚大路，再来一两馃子，一角大饼，一碗豆浆，豆浆里再给冲个鸡蛋。开饭馆的不怕大肚汉，阚大路照方抓药，这一次姑娘吃得比刚才还快。吃完一算账，一共五毛四分钱。姑娘忽闪着两只大眼看着阚大路，说出一句话:“大哥，俺没钱。”

在后面炸馃子的卫星听得清清楚楚，心想我们这又不是大饭店，一个早点铺怎么也能遇上吃白食的？还是个小姑娘，如果说这都对付不了，以后还怎么做生意？他把手里的长筷子往案板上一撂，走到姑娘跟前，拧着眉毛板着脸：“不带这样的啊，我们是小本生意，你这一顿顶仨人的，不给钱可不行！”

姑娘一脸无辜：“大哥，俺是真没钱啊，要不……要不……俺先欠着？”卫星问她：“没钱你还吃那么多？你还真好意思是吗？”姑娘弯腰把帆布包抱在怀里：“就因为没钱才吃得多啊，俺昨天晚上就没吃饭，一宿没睡觉，饿得两腿发飘，脚底下打晃，都快昏倒了，这会儿刚缓过点劲儿来……”她说着话还打了个饱嗝。

卫星横眉立目，一把拽住帆布包的带子：“甭来这套，就算是要饭的，也不能下饭馆点菜吧？早点铺也是饭馆你知道吗？你不打听打听，我卫星是干什么的，我脸上写着好说话了？跑我店里吃白食来了？”

阚大路拦着卫星说：“别别别，你看她一小姑娘，多可怜啊，三分生意，七分仁义，不就几个早点钱吗，算啦算啦！”卫星不依不饶：“蒜辣？蒜辣你吃韭菜呀！那是一顿吗？那是足足三顿，打大个儿的也没她能吃，她是属牛的还是属骆驼的？”

姑娘一听阚大路话里话外挺向着自己，赶紧往他身后躲，又央求卫星：“俺真不是成心坑你们，俺不是骗子，这么着吧，俺就在你这早点铺打工，挣了工钱还给你们，行不？”

卫星让她气乐了：“你这五毛四能顶一天工资吗？你要是多干两天活，那不成我欠你钱了？行行行，只当我今天倒霉，你赶紧走人吧，出去出去！”

姑娘反而不走了，帆布包往凳子上一撂，眼巴巴地看着卫星和阚大路：“两位大哥，你们行行好，让俺留下来吧！俺实在没地方去啊，想回老家也回不成，没钱买火车票啊，回去了俺爹娘也得给俺赶出来，俺什么活都会干，你们看着给俩工钱，晚上让俺睡在这屋就行。”

卫星和阚大路面面相觑，俩人都傻了，敢情这姑娘是来找工作的？他们这早点铺开了一个多月，光剩赔本赚吆喝了，要是再雇个人，按月开支，他们这俩当老板挣得还不如人家打工的多，那到底谁是老板？谁是伙计？谁给谁打工？

卫星脑袋摇得跟拨浪鼓似的，连着说了四五个“不行”。阚大路却不这么想，他头一眼看见这姑娘，心里就有一种异样的感觉，跟过电似的，觉得她又漂亮又朴实，尤其那两根大辫子，油亮油亮的，怎么那么好看？比城市里这些庸脂俗粉可强太多了。听说这姑娘想在早点铺打工，他觉得自己机会来了，过了这个村，就没有这个店了，赶紧恳求卫星：“我看这姑娘挺不容易的，咱就收留她了，我少分点儿钱都无所谓，给她开份工资，也能帮咱干点儿活，没准过两天生意好了，再找人就来不及了！”

卫星何等精明，一听阚大路这么说，立即明白自己兄弟是什么意思了，肯定是对这个姑娘一见钟情了！别说，阚大路这么黑，姑娘这么白，俩人要是结婚了，准能生出个熊猫来。但他得给阚大路把把关，问他："你把她留下来，你了解她吗？你知道她姓什么叫什么吗？老家是哪儿的，家里还有什么人，为什么来天津？”

阚大路嘿嘿笑道："这个不着急，闲下来咱再慢慢问，反正她也不像坏人。人家一个小姑娘都不怕，咱们两个大老爷们儿有什么怕的？”那姑娘赶紧接过话茬儿："两位大哥一看就是好人，我肯定好好干，准保你们不后悔！”

卫星拦不住阚大路，心不甘情不愿地点了头。这一下阚大路和那个姑娘都高兴了。姑娘还真勤快，把帆布包放在屋角，洗了洗手抓了条围裙系上，就开始干活。擦桌子、擦凳子、扫地、刷碗，又把门口的垃圾都扫了，还泼了水，一个人忙得团团转。吃早点的打这儿路过，见里里外外收拾得这么干净，自然愿意在这个小店吃东西。如此一来，他们这一天的营业额比前几天都高。阚大路趁机跟卫星表功："看见了吗？换人如换刀，留下她没错吧？”卫星哭笑不得，当着外人的面，也不好意思揭穿他。

3

经过一段时间的接触，卫星和阚大路对这个姑娘的了解也逐渐加深。她叫王小青，来自安徽山区一个小村子，她家那地方“十年九涝”，爹娘都是农民，家里还有两个弟弟，日子过得特别苦，经常吃不饱饭。村子里很多姑娘都进城做帮工，听说挣了大钱，她爹娘觉得这是个生财之道，就让十八岁的王小青进城当小保姆，为给两个弟弟娶媳妇儿挣彩礼钱。

王小青自己也不愿意在山旮旯的地头、床头、灶头耗一辈子，能出去见见世面总是好事，她孤身一人拎着个破旅行包，坐上火车来了天津。通过老乡介绍，找到一户主家，小两口带个三岁的男孩，谈好了由王小青负责做家务、买菜、做饭、看孩子，主人家管吃、管住，一个月给三十块钱工资。

这户人家住在市中心重庆道一栋单元楼里，三居室的房子，收拾得一尘不染，地上铺着地板革，墙上贴着木质护墙板，还摆着许多古色古香的瓷瓶、瓷罐，以及女主人的香水瓶、化妆品。男主人是高干子弟，夫妻俩都要上班，王小青心中窃喜，他俩白天不在家，这屋子不就跟我自己家一样吗？她觉得简直一步登天了，再回老家，也能跟村里人好好炫耀一番，可谁知道接下来的遭遇，跟她想象中的完全不一样。

女主人第一天领着王小青进家门，当着她的面，就把抽屉、柜子都上了锁，钥匙拴在自己的裤腰带上，防这个小保姆就跟防贼一样，生怕她偷家里东西。王小青除了看孩子，收拾屋子，还要每天去农贸市场买菜，回来做饭。晚上女主人回家，她得汇报这一天的收支账目，农贸市场的菜比国营菜店的新鲜，种类也丰富，价格自然贵一点，可一旦女主人觉得她买贵了，脸子马上就耷拉下来。

主家雇她的时候，说好平等待人，和睦相处，可每到吃饭时，她得先喂饱了孩子，这时候那夫妻俩也吃完了，只剩残羹剩菜，男主人倒是会说话："小青啊，你看你来咱家时间不长，变白了，也变胖了，这说明营养全在菜汤里了。"气得王小青当天晚上蒙着被子大哭一场，心想你们城里人不是说只有分工不同，没有高低贵贱之分吗？我是小保姆没错，可以伺候你们吃喝拉撒，但也不能这么低三下四的！

王小青敢怒不敢言，她从山里到大城市，看什么都新鲜，没吃过的都想尝尝，有一次走在大街上，飘来一阵糖炒栗子的焦香，可给她馋坏了，用工资买了半斤糖炒栗子，回去一口气吃光了。女主人下班回来，发现垃圾桶里有栗子皮，抓住了把柄，像审犯人似的问她栗子是哪儿来的？王小青实话实说，女主人却不肯善罢甘休，查账查得格外仔细，硬说王小青买肉花的钱太多了，晚饭没看见几块肉啊，是不是拿钱买糖炒栗子了？王小青气得眼泪在眼眶里打转，反问女主人："凭什么平白无故怀疑人？如果您在单位也被当成贼，您心里怎么想？"

没隔几天，男主人带回来一大盒元宵，晚饭时王小青把元宵煮熟了，白白胖胖、圆圆滚滚，看着就好吃，给夫妻俩各盛了一碗，刚要给自己盛，被女主人拦住："你们南方人吃元宵喜欢咸肉馅的，我们北方这种甜豆沙馅的你肯定吃不惯，你还是吃米饭吧，大米的维生素含量高，昨天剩了两碗，我特地给你留着呢。"王小青忍无可忍了，没好气地说："既然维生素含量高，您还是自己补吧！甜的我也爱吃！"说着话就给自己盛了八个元宵，气哼哼地端起碗来就吃。可把两口子气坏了，满脸怒气，摔勺碰碗，一晚上没好脸色。

王小青她们老家有十几个同乡来天津市做帮工，有的是母女姐妹同行，有的是姑嫂妯娌结伴，大都沾亲带故，星期天主人歇班，也是她们放假的日子，总在马路边一个小花园里聚会。这当中，有跟雇主家关系好的，亲如一家人，更多的则是彼此间没完没了地摩擦、猜忌和争执，跟王小青的处境差不多，聚在一起的话题就是怎么对抗主家。

不怕没好事，就怕没好人，王小青单纯朴实，受这些老乡的影响，变得越来越斤斤计较，再加上女主人总拿她当贼防着，双方的矛盾越来越深。她使了不少报复手段，偷着用女主人的口红、偷喝孩子的奶粉、偷吃家里的饼干糕点等看不出数量的东西，还特别喜欢用家里的录音机听磁带，那里面的歌儿一首比一首好听，让她如醉如痴，每次听完之后，还得想着把磁带倒回原来的位置。女主人没有证据不便发怒，但都一一记在心里，终于在一天晚上爆发了！

那天早上，王小青出去买菜，遇上下大雨，回来没有可换的衣服，穿了女主人的一件旧裙子，到晚上忘了换下来。女主人下班到家一看就急了，冲王小青大发雷霆，让她赶紧收拾东西走人，并且扣了她这个月的工资。王小青晚饭都没吃上，抹着眼泪收拾东西，拎着旅行包从雇主家出来，一时茫然失措，不知该何去何从。

这个城市里还有些同村来的小姐妹，即使能帮上她，也不可能那么快找到新雇主。王小青后悔平时跟女主人闹得太僵，又觉得一个人出门在外，爹娘非但指望不上，还逼着她按月往家里寄钱，自己花一块钱都得前思后想，合计老半天，如果就这么回老家，家里人饶不了她，还指不定说出什么戳心窝子的话。她低着头边走边想，越想越委屈，走着走着，天就黑了。路上乘凉散步的人来来往往，一个个悠然自得，谁又会在乎她?

王小青实在无处可去，正巧走到西站，进了候车大厅，在长椅上忍了一宿。闭上眼就做梦，女主人把她骂得狗血淋头，又伸出两手掐她的脖子，感觉快要憋死了。天蒙蒙亮时，她走出火车站，已然饿得脑袋发空，眼冒金星，不知不觉走到了河北大街，这才误打误撞，闯进了卫星和阚大路开的早点铺。

自从王小青到了早点铺，生意果然有了起色。可还是那句话，“做生意不懂行，等于撞南墙”。卫星和阚大路从没做过买卖，更何况他们的心思根本没在早点铺上。尤其是卫星，总觉得自己不是池中之物，并不甘心每天起早贪黑卖早点，想帮阚大路是一方面，主要还是为了出去斗琴。每天上午九点多一关门，两个人就出去，拿着吉他逮谁灭谁！

第五章

斗琴大会

卫星和阚大路分头约人，一起玩过唱过的 专挑精兵强将，又托小多和小褶子这两个社会关系比较复杂的朋友，提前放出风去，就说“马路吉他队大队长”和“北宁歌王”要在海河公园跟人斗琴，来观战的越多，老貔貅就栽得越狠！

1

那段日子过得很快，没有愁事儿。在卫星看来，斗琴这件事，主要是斗嘴，外带着斗气，其次才是斗琴，弄不好就演变成了斗殴。虽然卫星的吉他弹得马马虎虎，但是能咋呼，没理搅三分，嘴上不吃亏，“劝业场里的西服——一套一套的”，没人说得过他。阚大路则不一样，名头不如卫星响，琴技却高出去一大截，琴路也越来越宽，除了弹唱，古典吉他的曲子也照样拿得起来 《波尔卡》《玛祖卡》《爱的罗曼史》《化装舞会》等曲子，弹什么是什么。

在阚大路看来，想要出人头地，必须得捣鼓点像样的东西，所以他不仅练琴下功夫，还非常好学，每斗一次琴总要学点东西回来，对方并不见得比他弹得好，但只要有好的地方他就学，哪怕是一个节奏型，一个小加花儿，但凡他觉得有用的技巧、手法统统学过来，然后融会贯通用在自己的曲子里，用他的话说：“咱不能混日子！”万一赶上对方实在弹得不行，犄角旮旯没有任何可取之处，他连斗都懒得斗了，抱着肩膀看上十分钟，扭头就走，临走还撂下一句话：“大哥，快回家吧，你不是玩这个的料！”

如此这般，凭着阚大路的琴技、卫星的嘴皮子，这哥儿俩几乎是战无不胜，名声越来越响，队伍也逐渐壮大，有会弹的、有会唱的，有会摇沙锤、打军鼓、吹小号的，一个人弹唱，好几个跟着伴奏，也有什么都不会纯跟着起哄的，一帮一伙的二三十人，骑着自行车，上午中山门、下午邵公庄、晚上小白楼，不怕冷不怕热的，一心只想着出名、扬腕儿，让别人佩服。约他们会琴的，提前准备好小板凳、大碗茶，天热有西瓜、冰棍儿，天凉有青萝卜，到了以后坐那就开练吧，那边要是看你弹得不错，比他们强，就不唱了，听你们唱，一首接一首，一直唱到晚上十点多，直到把肚子里的歌都掏空了才算完。过程中彼此或许有敌对情绪，但唱到这个状态，已经很少动手打架了。

这天一如往常，卫星和阚大路正在早点铺里忙活，就听门外土不土洋不洋地说了一声：“雷猴啊！”二人抬头一看，门口这位太带派了，一身黑色的观奇洋服，里边穿着雪白的高领尼龙衫，半高跟的红皮鞋，中分蘑菇头，头发缝跟用刀裁出来的一样，后边剃着坡茬儿，戴着一副半深不浅的大墨镜，透过茶色的镜片可以看见眼睛。

卫星和阚大路一时有点儿发呆，认了半天才看出来，原来是当年一起蹲过治安科的小多，这小子严打被抓进去蹲了半年多，在里边认识了一个狱友，那个狱友在广东有亲戚，出来以后通过关系，两人去香港混了一年，挣了点钱也算衣锦还乡了。回到天津立马来找卫星和阚大路，一看当年的胡同平房全拆了，四处扫听才知道他们俩在这儿卖早点，可没空手来见故交，特地从香港带了礼物，苹果牌的牛仔裤和牛仔夹克，带英文的背心、皮拖鞋，还有几盘香港原版磁带。

卫星从来没穿过牛仔裤，还以为是用劳动布做的，裤子上半截瘦，下半截肥，九寸半的裤腿，两侧带弧线，显得腿特别长，后腰上红绿相间的苹果标那叫一个洋气，穿上就舍不得脱下来了。拽着小多到外边猛搓了一顿，晚上又回到家里，弹着吉他边唱边喝，一直闹到半夜。

打那开始，卫星这身行头成了他们吉他队的标志。王小青心灵手巧，会做裁缝活，借了卫星姥姥家的缝纫机，抬到早点铺，比着样子先剪后裁，给阚大路也做了一身。又从商店里买来铜扣子，对好了拿榔头一砸，除了没有那个苹果标，其他地方简直一模一样，足以乱真。很多一起玩儿的朋友争相效仿，都去买来料子求她帮忙，王小青很喜欢跟这帮玩吉他的打交道，说什么也不收钱，还自己往里搭口袋布和棉线。

比起这身行头，阚大路更稀罕那几盘原版磁带，里边全是粤语歌，不对着歌词听不懂，可是真好听，那个咬字、那个发音、那个拐着弯儿的小调门儿，简直把他迷死了。他把和弦扒下来，一宿一宿地弹，一个字一个字地抠，练到最后闭上眼睛听，唱得跟原版相差无二。又抱着自己的电吉他，去卫星家里泡了几天，窗户门都关得严严实实，透风的地方贴上橡皮膏，为的是减少杂音，用他的双卡录音机，把唱得最好的、最满意的都录了下来。

当时，一盘索尼空白磁带一共六十分钟，阚大路为了多录几首歌，什么前奏、间奏都不弹，张嘴就是唱，AB 面加起来足足录了三四十首歌，在整个天津市玩吉他的圈子里转过来转过去，争相翻录、广为流传，不知道的还真以为是香港的，其实是河北大街西于庄的。

因为这件事，阚大路还进了一次派出所，民警让他把磁带里的歌词都写下来，看看有没有黄色歌曲。这可给阚大路出了难题，他写的那些字，基本上只有自己看得明白，好在他语言表达能力强，一边写一边解释。民警听得晕头转向，只能让他现场唱一遍。这不是往枪口上撞吗？唱歌正是阚大路的强项，纵然没带吉他，那也唱得娓娓动听，在场的民警都听美了，才放他回去，临走跟他定好了，等派出所和街道办联欢会时，请他过来助兴。阚大路拍着胸脯一口应承。

阚大路凭着一盘自制的磁带声名鹊起，圈里圈外很多人学他唱歌，加上他让卫星带的特别注重造型，穿得干净、洋气，每天晚上洗澡，头发总是蓬蓬松松的，跟卫星两个人背着吉他走在马路上，回头率欻欻[①]的，都以为是哪个团体里搞艺术的，谁也看不出是俩卖早点的。人的名，树的影。愿意跟他们交朋友大有人在，能把这哥儿俩约到家门口，当着一街两巷的街坊邻居，旁若无人地弹琴唱歌、喝酒聊天，感觉脸上倍儿有面子，这种局称为“约琴”，也叫“邀琴”。

王串场有这么一位，外号“小褶子”，是当地的一霸，在农贸市场当管理员，说白了就是看场子的。那个年代一个居民区住着几万人，通常会在这一片配置一个农贸市场、一个杂货市场，有的地方还是两个市场连成一体。能够把持农贸市场，足以说明此人既有实力，又有脑子，知道怎么挣钱，已经不再是招猫逗狗、胡打乱闹

① 欻欻：读音 chuā chuā，拟声词，形容短促迅速的声音。

的小混混儿了。他家里也有把吉他，自己不会弹，却愿意看别人弹，听说了卫星和阚大路的名头，托朋友约他们到家门口弹琴，为了卖派卖派，没去饭馆，马路边弄一桌子菜，果仁、西红柿、黄瓜、酱货，反正都是农贸市场的东西，伸手就拿，没人敢招惹他。又打一钢种锅散装啤酒，往里边扔点大冰块，喝豆浆的大碗，一人倒一碗："来吧兄弟们，往后咱多亲近亲近，河里没鱼事儿上见，到时候你们看我什么意思就完了！"

卫星和阚大路也懂规矩，你邀我来弹琴，是你给我面子，我能往你这来，也是给足你面子。这些社会人，不向帮不向伙，是真心跟你交朋友，真遇上什么事，他们一定能给你兜着。

好比有一次，北宁公园举办消夏晚会，让阚大路过去唱首歌，报幕员一报："下边请欣赏歌曲《迟到》，表演者阚大路。"不知道是歌有名还是人有名，顿时台下掌声一片，阚大路以前没登过台，灯光一照，腿还真有点哆嗦。他仗着那把电吉他给自己提气，往调音台上一插，发出的动静立马把场子压住了，不像前边几个吉他弹唱，音响一开根本听不见吉他声。实事求是地说，他那把电吉他音色不怎么样，比土簸箕上绑铁丝强不了多少，可架不住有造型啊，只见他铆足了力气，连唱带扭的，把所有人都震了，一曲终了台底下人不依不饶，跺脚起哄非得再返一首。

阚大路又唱了一首《Monica》，是他从小多送他的磁带里学来的，节奏强劲，旋律上口，虽然台下人都听不懂粤语，但是越听不懂，越觉得洋气、时髦、有味道！唱完了以后不让走，堵在台口争着抢着让他往背心上签名，阚大路让人捧得忘乎所以，电吉他也撒手了，散场之后傻了——不知被谁把琴给顺走了！

可把他心疼坏了，去派出所报案找了好几天也没找回来，他走投无路找到小褶子，小褶子两眼瞪得跟包子似的："谁啊？谁这么大胆，找王八蛋去！"其实偷琴的并不是职业小偷，就是方圆附近的小痞子顺手牵羊，警察上门他不怕，听闻小褶子放出话来："要给偷琴的卸条胳膊！"这才觉得肝儿颤，趁着天不亮，神不知鬼不觉地把电吉他放到早点铺门口，一场风波方才平息。

卫星和阚大路玩吉他不光能惹事儿，还能压事儿。有一次制锁四厂的一个朋友约他们去弹琴，到了之后发现对门那家正办丧事，当时就明白了，这不是约琴，而是让他们来帮忙闹事的。咱和人家无冤无仇，不能跟着闹，不但不能闹，两个人还在那个朋友家住了三天，打起来就跟着劝，直到出完殡才回家。

人的名气不是大喇叭喊出来的，全是通过这一档子接一档子的事闯出来的。渐渐地，卫星这个"马路吉他队大队长"的江湖地位与日俱增，阚大路的社会知名度也越来越大，无论去哪儿会琴、斗琴，身后总跟着一批崇拜者，有时甚至多达上百号，俨然成了天津卫的“风云人物”了，托关系跟他们交朋友的，想找他们学吉他的，比比皆是。

无论何时何地，阚大路只要一唱《告诉我》，一唱《小秘密》，卫星心里就会荡起阵阵涟漪，仿佛又回到那年夏天的大桥底下，又见到了那个如梦似幻的少女。其实他痴迷于会琴、斗琴，跑遍天津市，也是因为内心期盼着再一次偶遇。那么多人围观看热闹，偶遇也不是不可能，但命运之神好像在拿他开玩笑，给他打开一扇窗，却又关上了一道门。

2

常言道“人怕出名猪怕壮”，在这个圈子里，有一个绰号叫“老貔貅”的，听名字品人性，就知道是个占便宜没够，只进不出的货，本是东郊赤土的菜农，后来通过关系，进了国营棉纺六厂当工人。这个老油子虽是庄稼把式出身，却长了一身音乐细胞，有眼儿的就会吹，有弦儿的就能拉，放屁都能放出节拍来，社会活动能力也相当了得，凭着这一技之长，混进了厂宣传队，隔三岔五脱产参加文艺会演，摇身一变成了他们厂的名人。

厂里喜欢弹吉他唱歌的青工，纷纷拜入他的门下，跟着他学六弦琴。老貔貅来者不拒，还宣称不收学费，实际上他心知肚明，公开收费就没人来了，再让厂领导知道，说不定还会影响到本职工作，那更划不来了。越是不收钱，人家越不好意思白学，逢年过节总得意思意思，好烟好酒没少往他家里送，死心塌地跟着师父混，时不时下饭馆聚餐，点一桌子好菜，徒弟们轮流花钱，老貔貅只管白吃白喝。

老貔貅一听说出了个什么“马路吉他队大队长”，立马急了，因为他靠收徒弟挣外快，吃喝都不愁，如今有了马路吉他队大队长，谁还找他老貔貅学琴？心说：“我这棉六头一把琴，难道也听你号令？你是大队长，我还是总司令呢！”

正咽不下这一口恶气，又有门下的徒弟煽风点火：“师父，听说了吗？那俩小子现在越来越招摇了，成天灭这个灭那个的不说，还录了磁带，各单位请他们演出助兴的不在少数，没少捞外快啊！”老貔貅忍无可忍，一怒之下，找人联系卫星和阚大路，双方约定时间地点，斗了一场琴。

盛名之下无虚士，老貔貅也真不白给，时下的流行歌张嘴就来，还会唱不少电影主题曲，《牧马人》里的《敕勒歌》，《城南旧事》里的《送别》，还有《追捕》里的《杜丘之歌》，学着日本人的那种颤音，“啦呀啦，啦呀啦”的，从头啦到尾，高低起伏、韵味苍凉，确实有两把刷子。不过阚大路练得也不错，如今他的和弦已经运用自如，甭管有没有谱子，只要会唱的歌儿，拿过来就能弹，还可以即兴加点前奏、间奏，粤语歌也是越唱味道越正。双方势均力敌，谁也没能把谁灭了。

老貔貅不肯善罢甘休，仍憋着找机会扳倒卫星一伙人。卫星觉得老貔貅只不过是老坦儿[①]一个，压根儿没把此人放在眼里。没想到过了一个多月，老貔貅又托人捎话，约卫星、阚大路再斗一场，地点定在海河公园，解放桥底下。

哥儿俩早把老貔貅忘脑袋后头去了，这一提才想起来，不是已经斗过了吗？一个手下败将，还敢卷土重来，这脸皮可比城墙还厚！捎话的人又说，这次老貔貅请了高人助阵，按他的原话，你们俩在那位高人看来——屁也不是！卫星以为老貔貅只是虚张声势，说大话压寒气儿罢了。阚大路也想不出老貔貅能请来何方神圣，凭着关系在圈子里四处扫听没扫听出来。

斗琴跟约琴不一样，有不少约定俗成的规矩，其中一条，就是地点不能在任何一方的家门口，因为熟人多，低头不见抬头见，围观的会有所偏向，好汉护三邻，谁不向着自己家门口子的？因此定在海河公园，离棉六、河北大街都不算近。

---

① 老坦儿：天津方言，原意指从农村到城市里来的人，或是指穿着和行为的过时落后。形容人没见识、土气等。

卫星最是争强好胜，既然老貔貅不怕死，那必须得成全这个老家伙。他先和阚大路分头约人，一起玩过唱过的，专挑精兵强将，又托小多和小褶子这两个社会关系比较复杂的朋友，提前放出风去，就说“马路吉他队大队长”和“北宁歌王”要在海河公园跟人斗琴，来观战的越多，老貔貅就栽得越狠！

3

到了约定的时日，各路英雄、众位好汉一大早在早点铺聚齐，门口横七竖八地停了一堆自行车，屋里挤得满满当当，不少人带了吉他。卫星挨个打着招呼：“有劳兄弟们助威，咱都是自己朋友，用不着客气，大饼、馃子、豆浆、老豆腐，爱吃什么拿什么，敞开了吃！”

一干人等吃饱喝足，背着吉他出门，卫星和阚大路穿着牛仔裤、海魂衫，脖子上系着红丝带，牛仔夹克扎在腰里，还特地带上了那部日本原装松下牌双卡录音机，音量开到最大，旁若无人地放着流行歌曲。一伙人骑上自行车，浩浩荡荡地上了路，一街两巷的行人不明所以，但看这阵势可不小，其中不乏好事的，跟在后边去看热闹。

来到海河公园门口，大约是上午十点半，头上艳阳高照，但河边微风阵阵，并不觉得炎热。小多和小褶子早在门口候着呢，看见大队人马到了，迎上来打招呼:“哥儿俩放心，里面已经有百八十号子等着听歌的了。”众人存上自行车，众星捧月、耀武扬威进了公园。对方也刚到，一共十几个人，大多背着吉他，为首的个头不高，黑瘦结实，白衬衣绿军裤，裤腿比面口袋还肥，趿拉着一双黑条绒布便鞋，简称“条便”，一头稀稀拉拉的黄毛，一双电灯泡似的金鱼眼，走路肩膀乱晃，正是棉六的老貔貅，单说这身行头，已矮了卫星他们一截。

卫星迎上去，挑衅道:“老貔貅，你怎么那么没皮没脸？就你那两下子，自己心里没个数吗？非得让我把你的琴踹了是吗？我劝你一句，这么大岁数了，趁早给自己留点面子，带着你的人向后转齐步走，怎么来的怎么回去！”

老貔貅轻蔑地看了看卫星、阚大路等人:“耍嘴皮子有劲吗？牛都让你们吹死了，再吹税务局得找你们收税，有能耐咱琴上见，你先来吧！”卫星也不客气，清了清嗓子，抱起吉他扫了下琴弦，“屁股上插钥匙——开始了”，先唱了一首刘文正的《耶利亚女郎》。他嗓子不错，平常没少在这首歌上下功夫，模仿得惟妙惟肖，可以说是他斗琴时的代表作。一开唱，立时把海河边下棋的、打牌的、搞对象的以及路过的都吸引过来了，严严实实围了一圈，加上双方带来的人，足有二三百口子。

这首歌节奏感强、律动十足，从头到尾的扫弦铿锵有力，跟着一起来的弟兄们也没闲着，纷纷拿琴帮他伴奏，多而不乱，弹得特别整齐，听着带劲、唱着过瘾。卫星摇头扭胯，又故意模仿刘文正的发音，挤着嗓子唱，脚底下还时不时来几个滑步。更气人的是，他们提前商量好了，每唱到副歌第一句："耶利亚，神秘耶利亚。"大家伙儿起哄架秧子似的一起合唱，然后卫星拔着高音，再唱下一句"耶利耶利亚！"。

这首歌的传唱度高，看热闹的一看这个太有意思了，原来还能这么玩儿，也都纷纷效仿，跟着高声合唱："耶利亚，神秘耶利亚"，然后又齐刷刷地让出下一句给卫星："我一定要找到她！"拿腔作调，还故意唱出几个齿音字，现场效果简直炸了锅了。以当时的标准来说，唱歌时发音准确、咬字清晰，会让人觉得土，齿音字、港台腔则代表了一种时髦，证明这个唱歌的人很洋气。

这一套老貔貅可来不了，他以前是东郊的农民，脸朝黄土背朝天，起早贪黑地"修理地球"，十八岁时头一回进城，还是跟他爹一起，骑着用水管子焊的加重铁驴自行车，后架插着用粗铁丝弯的挂钩，一边挑着一个大筐，以鸡蛋换城里人的老米、白面。能学会弹吉他，完全是因为天赋过人，头一次摸吉他就会拨弦，且还有调有拍子。

老貔貅那几个徒弟都是棉六的青工，每天上班干活，下班回家，两点一线的，没见过什么大世面，在他们心目中，老貔貅就是天下第一的音乐教父。尽管在老貔貅的调教下，众弟子的吉他弹得大多像模像样，推弦、揉弦，滑音、闷音，花样迭出挺能唬人，但是“黄鼠狼下耗子，一窝不如一窝”，这些徒弟会唱的歌太少了，像《军港之夜》《驼铃》之类的大陆歌曲倒是能对付几首，一沾港台歌曲，立马傻眼。

不过老貔貅可不是随随便便就服软的人。卫星的琴声刚一停，他就从鼻子眼里往外“哼”了一声：“我怎么记得你上一次唱的就是这个？你还会别的吗？”

老貔貅说得还真对，卫星无论跟谁斗琴都是“老三篇”——刘文正的《耶利亚女郎》、苏芮的《是否》、齐秦的《又见溜溜的她》。但他嘴上不饶人，哪能让老貔貅占了上风：“三斧子定瓦岗，听说过吗？办你这路人，有一斧子足够！”

阚大路也在后面起哄：“老貔貅你个怪蛤蟆，你唱不唱吧？不唱一边梢着去！”老貔貅一摇晃脑袋：“宰鸡用得着牛刀吗？我两个老妹子出马就把你们灭了！”只见他身后走出来两个少女，十七八岁，年纪相仿，长得很像，丰腴结实，浓眉大眼，虎头虎脑，都是一头自来卷的短发，一个抱着吉他，一个手拿沙锤。

这姐儿俩也不说话，前奏弹完，张嘴就唱，来了一首《我的心里只有你没有他》。这是一首巴拿马人写的探戈风格名曲，后来被填上了中文歌词，邓丽君、刘文正都唱过，探戈节奏明快，这首歌中间还有很多断奏的地方，两个姑娘演绎得真叫有板有眼，扫弦扫得行云流水，一对沙锤上下翻飞，简直都摇出花儿来了，“沙沙”的声音起伏错落，每一下都砸进了听歌人的心里，唱得也动听，尤其是唱到其中两句：“我的眼睛为了你看，我的眉毛为了你画”的时候，动眼挑眉，把人的魂儿都勾走了。当场惊呆了观众——什么叫人辣歌甜，那就是说这俩小胖妞吧！

没等两个姑娘唱完，四周的喝彩声已是此起彼伏，直接压过了卫星。老貔貅手下那帮人来劲了，随着节奏左摇右晃，扬扬得意。连卫星也暗自佩服，心说这俩胖闺女挺厉害啊，上次没见过，莫非这就是老貔貅请来的高人？

一曲终了，阚大路踮着脚往前走了两步，将卫星这帮人挡在身后，冲四下抱拳拱手：“诸位诸位，三老四少，伯伯大爷，老哥哥老姐姐们！本人河北大街阚大路，阚泽诈降的阚，大路朝天的大路！在此给您各位弹唱一首，有钱的，您放心，一分钱不用掏，没带钱的，您也别不好意思，帮咱站脚助威，喊声好，呱唧呱唧，我就没白唱！万一我这把玩儿瓢了，有个撒汤漏水、秃呲露毛什么的，大伙多担待！”

这都是他跟卫星学的词儿，脸上再使点相，围观众人哄然大笑，这位整个一跑江湖卖艺的，可人家白唱不要钱，那算来着了，都跟着起哄架秧子，还没开始唱，便是一通碰头彩。

阚大路拉开架势，未曾弹琴先高唱了一嗓子：“喔喔……耶耶……”他声音浑厚，音准扎实，两个字拐着八道弯，没有一道拐歪了的，紧跟着拨动琴弦唱道：“爱你在心口难开，你可知道我在爱你，怎么对我不理睬……”

阚大路唱得字正腔圆，演奏技巧更是一般人比不了的。要说别人弹吉他是给唱伴奏，他更像是给唱添彩，看似手指间不经意流出的几个音符，放在句与句之间，那叫一个动听，分解到扫弦再到分解，把一首歌演绎得有起有落、层次分明。唱到最后一段，左手加了切音，每个小节的第 2 拍和第 4 拍，用手掌切在琴弦上，相当于给自己打了个节奏。围观的人们齐刷刷地跟着拍手，嘴里不停地喊“好！”。唱完之后，他嬉皮笑脸地把吉他往身后一转，双手抱拳作了个罗圈揖。

老貔貅混社会，靠的就是这张嘴，什么时候都有话说：“黑大个儿，你这叫弹琴吗？怎么跟弹弦子差不多？你手里的那叫什么玩意儿，轻一下重一下的，跟你这瘸腿走道儿一个样，哟哟哟，多留神吧，别再半身不遂了！就你这两下子也敢出来现眼？”

骂人不揭短，这几句话说得太损了，阚大路倒无所谓，可把卫星气炸了，强忍着没骂人，反唇相讥道：“老貔貅，泰山不是堆的，火车不是推的，疤瘌眼儿不是剋的，我看你那嘴比尿盆还骚了吧？别光胡说，有多大能耐你使出来，也让我高看你一眼！”

老貔貅胸有成竹：“你着什么急，想丢人现眼还不容易？马上成全你！”往后退了几步，毕恭毕敬地说道：“师父，该您了！”

他那几个徒弟闪开一条道，走上来一人，人高马大，六十来岁了，花白的头发和络腮胡子打着卷儿，黑脸膛，厚嘴唇，嘴巴子上的肉嘟嘟着，两只眼睛又大又圆，跟电影里的印度人差不离。上身穿一件半袖圆领衫，下身穿一条短裤，小腿上露着浓密的汗毛，也都打着卷儿，脚底下一双黑色塑料凉鞋，背着一把大号的吉他，腰细屁股大，火红色的面板上贴满五颜六色的标签，写的都是外国字母。正是老貔貅的授业恩师，天津吉他圈的传奇人物——小白楼虎爷！

虎爷大名冯老虎，祖籍河北省献县，生在天津紫竹林。十六七岁时到小白楼租界舞场当服务生，那里有不少为歌女伴奏的“洋琴鬼”。冯老虎想学吉他，苦于交不起学费，谁也不愿意教他。离小白楼不远，有一座美国营盘，常有美国大兵来舞场跳舞，其中也有不少会弹吉他的，冯老虎谋了个差事，赶着马车给他们送大桶的啤酒，顺便跟大兵们学了多半年，自己也当上了洋琴鬼，跑去上海百乐门舞厅给人伴奏，自觉见过世面了，木吉他、电吉他、夏威夷吉他都会弹。

中华人民共和国成立之后，冯老虎回到天津，洋琴鬼是干不成了，街道给他安排在动物园养老虎。他年过四十才有了三个女儿，取名大妞儿、二妞儿、三妞儿。大妞儿身体不好早早地没了，可把冯老虎心疼坏了，对二妞儿、三妞儿格外宠爱，每天偷带些虎食回家，今天鸡架子、明天牛肉头，要不就是牛奶、钙片、葡萄糖……二妞儿、三妞儿虎口夺食，从没缺过嘴儿，长得特别壮实，也继承了虎爷的音乐天分，胖胖乎乎能唱能跳，初中毕业后在家待业。

由于多年不弹吉他，又长期与虎为伴，冯老虎的脾气特别暴躁，而且牢骚满腹，看什么都不顺眼。前几年他重出江湖，父女三人组成“老虎乐团”，也是四处揽活，参加个演出、给舞会伴个奏什么的，挣点外快改善生活。

在弹吉他这件事上，虎爷极端自负，觉得无论是资历还是技巧、乐感，整个天津市没人能跟他相提并论，自己教出来的徒弟也比别人厉害。听说老貔貅跟几个小不点儿斗琴不分输赢，还把老貔貅叫来臭骂了一顿，说他是吃一锅拉一炕甩一窗台，除了丢人现眼没别的本事。老貔貅一直在寻思怎么扳倒卫星这个“马路吉他队大队长”，正好将计就计，进了几句谗言，使了个“激将法”，请师父出山，给自己撑腰。

刚才卫星、阚大路相继登场，虎爷在后头看着，觉得那黑小子弹琴确实有两下子，下过苦功夫，但跟自己比还差着档次呢，卫星那就更是“麻绳拴豆腐——提不上”，这算什么“马路吉他队大队长”，小队长也轮不上他啊。虎爷思前想后，自认为有十足的把握拿下这场琴，于是迈开大步，上前叫板。

很多人并不认得小白楼虎爷。一般在马路边斗琴的，全是十八九、二十郎当岁的小伙子，老貔貅已经属于超龄了，想不到虎爷这么大岁数的人也出来弹吉他，这个岁数的人不都应该在河边拉京胡、唱西皮二黄吗？抱个吉他也不匹配啊，所以想看看这老头儿到底有什么绝活。

老貔貅忙着给师父扬名：“各位朋友，兴许有人没见过我师父，可您保准听过小白楼虎爷的名号，虽说好汉不提当年勇，但老爷子的经历太传奇了，琴震租界地、名满上海滩，深山擒虎豹、金钩钓鳌鱼，在天津卫玩吉他的圈子里，他老人家要说第二，没人敢称第一！”几句话过后，围观者一阵哗然，七嘴八舌议论上了。

卫星举手示意，让大伙压住声响，冲虎爷和老貔貅一龇牙：“嚯，还有伏兵呢？看来你们真是不打无准备之仗，够下本儿的，把吃奶的劲儿都使出来了！您就是虎爷？好家伙，都说闻名不如见面……”

话说到这，他故意停顿了一下，阚大路心领神会，赶紧泥缝儿：“那见面呢？”卫星一摇头：“还不如闻名哪！虎爷，我问问您，您多大岁数了？退休了吗，一个月拿多少钱退休金，够花的吗？您让老虎咬过大脚豆儿[①]吗？”

天津卫凡是在外面混过的，话茬子都能跟得上，虎爷也是老江湖了，斜眼瞄着卫星：“打刚才就看你小子话多，哪这么多屁加尿的骚浪话？臭鸽子嘴乱嘟嘟什么？茅房里摔碟子，你这是臭瓷儿乱崩啊！怎么着，咱爷儿俩玩儿一把，你先来！”

卫星一摇头：“那可不行，我不能让大伙说我拿岁数欺负您。既然您老不顺南不顺北的非得练练，我也不驳您的面子，您先来一段，我们接着，敢吗？”

虎爷眯眼一笑，歪嘴吹了吹胡子：“小子，什么敢不敢的，先

---

① 大脚豆儿：天津方言，脚指头叫脚豆儿，大脚豆就是大脚拇指的意思。

唱后唱都是唱，不过我听说你们这几个小屁孩子，斗输了得踹琴是吧？要我说那没意思，琴踹了还能买，咱玩儿把光棍的，谁输了自己掰断一根手指头，给大伙听个响的，怎么样？”说罢，眼神中闪过一抹吃人恶虎般的凶狠。

卫星心头一颤，知道自己今天遇上老耍儿了，看虎爷这意思，绝对是说得出来办得到的主儿，要说一点不含糊那是瞎话，但不能输在嘴上:“老梆子！既然话赶话说到这儿了，手指头掰折了还能接上呢，干脆咱来个绝户的，谁输了谁剁一根下来，从此再也弹不了琴了！”

虎爷要的就是这句话，事已至此，多说无益，琴上见高下吧。“哼”了一声:“小刀刺屁股，让你开开眼！”眯缝着眼睛，变戏法一样拿出一个精致的小铁架子，挂在脖子上，铁架子一端夹着口琴，跟常见的复音口琴不一样，他的口琴很短，单排十个吹孔，木质琴格红亮红亮的，黄铜的盖板上錾着英文字，在太阳底下闪闪发光。首先低头吹出一段旋律，华丽的音符中暗藏忧伤，随着两腮一鼓一收，神奇地变化着。

卫星从没见过这么吹口琴的，那小味道比独流老醋还浓。只见虎爷左手按琴颈，右手拿拨片，边吹边弹。货卖与识家，在场所有会弹吉他的人心里都暗挑大指，别的不提，就说虎爷这拨片就用绝了。一般人要么用手指弹琴，除了小拇指以外的四根手指一起弹，弹出来的声音轻柔细腻，要么用拇指和食指捏住拨片，剩下那三根就用不上了，再看虎爷的这只右手，拨片手指头一块用，刚中带柔、柔中带刚、刚柔并济，一段浑然天成的前奏就这么荡漾而出。

正所谓“一鸟入林，百鸟压音”，等到虎爷开口一唱，四周立马安静下来了，为什么？太好听了。他的嗓子特别厚实，又带着几分沙哑，这叫“豆沙喉”，又称“烟嗓儿”，学名“云遮月”。

一首《夜来香》，真假声来回切换，天衣无缝、滴水不漏，唱完半段，曲风一转，接了一段《玫瑰玫瑰我爱你》，然后再一次吹响口琴，即兴弹间奏，又唱了一首《如果没有你》，最后以一段精彩的吉他独奏收尾。节奏由快转慢，又从慢到快，情绪饱满、跳跃，歌声、口琴声、吉他声融为一体。

围观的人们都听傻了，等这一曲结束了半天，才想起来用力鼓掌，齐声高喊“老爷子再来一个！”。虎爷摸摸下巴上的胡子，一脸心满意足的表情。他屁股后头的老貔貅梗着脖子、立着眉毛、斜楞着眼睛看着卫星和阚大路，如同咬胜的蛐蛐儿，咄咄逼人，得意忘形。

其实虎爷唱的三首歌并不难，都是老百乐门的经典歌曲，想当年都臭遍街了，和弦简单，曲调也容易上口，如今唱起来多少有点土，小年轻们都不爱唱，没想到虎爷新瓶装老酒，剥皮抽筋、改头换面，重新编曲，融入了一些欧美爵士乐的东西，有的地方甚至变了节拍，又把它们串在一起，难度至少提升了三倍，必须靠吉他的间奏来变调，又得让人听着舒服，谁能达到虎爷这样浑然一体的高度？这可不是一朝一夕练出来的。

卫星和阚大路以往没少斗琴，不说打遍市内六区无敌手，那也是胜多败少。其中一个很大的原因，是玩吉他的年轻人居多，无非为了摆摆造型，觉得会弹吉他有面儿，很少有人像阚大路这么埋头苦练，但是说到底，他们这业余水平，没法跟玩琴的老手比。今天这个情况，还真是头一次。卫星心里明镜一般，自己带来的这伙人，包括阚大路在内，跟虎爷根本对不上茬子，那就不在一个层次上，怎么斗？

第六章

高冷的出场

众人听得呆呆发愣，沉浸在音乐中，大气不敢喘，生怕错过一个音符，直到高冷唱完，又过了半天，才缓过神儿，终于开始鼓掌、喝彩、拍着大腿叫好。连老貔貅那几个徒弟也忍不住了，下意识地跟着叫好。

1

卫星自知占不到便宜，想说几句场面上的话，找借口下这个台阶。这是他的绝招，以往斗琴遇上硬茬儿，都是靠这一手化险为夷。怎奈老貔貅不依不饶："怎么着小子？琢磨好剁哪根手指了吗？听我一句劝，把刀磨快点，省得受罪！"卫星上不来下不去的，额头上都见了汗珠。旁边的小多和小褶子立时靠了过来，知道今天这坎儿过不去了，偷偷摸摸伸手往怀里摸，准备掏家伙打架！

正在这个节骨眼儿上，身后突然传来一个声音："虎爷您先歇会儿，我来弹一段！"卫星扭头一看，是个瘦高个儿，剑字眉、丹凤眼、高鼻梁、尖下颌，半长的头发，白白净净，长得挺精神，是阚大路的初中同学，名叫高冷。

高冷以蹬三轮为业，自打早点铺开张，几乎每天都来吃早点。阚大路对高冷格外照顾，只要熬鸡汤豆腐脑的锅里有鸡架子、鸡肉丝，就全给他捞上，从不找他要钱。高冷不是爱占小便宜的人，匆匆忙忙吃完就走，把钱搁在桌子上，不多说不少道，人如其名，又高又冷。既然是阚大路的哥们儿，卫星也拿他当哥们儿，但并不知道高冷会玩吉他。

今天高冷没穿蹬三轮的劳动布工作服，换成了白色半袖衬衫、浅蓝色牛仔裤、回力球鞋，配上他颀长的身材，显得十分清爽。他带了一把破吉他，面板上的漆都掉得差不多了，乌黑的指板上，几处常用的位置已经磨得露白茬儿了，但能看出来，应该是刚换的琴弦，锃亮锃亮的，琴头上富余出来的部分没剪，支支楞楞地来回摇晃，像个张牙舞爪的大蜘蛛。

他这把吉他虽然很破，造型却与众不同，比市面上常见的吉他大出一号，琴颈又窄又薄、琴体又宽又厚，琴腰的部分几乎是平的，没什么弧度，不像人们口中经常说的“大把儿葫芦”。深黄色的面板一圈有装饰用的包边儿，像锯齿又像麦穗，可也都残破不全掉得差不多了。背板和侧板呈深棕色，几乎没有油漆，能看出原本的木头纹理。再往细了看，琴码不是古典吉他那种直插式穿弦孔，而是用六根牛骨的弦锥固定琴弦，上边的弦枕和下边的弦桥也都是牛骨的，微微发黄有点半透明，据说用这种材质声音通透，指板的 1、3、5、7、9、12、15、17、19 品上，有彩贝镶嵌的菱形品记，在阳光的照射下来回变幻着颜色，看着挺扎眼，就像一件老古董，乃保留着当年的质感、神韵，来历肯定不一般！

高冷甩了甩头发，面无表情地走到虎爷跟前，也不多说话，从口袋里掏出一条五颜六色的背带挂在带钉上，等他把吉他往肩上一背，大家又吃了一惊，他竟然琴头冲右、琴箱冲左，反着背。卫星听说过，左撇子弹琴用左手，今天可是头一次见到。

高冷避开大伙儿的目光，调了调音准，直接弹唱起来，是一首日文歌，歌名叫《星》。一开口，就把卫星震了。首先来说，他的嗓子清澈高亢，很多玩吉他的唱到高音时，即便能唱上去也会破音，声嘶力竭，或者跑调，但高冷唱得特别松弛，上得去下得来，飘飘忽忽，仿若空山灵雨，游走低回、收放自如，这把嗓子就好像一件乐器，想要什么音，就能出来什么音；再有一点，这首歌当时虽然流行，但一般都唱邓丽君版的中文歌词，高冷唱的却是日文，比中文的难度大多了，配上悦耳的琴声，唱到华彩处绕梁三日，简直比磁带里的原声还好听。

等他唱完了，不知道是谁带头喊了一声“好啊！”，紧接着掌声雷动，喝彩之声纷起:“好！唱得太好了！”阚大路脸上乐开了花儿，偷偷冲卫星挑了挑大拇哥，高冷给他们这边挣足了面子，刚刚还以为要引发一场恶斗，没想到被一个蹬三轮的力挽狂澜，这一局稳了！

卫星上前几步，搂着高冷的肩膀，冲虎爷说："凭您这岁数、这资历，只要往这一站，我们就得认输。可是您看看，围了这么多人，我们要是不唱一个，岂不是不给您老人家面子？唱得对不对的，您老还得多给指点指点！"

虎爷一脸诧异，抱着吉他愣在当场，之前他根本没把卫星这伙人放在眼里，但是玩了一辈子琴，好赖还分不出来吗？他年轻时跟美国水兵学过两手，一招鲜吃遍天，只不过中间隔了若干年没玩儿，所以再没什么提高，刚才那段联唱，已经是他压箱底儿的绝活儿了。

高冷不单在技法上胜他一筹，而且嗓子太好了，唱歌时挥洒自如的状态，只怕大多数专业歌唱演员都达不到，如果说阚大路的琴技属于祖师爷赏饭，高冷这是典型的老天爷赏饭！

话虽如此，虎爷可不甘心当着这么多人认栽，实在拉不下这张老脸，更何况自己还得指着这十根手指头吃饭呢，属实舍不得剁啊！

卫星乘胜追击："怎么着虎爷，站着撒尿的老爷儿们能屈能伸，不就一根手指头吗，有什么大不了的，凭您老人家这能耐，哪怕全剁了，绑上十根筷子，也照样能弹琴不是？”

虎爷脑门子上全是汗，让卫星一吵吵，更是“唱戏的腿抽筋——下不来台”，脸色青一阵紫一阵，两只手直哆嗦，吉他都快拿不住了。

阚大路走过来，站在高冷的另一边，大声说道：“虎爷，您都那么大岁数了，在家干点什么不好？非得出来丢人现眼？人有脸树有皮，电灯泡子有玻璃，何必呢？话又说回来，本来把琴踹了您就能走，是您自己又划了道，横不能屙出来再往回坐吧？”又转头问围观的众人：“大伙评判评判，是不是这个道理？”他这几句话简直是火上浇油，卫星带来的那二三十人也跟着起哄，气得虎爷好悬没一屁股坐地上。

二妞儿三妞儿赶紧跑过来，一左一右扶住老爹，拧着眉毛瞪着眼，虎视眈眈盯着一众看热闹不嫌事儿大的，谁再敢废话，姐妹俩就能扑上去挠人！

两拨人马连斗琴带斗嘴，至此过去了一个多钟头。两个虎妞儿赢了卫星，阚大路赢了两个虎妞儿，虎爷赢了阚大路，高冷又赢了虎爷，只要对方没人赢得了高冷，今天这场斗琴就是卫星这拨人完胜，老貔貅还得从哪儿来的回哪儿去。

想不到老小子一点不着急，嘴角挂着轻蔑的冷笑，往前走了几步:“你们俩用不着说那么多咸的淡的，这才哪儿到哪儿，大伙还没看够呢，怎么着，不敢比试了？凉锅贴饼子想蔫溜？”

卫星斗琴不行，就爱斗嘴:“老貔貅，我看你是‘嘴皮子上绑个喇叭——走到哪儿吹到哪儿啊’！发昏当不了死，你搬来的高人都认栽了，你还不服？要走也是你们走，我们凭什么走？”阚大路指着老貔貅说:“要不你也露一手？看看比得过我兄弟高冷吗？”

老貔貅不紧不慢地说道:“现在顶多算平手，敢不敢再来个决胜局，一把定输赢！”卫星戗着火说:“决胜就决胜，你输了怎么办？”其实人们心里都明白，什么年代了？还真能让人剁根手指头不成？那都是气头上放的狠话，眼瞅着真要见输赢了，再说出来的话可就没个不算了。老貔貅咬着后槽牙说:“我要是输了，从今往后再也不收徒弟了，认你当师父！”

卫星打了个响指:“行，就这么定了，当着哥儿几个的面，非得让你给我磕一个不可！不过咱有言在先，磕归磕，我可没工夫教你！对了，你还得问问你这原来的师父，同不同意你跳门！”

老貔貅拦住卫星:“快拉倒吧！我输？太阳打西边出来我也输不了！你琢磨琢磨，你输了怎么办？”

卫星手里攥着高冷这张王牌，哪还会把老貔貅放在眼里，顺口答音:“怎么办？凉拌！我也给你磕一个响的，管你叫师父！”

2

双方剑拔弩张，各不相让。老貔貅脸上掠过一股不易察觉的冷笑，他请虎爷到旁边歇会儿，消消气，吩咐徒弟跑去买几根冰棍儿，给虎爷和二妞儿、三妞儿败败心火，又扭头对身后一人说道：“彬哥，您请出来吧！”

应声从人群里出来这么一位，看上去二十八九岁，一米八几的大个儿，跟高冷不相上下，黑红脸膛，一头大波浪的卷发垂到肩上，墨绿色雷朋太阳镜遮住了半张脸，脖子上挂着条老粗的链子，下边坠着个亮闪闪的十字架，上身穿黑色宽松T恤，下身穿一条瘦腿牛仔裤，脚下一双大头皮鞋，斜背军挎包，左手的手腕子上各种链子、珠子都快缠到胳膊肘了，五个手指头戴了四个戒指，右手倒是没多么累赘，只戴了个黑色的护腕，嘴里叼着烟卷儿，打开手上拎着的琴包，取出一把全黑色的吉他。懂行的能认出来，那是一把日本原产的雅马哈，在天津市面上几乎看不见。

老貔貅一脸讪笑，抢着说道:“这位是我哥们儿，北京的彬哥——小彬彬，专为收拾你们来的！”

卫星心说虎爷就够厉害了，合着还有伏兵啊？不过高冷只是初试锋芒，就打了老貔貅一个措手不及，估计收拾个小彬彬也不在话下，于是对小彬彬说:“既然是远道而来的朋友，咱就甭渗着了，是骡子是马拉出来遛遛吧！”

小彬彬点了点头，操着一口京腔儿，从容不迫地对高冷说道:“哥们儿，你这琴玩儿得够派儿！我也来个关公门前耍大刀，当着大伙现一把眼，玩儿得地道不地道的，各位多多包涵。”

卫星毕竟跟小彬彬无仇无怨，虽然双方针尖对麦芒，但斗琴有别于打架，看人家挺客气，他也知道高冷不善言辞，接过话茬儿说道:“不能！一看您这派头儿就是高手，当着大伙亮一手儿吧，让我们长长见识！”

小彬彬抬手弹飞了烟头儿，把吉他背带挂在肩上，拨了拨头发，亮开嗓子，唱了一首刚刚流行起来的《狼》，是齐秦的一首新歌，孤寂中带着狂野，凶狠中带着温柔，跟小彬彬这一身黑的造型太搭了，配上他苍凉的嗓音，简直浑然天成。

外行看热闹，内行看门道，阚大路和高冷听得清楚，看得明白，小彬彬弹吉他的指法看似简单，却十分清晰整齐，可以说是举重若轻，没有一丝一毫的忙乱，与虎爷那种快速炫技的方式截然不同，绝对是返璞归真，就好像打太极一样，练出来之后才能有这股稳当劲儿，而且人家游刃有余，还留着富余量呢。

小彬彬边唱边走到人群正中间，身体随着琴声轻摆，节奏不停地递进，高音极具穿透力，传出老远，尤其是唱到节奏比较快的部分，甩起那一头长发，简直太帅了，围观的人们再次躁动起来，不少姑娘的眼神儿都不知不觉间起了变化。

卫星不得不服了，看来老貔貅为斗这一场琴，真是砸锅卖铁，连棺材本儿都豁出去了，眼下只能走一步看一步，听天由命。扭头看了一眼高冷，仍是板着一张脸，一点表情也没有。卫星小声问他:“怎么着弟兄，有把握吗？”

高冷嘴皮子稍动了一下，一个字没说。他不像阚大路那么咋咋呼呼，也没有卫星那么多的心眼儿，可真是艺高人胆大，一点不怯阵，四平八稳地往前走了几步，撩眼皮看了看小彬彬和老貔貅等人，把怀里的吉他端了端，先用左手重重地拍了一下音孔的位置，顿时木板的敲击声和琴弦共振同时传了出来，好似两件乐器同时演奏。

接下来的一番操作简直把在场的男女老少看傻了，只见高冷用左手拍打吉他的面板，随着手掌的不同部位落在吉他的不同地方，竟打出了近似架子鼓的节奏，几个小节过后，拍打的同时又开始拨动琴弦，右手不停地变换着和弦，几乎都是卫星没见过的指法。论琴技他确实差着，地地道道的“前三品战士”，只会最常用的三和弦，其他的像什么“属七”“挂留”“ 半减七”什么的根本不会，更别提高冷用的这些见所未见的“怪”和弦了。最绝的是，他还能把和弦与旋律同时进行，仿佛一个人演奏出了一个乐队的效果。

华丽无比的前奏过后，他淡定自若地唱出了一首英文歌，发音之标准、曲调之婉转，闭上眼听，感觉他比美国人还像英国人。间奏部分更上一层楼，左右手不断地敲击、拍打，甚至有的地方，两只手交错换位，节奏中带着旋律，看得人眼花缭乱，也分不出他是弹出来的还是敲出来的，总之就是那么好听，那么带劲。

刚才高冷和虎爷斗琴时，人们被他的歌声震撼，忽略了他的吉他，当他唱这首歌时，出神入化的演奏技巧把大伙都惊着了，一时间他那把破破烂烂的旧吉他仿佛施了魔法，听者无不动容，现场鸦雀无声。

众人听得呆呆发愣，沉浸在音乐中，大气不敢喘，生怕错过一个音符，直到高冷唱完，又过了半天，才缓过神儿，终于开始鼓掌、喝彩、拍着大腿叫好。连老貔貅那几个徒弟也忍不住了，下意识地跟着叫好。唯有老貔貅人间清醒，扭头瞪了他们一眼，那些人才住口。

小彬彬走到高冷面前:“哥们儿，唱得真不赖，盖了帽儿了！实话实说，这首歌我听过，但是不会唱，即便会唱也绝对没有你唱得这么好！”高冷没说话。小彬彬又问:“你是在哪儿听的这个歌？”高冷摇摇头，还是没说话。小彬彬接着问:“那你知道这个歌叫什么吗？”高冷还是摇头。

卫星在旁边看得明白，小彬彬问这几句话绝无恶意，可高冷一问三不知，这就容易引起人家的误会，人捧人高，以前素不相识，没必要结梁子，忙跟小彬彬解释:“你不了解我这哥们儿，他叫高冷，是个没嘴儿的葫芦，只要他一摇头，那就是真不知道了，绝没有别的意思！”

小彬彬微微一笑，对高冷又像是在对众人说:“这是一首美国乡村民谣，歌名叫《500英里》，原唱是一个叫旅行者乐队的三重唱组合，说实话，我也只在朋友翻录的磁带里听过几次，特别的伤感、落寞，即便听不懂歌词，也可以体会到那种背井离乡、独自漂泊的感觉，没想到这哥们儿能唱得这么出神入化。”他又扭脸对卫星说:“我今天服了，认栽，咱是入乡随俗，按你们的规矩来！”小彬彬摘下自己的吉他，就要往地上扔。

卫星赶紧拦着："别别别，你是来帮忙的，我们这还有个规矩——打架不恼助拳儿的，这里头没你的事。所谓不打不相识，你要是看得起我们，咱交个朋友，一块喝酒去！"说着话又走到虎爷跟前一拱手："虎爷，您是前辈，别跟我们小屁孩一般见识，我请您喝酒去！"

虎爷有点儿抹不开面子，心里把老貔貅祖宗八代都挨个卷了一遍，自己斗输了栽面不说，把这个北京来的小子藏在最后，岂不是没把他这个当师父的放在眼里，碍于当着外人不好发作，也冲卫星拱了拱手，又狠狠瞪了老貔貅一眼，带着二妞儿、三妞儿走了。

老貔貅在旁边上不去下不来，一脸蒙，自己请来的帮手，怎么没说几句话就上了对方的船？还聊得有来道去的，真想不到小彬彬这个浓眉大眼的，居然也能叛变。如今把师父得罪了，往后再想学几手绝活那就更难了，只怕要断了这条道儿了，偷鸡不成蚀把米，跟头栽到家了！

卫星大声问道："老貔貅，你到底服不服？你不是要磕头拜师吗？估计虎爷是不认你这徒弟了，来来来，你师父我认你！"老貔貅装没听见，招呼小彬彬和一众徒弟快走。小彬彬是真不给他面子："你走你的，我跟这几个哥们儿聚聚！"老貔貅无可奈何，在围观人群的哄笑声中，出了海河公园，灰溜溜地骑上车跑了。

已经是中午十二点了，赶来助阵的那伙人大多还得上班，当下各自散去，围观的人们也纷纷回家吃饭。待到人散尽了才发现，周围已经聚集了不少警察，眼见没生出什么事端，也就陆续撤了。卫星他们当时不知道，这场斗琴在天津卫这么多年以来算是阵仗最大的一次，甚至惊动了分局，之后的多少年提起这件事来，还总是被人津津乐道。

3

后话不提，只说眼下这几位，卫星、阚大路、高冷三个人带着小彬彬，骑自行车来到劝业场后身的宴宾楼，点了烤鸭、炒菜、啤酒、汽水，摆了满满当当一大桌子，推杯换盏，把酒言欢。

小彬彬举杯跟他们仨说：“光听人说京油子、卫嘴子，今儿个长见识了。哥儿几个不单琴玩儿得地道，话茬子也是真厉害。今天我小彬彬多有冒犯，在此借花献佛，给哥儿几个赔罪，咱们有情后补！”

他三杯酒下肚，打开了话匣子，把自己的过往经历原原本本讲了一遍。说自己从小在少年宫学吹长笛，上中学时自学吉他。十七岁考上战友歌舞团电声乐队，因为演出任务多，新兵连都没去成，被子都不会叠，都叫他“伞兵”，其实是“散兵”的意思。他跟着演出小分队跑遍了大雪纷飞的北疆、酷热难熬的南海、空气稀薄的高原、寸草不生的荒岛，还冒着枪林弹雨上过扣林山、法卡山前线，慰问蹲守在猫耳洞里的战士们。

转业回家之后，北京有几家音像出版社录制磁带，都找他去伴奏弹吉他。当初老貔貅所在的棉纺系统宣传队到北京参加文艺会演，两人有过一面之缘，他手把手教了老貔貅两招指法。前几天他来天津串亲戚，在马路上巧遇老貔貅，这才跟着来看斗琴，没想到结识了卫星这几个朋友，人生何处不相逢，相逢何必曾相识？能坐在一块喝酒就是缘分，更何况还都爱弹吉他，志同道合，说不定将来还有机会一起做件大事！

小彬彬觉得高冷才华过人，吉他弹得太棒了，别人通过勤学苦练，或许技巧上也能达到，但那种协调感，以及传递出来的情绪，单靠技巧是无法做到的，最难得的还是个左撇子。他走南闯北见过很多唱歌的、玩琴的，比高冷厉害的只能说是凤毛麟角。

其实不仅是小彬彬，卫星对高冷也几乎一无所知。他问高冷到底是跟谁学的吉他，怎么这么厉害？问一句，高冷答半句，挤牙膏一样。阚大路着急，替高冷说了:“他跟体育老师学的！”哥儿几个哈哈大笑。阚大路一本正经地说:“你们别笑啊，真是体育老师教的！”

原来高冷从小少言寡语、老实巴交，上中学时挨了欺负都是阚大路替他出头。学校有个体育老师是印尼华侨，会弹吉他，高冷在大多数人还不知道吉他长什么样的时候，就跟着体育老师学吉他了，那个老师也是左撇子，用着一把特制的左手琴，两个人就更加投缘对劲了。高冷天赋过人，不仅一点就透，还能举一反三。

高冷的父母有慢性病，在家吃劳保，底下还有一个妹妹，家里条件差，根本不可能买得起吉他。那几年他总去劝业场五楼的乐器修理部，那有一个老修琴匠，人送外号“乐器大夫”，二胡、琵琶、大提琴、小提琴，没有他修不好的。高冷喜欢乐器，跟着老琴匠边学手艺边帮忙，人家不收他学费，他也不要工钱，爷儿俩处得挺好。老琴匠发现高冷的吉他弹得很有灵气儿，很喜欢这小子，就把当年洋人留在他这儿的一把旧吉他送给了高冷。

旧归旧，却是一把国内不常见的全单板吉他。当时国产吉他用的木料，几乎都是合板，跟做家具用的三层板一样，结实、成本低，声音却不行，又散又闷，就像戴着口罩唱歌，总是不痛快，偶尔有面板用实木的，那就相当上档次了。

反观高冷这把吉他，面板、背板、侧板，全是单片实木的，又是标准的大号民谣吉他尺寸，声音通透响亮，高音又脆又甜，低音又重又稳。可惜越是这样的吉他越金贵，对温度和湿度的要求都很高，他拿到这把琴的时候，好多地方都开胶了，而且琴颈也变形变得厉害，完全不能弹了。

老琴匠一点一点地指导着他，先用热吹风把所有带胶的地方全吹开，面板、背侧板、指板、琴码，连同内侧的音梁，用铲刀小心翼翼地撬下来，挨个用砂纸重新找平、抛光，埋在琴颈里的钢筋也抻出来，夹在台钳子上一点点捋直了，这才将它起死回生。

唯一的遗憾这是把标准的右手琴，高冷只得将六根琴弦的位置颠倒过来装，看着有些别扭，但声音和手感都没问题。

在此期间，高冷修琴的技术也算学成了。修完吉他，高冷还想重新刷一遍油漆，老琴匠却告诉他："玩琴说白了就是玩木头，木头是活的，你得让他喘气儿，这把琴别看破旧，面板是北美云杉，背侧是巴西玫瑰木，全是上好的材料，何必再用油漆把它糊上呢？"

高冷茅塞顿开，如获至宝一般把琴捧回家日夜苦练，别说，老外做的吉他确实地道，琴颈薄、弦距低，只需用手指轻轻一搭，和弦就摁响了，丝毫不费力。

天天弹吉他影响了学习，高考落榜，高冷被安排到西站一家三轮社，靠蹬三轮挣钱养活一大家子人，年纪轻轻就成了家里的顶梁柱。因为负担重，所以他从来不跟阚大路、卫星他们去斗琴，有那时间拉几车货，还能多挣点钱。

阚大路端起酒杯问卫星："怎么样，高冷这两下子可以吧？比你这个大队长如何？我也跟你交个底，其实我的很多东西都是跟他学的，要不是咱今天遇上硬茬子了，他这个秘密武器我还舍不得亮出来呢。"

阚大路没心没肺随口一说，卫星可有点儿下不来台，脸上还不能带出相来，嘻嘻哈哈地说："别人不知道你还不知道？我这个大队长就是给兄弟们服务的！"说着话，拎过自己那台松下录音机，往高冷面前一放："这个送给你了！"

高冷都傻了，他家里条件不行，根本买不起录音机，但他从来不占别人便宜，尽管心里太喜欢这玩意儿了，简直可以说是梦寐以求，却说什么也不肯要。卫星直接把录音机塞到高冷怀里："你要是把我当哥们儿，就拿着，这东西在你手上比在我手上有用，就当我借给你的，等往后哪天你手头富裕了，发达了，买了新的，把这台还给我就行！"高冷这才收下，特别感动，也暗下决心，将来有机会一定要回报卫星。

一旁的小彬彬也喝得差不多了，右手搂着高冷的肩膀，左手从军挎包里摸出一盘磁带拍在桌上："这个也归你了！"卫星和阚大路齐刷刷地抻脖子瞪眼看了过来，自打卫星买了双卡收录机，没少花钱往家划拉磁带，市面上常见的，甭管是原版还是翻录，五花八门什么样的都有，能堆满满一床，这一盘却从没见过。从里到外一个中国字没有，天空一样的蓝色几乎占满了整个封面，左上角是两个老外的大头照片，下边两行英文字，一行小字写着“THE BEST OF（最好的）”，然后就是一个大大的英文单词：“WHAM（威猛乐队）！”

小彬彬告诉他们：“这两个英国哥们儿是眼下全世界最火的明星，他们的乐队叫‘威猛’[1]，今年春天刚在工体开了一场音乐会，我托朋友找门子费了老鼻子劲才买着票，足花了我半个月的工资，进去一看，开了眼界，太威猛了，老少爷们儿谁听过那个动静啊？咱还探戈、伦巴、慢三、慢四呢，人家那都摇滚迪斯科了，那电吉他抡的、那架子鼓砸的、那小台步走的，观众们前半场愣是没回过神儿来，就像被大钉子楔凳子上似的，动都不会动了，到了后半场你猜怎么着？全都炸了，疯了，连蹦带跳撒上欢儿了，让警察弄出去好几十位。这盘磁带是那天凭门票领的，我舍不得听，翻录了几盘都快听烂了，人家那玩意儿太地道了，我学了好长时间，也唱不出那个味儿，今天哥们儿把这盘原版的舍了，你英文、日文都这么溜，这才叫宝剑赠英雄，以后咱都是铁瓷了！”

---

① 威猛乐队：1985 年秋，威猛乐队在北京演出《无心快语》。

没等高冷说话，一旁的阚大路哈哈大笑：“他哪儿会啊，就他那外国话，中国人听不明白，外国人听了也得气死，无非拿拼音记下歌词发音，死记硬背练熟了！”

几个人迫不及待，顾不得周围还有其他吃饭的食客，拿出磁带插进收录机里就听了起来，卫星、阚大路，包括高冷在内，都被其中的歌曲深深震撼。

尤其是卫星，今天喝得有点多了，在结实的鼓点和悠扬的萨克斯声中，他有些恍惚，说不上来是个什么感觉，只是隐隐约约地预感到，一股新鲜的风潮已经吹进来了，中国的流行音乐即将发生翻天覆地的变化！

第七章

转战夜宵摊

卫星和阚大路这才想起来，他们俩睡了一整天，到现在还没吃饭，想吃点东西，出门转了一圈，卖什么的都没有，只好回来让王小青擀面条，煮了一大锅。仨人“稀里呼噜”喝着热面汤，商量了半天，卫星拍板儿，既然老天爷给咱指了条明路，那从明天起，早点铺停业关门，改卖夜食！

1

海河公园一场斗琴，让高冷一战成名，卫星和阚大路也结识了北京的朋友小彬彬，哥儿几个相见恨晚，越喝越开心，恨不得当场拜把子。尤其是高冷和小彬彬，一个闷葫芦一个碎嘴子，话茬子碰不到一起，怀里的吉他却能对话，你起一个旋律，我接一段solo（独奏），玩了个不亦乐乎。

打从中午一直喝到饭馆关门，服务员轮流围着他们扫地、擦桌子、翻白眼，几个人这才出来，又买了几瓶啤酒，坐在马路牙子上边喝边唱，折腾到深更半夜，舌头都不会打弯了。

他们四个人背着吉他，骑着自行车，摇摇晃晃在马路中间画龙。等把小彬彬和高冷分别送走，阚大路和卫星这才回到河北大街，酒劲儿往脑袋上撞，迷迷糊糊地摸索着，东拐西绕，凭本能找到了卫星家。阚大路腿脚不便，更走不动了，只能留下来过夜。

哥儿俩进屋倒头便睡。昏天黑地不知过了多久，卫星终于醒了，酒劲儿还没过去，头发蒙，浑身酸疼，揉着眼看看桌子上的闹钟，分针和时针一个朝上一个朝下，指向六点钟，心说不好，早点铺等着开张呢！可又觉得不对，昨天半夜回来，睡了一大觉，怎么才六点？起来走到窗口往外看了一眼，再回头看看闹钟，这才明白过来，原来是下午六点！

他连忙推醒阚大路："快起来，快起来，光顾着斗琴喝酒，把正事耽误了！"阚大路打着哈欠，没听明白卫星说什么："咱这是在哪儿啊？"卫星说道："在哪儿不重要，赶紧去早点铺看看吧，王小青可能还等着咱俩呢！"阚大路一听"王小青"三个字，立刻坐了起来："坏了，现在几点了？"

俩人胡乱洗了把脸，出门直奔早点铺。进门瞧见一大盆和好的面放在案板子上，王小青坐在凳子上两眼发直，看见这俩人进屋，猛地蹿起来大吵大嚷："你们搞什么名堂？俺半夜三点就起来干活，黄豆泡好了，卤子熬好了，一直等到现在，这可怎么办啊？"

原来王小青每天晚上睡在早点铺，后半夜起来把该准备的东西准备好，直至天光大亮，阚大路和卫星仍没来。她没学过炸馃子，就算能炸，一个人也忙不过来，又不知道卫星和阚大路住在什么地方，没法子，只能在店里干等着生闷气。

阚大路连声道歉，一个劲儿地检讨，说昨天喝大了，睡过头了。卫星一看王小青还挺勤快，凑到跟前闻了闻，面啊、豆子啊都没坏，既然弄好了，不能扔，干脆早点当夜宵卖吧。打开大门，熬热豆浆，豆腐脑点上，卤子煮上，点火倒油炸馃子！

这时候快到晚上七点了，大多数人正在吃晚饭，怎么会光顾他们这早点铺呢？卫星唉声叹气，后悔昨天一时兴起喝得太多。王小青也抱怨："你俩这么大人了不干正事，这个月挣不着钱，工资又泡汤了，俺还得当小保姆去！"

阚大路忙说："别别别，不至于的，再等等，实在不行咱来个连灯彻夜，不睡觉了，卖到天亮为止。"王小青气得直跺脚："等到明天早上，发完的面非馊了不可！"阚大路挠了挠头："那什么……我有个主意，反正咱仨都没吃饭，今天晚上就吃炸馃子得了！"王小青一撇嘴，气哼哼地说："咱仨也吃不完啊！"卫星笑道："不可能，有你王小青在，还能吃不完？别不够吃就行！"

三个人一边干活，一边鸡一嘴鸭一嘴地争执，看似吵架斗嘴，却也乐在其中。王小青不想浪费粮食，吃了太多的炸馃子，又灌下好几碗豆浆，撑得都快站不起来了。眼看天越来越黑，快到晚上八点时，突然一阵吵吵闹闹，进来一群高中生。他们刚下晚自习，走到早点铺门口，一看居然还有炸馃子的，闻着香味勾起馋虫，当地人打小喜好这一口儿，争先恐后拥进屋，几张桌子都坐满了。老豆腐、豆浆、馃子、大饼，有什么算什么，要了一大堆。

等学生们吃完了，前脚儿刚走，马路对面又过来一拨人，原来是红桥俱乐部电影散场，一瞬间屋里又坐满了，还有在外面排队等座的。有人等不及，买了二两馃子边走边吃。早点铺自打开业，头一次买卖这么好，所有能吃的都卖光了。

卫星和阚大路这才想起来，他们俩睡了一整天，到现在还没吃饭，想吃点东西，出门转了一圈，卖什么的都没有，只好回来，让王小青擀面条，煮了一大锅。仨人“稀里呼噜”喝着热面汤，商量了半天，卫星拍板儿，既然老天爷给咱指了条明路，那从明天起，早点铺停业关门，改卖夜食！

转天上午，卫星和阚大路请人做了块新招牌，一尺宽、五尺长，写上“卫星小食堂”五个大字，白底红字，挂在店门口格外醒目，又从屋里拉过来一只二百瓦的大灯泡。晚上七点，华灯初上，卫星把灯一开，照得周遭灯火通明，小食堂正式开张。

2

那个年代的北方城市相对落后，普通人无不是按时按点上下班，家与单位两点一线，娱乐方式顶多是去电影院看看电影，偶尔看看戏、看场文艺晚会什么的，对夜生活没有任何概念，哪有吃夜宵的？晚上一过七点半，饭馆服务员等着下班，催促客人赶紧吃，吃完赶紧走。夜里九点来钟，马路上已是一片漆黑，半天看不见一个人影。可那些在厂里下中班、上夜班的，追逐潮流看夜场电影、去舞厅跳舞的，还有外来跑业务半夜下火车的，大都想找点儿吃的，有了这样的需求，就有国营的、集体的、个体的烧饼铺、饮食售货亭、小吃店，愿意供应些包子、水饺、馅饼、烧饼或者煎饼馃子，营业到深夜十一二点，但终究是凤毛麟角。

河北大街离西站不远，周围比较繁华，晚上路过的人不少，卫星他们的小食堂是早点铺改的，仍卖大饼、馃子、豆浆、豆腐脑这几大样，经济实惠，比吃包子、饺子都便宜，开业后客流不断，生意一天比一天好。王小青瞅着装钱的匣子乐得合不拢嘴，觉得照这样干下去，自己准能涨工资！

卫星和阚大路玩吉他交的一众朋友，包括水暖安装队的哥们儿，隔三岔五来小食堂报到。人气一上来，卫星心气儿也高了，馃子炸得越来越利索，个大色正，又酥又脆，豆浆在大铁锅里煮得滚沸，整个屋子里弥漫着一股子烟火气，让人进来就不想走。

既然要喜迎八方来客，花样品种就必须推陈出新，阚大路在包子铺学过几年手艺，终于派上用场了，夜宵店额外添了几样吃食。一是大馅馄饨，用大骨棒熬汤，馄饨在骨头汤里煮熟后，先在碗底撒上冬菜、紫菜、香菜、虾皮，还可以打个鸡蛋，滚烫的骨头汤连同馄饨往上一浇，盐跟胡椒面自己加，再配个烤得焦脆的芝麻烧饼，齐活。

另一样是羊肉粥，用葱花、大料面、牛油炝锅，放上砸碎的牛、羊骨髓，加水熬一个钟头，再放小麦仁，大火熬到六七成熟，改用温火咕嘟四五个小时，拿冲好的大盐水找咸口儿，盛到碗里淋上香油，撒点儿羊肉丝，肉香四溢，闻着就让人食欲大增。捎带脚卖点散装白酒，大号的搪瓷茶缸子里倒上滚开的热水，把白酒盛在小酒壶里烫热了，爱喝酒的来上二两，就着炸馃子、老豆腐，外加一盘熬汤剔下来的拆骨肉，别有一番风味。

常言道“一样买卖两样干”，卫星之前想不明白，现在一琢磨，的确有道理，同样是烧饼、馃子、老豆腐，早晨卖不出去，搁到半夜卖，想别人想不到的，做别人做不来的，生意可好太多了。去掉付给王小青的工资，卫星和阚大路分到手的也不少。

姥爷、姥姥给远在遵义的卫连贵同志写信，报喜不报忧，说孩子干上了个体户，生意做得挺不错。老卫同志却不支持，以他的保守观念来说，做小买卖的还不如在家待业稳当，因为你只要待业，就有分配工作的机会，说不定还能进国营工厂学技术，只是眼下鞭长莫及，没办法，忍不住回信教训儿子几句，让他做生意一定要守规矩，不许以次充好、坑人骗人。

小食堂没什么客人的时候，卫星和阚大路俩人弹琴唱歌，王小青听得两眼发亮：“大路哥，你们弹的这个六弦琴太有意思了，叮叮咚咚的，比俺们村里老爷子弹的弦子好听多了，唱得也好听，不像俺们村里那些人，唱歌都是扯着脖子喊！”阚大路把琴递给她：“那当然，这叫 Guitar，你弹个试试？”王小青在围裙上使劲擦擦手，接过吉他，拨了一下琴弦：“你教教俺呗？”阚大路乐不得跟王小青多接触，教琴又必须“手把手”，这是多难得的机会？

从这天起，阚大路一有时间就教王小青弹琴。没想到她天生乐感特别好，节拍不乱，也不跑调，不到半个月就学会了一首王洁实和谢丽斯的《婚誓》，也能拨着吉他跟阚大路合唱了，她那个小甜嗓一开口：“阿哥阿妹情意长，好似那流水日夜响……”直接让阚大路的尿糖飙升至三个加号！

当初王小青给人家当小保姆，特别羡慕女主人时髦、会打扮，来卫星这打工之后，挣得比以前多，但也没全寄回家，给自己买了新衣服、新皮鞋，还买了一支口红，到小发廊剪短了头发，前面留成齐刘海。阚大路都认不出来了，心疼得不得了，埋怨她怎么把大辫子剪了？王小青说：“你懂啥，俺是照着《大众电影》上明星的头发剪的，剪头发三块钱，俺那辫子卖了一块钱，等于才花了两块钱！”阚大路皱着眉头说：“一块钱？你还不如卖给我呢，我给你两块！”王小青推了他一把：“你咋不早说？你要俺的辫子干啥？真能给俺两块钱？”

两人正说话的时候，卫星直眉瞪眼地进来了。阚大路觉得不对劲儿，问他出什么事了，卫星咬着后槽牙说：“我刚看见老貔貅在门口转悠，还躲着我，以为我没看见他！”阚大路不以为然：“管他呢，马路又不是咱自己家的，爱来就来吧，我还真不信他敢在这个门口兴风作浪！”卫星摇摇头：“不对，这老王八蛋鬼鬼祟祟的，夜猫子进宅无事不来，一准儿没憋好屁！”

直到开门营业，卫星仍神不守舍，人家要棒槌馃子他给炸成糖皮儿，要烧饼他给拿大饼。阚大路看不下去了：“你脑子里哪根筋搭错了，怎么疑神疑鬼的？”卫星一边炸着馃子一边回答：“我脑子里这筋都是焊死的，不可能搭错了，老貔貅上次大栽了，他肯定跟咱没完！”

阚大路不在乎：“没完又能怎么着，他还敢来砸咱场子？他有那量吗？”卫星说：“打架倒不怕，单挑群砸，咱都接着他，只怕他玩阴的，暗地里使坏！”说话这会儿，来吃夜宵的人已经在小屋里坐得满满当当了，仨人忙得团团转，一打岔就把这个事忘了。

果不其然，转天晚上九点来钟，红桥俱乐部电影散场，呼呼啦啦进来不少吃夜宵的，边吃边议论着刚看的故事片，叫什么《相思女子客栈》，说里面的男主角特别帅。

王小青在一旁听了，对卫星和阚大路抱怨：“天天干活，越干越傻，听说人家正式单位都组织职工看电影，还有出去旅游啥的，我也想看电影，能不能把票钱报销了？”

阚大路可逮住机会了，拍着胸脯保证：“没问题，当然能报销！我去买两张票，让你卫星哥盯着店，咱俩看电影去！要不咱们小食堂组织个秋游，去北京玩儿几天？！”

没等王小青回话，突然进来两个人，一瘦一胖，一高一矮，头戴大盖帽，身穿藏蓝制服，扣子系得严严实实，一脸的铁面无私，公事公办，跟泥胎木雕似的，半点笑模样没有，大声质问谁是负责人。卫星忙关了火，撂下炸馃子的筷子迎出来。

瘦高个不苟言笑，扯开公鸭嗓嚷嚷："你们怎么回事？办的执照是卖早点的，怎么现在还营业？你看看表几点了？这是卖早点吗？为什么早上不卖晚上卖？拿我们管理部门当摆设了？拿规章制度当儿戏了？”又看了一眼王小青："她是外地人吧？你们容留她在店里打工，去派出所备过案吗？有劳动局开的证明吗？”等对方连珠炮般的发问告一段落，卫星立刻掏出烟来敬上两支："哎哟，这怎么话说的，怎么把您二位惊动了？这都几点了，您还没下班呢？”瘦高个儿“哼”了一声："下班？我们是想下班，可是白天来你们开门吗？”卫星忙赔不是："您看这事儿闹的，那您肯定还没吃上晚饭，快坐下歇会儿，那什么……大路，赶紧煮两碗馄饨，飞俩鸡蛋！”

阚大路答应一声，转身要去后厨，却被瘦高个拦住，义正词严地说道："不许煮，休想贿赂工商干部！看你们岁数不大，怎么那么多坏门儿？在哪儿学的这一套不正之风？”胖乎乎的那位说道："你们这馄饨干净吗？可有人举报了，说吃了你们的馄饨拉肚子了！前几天我们就罚没了一批没经过检疫的大肉！你们从哪儿进的肉？盖检疫章了吗？”

这位说话声如洪钟，震得卫星耳膜嗡嗡响。他赶忙站直身子，一脸严肃地回答：“盖了盖了，绝对盖了，我们都是正规副食店进的货，专门挑盖戳儿的肉买，您瞧这油、这面，包括这馄饨里的葱、姜、味精、胡椒面，刷锅刷碗用的洗洁精，都是我亲手把关进货，我可以跟您保证，一点儿没含糊，咱绝不能让黑心商贩钻空子，也一定让顾客吃得放心，我们这连灯彻夜的，完全是一心一意为顾客服务……”

胖子不耐烦地打断了卫星的话：“行了行了，你话怎么这么密呢？我们不是来吃饭的，更不是来听你瞎白话的，听着啊，正式通知你们，打从明天……不对，从今天晚上……现在开始，立刻、马上，停业整顿！”

瘦高个儿掏出一张通知单，“啪”的一下拍在桌子上，告诉他们明天一大早去工商所接受处罚，又对那几位正在吃夜宵的顾客说：“够稳当的啊老几位，还紧往嘴里送呢？差不多得了！没听说有人拉肚子吗？”众食客一看这情形不对，饭也别吃了，又可以名正言顺地不用结账，紧着扒拉了几口，撂下筷子站起来往外走。王小青还想拦，可一个也没拦住。

两个工商局的人反客为主，让卫星灭火、关灯、拉闸，把他们轰了出来。从皮包里掏出一把钢丝锁，把门锁上，“啪啪”贴了两张封条，头也不回地走了。

3

夜幕低垂，凉风瑟瑟，三个人坐在马路边，盯着大门上的封条和钢丝锁发呆。王小青眼泪都快掉下来了，她舍不得这份工作，虽然在这儿干活累点儿，但卫星和阚大路大大咧咧的，都不是斤斤计较的人，没那么多鸡毛蒜皮的破事，吃得饱喝得足，可比当小保姆强多了，活这么大从没这么舒心过。

她拉着卫星和阚大路，看一眼这个，瞅一眼那个，委委屈屈地问："这可咋办啊？我我我……我今天晚上住哪儿啊！"阚大路不失时机地伸出援手："没我住的地方，也得有你住的地方，先跟我回家吧，跟我老娘睡一张床。"

卫星恨恨地说："他妈的，不怕没好事，就怕没好人，肯定是老貔貅把咱给举报了！”阚大路一肚子邪火直撞脑门子：“这个老貔貅整个一蔫坏啊，我找他豁命去，非给他腿砸折了不可！”卫星一把扯住阚大路：“现在找他，那叫师出无名，无凭无据，他能认吗？揍了他咱也不占理！”阚大路气不过：“那也不能吃这个哑巴亏啊！”卫星一摆手：“君子报仇十年不晚。怎么收拾他可以从长计议，攘外必先安内，咱得先把眼前这一关熬过去。”

人熟是一宝，小老舅谷志军在家门口方方面面都有熟人，找到工商所，交罚款、办手续，小食堂顺利解封，卫星却不打算干了。因为自打小食堂火了之后，周围跟长蘑菇似的，突然冒出五六家夜食店，竞争一天比一天激烈，生意不如起初那么顺手了。万一再来几个检查的、举报的、没事找事的，真是伺候不起。

最关键的是，炸馃子这个活整天油脂麻花，熏得浑身都是油烟子味，脸都黑了，干到头也就这意思，挨不了饿，但绝对发不了大财，以前炸馃子那老两口不就是活生生的例子吗？年纪轻轻，总不能这样过一辈子吧？生意必须接着做，一来阚大路腿脚不利索，自己得帮兄弟找饭门，二来不能让他爸看扁了，但是干什么呢？干什么才能多挣点儿钱呢？

三个人再次聚到一起，坐在空荡荡的小食堂里，彼此各怀心事。阚大路还在生老貔貅的气，骂骂咧咧、捶胸愤恨，恨不得把他的皮给扒了；王小青眼看自己要失业，弄不好就得卷铺盖卷回老家，“吧嗒吧嗒”地掉眼泪。卫星劝这二位：“生气不如争气，三个臭皮匠，顶个诸葛亮，咱仨摽在一起干，还愁没饭吃吗？我有个想法，进军天津最火的商业街——滨江道！”

卫星的这个想法，还是受了三梆子的启发。三梆子在水暖队三天打鱼两天晒网，常去和平路跟一帮小玩儿闹倒卖皮鞋。那时候皮鞋属于紧俏商品，在鞋店买皮鞋得排长队，鞋店里的人惹不起这些玩儿闹，任由他们随便买，出来现趸现卖，一双皮鞋少则赚三四块钱，多了能赚十几块钱。他又在书店后身贩卖翻录的录音磁带、在光明电影院门前倒卖电影票，总之什么挣钱干什么，挣完了钱就大吃大喝，挥霍一空。滨江道服装市场开业以来，他租了个摊位倒卖服装，已经小发了一笔。

阚大路心里没底：“你说这个计划可行是可行，问题咱没干过，先不说有没有富余的摊位，就算咱能租上，租金也便宜不了，进货也得要本儿，还得跑广州、跑深圳，人吃马喂加上差旅费，咱哪有那么多钱？再者说，隔行如隔山，听说滨江道发财的是不少，但赔得只剩一条裤衩子的也大有人在，万一赔了怎么办？”

卫星胸有成竹：“你这脑子还是太死，该上油了。咱没钱不要紧，那些卖服装的个体户有钱啊，咱去挣他们的钱不就完了？”阚大路不明所以："你这上嘴唇一碰下嘴唇，说得倒轻巧，钱在人家兜里，能给咱吗？"卫星一摇头："我说的是去挣他们的钱，又不是抢他们的钱！"王小青插嘴道："俺知道，俺知道，俺们去滨江道炸馃子，卖给这些个体户，不就能挣他们钱了吗？"

卫星哈哈一笑："王小青啊王小青，你真是进步神速，比阚大路强多了，但也有限。这么说吧，滨江道上的个体户最早十点半出摊儿，能去吃咱的早点吗？天黑收了摊儿，人家该去哪潇洒去哪潇洒了，谁还在滨江道待着？卖夜宵一样没戏！"

阚大路挠着头说："我算听明白了，咱只有两样不能卖——这不能卖、那不能卖！"卫星道："这就得看你的了，别人都干不了，唯独你能干。你不是会蒸包子吗？咱卖包子，中午饭！"

滨江道一端挨着劝业场、中原公司，另一端是新建成的国际商场，中间几百个摊位首尾相连，都是两米长、一米宽的铁架子，挂满花里胡哨的时装鞋帽，一点儿空隙也没有。摊位后面临街的小商铺也有做买卖的，大喇叭里放着流行歌曲招徕顾客，街上人挨人人挤人，从早到晚都特别热闹。

卫星、阚大路、王小青三个人从头逛到尾，他们不看服装只看人，王小青挨个数人头儿，越数越迷糊，喃喃自语："好家伙，这些个摊主，再加上帮摊的，少说得有一千多人，一个人吃三两包子，一千人那就是三百斤啊，逛街逛饿了的，也得吃包子，我的天爷啊，那一个月下来，咱得挣多少钱，这不发了横财吗！”

卫星很快找到下家，把小食堂盘了出去，没赔多少钱。同时托三梆子帮忙，在滨江道附近租下一间极小的门脸房，位置也稍微有点偏，但能找到空房就得知足。置办下蒸包子的炉灶、笼屉以及一应物品，重新起了营业执照。全弄利索了，还真剩下点流动资金。包子铺随了阚大路的姓，取名“阚记”，阚大路主持后厨，墩上、灶上、笼屉上全靠他自己一人；王小青仍当服务员，顺带包包子做卫生，给阚大路打个下手；卫星出任总经理兼采购科科长，买面、买肉、买菜全归他管。

开业头一天，热气腾腾的包子蒸好了，三块钱一斤，一斤三十个，咱按真格的说，半发面的水馅包子，连肉带馅儿都算上，一斤到不了三十个，本地说的一斤，是以面粉的重量计算。新张开业，分量给得也足，又熬了一大锅小米粥，给吃包子的主顾免费喝。王小青忍不住先吃了一个包子，说尝尝咸淡味。怎料一吃就停不下来了，眨眼间几十个包子下了肚，撑得她直打嗝儿，连声赞叹：“太香了，太好吃了！”卫星也十分满意：“吃包子的要都跟你王小青一样，咱这买卖就行了！”

本来想得挺好，怎知连着三天，吃主寥寥，包子根本卖不动。

三个人一天三顿包子，再好吃也受不了，吃得自己都快成包子了。王小青垂头耷耳，阚大路也着急，跑到门口吆喝:“都来瞧都来看啊，正宗老天津卫水馅包子啊，一咬一嘴油啊，先尝后买啊，全市最低价，九折优惠啊！”喊破了嗓子也没人往店里走。卫星坐不住了，不能干等着赔钱，让阚大路和王小青照顾生意，自己出去转悠转悠，换换脑子，想想办法。

他在滨江道上来回溜达了几趟，就见那些摊主老板、帮摊的大姐小妹，一个个忙忙叨叨，有的坐那啃面包，也有吃盒饭、吃烧饼的，吃两口还得停下来照顾生意。卫星灵机一动，酒香不怕巷子深，可包子再香，那香味儿也飘不到滨江道啊，我给他们送到嘴边上，不信没人吃！连他自己都觉得这主意不赖，喊着自己的名字:“卫星啊卫星，哈哈哈，你可真是个人才啊！”

自此一到饭点，卫星就提着个大草篮子，装上十来份热腾腾的包子，沿滨江道推销。卖完一篮子回去再取，这样能保证包子一直是热的。没出一个礼拜，生意还真做起来了。原因之一，阚大路的手艺过硬，他在国营包子铺得了真传：包包子要用富强粉，老肥发酵，兑碱揉成半发面，既有嚼劲儿又软和；瘦肉剁成绿豆大小的肉丁，肥肉剁成黄豆大小的肉丁，三分肥七分瘦，加上葱末、酱油、香油、骨头汤调成水馅儿；包子放进大号的笼屉，紧火慢火交替，五分钟出锅，蒸熟后一不走油，二不掉底，香气扑鼻，肥而不腻，一吃一个不吱声！那几年卖包子的个体户，不乏偷工减料的，皮倒是不厚，馅儿可是真小，甚至有用酱油腌熟土豆冒充肉馅的，跟阚大路蒸的包子根本没法比。另外来说，卫星能说会道、服务上门，老时年间干勤行的，讲究“脑瓜勤、脸上勤、眼勤、嘴勤、心勤、手勤、腿脚勤外带殷勤”，他岁数不大，却是“老江湖”，不用学就占全了，包子价格还比别人家的便宜，生意怎么可能不好？

卫星的买卖越干越精。买了一辆三轮车，钉了个木头箱子，涂上白油漆，跟卖冰棍的箱子差不多，阚大路他老娘帮着用白布缝了一条小薄棉被，垫在箱子里面，包子放箱子里凉不了。上午十点，滨江道上的摊主一出摊，卫星就来挨家登记，谁要多少包子记下来，走这一趟，能订出去四五十斤，也不用提前给钱，回去按订单蒸包子，十二点半之前准时送到，一手交钱，一手交包子。

天津人吃包子离不了醋、蒜，卫星都提前备好了，做买卖的吃完了蒜跟顾客说话不合适，就不要蒜，实在想吃的，那就给上几瓣。那时一次性筷子、一次性餐盒刚刚兴起，到饭馆吃饭要是用一次性筷子，还得另交三分钱，泡沫饭盒也不能白给，送得少还行，批量一大，也是一笔开销。但卫星可不糊涂，不收饭盒、筷子的钱，成本是高了点儿，可是薄利才能多销，里外里一算，绝不会吃亏。包子的销路彻底打开了，不怕卖不出去，就怕蒸不出来。

滨江道这一带做生意的、打工的、上班的，知道阚记包子铺的人越来越多，有不少人慕名到店里吃包子，又添了馄饨、凉菜、粉肠、熏肠、玫瑰肠、瓶装啤酒、散装白酒。包子铺那半间小厨房跟蒸笼差不多，人都快蒸熟了，但挣得着钱大伙都高兴，没有叫苦叫累的。到月底算账，阚大路直想骂人，说自己在国营包子铺干了那么多年，蒸的包子不计其数，从来不知道卖包子能挣这么多钱！

第八章

卫星的第一桶金

经此一事，让卫星知道了什么叫“生意”，在这个到处是机遇和挑战的时代，不做床垫也可以做别的。只要手中有了本钱，通过不断尝试和探索，一定可以找到自己的立足点。

1

有一天，卫星蹬着三轮车，挨家送完了包子往回返，撞见一个摊位上有人吵架，看热闹的把路都堵死了。他坐在车上等了一会儿，顺便听明白了，合着一位盘头大姨买了双牛皮鞋，回家后发现是人造革的，要退货。摊主却只同意换，不给退。盘头大姨拿出天津卫老姐姐刺破头的气势，拉过摊位后面的凳子，一屁股坐下:“今天退也得退，不退也得退，不给退我就跟你耗，让你一双鞋也卖不了，明天我接着来，看谁耗得过谁！”摊主也较上劲了:“行啊，咱就耗着吧！”往货摊上一倚，点了根烟，悠然自得，跟没事人一样。

双方开始冷战，围观的人们觉得没意思，散了不少，路也通了。卫星刚要走，突然看到一个人在他眼前一闪而过——身材高挑，留着荷叶头，一双大眼睛又黑又亮，而这双眼睛，正是他永远忘不了的！

卫星觉得心都快跳出嗓子眼儿了。回想上次见面，是在胡同里英雄救美，又一起送阚大路去医院。当时以为能和她多说几句话，至少也得问问她姓什么、叫什么、住在哪，留个联系方式，怎料那个女孩又消失了。卫星都开始怀疑人生了，觉得特别不真实。后来开了早点铺，又改成了夜食店，其间发生的事情太多，他甚至来不及胡思乱想，只是半夜做梦，不经意还能梦到那双眼睛，而每次做这样的梦，转天醒来都会莫名地失落，好像心被掏空了，得好几天才能缓过劲儿来。

这一次在茫茫人海中的重逢，说什么也不能再错过了。卫星赶紧下车跑过去，拦住那个姑娘。四目相对，一贯能说会道的卫星变得磕磕巴巴："你……你……还认得我吗？"幸好，姑娘笑了一下，点了点头。卫星长舒一口气，但也不知道说什么，只能没话找话："太巧了，在这碰……碰上你了。"姑娘又点了点头，告诉卫星，她在滨江道上当售货员，卖女装、女鞋，刚来不到两个礼拜。卫星问这些年没见，过得怎么样。姑娘笑了一下，说："还行。"这时卫星才想起来，关键问题还没问："我……我叫卫星，你叫什么？"姑娘回答："郑婕。"

其实两人并不熟，比一面之缘强点但有限，又隔了那么多年，聊来聊去就那几句话，都挺尴尬的。旁边那位盘头大姨又闹上了，卫星想过去劝劝，被郑婕拦住，说听老板的吧。卫星一想也对，人家老板都没发话，自己凭什么多管闲事？估计这个点儿郑婕还没吃晌午饭，给她留下一盒富余出来的包子，告诉她自己天天来，以后见面机会多的是，下次接着聊！

回到包子铺，卫星坐在凳子上愣神儿，阎大路和王小青觉得不对劲，问了半天，卫星也没说原因，他脑子里一直在想一个问题——当年河边那个美少女，跟眼前这个卖鞋的女售货员是同一个人吗？

转过天来，卫星突然有些担心，郑婕再一次消失了怎么办？数着秒针到了十点，他魂不守舍地去滨江道下订单，幸好郑婕还在摊位上！从此两人渐渐熟络了，卫星也终于解开了心底埋藏多年的谜团。

大红桥子牙河有很多渔户，一条船就是一个家。郑婕船上生、船上长，天天守着水，游泳用不着人教，打鱼时也跟着拉网。渔户也不是谁想干就能干，有渔业队，打完鱼不准私自卖，每天如数上交水产集体，都是“水上户口”，有专门的水上派出所管辖。郑婕家户口本上的地址是“水上 132 号”，就是家里这条船的编号。

打鱼特别苦，子牙河、南运河、北运河、海河、大清河……撒一网换一个地方。把铺盖卷和锅盆碗灶往船上一搁，柴米油盐都得备上，漂到哪儿吃到哪儿，舍不得买菜，天天熬杂鱼，贴玉米面饼子。什么时候没粮食了，才回大红桥，去粮店买粮，再去副食店买点要本的、要票的。冬天河面结冰之前，把船拽上来，倒扣在岸边，拿麻刀、油灰补漏，再罩上一遍桐油。

他们住在岸边的破瓦寒窑里，但这几个月不能闲着，得凿凌穿杆子，拉网捕鱼。祖祖辈辈，年复一年都是这么凑合着过，在当时那个年代，不干这个，也不知道该干什么去。郑婕打小没穿过一件好衣裳，过年时想买双新鞋都买不起，有个头疼脑热的，就在船上忍着。1976 年年底，渔业队归到了塘沽，郑婕他们家离开了大红桥，再没回来过。此后也出过海，但内河的渔户适应不了海上的风浪，不会干活了，日子过得特别紧巴。所以卫星那时天天在河边转悠，又满大街地找，却再也没见过郑婕。

后来郑婕她爸撒手人寰，就剩下她和老娘相依为命，为了活着，娘俩都不容易，替人家缝缝补补、晒晒鱼干、织织渔网，捡别人剩下的臭鱼烂虾勉强度日。郑婕不忍心看老娘受罪，渔业队有会做虾酱的，她每天都盛一小塑料桶，坐长途汽车，到市区的黑市上售卖，回去还给人家块八毛的，自己多少可以赚点。或者赶海的时候捉点不值钱的花盖螃蟹，蒸熟了拿到车站前，卖给那些坐火车的，路上当个酒肴。那个时候不允许做小买卖，但总有人偷偷摸摸地干，跟卫星和他姥爷一样，只不过胆子再大也得避着戴红袖箍的，因为一旦被抓，那就得倒霉。那几个小混混儿色胆包天，看见郑婕卖虾酱，认定她不敢报官，才有恃无恐地把她逼进胡同，谁料被卫星和阚大路撞了个正着。二人把阚大路送去医院，郑婕忽然不辞而别，也是害怕卖虾酱的事张扬出去。

郑婕不愿意守着鱼腥味儿过一辈子，正赶上市里一家新开业的大商场招聘，她报名当了营业员。工作兢兢业业，又自学考上了职工大学财会专业，受到楼层经理的嫉妒，认为迟早会威胁到自己，找了个借口，把她辞退了，这才到滨江道给一个卖鞋的老板打工。

卫星替郑婕难过，家里苦还不行，工作也这么不顺当，这日子什么时候是个头儿？跟郑婕说："你别练摊儿了，来我们包子铺，我加倍给你工资。"郑婕觉得不合适，不想占这个便宜。但卫星执意要帮她，说了一箩筐好话。郑婕不是个死心眼儿的人，便答应了卫星，却不肯要双倍的钱，该给多少给多少就行。

阚大路也记得郑婕，都是家门口的，看到她肯加入包子铺，自然挺高兴。王小青不管这些，自己能按时发工资就行，多个人做伴儿说话，更热闹。郑婕入伙的当天晚上，几个人在包子铺举行欢迎仪式，桌上烤串、酱货、啤酒、饮料堆得满满的，卫星和阚大路还特地把吉他背了过来，大家对酒当歌、高谈阔论。酒过了三巡，阚大路忽然惆怅了起来，摸着自己的红棉吉他自言自语："我的老伙计，哥儿们这阵子只顾着卖包子挣钱，多久没碰过你了？"说着自弹自唱了一首《爱在深秋》，唱得眼圈儿泛红。

卫星怕他扫了大伙的兴，在一旁劝道："咱不可能卖一辈子包子，这么着，咱都说说，以后有什么打算？或者说，有什么梦想？"阚大路一仰头，喝光了瓶子里的啤酒，看着摞得老高的包子屉说："以后？以后能靠弹吉他唱歌养活自己，那该多好！"话虽简单，实现起来却太难了，他们这种马路边唱出来的"野路子"，即便有点名气，可跟人家专业院团的比起来，那还是天差地别，指着这个挣钱更是痴人说梦。王小青想得简单："只要不用回老家，每个月有吃有喝有工资拿，偶尔买上几身漂亮衣裳，卖一辈子包子俺也知足！"

接下来该郑婕了，她今天也没少喝，这会儿脸色微红，但是一言未发，眼里时不时闪过一丝光亮，也分不出那是希望，还是泪光，看得卫星都出了神。

2

现实总是比梦想骨感，寻求机遇不在一朝一夕，眼下还得脚踏实地，接着卖他们的包子。四个人各有分工，阚大路和王小青忙活店里的事，郑婕白天帮着卫星去送包子，晚上回来结算一天的收支。月底拢账，发完了工资，几个人都挺高兴，决定放假一天。

王小青说要去烫个大波浪，再买点化妆品，给自己捯饬捯饬。卫星想请郑婕吃快餐，离滨江道不远有一家敖奇快餐厅，茄汁大虾套餐特别好吃，餐厅里还能唱卡拉 OK，他准备登台献唱，送给郑婕一首《告诉我》！

阚大路最有心，说他老娘糊了半辈子纸盒，天天坐着，老闹腰疼，听说这一阵子流行席梦思床垫，躺上去特别舒服，他高低也得给老娘置办一个。

卫星一琢磨，自己可是吃阚大路老娘炖的兔头、酱货长大的，既然是给老娘买床垫，那说什么也得算自己一份。阚大路跟卫星不见外，哥儿俩去了一趟劝业场，看商场家具部的床垫，标价四五百块钱一张，还只有样品，没有现货。一问售货员才明白，别说没现货，有货也不能随便卖，必须凭票，也就是盖了床垫厂公章的购物凭证，没票的额外多收一百块钱，也能卖给你，但至少等上三个月，因为厂家生产不出来！

那个年代市场经济刚刚起步，很多行业还没有完全摆脱计划经济的束缚，彩电、冰箱、洗衣机、手表、自行车、家具……买什么东西都得凭票，因为没有那么大的生产能力，工人加班加点也没用，原材料、运输等都得按计划来，不是一个环节加速就能解决问题的。

卫星和阚大路都没什么门路，更没必要为了一张床垫去求爷爷告奶奶，多付了一百块钱，回家等了三个月，终于可以提货了。拉回家往上一躺，颤颤悠悠，那是真舒服！卫星又动了心思，一张床垫四五百块钱还供不应求，自己生产，卖出去肯定能挣大钱啊，得找人问问，看看这个成本有多少钱，能不能自己生产？

石桥西大杂院有一个老邻居，姓权，大名叫“权顺”，中等个儿，一对黄眼珠子，打小手就巧。上山下乡插队时学会了木匠手艺，返城后找不着工作，给街坊邻居打家具，又有不少人给他介绍活儿。工钱一分不少挣，吃饭喝酒还不花钱，谁打家具还能不管师傅吃饭？所以权顺早早就买了摩托车，一天一顿酒，日子过得比谁都舒坦。

卫星去找权顺，问他会不会做席梦思。权顺拍着胸脯大包大揽："要说彩电、冰箱、录音机，咱做不了，床垫子有什么出奇的？太简单了，弹簧、毛毡、猪鬃、海绵垫子，驴粪蛋外面光，都是杂木粗活，用不着榫卯，拿铁钉子钉结实了，油漆都不用，外头罩上个尼龙布料的罩子，齐活！花不了几个钱，怎么，你想做？要娶媳妇儿？好事啊，包在我身上了！"卫星说："我是想做，但不是自己用，我想订一批货！"

权顺合计了一下，买料，加上人工、水电、场租，一张床垫的成本得六七十块钱。他可以叫几个小徒弟过来帮忙，但这种纯手工的活，量上不去，成本也就这个意思了，降也降不下来多少。卫星心里有谱儿了，付了钱，让权顺先做个样品。你还别说，跟商场卖的席梦思差不太多，人家卖四五百，他们这个卖三百块肯定没问题，哪怕卖二百块，那也是几倍的利润！

卫星跟阚大路商量，拿包子铺挣的钱当本钱，做一批席梦思床垫，另外自己这段时间太忙，让阚大路多上上心，把包子铺的买卖盯住了，由郑婕去送外卖。

接下来筹备开工了，卫星租了个农家小院，离市区不远，水电俱全，租金很便宜，当木工作坊再合适不过。木料、弹簧、毛毡、鬃麻都备足了，怎知买海绵垫子时却卡了壳。席梦思少了海绵，那不就直接睡弹簧上了吗？卫星一连问了七八个厂家，人家根本不搭理他，再一打听才知道，天津市所有的海绵，只要是能做床垫的，都让温州人垄断了。

搁在当时来说，京津两地有很多做生意的温州人，大到服装、皮鞋，小到纽扣、拉链，以及小五金、小家电，只要温州人插手，很快就能占领市场，形成垄断。他们不仅是同乡，还都沾亲带故，全是一大家子来到一个地方，心往一处想，劲往一处使，脑瓜转得飞快，还特别能吃苦，白天当老板，夜里睡地板。

咱就拿做皮鞋生意来说，市面上什么鞋好卖，人家买一双回来，整个拆散了，用纸把鞋帮的样子剪下来，照葫芦画瓢，按着纸样子裁剪皮料，一步一步都是手工操作，设计费、运输费甚至仓储费都省了，能够一下子把价格砸到底，又只做销路最好的款式，一旦过时，马上停产。再比如做服装，甭看是手工作坊，却能形成产业链，有的负责剪裁，有的负责缝衣服、锁扣眼，有的只做皮衣，有的只做西装，这家接了大生意，赶不完订单，就转包一部分给亲戚来做，有钱大家一起赚。各地都有温州城、温州村，但明着叫村，实则就是一个大型集团公司，什么挣钱干什么。

3

天津的温州村在北宁公园对面，距离中心市区不算太远，原是东郊大毕庄长青村，八十年代初修路，征用了村里的农田，全村三百多户农民转为城市户口。本来是“天上掉馅饼”的好事，但扔掉使了几辈子的锄头、镰刀、箩筐、磨盘，立刻面临着靠什么吃饭的问题。恰在此时，一些做生意的温州人来长青村租房，拉家带口干起服装加工，又从老家招来亲戚朋友。村里那种农家小院，每户都有三五间正房、两三间偏房，不少村民自家人挤在一间房子里，其余房屋一律出租，每个月能有好几百块钱的收入。

温州村有一对表兄弟，垄断了天津市的床垫生意。初来乍到也是一穷二白，租了一间猪圈改成的屋子，一进屋脑袋就能撞上房檩，墙面连白灰都没抹，直接露着碎砖头，潮虫子、黑蚂蚁、臭虫、蝲蝲蛄满屋乱爬。哥儿俩没什么本钱，为了谋生，蹬三轮送席梦思床垫。不得不佩服人家敢想敢干，只用了不到一年，就办起了床垫厂，而且越做越大。由于担心别人抢生意，千方百计与生产海绵的厂家和销售商达成协议，海绵只供给他们一家！

卫星登门拜访，请两位老板高抬贵手。没想到人家的态度很决绝，说这是温州人的生意，我们不管人家国营厂家怎么干，但天津的个体户、本地人不能碰。一句话把卫星气乐了，扭头摔门而去。转天跑了趟白沟，还真让他订来一批海绵垫子。万事俱备，权顺领着两个小徒弟正式开工，半个多月过后，五十张床垫做好了！

这些床垫没有生产厂家、没有商标，更没有质检合格证，也因为缺少生产规范，摆在一块里出外进、参差不齐，正经的“三无”产品，不可能送去商场出售。那时候开了很多旅馆，特别是边边沿沿的地方，城乡接合部，乡镇企业发展得很快，外地来跑业务的都得有地方住。

卫星去这种旅馆搞推销，凭着两行伶牙俐齿、三寸不烂之舌，愣是把缺点都说成了优点！他是这么说的:“这床垫看着一般，可躺上去一点儿毛病也没有，您随便折腾，绝不会塌簧开线；商标那不就是钱吗？同样的产品，贴上商标，价格一下子就能翻番，咱这床垫是没商标，可它实惠啊；您去劝业场、百货大楼、去国营的厂家买床垫，那可没有现货，您这旅馆等着开业，等得及吗？您在我们这买，今天交了钱，明天就给您送过来！”每卖出一张床垫，卫星给旅馆的经手人二十块钱的回款，所谓“粘毛四两肉，经手三分肥”，谁负责采买不想占点儿便宜？没过多久，床垫的销路就打开了。

权顺带着小徒弟每天从天亮忙到半夜，床垫供不应求，半年多下来一算账，刨去料钱、工钱、房租、水电、运输等费用，卫星净赚了六七万块钱！咱们实话实说，那个年代的个体户挣的是“胆子钱”，遍地有黄金，到处是机会，胆子越大挣得越多，只是绝大多数人安分守己，老实惯了，宁愿守着一个月一两百块钱的死工资，端着铁饭碗，落个吃喝不愁，稳稳当当，都不想去吃苦受累担风险。

那一阵子，卫星也不穿牛仔裤了，头发也顾不得天天洗了，一绺一绺地贴在头皮上，西服搭配旅游鞋，拎着个皮包，奔走于郊县之间，活脱脱一个乡镇企业家。感觉自己像上满弦一样，忙忙叨叨，一秒钟也停不下来，一来是挣钱挣上瘾了，二来各种外力都在推着自己，不是他想停就能停下来的。腰包一鼓，他的胆子更大了，想法也更多了，天天都在琢磨怎么才能开拓市场，卖出更多的床垫。

一天，卫星又去旅馆推销床垫，他碰到了一个“会头”。所谓会头，就是他自己找一处闲置的场地，跟主管机构谈判，许以相应的租金，定下租期，然后他再去组织商户、厂家办展销会，一手托两家，从中赚取差价。这个会头姓万，四十多岁，长得白白胖胖，是天津本地人，租下工业展览馆一个月的租期，准备筹办一场家具展销会。核算下来，一个展位的成本价是三百块钱，老万以五百块的价格出租。参会的商户和厂家，有的是想展销新品，有的准备甩卖积压过时的家具，无论挣不挣钱都不吃亏，至少能多认识些客户、同行，以后都用得上。

卫星嗅到了商机，请老万在路边的东北骨头馆啃了一顿大骨头，喝了一斤多烧刀子，两个人越聊越对脾气，最后在老万的鼓动之下，决定报名参会。他自己直接监督，让权顺带着徒弟们忙活了几天，赶制出一批精品床垫，印了招贴画和宣传单，图中一个穿着睡衣、神色慵懒、性感撩人的美女，半躺半卧在软床上，捎带印了几盒名片。该准备的全备妥了，再次与会头老万联络，选定了一个显眼的展位，签协议、交定金，把自家床垫运到指定的仓库。展销会开幕前一天，众多参展商陆续进场。卫星也雇了两个帮工布展，偏在这个节骨眼儿上出了状况——不是冤家不聚头，那两个温州老板也来参加展销会，还跟卫星成了邻居！

会头老万太贪了，展位都租出去了仍嫌不够，又挤进来十几家厂商，所有事先约定的面积，都有不同程度的缩水，钱可一分没少要。温州老板带着几个同乡过来布展，干着干着就一点点往卫星这边挤。他们的产品除了床垫还有沙发、沙发床，品种挺多，地方确实不够用。本来卫星这边产品就少，给他们腾出点儿地方也无所谓，但他瞧着这伙人得寸进尺的劲头儿，心里就不痛快，却并未当场发火，来参展的都是同行，外面儿他还是得有。卫星过去跟温州老板商量，让他们往边上挪挪。

温州人做生意一个比一个精，一个劲儿地跟卫星对付，怎奈说话"叽里呱啦"语速特别快，他们说十句，卫星顶多听懂两句，不免有所误会，自然是越说越戗。卫星急了，想吓唬吓唬他们，推搡了几下。没想到那几位一个比一个轴，当场跟卫星撕扯上了。真动了手，卫星才发现他们不会打架，根本不堪一击，包括那个老板在内，个个瘦了吧唧，掐巴掐巴不够一碟子菜，三下五除二就把他们打趴下了。

一同参展的还有不少温州商户，看见老乡挨打，纷纷上前助阵，可是在场的本地人更多，也没有胳膊肘往外拐的，很快升级成了天津人和温州人的冲突。一时间在展厅中打乱了套，货品也撞翻了，展架也推倒了，敌众我寡的温州人不吃眼前亏，丢盔弃甲夺路而逃。本地的商户也没追出去，该布展的布展，该摆家具的摆家具。

过了一个多小时，卫星的展位布置得差不多了，刚坐下歇会儿，就见展厅门口一阵骚乱，“稀里呼噜”地拥进来几十号人，其中有七八个人，手里都拎着二尺来长的铁管儿，一嘴的温州方言，咬牙切齿，气势汹汹。带头的一位，三十来岁，身高在一米七五左右，长了一脸坑坑洼洼的麻子，多半是小时候出天花落下的，如同麻将牌里的“九饼”。模样不济，造型可绝对到位，大背头梳得油光瓦亮，全套名牌西装，穿在身上一道褶子也没有，脚蹬一双老人头皮鞋，亮得能照出人影儿，嘴里叼着烟卷，腰里别着个大号传呼机，两只手十根手指头戴了五六个金嘎子，脖子上吊着一根黄澄澄的金链子，三分不像老板，七分倒像流氓！

4

实事求是地说，为什么温州人能占据天津市场呢？除了人家脑子快、肯吃苦之外，还有很大一个原因，就是天津本地做买卖的心不齐，有如一盘散沙。你拿参展的一众商户来说，见着己方人多势众，有打便宜人儿的机会，一帮一伙咋咋呼呼的大有人在，眼下人家的打手来了，恶战在即，刚才那些个义愤填膺、怒火中烧的老少爷们儿，可都唯恐避之不及了，只剩下卫星和他雇来的两个帮工，以及三四个不怕事儿的参展商个体户，抓上身边顺手的家伙，横眉怒目准备应战。

长得跟“九饼”似的那位，往前走了几步，盯着卫星，上上下下左左右右前前后后，打量了一溜够，操着半生不熟的普通话问：

“这个床垫是你做的？”卫星横了他一眼，冷冷地答道：“没错，是我做的！”九饼龇牙一乐，脸上的麻子都裂开了：“兄弟，你做这个买卖，规矩总要讲的，不好乱来，我说得对吗？”卫星不以为然：“规矩是人定的，你有你的规矩，我有我的规矩，凭什么听你的？打从我一开始干这个买卖，你们温州人就跟着捣乱，你们自以为能在这个市场上说说道道、称王称霸，那是没遇上我卫星，既然让我撞上了，咱就得改规矩！”

九饼眯缝着眼睛摇了摇头：“在商言商，生意上的事，生意上解决，咱们各让一步，你看怎么样？”卫星问他怎么让。九饼说：“展会你可以参加，床垫也可以去推销，但是不能进商场。”卫星一听就急了，因为他来参加展会的主要目的，无非是想看看有没有机会打入各大商场，借机扩大销路，如果还像以前一样去旅馆推销，那还折腾个什么劲呢？他气得火冒三丈：“你算干什么的？公安的还是工商的？轮得到你断我的买卖道儿吗？”话说至此，他没心思啰唆了，手里攥着一柄布展用的大号铁榔头，高高举过头顶，冲着九饼砸了过去。

流血的冲突一触即发，千钧一发的紧要关头，有人拦住了卫星，正是会头老万。他多拉来十几个参展商，多出来的这个钱属于干赚，不赚白不赚，但他也明白，定好的位置缩了水，肯定会有人找他的麻烦，所以布展这一天没敢露面。刚才卫星和温州老板发生冲突，展览馆的人担心闹出大乱子，赶紧打电话通知老万过来一趟。老万刚进展厅大门，就看见卫星抡着榔头要动手，就这把大铁榔头，少说也得十几斤重，这不得把人脑子打出狗脑子来？老万连忙跑过去，紧紧抱住卫星，又转了半圈，大胖身子挡在两拨人中间，拜年的话说了一卡车，嘴皮子都磨秃噜了，总算是把两方人马的火气都压了下来。九饼临走时对卫星撂下一句话："今天不跟你动手，不代表我怕了你，有我们温州人在，你做不成床垫生意，不信咱们骑驴看唱本——走着瞧！"

家具展销会如期举行，九饼也没再来捣乱。卫星心想，强龙不压地头蛇，温州人外强中干，为了这点生意，总不至于豁命。但是他想简单了，温州人的生意，从来不是靠打架打出来的，人家玩儿的是"上兵伐谋"，等他再到白沟去进海绵垫子时，白沟的批发商也不卖给他了。如此一来，他的生意是真干不成了，卫星知道是九饼在背后捣鬼，他托三梆子去打听这个人，得到消息，敢情九饼在温州村还真是一号人物，都管他叫"辉哥"，是温州铁棍队的老大！

任何一个能在社会上说说道道的人物，背后都有一段精彩的过往。九饼的故事流传了很多年，从温州传到天津，越传越邪乎。温州人不会做买卖的不多，九饼却是其中一个，年轻时什么都卖过，纽扣、拉锁、打火机、皮鞋、裤子……只不过卖什么赔什么，小半辈子一事无成，眼瞅着混不下去了，意外接到一封远方来信。写信的是他堂哥，在天津长青村开服装作坊，生意越做越大，钱越挣越多，遇到的麻烦事也越来越多，希望九饼过来，助自己一臂之力。九饼早没心思在老家混了，干脆把手里的存货一脚踢了，只身北上，来到了天津市。

当时的长青村，已经住下了三四千号温州人，进了村如同到了南方，听到的都是南方话，满街跑的也都是南方小孩。温州人安分守己，但树大招风，总有为非作歹的流氓无赖，以帮他们解决纠纷或催账之名敲诈勒索。温州老乡们凑在一起商量，为了不再忍气吞声，决定众筹出资，建立了“联防自卫基金会”，堂哥提议让九饼牵头，成立一支联防队，挑选几十个身强力壮的小伙子，人手一根铁棍，所以又叫“铁棍队”，遇上外人进村捣乱就一起上，出了事若要赔偿，皆由基金会担负。

九饼摇身一变，当上了温州村铁棍队大队长，打了几场硬仗，得到了温州村一众生意人的认可。九饼也觉得英雄终于有了用武之地，他做生意是不行，但对生意上的门道并不陌生，遇事讲成本，并不是一味地打打杀杀，能动脑子就动脑子，能和谈就不动手，万一打起来，铁棍队有基金会支持，又有“保卫家乡父老”的正义属性加成，总能抵挡一气。

历经了几年的拼杀，九饼与众多温州老板之间形成了默契，他这个铁棍队大队长不白干，相当于老板们都给他股份，年底还有分红，手头有俩钱儿了，个人形象也有了质的飞跃。温州人讲究“女人穿款式，男人穿名牌”，九饼的衣品越来越高，金利来、皮尔·卡丹、鳄鱼、梦特娇、袋鼠牌的西装、运动服置办了若干套，倒换着穿，脚底下是老人头的皮鞋、迪拉多纳的旅游鞋，大背头梳得纹丝不乱，金链子、金嘎子外加传呼机，出门时必须佩戴齐全，造型方面绝对唬人，出入温州村非出租车不坐，身边一群小弟前呼后拥，唯其马首是瞻，虽够不上飞黄腾达，怎么说也算是咸鱼翻身了。

卫星听完之后，险些没背过气去，这简直就是“鸟屁成精、气死老鹰”的现实版！你不是温州铁棍队大队长吗？这回我让你知道知道天津市马路吉他队大队长的厉害！卫星拐弯抹角问来了九饼的传呼号码，要跟他见上一面。九饼回电：下个周五晚上八点，温州村兰雅歌舞厅见。卫星一琢磨，这个时间、这个地点，八成没好事，但我要是不敢露面，往后的生意更没法干了，不能让温州人给吓唬住了！找三梆子、阚大路商量，到时候纠集人手一同杀过去，他九饼胆敢犯愣爹翅儿，非给他的麻子脸熨成白板不可！

到了会面之期，卫星、三梆子、阚大路暗藏三角刮刀，直奔温州村。其余接应的兄弟都在外围埋伏，只等里边动上手，立马冲进去打他个出其不意。

而温州村出名的，不仅是服装生意，还有脏乱差的环境，私自搭建扩张的房屋，几乎占满了街道胡同，生活垃圾堆放在路边，公共厕所污秽不堪，臭气熏天。借着路灯的光亮，三个人进了村，发现主路两侧开了许多小店，卖烟酒、食品、杂货，还有卖板面、拉面、盖饭的小饭铺，店门口吊着锃亮的灯泡，差不多都在营业。那些民房院门四敞大开，里面灯火通明，传出“咯噔咯噔”轧缝纫机的声音。卫星见状，也不得不佩服温州人的吃苦耐劳，为了生意不惜力气，天津人到点准下班，人家晚上也不歇着，脑子里根本没有下班的概念。

兰雅歌舞厅在村子最东边，离老远就看见闪闪发光的霓虹灯。推开钉着人造革皮面儿的大门，潮湿的霉味与烟酒的气味混杂在一起扑面而来，呛得几个人不住咳嗽。出手大方的温州老板们常带着客户在此消遣，生意十分火爆。歌厅里头黑得暗无天日，小舞台上一个矮胖子搂着一个苗条的妙龄女子，举着麦克风大声号叫。

卫星三人围着大厅转了一圈，挨个包厢都看了，也没找着九饼。拽住一个服务生，问他看没看见那个长了一脸麻子的温州人。服务生大声说:“你们要找辉哥啊？他在后面呀！”随后领着几个人穿过一条黑得伸手不见五指的走廊，推开了一间包房的门。

包房不大，墙上贴着壁纸，挂着装饰画，茶几上放着果盘和酒水，靠墙摆满长沙发，坐着三个人，正是九饼和那两位做床垫生意的老板。九饼皮笑肉不笑地点点头，伸手示意卫星坐下说话。

卫星脖子一梗，开门见山："我没那么大工夫坐下来谈，只问你一件事，你们温州人屡次三番给我捣乱，到底想怎么着？"九饼两手一摊说道："我阿辉明人不做暗事，之前告诉过你，席梦思床垫的生意你不能做，现在你来找我，我也没有办法！"卫星冷笑道："你不就是打算抄手拿佣、平地抠饼吗？我也告诉你，想跟我做无本的生意，你还嫩了点儿！"

卖床垫的老板坐不住了："这个市场是我们闯出来的，不可能拱手相让！"三梆子一瞪眼："你是哪瓣儿蒜？什么事儿也抬不过一个理字，天底下的买卖，谁想干谁干，赔了赚了全是自己的！"那个老板说："如果不是我们做席梦思，你们怎么会想到这么搞？做生意不能乱来的啊！"卫星气哼哼地说："分明是你们欺行霸市，怎么成我们乱来了？"温州老板急得直拍大腿："话不是这样讲的，这个市场是我们在做，你们偏要横插进来，不讲理的是你不是我啊！"阚大路大怒道："绕来绕去你还会说别的吗？你他妈这是'屎壳郎扒烟袋锅子——拱火'啊！赶紧把海绵垫子给我们，否则今天谁也别想出这个门！”

双方你一言我一语，怎么谈也谈不拢，九饼腾地一下站了起来，冲卫星和阚大路等人吼道：“这里是我们的地盘，难道要听你摆布？”卫星哈哈大笑：“你可真够逗的啊！这是天津卫，什么时候成了你的地盘了？”他越说越搂不住火，冲阚大路使了个眼色：“甭跟他们废话，不信打不服这几个怪鸟！”

双方剑拔弩张，刚要动手，包房的门被人推开了，走进来三个人。借着黯淡的灯光，卫星仔细辨认，为首的竟是老熟人——小老舅的哥们儿损鸟！多年未见，损鸟比以前更瘦了，脸上多了几许沧桑，造型与当年也是判若两人——一身名牌西装，胳肢窝下边夹着鳄鱼皮的名牌手包，周润发一般的背头，用发胶固定得一丝不乱，歌厅里黑灯瞎火，他仍戴着墨镜，脖子上的金链子熠熠发光。后面跟着两个小弟，也不知道他在哪儿发的财。

损鸟摘下墨镜，环顾四周，那姿势、那造型、那气势，像极了电影里的周润发，估计私底下对着镜子模仿过无数遍了。他的目光中竟流露出一丝不易察觉的激动，跟卫星、三梆子叙了半天旧，问他们这些年都干什么了。又问卫星：“你老舅怎么样了？怎么总也没见着他？”

果然不出所料，温州人不喜欢轻易动手，请出损鸟来给说和。

九饼等人跟损鸟打过招呼，转身出了包房。损鸟也开门见山，直接告诉卫星，今天这件事你不占理。卫星是真不想驳损鸟的面子，但忍不住据理力争:“从小处讲，谷志军是我亲舅，我也得拿您当舅舅；往大处说，咱都是本地的，你怎么能帮着外人说话？”

损鸟招呼哥儿几个坐下，点烟倒酒，边喝边聊。他对卫星说，正因为咱们这层关系，才能坐下来谈这件事。凡事讲究个先来后到，温州人在天津做生意，向来规规矩矩，谈妥了各条道儿上的条件，很多本地的兄弟都靠他们吃饭，你出来搅局合适吗？你看看滨江道、小白楼、单街子、大胡同的个体户，谁不是去广东、福建打货？几乎没有自己开工厂的，你想过其中的原因吗？这就是各有各的势力范围，也是不成文的规矩。

损鸟又说，卖席梦思也是一样。我知道你那个床垫，就是手工作坊干出来的，温州的两个老板现在已经开始组建生产线了，成了气候了，人家那个床垫，拿四吨载重的雁牌双排座汽车碾压过去，再开膛破肚，里面的木架子、弹簧都不带坏的，仅从这一点说，你想跟人家抢这个市场，还得投入多少资金？你算没算过这笔账？何况温州人来天津这么多年，成千上万的人，拖家带口的，生意做得很大，大把大把的钱赚到手里，真说跟你打官司，你打得起吗？如果说我损鸟今天给你兜了这个底，冲你舅的面子，绝对没问题，但是往后怎么办？以你卫星的实力，摆得平方方面面的关系吗？最后还不是把你挣的辛苦钱都扔进去，落个“阴天晒被子——白搭”的下场，何苦呢？急流勇进不算难，难的是急流勇退！

损鸟掰开揉碎这么一说，卫星心里也明白了，自己的想法确实简单了，卖床垫是大生意，不比卖包子、卖早点，其中的利益盘根错节，半路出家的根本插不进去。

事后卫星也没找小老舅，觉得犯不上。他把剩下的床垫处理了，拢了拢账，给权顺把该结的钱结清，手中剩余的部分，就是他人生中的第一桶金，足够他吃香喝辣一阵子的了，但他仍心有不甘，回到滨江道上的包子铺，琢磨下一步该怎么办。

经此一事，让卫星知道了什么叫“生意”，在这个到处是机遇和挑战的时代，不做床垫也可以做别的，只要手中有了本钱，通过不断尝试和探索，一定可以找到自己的立足点。有心找郑婕合计合计，可人家总是跟他保持着若即若离的关系，二人之间的这层窗户纸迟迟捅不破，这几乎变成了卫星心中的一个“症结”。

岁月的指针来到了1986年，在一个忙碌的午后，阚大路不知从哪找来了一张报纸，眉飞色舞地拍在卫星面前，说市文化局即将举办一次“大家唱”比赛，获得前三名的能跟市歌舞团签约，这次比赛没有门槛，但凡长着脑袋，不论圆不圆，都能报名！

第九章

歌手选拔赛风波

卫星火往上蹿，起身离开观众席，三步并作两步冲到台上，抢过主持人的麦克风，对着观众大喊：“大伙说说，这比赛公平吗？”这个突如其来的举动，立即吸引了所有人的目光，观众齐刷刷地高喊：“不公平！”

1

市文化局即将举办“第一届市民大家唱——歌手选拔赛”，以往也办过类似的比赛，像什么“春耕杯”“夏耘杯”“秋风杯”“冬雪杯”……文化馆门口挂上横幅，交两毛钱报名费，即可进去唱上一首。有唱得好名气大的，到现场有的是人抢着替他交钱，只为了一睹风采，也有唱得不行，走音跑调还捯饬得跟个怪鸟似的，大家伙也爱看。评委们一人面前一块小黑板，台上唱完了，用粉笔在上边打出分数，最后评选出一、二、三等奖，象征性地给点奖金，大多是不给钱给奖品的，比如毛巾、牙刷、茶缸什么的，甚至有一次给获奖选手每人发了五斤猪肉，主要为了图个乐。比赛现场比赶大集还热闹，不仅有数不清的“选手、评审、观众”，还有各种商品的展示台，保温杯、羊奶粉、麦乳精、火腿肠、饮料……要什么有什么，全是交了赞助费的，你们唱你们的，我们展销我们的。

这一次的大赛似乎比以往专业，特意加上了“选拔”两个字，显得非常正式，一不收报名费，二不找赞助商，由主管部门直接拨款，首先在初赛上过一遍箩，歪瓜裂枣一律刷下去，选出三十名选手进入复赛，再决出十五名选手争夺冠亚季军，取得名次的不发奖金，也不给奖品，但是能和本市歌舞团签订合同，吃上正经的艺术饭，可以说是前所未有的高规格。

阚大路摩拳擦掌、跃跃欲试，这可是难得一遇的机会，万一脱颖而出，能够当上正式的歌唱演员，这些年的吉他算是没白玩儿。卫星也决定参赛，他清楚自己斗琴主要靠耍嘴皮子，上台比赛肯定抓瞎，但自问起码有个三板斧，至少能唬上一气，最近心情不好，正好散散心。

二人打定主意，召集了几个玩琴的兄弟，帮衬着摇摇沙锤、打打手鼓什么的，又去找高冷一同报名。高冷却不抱什么期望，他甚至不敢想，一个卖力气蹬三轮的，怎么可能当上歌唱演员，那不成天方夜谭了吗？参加比赛那几天上不了班，干不了活，又得去办公室填请假单，又得去医院开病假条，完事还得扣工资，家里日子过得嘴顶嘴的，揭不开锅找谁去？

卫星劝他：“你认同蹬一辈子三轮？对得起老天爷给你的这把嗓子吗？进不进歌舞团咱先不考虑，拿到第一名，你们三轮社的领导脸上也有光啊！”阚大路更替高冷着急，说你踏踏实实去参加比赛，那几天的工资我给你补上！高冷拗不过这哥儿俩，勉强应允了。

从前几年的春节联欢晚会开始，流行歌曲的风潮彻底席卷了大江南北，不论城里乡下、男女老少，谁都能哼上两段，像什么《大海啊故乡》《我的中国心》《请到天涯海角来》《万里长城永不倒》《龙的传人》《军港之夜》等朗朗上口的作品一夜之间传遍了街头巷尾，梦想着站在聚光灯下一展歌喉的年轻人，潮水一般蜂拥而至。

主办方提前预料到了这次的盛况，把比赛地点从文化馆挪到了青年宫剧场。连续几天初赛，数百名参赛者到场，只要人来了，现场报名的只管上去唱，从六七岁的小学生到六七十岁的老人，谁爱唱谁唱。上了台先做自我介绍，有工人、干部、售货员、公交司机、老师、学生、个体户、待业青年、郊县的农民，各行各业干什么的都有。参赛者的水平也参差不齐，有的跑调忘词，惹起哄堂大笑，唱了几句就不好意思了，悻悻地下台，也真有唱得特别好的，够得上专业水平，引得台下掌声雷动。

卫星的弹唱水平稀松二五眼，在马路边上显得出来，面对全市的高手，可就不够瞧了，何况自打他倒腾床垫子以来就没摸过琴，落了老厚的一层灰，琴弦早都锈了，能对付一首整歌已属难能可贵，因此早早地名落孙山。高冷和阚大路则是过关斩将，顺利杀入决赛。高冷弹唱技艺过人，他没什么别的爱好，也不敢有，看个电影、跳个舞什么的，全得花钱，两只手每天除了扶车把，就是弹吉他，技术越来越纯熟，尤其是结识了北京的小彬彬之后，两个人经常书信往来，北京和天津仅隔 120 公里，文化氛围却大有不同，尤其是在流行音乐的传播方面，东直门外使馆区那边的外国人扎堆儿，带来了欧美最新的磁带、唱片还有录像带，那里边全是最新的欧美流行歌曲，乡村、民谣、蓝调、朋克、重金属……五花八门，从小范围的翻录，再到圈子里的广泛流传。

小彬彬时不时地寄过来两盘翻录的英文磁带，都是精选，只录最好听的，自己手绘的封面上写着歌名，高冷再从中挑出几首自己喜欢的歌曲，随便露上两手，震翻全场不在话下；阚大路则是特殊的人生经历给他加了分——地震中落下残疾，身残志坚、自食其力，凭手艺干个体户，再加上弹了一手好吉他，竟成了比赛的亮点。当时就有报社、电台的记者追着他采访。阚大路也来劲了，来者不拒，嘴上没有把门站岗的，东拉西扯，没一句挨边儿的，听得一众记者面面相觑。

决赛当天，秋高气爽，青年宫剧场门前花团锦簇，彩旗、标语迎风招展，院子里停着消防车、警车，以及电台和电视台的转播车，足见此次比赛的规模之大。各区各片的马路吉他队几乎全到了，加上凑热闹的，不下几百人，三个一群五个一伙，爆炸头、喇叭裤、蛤蟆镜、尖皮鞋……奇装异服特别扎眼，玩儿的就是“个性”，要的就是“各色”，丝毫不在意别人的眼光，叼着烟卷、攥着汽水瓶，旁若无人地高声喧哗，肆无忌惮地哈哈大笑。这些人经常斗琴，但全凑在一起还是头一次，当中有人已进入决赛，稍后要登台表演，更多的是来看比赛的。

卫星陪着阚大路、高冷来参加比赛，小彬彬也背着吉他从北京赶过来摇旗助阵。几个人站在剧场门口东张西望，见了脸熟的挨个打招呼寒暄，拍拍握握亲亲热热，不够他们忙的，突然发现老貔貅和几个徒弟也混在人群中，卫星心里暗骂：“你个老怪蛤蟆，还真敢露面啊，上次被你坑了一回，见了面再不找你算账，显得我怕了你！”卫星立刻挤过去，一把揪住老貔貅的脖领子。老貔貅也不是泥捏土造的，满不在乎地白了卫星一眼：“怎么着，大猩猩，就凭你那三斧子半也敢来比赛，淘汰了，栽了吧？嘿嘿，就知道你这狗肉上不了国宴！”卫星沉着脸说：“我比不比赛跟你没关系，这人太多，来来来，咱上后头聊聊去。”老貔貅“喊”了一声，若无其事地说:“我跟你有什么可聊的？有话你直说，用不着拐弯抹角。”卫星把眼一瞪:“揣着明白装糊涂是吗？要不是你举报，我们那个小食堂能关门吗？”

说话这时候，老貔貅的几个徒弟都围上来劝解。阚大路也过来了，推搡开试图阻拦卫星的人，恶狠狠地瞪着老貔貅。老貔貅却一点儿不含糊，挺直了腰板:“你们俩什么意思？想动手是吗？也不看看这是什么场合？玩音乐的圈子里你才认识几个人？我一叫号可有你后悔的。你说我举报了你的小食堂，拿得出真凭实据吗？我没必要多解释，我就问问你们，举报你们对我有什么好处？你们信也罢，不信也罢，就说想怎么样吧，划出道来我接着！”

卫星放开揪住老貔貅的手:“行，不承认是吧？收拾你可太容易了，你个老小子不是在酒吧伴奏吗，别以为我不知道，一边拿着厂里的工资，一边用公家的乐器捞着外快，饭碗还想要吗？”阚大路随声附和:“对，我们也举报你去，连你的徒子徒孙全捎上！以其人之道还治其人之身，不为过！”

老貔貅没料到卫星还有这一手，自己确实带着人在酒吧伴奏捞外快，民不举官不究，蔫出溜地不少挣钱，但真要有人检举揭发到厂里，确实不好办。吓得他脸都白了，话也软了，却来了个死不承认:“二位，二位，星哥、路哥，你们那个小食堂真不是我举报的啊，咱都是站着撒尿的，你们这么干可太不厚道了，那个……彬哥，正好你也来了，你倒是给主持个公道呀！”

小彬彬毕竟先认识的老貔貅，不得不给他三分薄面，他将卫星拉到一旁，低声说：“高冷和阚大路一会儿还得上台，别耽误了他们比赛。”卫星不想驳小彬彬的面子，决赛又要开始了，也只得作罢，拿手一指老貔貅的鼻子尖：“今天放你一马，以后你注意点儿，再敢惹我，让你吃不了兜着走！”

吓唬完老貔貅，卫星心里痛快多了，随着人流走进剧场。出人意料的是，老貔貅也进了决赛，跟高冷、阚大路一同去候场，卫星自己找位置坐下。剧场里黑压压坐满了人，电视台在观众席中间的位置架起摄像机，如同一门大炮，正对着舞台。电台的女播音员正拿着话筒，采访着评委和来看比赛的观众。

舞台比初赛时正规多了，迎面挂着红色布标，印着“第一届市民大家唱——歌手选拔赛总决赛”的黄色仿宋大字，台口整整齐齐摆满了鲜花。评委们在观众席第一排正襟危坐，每人前面的桌子上都摆着记分牌。场内灯光变暗，灯芯绒大幕徐徐拉开，聚光灯下的地板擦得能照出人影，担任伴奏的电声乐队已在台上各就各位，整齐划一的制服裤子白衬衣，电子琴、电吉他、电贝斯、架子鼓、康佳鼓、萨克斯、小号一应俱全。剧场内渐渐安静下来，人们屏住呼吸，伸长了脖子，不错眼珠地盯着台上看。

男女两名主持人从幕后走出来，身着盛装，跟新郎新娘似的，为了上电视好看，脸上画得花花绿绿，嘴唇红得跟刚咬完死耗子似的，也就是此时此地，倘若走夜道冷不丁撞见，准得吓人一跳。但见二人手拿主持词，走到舞台中间，字正腔圆地宣布比赛开始，又逐一介绍评委和来宾，不仅有歌舞剧院的歌唱家、音乐学院的教授、文化部门的领导，诸多文艺团体也派来了观摩比赛的代表，什么歌舞剧团、人民艺术剧院、儿童艺术剧团、少年宫、群艺馆、广播艺术团……跟唱歌沾边的全来了。

两个主持人磨磨叽叽、没完没了，不顾观众席的躁动，又邀请领导上台讲话。一个穿着中山装、戴着黑框眼镜的中年人，郑重其事地走到话筒架前，扶了扶麦克风，又用手指轻敲了几下，发出“咚咚咚”的声响，又“喂喂喂”地试了试音。他从胸前的口袋里掏出一沓稿纸，拔高调门，一句一顿地念了起来：“各位领导、各位来宾，同志们、朋友们，在这个金风送爽的日子里，我们迎来了本市第一届市民大家唱——歌手选拔赛的总决赛！这次的赛事与以往不同，上级领导非常重视，各个文化部门也积极配合，花了大力气、下了大决心、推出了新举措，这是我市业余文化生活的一件大事，是我们精神文明建设的一株新苗……”

台下这些人如果不是来看比赛，根本坐不了十分钟，哪有心思听他长篇大论？谁料那位领导越讲越起劲儿，简直成了报告会，稿纸一页一页往后翻，看不出结束的迹象。不知哪位忍不住了，轻轻吹了声口哨，一石激起千层浪，台下响起了阵阵嘘声，还有人起哄喊了一句："下去吧！"那位领导终于绷不住了，满脸怒容，猛翻几页稿纸，匆匆念完最后两句："衷心祝愿新一辈年轻人，能够在文艺舞台上，展示蓬勃向上的风采！"他说完气哼哼地下了台。主持人赶紧上来打圆场，宣布比赛正式开始。

为了决赛更具欣赏性，主办方成立了导演组，还专门请了艺术总监，给每位选手都配上了电声乐队，有的还配了伴舞，怎么上台、怎么站位、怎么谢幕……提前排练了七八天，一彩二彩带妆彩，不分昼夜，各个部门、各个环节均已轻车熟路。主持人话音刚落，剧场里的灯就全部暗了下来。几秒钟后，两束追光打在台上，两个妙龄少女，都是十七八岁，穿着艳丽的演出服，勾勒出健美敦实的身材，一个抱着吉他，一个拿着沙锤，正是虎爷的两个宝贝女儿——二妞儿和三妞儿。随着强劲的迪斯科节奏响彻全场，伴随着闪耀的灯光，两个虎妞儿边唱边跳，在八位舞蹈演员的簇拥中，上演了一曲《拍手迪斯科》，那效果可比在马路边斗琴炸裂多了！

接下来一众歌手相继登场，民族、通俗、美声，各种唱法百花齐放，不过观众最喜闻乐见的，仍是自己弹着吉他唱歌的“弄潮儿”：别看老貔貅为人蔫坏损，弹琴唱歌的水平却不俗，跟乐队配合得游刃有余，上台唱了一首春节时刚刚播出的电视剧《西游记》主题曲《敢问路在何方》，跟蒋大为“民美”结合的唱法不同，他完全按照通俗歌曲的路子来，嗓音极富穿透力，加上歌曲耳熟能详，观众反响还算不错，得分不高不低。

许是冤家路窄，阚大路正接在老貔貅后边。他本在圈里小有名气，很多小不点儿都听过他自己录的磁带，模仿他唱歌，前些天又在报纸、广播电台都亮过相，大部分观众都知道这个人。他今天放弃了自己擅长的那些港台歌曲，选了一首冒着热气的新歌《一无所有》，这是个叫崔健的北京歌手，五月份刚刚在工体演出的新歌，那一嗓子简直把当时的中国流行音乐圈炸出了个大窟窿，年轻人疯了一样竞相模仿。阚大路学着录像带里崔健的样子，两侧的裤管挽得一高一低，弹起他那把电吉他，一开口，立刻赢得满堂彩，观众闹得越欢，阚大路越兴奋，自信心也上来了，绝对超水平发挥。

而在阚大路后面登场的一位女歌手，长得不难看，唱得也很卖力气，选了一首传唱度很高的《路边的野花不要采》。这首歌节奏欢快，配器特别热闹，按说演出效果应该不错，但她好几次没跟上乐队的拍子，结尾时还跑了调，一脸尴尬地站在台上，没想到评委们一亮分，得分比谁都高！台下这些人，多多少少都懂点音乐，有眼里不揉沙子的，纷纷起哄喝倒彩。

高冷最后一个登场，依旧选了首英文歌曲，老鹰乐队的《加州旅馆》，那是在小彬彬寄过来的众多磁带中，他最喜欢的一首歌。除了现场的乐队，他还邀请了小彬彬和阚大路上来伴奏。为了能让现场效果达到最佳，小彬彬特地从北京琉璃厂的琴行里买了两块贴片式拾音器，贴在他和高冷的两把木吉他音孔下边，再用过线连接到调音台，足以让声音灌满全场。不得不说，他们都是弹吉他的天才，之前完全没时间一起排练，各自在家扒带子，上场前稍微合了合，到台上就能比画。特地让主办方准备了三张高脚凳，他们三个身高均超过一米八的大小伙子往台中间一坐，三束定点光齐刷刷地照下来，单这个造型，就赢得了一片彩声。高冷和小彬彬长得又帅，气质又好，捯饬得也出众，一个牛仔裤白衬衫，显得干净文雅，另一个黑裤子黑半袖黑墨镜，摇滚范儿十足，阚大路一样造型独特，把台下姑娘们的眼光全吸住了。

他们仨这首歌的前奏不下两分钟，一电两木三把吉他弹得珠联璧合、滴水不漏，配合着康佳鼓的节奏，台下的评委和观众全看傻了，弹吉他的见得多了，可从没见过如此出神入化的，真是他们弹的而不是放的录音吗？等高冷开嗓一唱，那个空灵飘忽的声音听得人两耳发麻，与原唱略带沙哑的嗓音相比，另有一番滋味，台下所有人如痴如醉，都舍不得鼓掌叫好了。高冷性格内向，往常跟陌生人说话都会脸红，第一次在舞台上表演，第一次跟乐队合作，他倒一点儿不怯场，全场就数他最稳。一曲过后，剧场里的掌声经久不息，把后边主持人的串词都盖了过去！

等待比赛结果的这段时间，为了台上不空场，安排了少年宫小朋友的童声合唱，以及夕阳红艺术团的集体舞，观众有的上厕所，有的出去抽烟，纷纷猜测谁能进前三名。半小时后，歌手们回到台上，主持人满怀激情地宣布获奖名单，老貔貅、二妞儿、三妞儿，包括高冷，都拿到了优秀奖，阚大路得了一个特别奖，各有奖杯证书，三等奖是音乐学院的学生，二等奖是一个青年女工，颇有几分姿色，一等奖更出人预料，竟是那个唱得一塌糊涂的跑调女歌手！

结果一公布，观众立马炸了锅。这些人中不乏玩儿闹、大耍儿，砸琴斗殴是家常便饭，初赛时便惨遭淘汰，心里不服不忿，刚才评委亮分，他们已经憋着火了，如若是高冷这样的拿到前三名，那也没什么可说的，正所谓“钱压奴辈手，艺压当行人”，人家会的那个咱来不了，输了也算心服口服，可最后获奖的这三个，唱得一个不如一个，明显是内定好的！说好了公平竞赛，合着找我们来都是凑数的？大家七嘴八舌地吵吵起来，又有人破口大骂，口哨声四起，蛤蟆吵坑一般，剧场内乱成一锅粥。

卫星火往上蹿，起身离开观众席，三步并作两步冲到台上，抢过主持人的麦克风，对着观众大喊：“大伙说说，这比赛公平吗？”这个突如其来的举动，立即吸引了所有人的目光，观众齐刷刷地高喊：“不公平！”卫星接着说：“唱得最差的拿了第一，唱得最好的拿不了奖，这里头有没有猫腻儿？”众人又齐声喊道：“有！”震得剧场内“嗡嗡”直响。

阚大路拿了特别奖，本来挺知足，可看到高冷受到不公正的待遇，比他自己吃亏还难受，怒气冲冲地把奖杯扔在地上砸了个粉碎，把台下那些评委都看蒙了。此时又有一个人跑了上来，却是小白楼虎爷，他替两个虎妞儿叫屈，本来俩闺女抽签抽的顺序比较靠后，在比赛中算是个有利条件，导演组却以保证演出效果为由，说她们的歌曲节奏感强适合开场，愣是把她们跟跑调女歌手调换了出场顺序，如今看来，这全都是坏门儿，一时间暴脾气发作，吹胡子瞪眼，眉毛拧成一个“川”字，一头自来卷的花白头发竖起老高，冲着评委席破口大骂。他这辈子吃过见过，连老虎都不怕，能把几个评委放在眼里吗？骂他们跟骂三孙子一样。坐在前排的领导、评委们面面相觑，实在不知如何收场。

老貔貅自从杀进决赛，一直幻想着能打入前三名，成为歌舞团的正式演员，那就不是厂宣传队的业余选手了，而是人人敬仰的老艺术家了，还不得天天吃香的、喝辣的，身边都是漂亮小姑娘？谁还敢看不起我老貔貅？此刻美梦破灭，优秀奖任何好处也没有，他也气炸了肺，跟着卫星、阚大路、虎爷等人一起闹事，不计前嫌、同仇敌忾，蹦着脚大吵大嚷："有你们这么当评委的吗？三个名额全走了后门，一个也不给我们留，你们到底收了多少黑心钱？"卫星继续火上浇油："既然内定了前三名，为什么让我们来参加初赛、复赛？拿我们当猴儿耍是吗？"

导演组吓坏了，赶紧让电台和电视台停止了录制，又示意两个主持人想办法救场。主持人也没见过这场面，完全乱了阵脚，慌忙抓过一个话筒，宣布比赛结束，可得有人听啊？台上台下这么一闹，全场观众都坐不住了，跟着吆五喝六，起哄架秧子，帽子、鞋子、水瓶、茶鸡蛋、打火机……有什么算什么，全往评委席上招呼。剧场工作人员想上前制止，但局面已然失控，摁倒葫芦起了瓢，后面的人看不见前面的情况，干脆站到椅子上，还有很多人跑到前排，一脚踹翻了桌子，将评委们团团围住，非要讨个说法。评委们百口莫辩，解释也没人听，想跑又跑不了，更担心出乱子挨打，坐在椅子上一动也不敢动，脸都吓白了。

眼看一场闹剧无法收场，突然剧场外面警笛声大作，卫星一看要坏，事情闹大了，此时不走更待何时？示意高冷和小彬彬先撤，他自己拽上腿脚不利索的阚大路，瞅冷子往舞台边上溜。再看入场口，几十个联防队员已经冲进来了，这帮人归派出所管理，但并非正式警察，由各个工厂的派遣人员组成，不是刺儿头就是玩儿闹，没几个省油的灯，敢闹事的见一个摁一个，下手没轻没亘。慌乱中，卫星扭脸看见台侧的墙上挂着电闸，他手疾眼快，一伸手就把刀闸拉下来了。伴随着声声尖叫，剧场内陷入一片漆黑，二人借机离开后台，冲出了这个混乱的旋涡！

2

卫星和阚大路连自行车都没顾上取，跑了个上气不接下气，逃到一个没人的地方，定下心来一琢磨，都觉得这个娄子捅大了。二人不敢回家，躲入三梆子家一间空着的单元房避风头，来了个大门不出二门不迈，吃的喝的均由三梆子送来。

屋子里仅有一张双人床，外加几件过时的旧家具，可把哥儿俩憋闷坏了。阚大路翻箱倒柜，找出一副旧象棋，棋盒、棋盘都快烂了，粘着若干橡皮膏，黑方缺一马一象，红方少一兵一炮，拿了几个啤酒瓶盖替代。哥儿俩只能以此消遣，整日里脸对着脸，盘腿坐在床头，摆好棋盘，驾炮出车跳马，飞象支士将老帅……那一天正杀得天昏地暗，外边传来一阵急促的敲门声。

卫星光着脚丫子，踮起脚尖走到门口，木匠吊线儿一般，睁一只眼闭一只眼，趴在门镜上往外观瞧，看清楚来人是高冷，这才把悬着的心放下，打开门让他进屋。

高冷吭哧瘪肚地说了半天，卫星和阚大路总算听出点儿眉目：是怎么一档子事儿呢？合着比赛那天，文化局念讲话稿的那位领导，虽说当场没表态，但也看出来了，上台闹事不对，可比赛结果明显有失公允，好端端的一场比赛，被走后门的搞得乌烟瘴气，影响非常之恶劣，万幸没闹出流血事件，否则谁来担这个责任？领导严厉批评了主办方，最后决定：比赛成绩无效，再从进入决赛的选手中，挑出三个真正唱得最好的，与市歌舞团签约，其中就有高冷。

尽管不属于正式在编的演员，但跟蹬三轮一比，那也算一步登天了。高冷对卫星和阚大路感激涕零，不是这哥儿俩死乞白赖地让他参赛，又在赛场上替他出头，当众闹了这么一出，他不可能得到这个改变命运的机会！

这下行了，一天的云彩满散了，阚记包子铺恢复营业，王小青、郑婕也回来了。王小青一把攥住阚大路的手，如同抓着救命稻草，再也舍不得放开了。阚大路也激动了："青儿啊，想不到你这么惦记我！"王小青哼了一声："我……我想吃包子！"

虽然没成为正式演员，但自从阚大路获奖，又上报纸又上广播，也算小有名气了，市电视台的春节晚会还邀请他去唱歌。那年中央电视台的春节晚会上费翔唱了“一把火”，阚大路在天津电视台唱了《一条路》，肯定是没火过费翔，可在本市范围内，那也称得上声名大噪了，一度被视为身残志坚的表率，青联、残联、工商联纷纷邀他加入。凡有工厂、学校、企业办活动、搞联欢，都要请他唱歌助兴，去的时候远接高迎，一口一个“老师”地招呼着，临走给些茶具、挂历、书包之类的纪念品。阚大路不挑不择，厂房、车间、礼堂、工地……逢请必到，一毛钱不挣，真是绝不掺假的义务劳动！

有一次阚大路收到的纪念品挺特别，那是美术学院国画系师生联欢，邀请了包括他在内的四五个演员，作为回报，每人赠送一幅画。阚大路也不懂什么画不画的，背着吉他，骑上自行车过去。学校门口有人接他，在大教室唱了两首歌。演完原地拼桌、喝酒。吃饱喝足临走的时候，进来几个学生，在教室前站成一排，一人举着一幅画，让阚大路先挑。

阚大路装模作样地一幅幅看过去，觉得花红柳绿，倒是挺喜庆。最后相中了一幅“大公鸡”，抬手一指:“我来这个了！”却被旁边的老师拦住了:“别别别，小伙子，有对象吗？”阚大路憨笑着摇头。那个老师说:“你来中间这个，大闺女！”阚大路一看，那是个古装美女，几幅画中就数这一幅素净，跟白开水似的。他是听人劝吃饱饭，高高兴兴地收了画，叠了几下塞进琴包。可家后，画搁在琴包里碍事，拿出来随手放入抽屉。此时的他，无论如何想不到，若干年后这幅画会是什么价值！

而眼下的阚大路跟个傻小子似的，到处给人家免费演出，卫星都替他着急，钱一分没挣，往远处去自己得搭车钱不说，还耽误包子铺的生意，这不吃饱了撑的吗？他告诉阚大路，再来人邀你，你必须收出场费，不能光图个乐呵儿。阚大路磨不开面子，毕竟是当地的名人了，按照流行的说法，这叫什么“著名社会活动家”，咱都是“家”了，哪能再张嘴跟人家提钱呢？可确实也不想再被白使唤了，再有来邀请的，就由卫星出面去跟对方谈条件。

卫星的那张嘴是撂地练出来的，什么是“要簧”、哪个叫“纲口”，他都是信手拈来，句句不提钱，又句句不离钱。来邀阚大路的呢，反正不从自己兜里往外掏，还可以借此机会结交社会名流，何乐而不为？大不了变个说法，不提出场费，改叫“劳务费”“稿费”“车马费”，怎么着也能对付过去。渐渐地，卫星摸索出了其中的门道，无非是讨价还价吃回扣那一套，跟做生意差不多。卫星闲不住，阚大路也不安分，哥儿俩的路越走越宽，逐步建立起一张关系网。平时该蒸包子蒸包子，节假日都不闲着，能唱的地方都唱遍了。

怎知好景不长，过了一年左右，烦心事又来了。包子铺所在的这片街巷胡同要拆迁，兴建一座大型商场。自行车轮子大小的“拆”字，涂满了整条街道。园林部门派人移走路边的树木，卖房、换房的小广告贴得到处都是。房子保不住，卖包子的生意肯定又要黄了。四个人一连商量了几天，一贯信心满满的卫星也没主意了。

恰在此时，高冷再一次找上门来，还带了两个人：一个五十来岁，身量不高，脸上沟壑纵横，稀疏的头发往后背着，打着锃亮的发蜡，风吹不散，雨打不乱，镶着金牙、戴着大金链子，颇有几分江湖气；另一个是十来岁的半大小子，穿着蔽旧，脚下一双白球鞋却刷得格外干净。高冷给大伙介绍，年长的这位是金叔，半大小子是自己的徒弟，外号小土豆。

多日不曾谋面，阚大路见到高冷特别开心，去后厨端来热腾腾的包子，盛上三碗小米粥，还给他们开了啤酒、汽水。小土豆红着脸，有点儿不好意思，高冷让他吃，他才抓了包子往嘴里塞。这一吃可停不下来了，风卷残云一般，将自己面前的包子吃了个碟干碗净，简直跟王小青的饭量不相上下。阚大路又去端了一斤包子，让小土豆吃得饱饱的。

金叔愁眉苦脸，夹起一个包子，盯着看了三分钟，上上下下地端详，然后放到嘴边咬了一小口，又嚼了足足三分钟，还得喝一口小米粥，才能把嘴里的包子送进肚。卫星纳闷儿，我们的包子又不是锯末馅儿的，有这么难咽吗？跟金叔聊了几句，发现这位张嘴闭嘴总带着几句江湖切口，“底包”“倒二”“杵头子”“圆粘儿”“要尖儿”“走马穴”……显然是行内人，不觉多了几分亲切，他告诉金叔，自己小时候跟姥爷吃过江湖饭，出门不把干粮带，万里不为吃喝愁，天南地北哪都去过。金叔眼睛一亮：“卫老板，既然都是跳板上的江湖人，咱也甭兜圈子了，今天来，只想求你一件事！”

怎么一档子事呢？自从高冷被招进市歌舞团，本以为有了施展才华的一方舞台，从此走上了光明大道，却万万没想到，这是一段让他苦闷无比的经历，如果再给他一次选择的机会，他绝对不会迈出这一步。

3

原来高冷被编入演出二队，队长由歌舞团一名领导担任，唱歌的、跳舞的，连伴奏乐手、电工、司机都算上，总共十七八个人，开着团里一辆破旧的中型客车整天在周边郊县跑台口，专业名词叫“跑联外”。事先有人打前站，联系业务，安排妥了再拉上队伍前去演出，早餐自理，午餐和晚餐由主办方管，一般可以当天往返，用不着住宿。也有连演几天回不来的时候，上车前队长给每人发一领单人凉席，代表一个铺位，哪儿能睡觉铺在哪儿，被子褥子自己带。

高冷头一次登台亮相，地点在一个职工礼堂，透风撒气、台板起皮，条件极其简陋，自己的演出服也是借来的，裤子露脚脖子，西装系不上扣，要多不合身有多不合身，好在这些都没影响他随团首演的心情。差不多该到他唱的时候，从口袋里拿出个小塑料瓶子，里边装的是香油，偷偷喝上一口，能让嗓子更滑更響亮。完事接过电工手里的话筒，先在后台唱两句，然后拖着话筒线，边唱边往台上走，那阵子流行这么演，得先让观众听听唱得怎么样，有点像戏曲舞台上的“闷帘导板”。刚一开口，台底下的掌声就响起来了，他心里特别激动。以往没少当众唱歌，这次可真不一样，他成了正式演员，唱歌是赚工资的！

高冷此前在三轮社上班，每天起早贪黑，屁股都快长在三轮车上了，寒冬腊月顶风冒雪，三伏酷暑日晒雨淋，累死累活一身臭汗，一个月才挣五六十块钱，勉强够一家人吃饭穿衣，至于娶妻生子传宗接代，他是想都不敢想。而在歌舞团二队，演出一场，只唱三首歌，就能挣五块钱，纵然返场再多唱一首，也合每首歌能挣一块两毛五了，按歌词字数算的话，差不多唱两个字就挣一分钱，还有比赚这个钱更容易的吗？一个月往少了算，演上十几场，不用吃苦受累，到手也有六七十块了，主要还管饭，高冷特别知足。整个演出队数他最卖力气，不仅上台弹吉他唱歌，还跟着抬音箱、搬杂物，装台拆台、调试音响、打水放饭，没有一句牢骚，对谁都是客客气气、恭敬有加，无论男女老少，不论岁数大的岁数小的，一律全喊“老师”。不过现实社会很残酷，在一个团体中，你一没靠山，二没地位，又过于谦卑，别人就会认为你好欺负，你干得越多，他们越不嫌多，反倒觉得你本该如此。

演出队里形形色色，什么样的人都有。有那好为人师的，经常指点高冷什么地方唱得不行，音不准、调儿跑偏、身体动作不协调，总之全是毛病。高冷虚心接受，毕竟人家是专业的，说得肯定没错。也有成天指使人的，看高冷为人老实，让他去跑腿，要么买盒烟，要么沏杯茶，要么买点零食，即便不受累也不麻烦，却显得很不尊重别人。最可气的是有那么一位，有一天没有演出，他买了五百块蜂窝煤，招呼高冷去家里帮忙搬煤。那位住五楼，高冷拿土簸箕一趟一趟给他往楼上搬，干完活连口水也没让高冷喝！

实际上他们是看人下菜碟，队里仅有的几个合同制演员，无不是托关系走后门进来的，单单高冷是通过比赛选拔的，没有任何背景，生活上又简朴惯了，挣了钱抠抠搜搜的不敢花，一众势利小人狗眼看人低，明里暗里欺负他，对他呼来唤去，俨然拿他当碎催了。

最难相处的，是二队的这位队长，最早是团里管服装道具的，仗着吹吹拍拍，又还算有些资历，爬到了美工组组长的岗位，连同舞台设计、布景搭建、场地布置、灯光音响一块管了，手里有点权力。这几年趁着计划经济向市场经济转型的春风，主动向团里申请，带起了这支队伍，官不大，架子大得离谱。一身灰色毛料制服，纽扣系到脖领，还得把挂钩别上，那叫一个严丝合缝，也不嫌勒得慌。上衣口袋插着一支英雄牌钢笔，每到开会发言，左手拿一个塑料皮小本，右手把钢笔掏出来，当指挥棒用，指指点点，时不时还在小本上记点什么。坐在凳子上也挺着腰杆儿，说话中气十足，有人说他之前还唱过男低音，但高冷没听他唱过歌。这个人对男演员绝对严肃，永远板着脸；对女演员倒是和蔼可亲，嘘寒问暖一脸谄笑。喜欢往女人堆里扎，本来乐乐呵呵，有说有笑，一看见高冷，脸色立马阴沉下来，咳嗽几声清清嗓子，无中生有一顿批评，什么头发也不剪利索点，什么衣服扣子没系好，什么一点眼力见儿也没有，领导正给大伙做思想工作，你从哪冒出来的？

在这样的环境中，换了任何一个人，说不定早翻脸撂挑子了，高冷却是逆来顺受。当初在三轮社蹬车，身边全是卖力气的糙老爷们儿，没长那么多花花肠子，对于歌舞团中复杂无比的人际关系，他完全不懂得如何应付。

一开始高冷能忍则忍，偶尔路过三轮社，进去看看三老四少，大伙都围着他问这问那，由衷地羡慕他混出来了。街坊邻居看见他穿得干净齐整，不用再卖力气了，也都觉得他出人头地了。他父母、妹妹的脸上也有光。高冷想起那句老话，“要想人前显贵，必定背后受罪”，经常自己劝自己：“再怎么说也比蹬三轮强。”但后来陆续发生的几件事，逐步让高冷意识到——歌舞团演出二队从上到下，是真没拿他当人看！

按照规章制度，演出队的成员，要定期去歌舞团开会。高冷最怵开会，从迈进大门那一刻起，他就觉得自己是个外人。门卫每一次都会拦住他，问他是哪个单位的，来找谁，有什么事？不知道是真记不住，还是故意刁难，他只得耐心解释，说自己是二队的歌唱演员。看门的则是一脸轻蔑，告诉他把自行车放在大院外头，没有停车证不能进，丢了自己负责，还得填访客登记表，写上你是谁，去找谁，干什么，以及进出门的时间……

歌舞团内部的会议上没什么大事，通常是对演出人员进行一番思想教育，读两个小时报纸上的要闻，捎带着再发一发福利，顶多是香皂、毛巾之类。就这么点儿东西，偏偏还没有他们几个合同制演员的，无非在时时刻刻提醒你别忘了——你是个外人，是临时工！

有一次演出队去静海县（今天津静海区）演出，散场之后由主办方做东，招待全体演职人员吃饭。为了不耽误彩排，他们中午草草对付了一顿盒饭，筷子扒拉折了都没找到一点肉渣子，好容易盼到晚上这顿，大伙都知道越是郊县，食堂里的伙食越好，红烧丸子、熘肉段儿什么都有，可算能改善改善了。队长却让高冷和电工留下来，收拾服装、音响、乐器。高冷也明白了，自己是演出队里最无关紧要的一个。如果只是个打杂的，那他没什么不认头的，事实可并非如此，他在台上标新立异，外形也抢眼，由于节奏感好，无师自通地会跳几段迪斯科、踩几下太空步，再不然就自弹自唱，观众给他的掌声永远是最多的，每次都不让他下台，拼命地呼喊：“高冷，高冷……再来一首，再来一首！”

演出队里的很多人，都对他充满了羡慕嫉妒恨，一个接一个去跟队长打小报告。队长胡乱找个借口，批评高冷思想有问题，不该只唱流行歌曲，那属于靡靡之音、精神污染，让他停演、扣工资、写检查。高冷想不通自己错在哪儿了，演出的曲目明明都是队长签过字的，不让唱早说啊，天天马后炮叫什么事儿。他心里不忿，检查却不能不写，写得不深刻也不行，写深刻了还得当众念。队长又在会上宣布，甭管台下观众的掌声多么热烈，你高冷只准唱一首歌，这样才能保证台柱子演员的演出效果，私自返场，直接开除。

高冷接二连三受到打击，心情一落千丈，觉得自己是低人一头的“二等公民”。他想过忍耐下去，等待机会转为正式演员，但实在学不会溜须拍马，不拍还好，一拍准拍在马蹄子上。有人私底下劝高冷，买些“手榴弹、炸药包”给队长送送礼。高冷听蒙了，一问才明白，所谓的“手榴弹、炸药包”，是指高档烟酒。他哪干过这个？硬着头皮买来烟酒，当着一屋子人塞到队长手里，连句话也不说。那不等于给队长上眼药，说他明着受贿吗？队长气得够呛，以为他是故意的，对他的成见越来越深了。

泥人儿还有个土性呢，负面的情绪不断积累，压得高冷喘不过气，心态到了崩溃的临界点，仿佛一个压力过大的煤气罐，再晃荡几下就会炸个天崩地裂。演出队的人却浑然不觉，仍对高冷颐指气使，拿他当猴儿耍。有一天下午，在武清县城（今天津武清区）的礼堂演出，高冷唱到一半，麦克风突然没了声音，那还怎么唱？观众不干了，起哄的，叫倒好的，喊退票的，剧场内乱成了一锅粥。演出草草收场，到后台一调查，竟是一个歌手跟电工打赌，问他敢不敢在高冷唱歌时把话筒关了！

团里三令五申“台上无小事，演出大过天”，此二人视演出为儿戏，队长当着全体演职人员的面，对他们进行了严肃的批评教育，每人罚款一百块钱，两人也都认了错做了检讨。只不过谁也没想到，队长借题发挥，还要扣高冷一百块钱。人家有理有据，说高冷缺乏应对突发状况的能力，如果能在台上安抚住观众，哪怕扯着嗓子清唱几句，总不至于闹到无法收场的地步，因此要引以为戒！

一百块钱相当于高冷一家人两个月的生活费，他气得直哆嗦，脸上红一阵白一阵的，奈何一句辩解的话也说不出口，两眼直勾勾地盯着队长。队长仍是不依不饶，呵斥高冷："你不服是吗？领导不能说你了是吗？你一个臭蹬三轮的，让你演出都算抬举你了，还反了你了？"高冷终于忍无可忍了，之前受的委屈如同过电影一般，一幕幕闪现在脑海中。他突然扯下自己的演出服，使出全身的力气，狠狠扔在队长脸上，拎着吉他扬长而去！

高冷身着黑色跨栏背心、白色喇叭裤，拎着一把油漆斑驳的破吉他，甩着半长的头发，脸上淌着泪，漫无目的地走在县城尘土飞扬的大街上，心里如同开了锅。他深知好马不吃回头草，一步迈出演出队的大门，就再不可能回去了。念及体弱多病的父母，不由得一阵难过，往后怎么办呢？难不成接着去蹬三轮？

正不知该何去何从，忽然听到一阵嘈杂混乱的琴声。他循着声音走过去，见是一座军绿色的帆布大棚，比篮球场还大，搭在马路边一块空地上，门前挑着横幅、竖着水牌，上面印一排龙飞凤舞的金色大字"狂浪歌舞团——劲爆迪斯科"！

以往那个年代，城乡接合部或者县城、小镇，到处有野台子演出的流动大棚，棚中搭着一个简易的小舞台，半人多高，底下是钢管搭的架子，台板是用长条木板子拼的，上边再铺上大红的台布，灯光、音响俱全，谈不上多高档，可折腾起来动静大，显得挺热闹，台底下摆满了长条板凳，能坐二百多人。早期大棚里演出马戏、杂耍儿、气功、二人转，后来随着时代发展，逐步逐步地，增加了通俗歌曲和流行迪斯科。

高冷鬼使神差一般，掏出一块钱买票进了大棚，在后排找个地方坐下。看前边稀稀拉拉的，只坐着十几个观众，台上一名女歌手边跳边唱，是东北民歌《丢戒指》，本来挺甜的一首歌，到她嘴里完全变了味儿，声音尖厉刺耳，要板没板、要眼没眼，造型也不忍直视，身材堪比水缸，离老远都能看见乌黑的眉毛、深青色的眼皮、鲜红的大嘴唇，还有脸上惨白惨白的粉底，一动直掉末儿。无论女歌手如何搔首弄姿，台下的观众也是昏昏欲睡，只因歌手大姐长得太有特点了，说人不像人，说鬼不像鬼，半夜出门能把过路的吓死，观众的票买得太不值了！

此时一个五十来岁的大哥坐到高冷旁边，浑身上下的烟味直呛鼻子，看他抱着吉他，就操着一口东北话问他："老弟也是整文艺的？"高冷没吭声，只是点了点头。东北大哥跟他商量："上去唱两首玩玩，我给你安排！"高冷有点蒙圈，怎么大棚里头还能随便唱歌？

没容他多想，东北大哥推着他上了台。其实人家这个跟卡拉OK相似，允许观众上台唱歌，但是要支付一份乐队伴奏的钱，不过台下的观众也都买了票，如果觉得太难听，肯定给你起哄喝倒彩，你也别嫌丢人。高冷不明所以，糊里糊涂地上了台。就这么一个破烂不堪的大棚，灯光像洋蜡，音响赛破锣，伴奏的电声乐队一多半乐手是滥竽充数的，基本都不在点儿上，可只要他一登台，好像整个舞台都变得闪闪发光了！

高冷在歌舞团中待了这么久，早唱出经验了，心知登台演出不是自娱自乐，不能自己喜欢什么唱什么，得拣观众们爱听的。抱着吉他连唱了三首，是时下最流行的《故乡的云》《大约在冬季》和《外面的世界》。刚一开口，在场观众就被震住了，打盹儿的那几位都精神了，想走的也坐住了。歌声通过高音喇叭传到大棚外面，很快吸引了路人，驻足倾听，纳闷儿这是什么歌手，怎么唱得这么好？这是把电视机里的歌星请出来了？

人们争着掏钱买票，眨眼间涌进来一百多口子，都想一睹歌手的庐山真面目。邀请高冷唱歌的东北大哥都看傻了，唱到《外面的世界》其中两句"外面的世界很精彩，外面的世界很无奈"，高冷心中的苦闷有如波涛翻涌，眼里忍不住坠下泪来。伴奏乐队的声音弱了下来，台下观众席也陷入沉寂，整个大棚里似乎只剩他一人一琴，歌声琴声交错，如泣如诉，扣人心弦……

第十章

贵人金叔

听金叔讲完来龙去脉，高冷也吞吞吐吐地补充了几句，说大棚演出确实能挣钱，金叔身体顶不住，才想找下家接盘。

卫星方若拨云见日，简直是想吃冰却吞下雹子，他打心里往外愿意带着大伙一块浪迹天涯，当时一拍大腿：“不用再找下家了，狂浪歌舞团的大棚我们接了！”

1

安排高冷上台的东北大哥，正是狂浪歌舞团的金老板，团里的人喊他“金叔”，外人称之为“金团长”。他老家在辽宁鞍山，最早是给二人转伴奏的鼓佬儿[①]，专跟着农村大席走，慢慢积攒了点本钱和人脉，投资置办了这套家当，大棚总共二十几个人，演员为主，杂工为辅，大多是他的亲戚里道，常年在全国各地到处走穴。

有来看演出的观众，喜欢上这一行了，又多少有点才艺，便主动加入，只是挣钱太少，还非常辛苦，很难留住人。狂浪歌舞团来武清半个月了，占地费、卫生费、管理费、水电费的支出不是小数，

① 鼓佬儿：是对戏曲乐队中鼓师的尊称。

怎奈不叫座儿，没什么观众，以至于入不敷出。金叔正琢磨着，不能再赔本赚吆喝了，本打算演完这一场，就拔营起寨转战外地了，赶在这个节骨眼儿上，让他捡到了走投无路的高冷。

金叔是老江湖，阅人无数、独具慧眼，其实没这两下子也看得出来，高冷身上的能耐不一般。眼看着一曲终了，迫不及待拽着高冷出来，扎进一家小饭馆，点了八两老白干、几样下酒菜。借这一顿酒，高冷挤牙膏似的，断断续续说明了自己在歌舞团的经历，金叔也摸透了高冷的底牌。他对高冷说:“老弟，啥叫怀才不遇，就是你这样式儿的！千里马难寻，伯乐更难找，老弟你是千里马，金叔我就是伯乐。那些人为啥欺负你？就是看不得别人比他们强，往后你跟着金叔干，保准让你吃香的喝辣的。他们不是一场给你五块钱吗，在金叔我这，唱一首歌给你五块钱，只要观众不轰你，你想唱几首唱几首！”说着话打开腰带上的钱夹，抽出十五块钱递给高冷:“别担心金叔开空头支票，今后咱一天一结账，唱完当场给你钱，刚才不是唱了三首吗，这是十五块钱报酬，你收着吧！”

金叔称得上见多识广，除了本团来来去去的演员，赶上别的团演出，他都会去扒个头，但从没见过高冷这样的歌手，所以这次决定不惜代价把人留住。至于团里其他的演员，可没有一天一结款的章程，能按月发钱的都少。

高冷不知道自己还能去哪儿，答应留下来试试。他一个大小伙子，孑然一身，没什么可担心的。接下来的一段日子，他天天在大棚里演出，门口水牌上写着“本团特邀南国歌王高冷先生登台献艺”，一传十十传百，十里八乡的人们跟赶庙会似的，争先恐后跑来一睹“南国歌王”的风采。高冷一天唱六七首歌，一个月下来，刨去吃喝用度，足足挣了一千块钱。金叔这管吃管喝又管住，他一分没留，全给家里汇了过去，写信告诉爸妈和妹妹，让他们别担心，想吃什么随便买，咱家有钱了！

挣钱是不假，过得也是真苦。晚上只能在大棚里打地铺，虽有蚊帐、蚊香，架不住蚊子太多了，加上苍蝇、臭虫、大蚂蚁，每天都被叮咬出一身包。再一个是吃得差，大棚里有做饭的伙房，大锅熬菜、贴饼子、粳米饭，顶多加上一星半点的羊杂碎、鸡脖子。金叔也跟着吃大灶，谁要不想吃，尽管去外面下馆子，没人拦着你。其实这都不算什么，只要挣得着钱，哪怕条件再差，高冷也能接受，再苦能苦得过一年到头蹬三轮拉货吗？真正让他头疼的，仍是人际关系。

所谓“有人的地方就有江湖”，何况跑大棚的演出团体，本就是江湖人组成的。金叔的几个亲戚、老乡特别抱团，至少在外人看来，他们永远是一条心，绝不会互相拆台。另有七八个外地人，有弹琴的，有变戏法的，有唱歌的，有跳霹雳舞、钢管舞、迪斯科的，凭自己的本事挣饭吃，在团里规规矩矩，不多说不少道。高冷的出现，打破了原有的格局。

首先来说，观众太捧他了，买票全是为了看他，金叔见势让“攒底”的改“倒二”，让他演“大轴”，前边的演员有一个算一个，全成了垫场的；其次是最关键的，高冷的收入超出旁人太多了，能没有眼红的吗？但是这一次的境遇，则与在歌舞团演出二队时大相径庭，高冷没变，环境变了。金叔吃的是江湖饭，谁能给他挣钱，他就拿谁当祖宗。高冷在金叔眼里，整个一摇钱树，不用晃荡，自己就往地上掉钞票，那能不护着他吗？他再三警告这些亲戚，高冷想往东，谁也不许往西，高冷要打狗，谁也不许骂鸡，总之一句话，你们谁敢挤对高冷，可别怪我老金翻脸不认人！

有团长金叔撑腰，高冷终于吐气扬眉了，再不是一个卑微的小角色，而是狂浪歌舞团当之无愧的台柱子，在这个大棚里，他是绝对的主角，谁见了他都得笑脸相迎，“冷哥”长、“高叔”短的，有生以来头一次体会了一把——什么叫众星捧月。

狂浪歌舞团中也有一个小受气包，是乐队的萨克斯手，自称十七八岁了，看着顶多十三四岁，宽脑门、大眼睛，剃了个光头，说话结结巴巴，还有点大舌头，外号叫“小土豆”。高冷看着这个小子，仿佛看到了之前的自己。

小土豆是唐山古冶人，家里祖祖辈辈会使口技，他也是打小学的，随手揪个树叶，搁到嘴里即可吹出曲调儿，鸟鸣、狼嚎、马蹄、拉大锯、火车、拖拉机……都能模仿得惟妙惟肖。生母病故之后，他父亲又娶了媳妇儿，生下一个弟弟、一个妹妹。后妈动不动就揍他，打得他实在受不住了，七八岁就离家出走，当上了流浪儿。马车、拖拉机、汽车、火车，能搭一段是一段，也不怕远，到过不少地方，有时要饭乞讨，有时靠吹树叶，挣上几毛钱，买个干馒头吃。唐山大地震之后，他回过一次老家，听说亲人全部遇难，小土豆虽然躲过一劫，但也成了彻彻底底的孤儿。

有一年流浪到山西，遇到一个民间乐团，专接红白二棚的，老团长觉得这孩子是块好材料，招他进团，管吃管住，教他吹唢呐。那时的小土豆岁数太小，又没上过学，不懂得如何集中注意力，老团长就在树干上按个扣钉，让他一边练唢呐，一边瞪着扣钉，不许错眼珠儿，脑子里只想着音准不准、气息对不对，老团长不喊停，就得一直吹。由于小土豆天赋、悟性十分出色，加上他脑子活泛，学东西快，无论什么曲子，听过一遍就能记个八九不离十，还可以吹出来，很快超过了团里其他的乐手。

没过几年，老团长死了，乐团也散伙了，小土豆又开始到处流浪，腰里多了一把唢呐，憋闷的时候，找一处山沟或旷野，人迹罕至的地方，铆足力气吹上一阵子，心里就豁亮多了。他不想当一辈子乞丐，在铁匠铺当过小学徒，在小饭铺打过杂，在建筑工地干过小工，甚至卷入了一个盗窃团伙，为首的老贼连哄带骗，招募了五六个小孩，往热油锅里扔一个乒乓球，逼着孩子们伸手往外捏，捏不出来就拿竹竿子往身上杵。小土豆两个手指头的皮都烫烂了，他趁老贼睡觉，偷着逃出了贼窝。

直至碰上狂浪歌舞团，他觉得挺新鲜，去后台找到老板金叔，问团里要不要吹唢呐的？金叔说不要，哪有观众花钱听这玩意儿的？小土豆又说自己会口技，能吹树叶。金叔让他吹个试试，小土豆学了几段口技，他散漫惯了，站没站势，立没立势，金叔觉得够不上一个单独的节目，只是看这孩子可怜，收留他当了杂工，赶上乐队吹萨克斯的“跳棚”跑了，又让小土豆学着吹萨克斯。

萨克斯属于西洋乐器，但是跟唢呐一样，都是通过哨片震动发音，小土豆拿起来就能吹响，无奈会的曲子太少，总不能用这洋玩意儿吹《拜喜堂》《大出殡》《百鸟朝凤》吧？金叔让他学着吹舞曲，慢三、慢四、探戈、伦巴，什么流行吹什么。小土豆触类旁通，学得挺快，不到一个月，就能上台跟乐队合奏了，只是个子太矮，比金叔给他的那支大号萨克斯高不了多少，看着有些滑稽。

混大棚的人欺生，小土豆是一个弱不禁风的少年，长年累月营养不良，看着比实际年龄小得多，所以都对他呼来喝去。有时候他在前面走，后面过来一人，扬手就给他来个大脖溜儿，嬉皮笑脸地说这叫“削土豆”，小土豆也不敢掉脸儿。人人拿他当小怪物看，一年到头挣不了几个钱，还不能按时支给。他倒想得开，反正不必养家糊口，用不着给家里寄钱，有这么一口饭吃，有个睡觉的地方，饿不死、冻不死就行了。

高冷看不得小土豆挨欺负，有时带他出去，请他吃半斤肉包子、两碗炸酱面，那可比团里的伙食强多了。看到这孩子鞋都糟了，又给他买了双白球鞋。小土豆舍不得穿着新鞋踩地，恨不能挂脖子上，睡觉时也抱在怀里。他流浪多年，除了死去的老团长，从没有第二个人关心过他，因此对高冷感恩戴德，结结巴巴地要拜高冷为师，甘愿一辈子给师父当牛做马。高冷没答应，自己才吃了几顿饱饭，哪有资格收徒弟。

小土豆并不强求，反正一闲下来就围着高冷转，一口一个师父地喊着，早晨起来给他递上牙刷、漱口杯，唱完歌下台拿毛巾给他擦汗，临睡前给他打来洗脚水、铺好铺盖卷，拿高冷当王母娘娘伺候，就差走到哪都搀着他了。高冷还真教了小土豆两手，他不会吹萨克斯，但是识谱，一点一点教会了小土豆怎么看简谱，又给他买了几本歌谱。小土豆的音乐基础挺扎实，仅仅是缺乏高人点拨，以往他只能凭耳朵听、脑子记，从没看过谱子，这下可行了，乐队哥儿几个会的他都会了，不会的他也会了，在台上吹得摇头晃脑，扭屁股摆腰的，俨然成了“小凯丽·金”了！

高冷在台下整天板着脸，不苟言笑，上了台却能收放自如，时不时还跟观众开个玩笑，抖个包袱儿，带动气氛。金叔看在眼里，又高兴又发愁，大棚这种形态，在哪都不会待太久，因为一个地方的人口终究有限，迟早会看腻了。高冷是本地人，得想办法让他跟着大棚一起走。琢磨了好几天，想出个主意，他对高冷说：“老弟啊，你看咱这个团，瞅着人挺多，其实就是一家子人，我侄儿、侄媳妇儿、外甥、儿子、闺女都在团里，我老婆你大嫂子管账。我打头一天见你就觉得投缘，你看这样行不行，我呢，托个大，毕竟岁数摆在这了，你给我当个上门女婿，把我闺女许给你，你觉得怎么样？”

高冷惊愕至极，金叔那个宝贝女儿，正是他头一天进大棚看演出时，台上的那个女歌手，长得不行尚在其次，主要是有一身的臭毛病，大说大笑满嘴的炉灰渣滓，烟卷不离手，二拇指熏得焦黄，论着喝酒，三四个大老爷们儿都能让她喝躺下，脾气格外暴躁，沾火就着，没火也能炸，整个一母夜叉，跟谁都打。有一次甚至跟台下一个观众吵上了，张牙舞爪破口大骂，把麦克风当成流星锤了，抡得呼呼带风，冲着那位脑袋上就要招呼，多亏金叔拦着，又赔礼又道歉，还把票钱给退了，人家才没跟她计较。你还别说，她就看高冷顺眼，每次见了他都满脸堆笑，嘘寒问暖，可那一笑真比哭还难看。高冷再不通人情世故，他也不至于上这个当，真要跟母夜叉成了两口子，往后还有活路吗？还别说吵架拌嘴，就连放个屁都能崩自己一个跟头。金叔最了解自己的闺女，见高冷不答应，也只得作罢。

眼看着上座率显出了下滑的趋势，爱看热闹的都来得差不多了，不想来的，拿八抬大轿也请不来。金叔决定离开武清，换个台口，可又有点舍不得，听说县城的新农贸市场快开业了，全县的老百姓，甚至包括邻县的，都得来赶大集，对他们这些江湖人来说，这可是最挣钱的时候，怎么着也得再坚持个十天半月的。

恰在此时，马路斜对面又搭起一座大棚，五颜六色的彩色篷布，比金叔的显眼多了，名为“甜蜜蜜劲舞大乐团”，老板是山西人，租了辆手扶拖拉机，几个女演员涂脂抹粉，穿着超短裙站在车斗上，手举广告牌连扭带唱，围着县城里的大街小巷来回转悠，跟狂浪歌舞团唱起了对台戏！

2

甜蜜蜜劲舞大乐团的大棚非常新，看来跑穴的时间并不长，推广手段却十分厉害，街头促销只是一方面，大棚前高架大红色的充气拱门，两个花枝招展的女演员穿着清凉、满脸媚笑，看见过来过往的，逮着一个往里拽一个。面朝黄土背朝天的乡民，何曾见过此等阵仗？涂着大红指甲盖的小手往胳膊上一搭，软乎乎凉丝丝的那么舒服，脸皮厚的嘻嘻哈哈、大摇大摆地进去看演出，脸皮薄的低着头欲拒还迎。女演员过去勾一下脖子、推一把后背，再抛个媚眼儿，那十之八九是乖乖掏钱买票。

狂狼歌舞团本来还能揽几个观众，三天的光景全让他们给抢跑了，自己这边门可罗雀，再看斜对门儿，一个多小时一场，一天演五六场，照样“乌泱乌泱”地上人。金叔暗觉蹊跷，换了身衣服，拿顶草帽遮住半张脸，混入“甜蜜蜜”的大棚一看，果然有邪活！

节目无非也是歌舞、魔术、气功，重点在那几个美女，有的苗条，有的丰满，燕瘦环肥，风采不凡。登台时衣着暴露，一个比一个穿得少，扭腰摇臀，嗲里嗲气地唱上几句，在不在调儿上无所谓，台下的观众也不在乎，早盯着大白腿看直了眼。

演到火候差不多了，满打满算一个小时，五六个女演员横着站成一排，面对观众，随着强劲的音乐一阵狂舞，一边跳一边脱，一边脱一边跳，说行话这叫“跳开放”，有时上边脱，有时下边脱，“开放”的程度不一样，只不过并不违规，打的全是擦边球。

观众看着台上的演员袒胸露背，可不知道为什么，脱起来没完没了，一件又一件地往下脱，脱完一件还有一件，而在最关键的那一秒，台上的灯光齐刷刷地暗下来，音乐戛然而止，演出至此结束，不等观众反应过来，演员已迅速退入后台。待到灯光再次亮起，台上是空空如也，什么都没有了。接下来开始清场，您想再看一遍，那对不住了，还得再买一张票！

金叔的大棚可从不敢清场，观众买票进场，想看多久看多久，看腻了为止。可以这么说，人家甜蜜蜜劲舞大兵团一个小时挣的钱，顶得上狂浪歌舞团演一天的，台底下还坐得满坑满谷，想找个空位都难，一场演出从头看到尾都不过瘾，什么也没见着啊，所以大多观众会再买一次票，重新入场，争着往前排挤，恨不能坐台上去。

金叔不得不佩服人家老板玩得高，既吊足了观众的胃口，又合理合规，即使来了检查的，也不至于有什么闪失。眼下怎么办呢？一笔写不出两个“江湖”，出门在外都不容易，按规矩总该讲个先来后到，我正在这个穴口演着，你连个招呼也不打，上来就抢生意，有这么办事的吗？

他有所不知，甜蜜蜜劲舞大乐团玩的是策略，早派人踩过盘子，单等着这块地皮，被上一家大棚焐热乎了，观众懂得什么叫买票看演出了，这才搭棚演出，为了抢票房，恨不得跟你门对着门。远比到一个鸟不拉屎的地方，冒冒失失地搭棚卖艺容易多了。再一个是肯下血本，用最漂亮的演员、置办一流的音响灯光。如若墨守成规，跟谁都客客气气的，守规矩、讲道义，那还怎么钻空子、挣大钱？

眼见对头来势汹汹，金叔再不能稳坐钓鱼台了。他有个外甥，打小是街头混混儿，东北话叫“街溜子”，有心去跟“甜蜜蜜”干一仗，拼个你死我活。金叔没同意，说凭咱这一票人马，未必拼得过人家，何况万一闹大了，惊动了官面儿，先动手的一方也不占理。可是话说回来，人家都骑你脖子上拉屎了，你再一声不吭，岂不是太窝囊了？金叔冥思苦想了三天三夜，没琢磨出应对之策，自己劝自己“忍一时风平浪静，退一步海阔天空，人在江湖，还是挣钱要紧”。正准备拆棚装车，去外地换个台口，想不到高冷的一个无心之举，竟让狂浪歌舞团起死回生，愣把“甜蜜蜜”挤对得够呛！

怎么一档子事儿呢？高冷前几天回了一次市区，下车先奔和平路，逛了几家卖黑胶唱片、录音磁带的新华书店，买了几盒流行歌曲的磁带。买完磁带又去了一趟冠生园，买下一大堆饼干糕点、酱肉火腿，到家说了自己的近况，把挣来的钱交给爸妈。转天一大早，带着卫星送他的那台录音机，搭车赶回了武清县。由于只歇这一天，来去匆匆，都没顾得上跟卫星和阚大路打招呼。

他总是一个人待着，不演出的时候，就找个清静的角落听听磁带。有时候小土豆也蹲在一旁听，但这小子挺懂事，从不打搅高冷。那盘磁带叫《悔恨的泪》，序曲开始雷电交加、雨声沥沥，接着是一段凄迷的口琴独奏，外加几句深沉的内心独白，然后才唱，“铁门啊铁窗啊铁锁链，手扶着铁窗我望外边……”整盘磁带中，有三五首歌非常独特，歌词不仅仅是抒情，还有叙事，刻画出一段段浪子的故事。

高冷反反复复地听，音量调得很低，但大棚里的人也能听见。金叔就觉得这几首歌万分惆怅，听着听着，脑子里突然闪出一个念头——为什么不把这盘磁带里的几首歌排练出来，再找几个人扮演不同的角色，让高冷在前面唱，其他人在后面表演歌曲里的情景呢？

这个念头一冒出来，金叔自己都为自己叫绝。他精挑细选了几个演员，让高冷跟乐队和舞蹈演员抓紧时间排练了三首歌，分别是《铁窗泪》《愁啊愁》《钞票》，又专门制作了囚牢的布景。首演当天，正赶上农贸市场开业，街上格外热闹。两家大棚互不相让，争相揽客。

大棚门口是一道帆布门帘，往常挂得严严实实，金叔当天豁出去了，他故意把帘子挑开，以便让乐曲声传得更远，路过的人不买票，戳在门口就能看。舞台上，小土豆用萨克斯吹口琴的旋律，听着更加悲凉，往常漫不经心的几个乐手，明白再混下去一毛钱也挣不着，也都打起了十二分的精神。伴舞、演戏的那几位都唱过二人转，按歌里的情节表演，既情真意切，又夹杂着几分野台子戏的幽默，看得观众笑中带着泪，泪中又带着笑。最用心的当然是高冷，他这个人，一贯是一根筋，在台上永远一丝不苟，但像今天这么卖力气，还真是头一次，一来要回报金叔，在票房上战胜对手；二来从单纯的弹唱，变成了有情节、有人物的表演，对他来说也是一次突破，心气儿一上来，真跟抱着热火罐子似的！

3

若干年之后，高冷坐在广州某个大剧院中观看一场音乐剧。舞台上的表演精彩纷呈，记忆却将他带回从前，眼前看到的仿佛是另一番景象，暴土扬尘的县城马路边，粗糙简陋的大棚舞台上，刺目的聚光灯下，一个外表冷峻的歌手，弹着吉他，吟咏着悲歌，内心却有一团烈焰在翻滚、烧灼……

《悔恨的泪》这盒磁带红极一时，在当时的流行歌曲中堪称独树一帜，开创了一个新流派，其中的几首歌唱遍了街头巷尾，很容易上口，听两遍即可哼唱。而且守着录音机听磁带，与直观地看人在台上唱歌完全不同，更何况还附赠了真人表演的故事，人们都觉得新鲜，这是听歌还是看戏？挤在大棚门口看不清台上的演员，听得也不够真切，都抢着掏钱买票。金叔长舒一口气，压在心头的一块大石头，总算是落了地。

接下来的几天，两支大棚演出队斗了个天昏地暗、不可开交。各自在门口拉开架势，拼着命地吆喝，大呼小叫招揽观众，演员们拿出压箱底的绝活儿，使上了吃奶的力气，真可以说是棋逢对手、将遇良才，谁也没把谁挤垮。

客观地说，“甜蜜蜜”的放开跳、玩擦边，确确实实吸引了大批男观众，不过逛农贸市场的、进大棚看演出的，并不全是光棍，不乏带着老婆孩子来的，怎么好意思去看脱衣舞？何况舞台上的女演员，只准看，不许摸，也就那点儿意思，看客们鞭长莫及，看个三次五次，还能场场不落吗？故此这一番较量下来，“甜蜜蜜”略显后劲不足，狂浪歌舞团则是越战越勇，不仅有这些“囚歌”，也在其他歌曲中融入了表演，过了多少年之后电视上开始流行起一种叫“MTV”的音乐录影带，他们当时的表演形式简直就是“MTV”的现场版，在县城这种相对落后的地方，演出这么超前的东西，人们能不爱看吗？看完了还都得说好，因为如果你说不好，就说明你欣赏水平不行，是“老土”！

狂浪歌舞团大有反败为胜之势，金叔数着手中的票子，乐得嘴都合不上了；演员们彻底服了，拿高冷当神一样敬着，对他言听计从。

不过“甜蜜蜜”的老板也不是一般人，能够把一个大棚经营得风生水起、所向披靡，定然有其独到之处，怎肯轻易认输？他私下约高冷出来见面，让他“跳棚”跟自己干，价码随便开，他绝不还价，百分之百答应！

哪知高冷是个死心眼儿，无论老板如何晓之以理、动之以情，如何苦口婆心、语重心长，高冷始终是紧闭双唇，来了个“徐庶进曹营——一言不发”。急得“甜蜜蜜”的老板抓耳挠腮，走前气哼哼地扔下一句话：“想不到世上真有你这号儿榆木疙瘩脑袋！”

两家大棚针尖对麦芒，谁也不让谁，最终的结果就是互相砸价，你卖一块，他卖八毛，你卖八毛，他卖六毛。“甜蜜蜜”这几年攒了不少家底儿，宁可亏本赚吆喝，面子也得挣足了。金叔可有点儿吃不住劲了。他是挣一天花一天，狂浪歌舞团二十多口子人吃马喂，又要打点方方面面的关系，该花的一分不能少，砸价砸的菜都买不起了。只能上街捡烂菜叶子，回来洗洗煮了，舍不得搁油，唯一的调料是大盐粒子，齁咸齁咸的，吃完了人能变成燕巴虎。

金叔也想明白了，两虎相争必有一伤，真斗个鱼死网破，对自己又有什么好处呢？倒不如换块地皮，打定了主意，下一站想奔通县（今北京通州区）。

他告诉高冷：“难得咱俩人合得来，你跟哥去通县，该怎么演还怎么演，当哥的亏不了你！”高冷心思重，没少琢磨今后何去何从，寻思着通县不远，又在团里待惯了，倒不妨先干着。他不会说仗义话，只是一点头：“我跟金叔走。”就这一句话五个字，美得金叔屁颠儿屁颠儿的。怎料拆棚开拔的头一天，夜里下了场大雨，天亮之后得把大棚晾干了，否则没法装车，不得已耽搁一天，偏在此时，出了岔子！

晒棚子晒到下午两三点，演员们无所事事，干耗了多半天。金叔跟大伙商量：“反正最后一天了，闲着也是闲着，不如再演一场，卖多少是多少。”大伙当然听金叔的，于是各就各位，该化妆的化妆，该接电的接电，该调琴的调琴，一切准备妥当，忽听大棚顶上“噼里啪啦”一阵响，又下开雨了，一下子涌进来百十口子，连避雨带看演出。众人打起精神，一个接一个登台表演，轮到高冷了，又上去唱《铁窗泪》。他一登台，立刻进入了忘我的状态，全心投入音乐中，突然有人在身后拽他。高冷用余光扫了一眼，以为是助演的演员，并未放在心上，可是紧接着，话筒的声音被切断了。

再定睛一看，合着闯进来一伙联防队员，把台下的观众都轰了出去，勒令演员们蹲在大棚边上，谁也不许动。金叔赶紧过来，点头哈腰挨个敬烟：“啥意思这是？误会……误会啊！”带头那位没搭理他，问众人：“你们老板呢？”金叔脸上赔着笑：“我就是，我就是。”话音刚落，冲上来两个膀大腰圆的联防队员，扶肩头拢二臂，当场给他摁住了，押着往外走。金叔的老婆、儿子、闺女、外甥等人担心出事，全都跟在后头。

金叔被关了七天七夜，交了一大笔罚款才放出来，整个人瘦了一圈，头发乱了，腰杆儿塌了，眼神儿也散了，问他究竟是怎么回事？金叔叹了口气：“咱被人家举报了。”外甥一听又急了，指着马路对面破口大骂：“妈了个巴子的，他们‘跳开放’咱还没举报呢，凭啥举报咱！我还不信邪了，你瞅我咋找他王八蛋算账去！”

金叔摇了摇头，他在里边打听了，直接举报的并非“甜蜜蜜”，而是另有其人。原来他的大棚里有个女演员，半年前自己找上门的，金叔见她能唱能跳，人也挺懂事，就留了下来。前不久，女演员的爹突然从老家寻来，金叔问明情况，让当爹的领着闺女回了老家，临走结完工钱，还额外给了几个路费。不知道为什么，爷儿俩到派出所就把金叔给举报了，说他拐卖妇女！金叔百口莫辩，估摸着多半是“甜蜜蜜”的老板背后使坏，买通了那父女俩，可是无凭无据的，那边能认账吗？你又能把人家怎么着？

黄鼠狼单咬病鸭子，当晚金叔高烧不退，腹部绞痛，开始还以为是吃得不对，胡乱找了几片药灌了下去，疼得更厉害了，豆大的汗珠连成了串儿，眼瞅着人就不行了，着急忙慌送到县医院一检查，竟是急性胆囊炎，又赶紧安排住院做手术。

金叔躺在病床上心烦意乱，想哭都找不着调门儿。“甜蜜蜜”的老板只会使阴招，都够不上一撇一捺一个人字，自己偏偏折在这么一个下三烂的手里，只能说明，江湖饭是大锅乱，再没有规矩可言了。他不禁怀念起以前初入江湖的那个时候，无论天南海北，只要遇上同行，说几句朋友话一盘道，都是在一口锅里搅马勺的，谁有了难处，同行都得帮衬一把。如今彻底颠倒了，人心不古，同行比冤家还冤家。

且不说大棚演出团外聘的演员，只看一众亲戚里道的，张口闭口就是一个“钱”字，问题钱是从哪儿来的？谁替他这个当老板的操过心？他自认为是个体面人，不屑于干歪门邪道的勾当，却让同行坑得如此狼狈，在武清开穴两个来月，挣的钱还不够交罚款的，下一站租地皮、交水电费、上下打点的钱都拿不出来了。

经此一事，金叔身心俱疲，实在干不动了，打算回老家开个小饭铺、小录像厅、小歌厅，凭自己跑江湖的经验，怎么不能对付个温饱？因此他托付高冷，你是本地人，能不能帮我问问，有没有收旧物的，把咱这一摊子家伙什收了？

高冷外冷心热，跟金叔处了两个多月，眼看着要分道扬镳，多半再也见不着了，这个忙不能不帮。思来想去，自己的熟人当中，只有卫星和阚大路的朋友多，说不定可以帮忙找找下家。他知道自己笨嘴拙舌说不清楚，只能带着金叔一同去。小土豆担心师父一走了之，死活要跟去。三个人搭乘长途汽车返回市区，来找卫星和阚大路。

包子铺面临拆迁，卫星他们几个人正发愁往后怎么办呢？听金叔讲完来龙去脉，高冷也吞吞吐吐地补充了几句，说大棚演出确实能挣钱，金叔身体顶不住，才想找下家接盘。卫星仿若拨云见日，简直是想吃冰却吞下雹子，他打心里往外愿意带着大伙一块浪迹天涯，当时一拍大腿："不用再找下家了，狂浪歌舞团的大棚我们接了！"

（第一季 完）

图书在版编目（CIP）数据

马路吉他队．狂想曲 / 天下霸唱著．-- 北京：新世界出版社，2025. 4. -- ISBN 978-7-5104-8092-8
Ⅰ．I247.5
中国国家版本馆 CIP 数据核字第 2025KL5563 号

马路吉他队：狂想曲

作　　者：天下霸唱
责任编辑：周　帆
版权运营：吴凤未
总 监 制：魏　童
责任校对：宣　慧　张杰楠
责任印制：王宝根
封面设计：尚燕平
内文排版：Garfie 佳菲

出　　版：新世界出版社
网　　址：http://www.nwp.com.cn
社　　址：北京西城区百万庄大街 24 号（100037）
发 行 部：(010)6899 5968（电话）(010)6899 0635（电话）
总 编 室：(010)6899 5424（电话）(010)6832 6679（传真）
版 权 部：+8610 6899 6306（电话）nwpcd@sina.com（电邮）
印　　刷：天津中印联印务有限公司
经　　销：新华书店
开　　本：880mm×1230mm　1/32　　尺　　寸：145mm×210mm
字　　数：160 千字　　印　　张：8.5
版　　次：2025 年 4 月第 1 版　2025 年 4 月第 1 次印刷
书　　号：ISBN 978-7-5104-8092-8
定　　价：59.80 元

马路吉他队

交响曲 天下霸唱 著

新世界出版社
NEW WORLD PRESS

一未文化　　非同凡响

北京一未文化传媒有限公司
www.bjyiwei.com
出品

在那些波澜壮阔的时代开启之前，

人们往往一无所知。

序

从事出版行业有二十年了，在我倏忽数年的职业生涯之中，梳理自己的记忆仓库，竟然从来没有给任何一部作品写过序言。

这是第一次。

机会难得，终于轮到我说话了，为什么开了这个先例？

先聊聊之前为何没有写过序言吧。

首先，作品是作者的表达集合，编辑始终是辅助完成这个工作的人，不能越俎代庖，不要喧宾夺主，永远安静地站在幕后。这是一种职业操守，无关才华和道德。无论多么伟大的作品，编辑所做的工作仅仅是一种注脚。

其次，编辑这项工作，是为作品要面向的读者把关守门的。一部公开出版的成熟作品，有封面、有内容，作者的表达和编辑的工作尽在其中，不恰当的题外话总显得有些画蛇添足。

再次，一部作品公开出版，总是希望更多的人能来读。让你写个序言，对销量有提升作用吗？不小心起到副作用，那真是贻笑大方了。

为什么想到给这部作品写序呢？

当然，首先是作者天下霸唱的邀请，他希望我能对这部作品说点什么，留个纪念。

另外，跟我近些年的经历有关。抛掉光怪陆离的文娱外壳，我总在不同的场合提到，自己是个贩卖故事的人。故事，顾名思义，是过去发生的事情。人到中年，似乎总是对过去的事情念念不忘，不可避免地，面对仍在发生的当下，保持“古老的敌意”[①]。

我特别幸运，经历了出版行业的黄金时代，获得了如此丰富的营养，让我一直受用至今。踏入了缤纷多彩的文娱市场，我一度坚信，职业的训练是让你回归理性和数据，那个时候，所有的声音都在说：看待一部作品要客观，要公正，要有观众视角云云。时至今日，我想，终于可以坦率地面对这个真相：任何一部作品，任何一

① 古老的敌意：里尔克语。

些表达，无疑最终还是自己内心的投射。

心外无物，作品即本心。

寻找的路上，最终遇到的是自己，特别是在人工智能大行其道的如今，主观态度在这个时代是稀缺可贵的。故事本意正是千姿百态，一些不合时宜的表达，某个很难定义的人物，都值得尊重珍惜。

《马路吉他队》这部长篇小说，就是我内心对“过去发生的事情”的黄金嘴替。

与天下霸唱相识十多年，他至少有两个地方让我非常欣赏。

第一，他并没有停留在“鬼吹灯”系列成功的巨大光环中故步自封，他一直在思考，努力突破自己的舒适圈。这些年陆续创作了“大耍儿”系列、“四神斗三妖”系列，创新意味着不一定完全被市场接纳，这需要巨大的勇气和坚持。第二，天下霸唱的手里只握着一支笔，只埋头写自己的故事。在他的笔下，永远都是底层的小人物。他们闪着光亮，各怀心思又忠义热血。对底层的关注，对小人物的悲悯之心，永远流淌在作品之中。

我们行业有色香味俱全的各种面包，独独我总是痴迷于一粒种子——我痴迷从麦种到面包的全部，由于这是一个漫长且充满不确定的过程，无奈只能自己赋予其意义：这个经历的本身，就是对创作巨大的褒奖。所以，我与天下霸唱经常沉浸于天马行空的闲聊之中，从京城料理店吃到各地名目繁多的苍蝇馆子，从古代的笔记小说聊到乡村奇谭，“古今多少事，都付笑谈中”，可谓明目张胆且不亦乐乎地浪费时间。

那是一个冬日的深夜，踏着北京的初雪，我们从北京的北三环一路步行到了东三环，和着雪夜的寂静，我们一口气聊了好几个选题，大脑的兴奋取代了脚步的疲惫。我发现，我们彼此交流的密码都是共同经历的曾经岁月。走过环路的地下通道的时候，竟然看到了还有流浪艺人在唱歌。天下霸唱想到了最近的经历，他经常去全国各地取材游历，结识了很多流浪艺人。也忽然让他回忆起了当年在天津玩吉他、搞乐队的那些人。这个话题一下子点燃了我的兴致，曾经白衣飘飘的年代，飘荡在时代上空的歌声……隐藏着多少迷人的故事。我也是曾经的摇滚青年，要是聊起音乐往事，那真是如数家珍。

我坚信，这就是一粒伟大的种子，我甚至想到了它枝繁叶茂的未来。于是，职业的敏感和较真状态上线，我有了如临大敌般的兴奋，从下一周、下个月……让我关注到的事情，一定要有个结果。天下霸唱也被点燃了激情，我们不断地开会，不断找原型、找人物，我也开始关注问题和节点，如何迅速化解、迅速迭代……天下霸唱是个信守承诺、使命必达的人，他认定了我们共同的想法，马上行动起来，时不时跟我同步创作的进度和进展。

终于，这一粒伟大的种子发芽了。成稿的《马路吉他队》，可以说全无匠气，一气呵成。完全是从天下霸唱心中流淌出来的故事，语感、节奏、人物都是一流的。相信每一个看到这部小说的人，都会被文中闪亮登场的卫星、阚大路、高冷、小杉彬等一众人物所吸引，被他们的种种行为所动容，哪怕一闪而过的小角色，也会让你会心一笑。

我遇到的所有出色的作品，一定都是作者自然流露、水到渠成。我经常用“超级拖拉机”形容的天下霸唱同学，这次居然超额完成了创作任务，真是令我猝不及防——对不起，用错词了，应该是“刮目相看”。真实情况是，这部作品创作没有任何障碍，行云流水般完成了。我每次读这部作品都心潮澎湃，激动不已。《马路吉他队》里所有的人，都是为了自己的想法而活。他们最初，从来不知道音乐为何物，却又不为人所知地创造了一个属于自己的传奇。

《马路吉他队》是一部让人心荡神驰的作品。我是这部作品的第一个读者，对其中的故事可谓感同身受。我算是经历了流金岁月下半场的吉光片羽，从二十世纪九十年代的磁带听起，到后来不过瘾，开始追时髦，听打口磁带。说到“打口带”，多解释一句，就是把查扣切断的磁带，拆开之后，用各种胶带粘接到一起，还能用播放器放出音乐来。九十年代末，索尼 Walkman（随身听）、MD（迷你磁光盘）开始兴起。再到二十一世纪初，苹果的 iPod（数字多媒体播放器）横空出世——简直是那个年代的奢侈品，社交利器。谁要是脖子上挂了个 iPod，那简直可以成为众人羡慕的焦点了。后来更过瘾的还是摇滚乐，开始从国内乐队一路追到国外乐队……我现在的社交平台账号头像还是涅槃乐队（Nirvana）的主唱科特·柯本一张专辑的封面。

这部作品从二十世纪七十年代开始写起，音乐其实是那个时代文艺青年的进阶版配置。流行音乐是时代的情绪，青年社交的最大公约数。骨子里的激情和懵懂，某个迷人的瞬间，难忘的时刻，一定是被音乐唤醒的。

我忽然想起多年前，看过高原的《把青春唱完》。这部记录中国著名摇滚歌手的画册，一下子激起了我尘封已久的记忆。泛着光的照片，洋溢着那个年代独有的气质，曾经的风云流转，青春无敌，渐渐成为想象，幻化成一个个传奇。

面对曾经如此精彩的青春岁月，我在想，在完成这个故事之前，必须写点东西才行。

很快，我想到了一句话：在那些波澜壮阔的时代开启之前，人们往往一无所知。这句话就放在扉页之后。很庆幸，《马路吉他队》就是我想要跟大家讲的故事。优秀的作品始终像钻石一样，它多个不同的切面，是最迷人的部分。好故事从来不提供答案，隐喻着我们五彩斑斓的往事。

阚大路一仰头，喝光了瓶子里的啤酒，看着摞得老高的包子屉说："以后？以后能靠弹吉他唱歌养活自己，那该多好！"

小说主人公的这句话，像一颗子弹，瞬间击中了我，在那个年代，音乐能不能养活自己？抑或说，人，究竟能不能靠自己的爱好养活自己？

这个问题的答案，大家自己去寻找。

感谢天下霸唱的生花妙笔，给我们带来了如此精彩绝伦的故事。

我们一同在不朽的故事中，寻求彼此的庇护。

是为序。

魏童 于北京 2024 年 冬

第二季　交响曲

目录

CONTENTS

第一章

银河电声歌舞团

卫星点了点头：“金叔，我想改个名，‘狂浪’我不喜欢，‘浪’在你们东北是个好字眼，换个地方意思却不一样了。”

金叔大包大揽：“那有啥难的，我回去做个变更，完事儿给你邮过来，你打算叫个啥名儿？”卫星脱口而出：“银河电声歌舞团！”

1

卫星接手大棚并非一时冲动，他陪着阚大路到处唱歌，眼看着人们的物质生活越来越好，对文化生活的需求也越来越高了，到公休日，在各个老戏园子、电影院、礼堂、剧场、体育馆举办的文艺演出一场接着一场。艺术团体有本地的、有外来的，有官办的、有民营的，形式大同小异——流行歌曲挑大梁，掺杂着魔术、杂技、相声、小品、武术、舞蹈。按老话讲叫“什样杂耍、样样俱全”，每场都是满坑满谷，赶上稍微有点名气的演员，那更是一票难求，很多人手里举着钱，眼巴巴守在剧场门口等富余的票。他野心不小，早动过这个念头，只苦于没有相关的批文手续，如今是水到渠成，所以一点儿没犹豫。

阚大路做包子的手艺是不错，但对开包子铺一点儿兴趣没有，要不是实在没饭辙，他早都不想干了，尤其是参加“大家唱”比赛出名以后，在市内六区外加四郊五县的工厂、学校、企业、机关……转着圈唱，时不时地还到民营小团体里客串一把，在卫星的运作之下，一场收入多则上百，少则几十，他感觉离实现自己凭唱歌吃饭的梦想越来越近了，因此在接手狂浪歌舞团一事上，他和卫星的想法完全一致，与其东粘西蹭地跑演出，倒不如自己挑旗竖棍立山头，那多痛快！

王小青却忧心忡忡：“你们拍屁股走了，我和郑婕咋办？”卫星让她放心：“咱是一个笼屉里的包子，什么时候也不会甩下你们的，你负责后勤，买菜做饭、打扫卫生的任务都归你；郑婕学了财会，正好给咱们管账！”

金叔长出了一口气：“不是跟老弟们吹，大江南北我跑遍了，风风雨雨起起落落，为了挣钱，啥没经历过？最后走到这一步，打兔兔跑，扶墙墙倒，同行举报我，演员埋汰我，连家里人都信不过我，说我吃独食。整个一猪八戒照镜子——里外不是人，其实说穿了，还是为了一个字——钱！这不就高冷唱的那首歌吗？钞票，人人对你离不了，钱呀，你是杀人不见血的刀！”

双方谈妥了价格，卫星之前做床垫挣了一笔钱，加上阚大路入股的那一份，足够接下狂浪歌舞团的大棚和一应设备。演出许可证和执照无法转让，双方以租赁的形式签订了合同。至于团里的演员、杂工，则是想留的留、想走的走，全凭自愿。而在卫星看来，“大棚”一类的演出形式过于陈旧，说白了，只比撂地卖艺的多个围挡，迟早会被淘汰，进入真正的演出场馆才是正路。所以他根本不在乎金叔的大棚，而是看中了那些演出设备，最关键的是演出手续。

签合同的时候他又问金叔：“您的演出手续，我能拿过来直接用吗？”金叔打包票说：“你踏实的，咱都是合法合规、正式在档的东西，出得了什么岔子？万一遇上麻烦，你就说我家里有急事，你是临时替我盯着的，谁挑得出理？”卫星点了点头：“但是金叔，我想改个名，‘狂浪’我不喜欢，‘浪’在你们东北是个坏字眼儿，换个地方意思却不一样了。”金叔大包大揽：“那有啥难的，我回去做个变更，完事儿给你邮过来，你打算叫个啥名儿？”卫星脱口而出：“银河电声歌舞团！”

月份牌上撕下了1987年的最后一页，仿佛一切都成了新的开始。阚记包子铺关门大吉那一天，拆迁队的铲车推倒了房子。卫星借来一台照相机，他和阚大路、郑婕、王小盲，站在废墟上留下一张合影。照片定格的一瞬间，四个人笑得特别灿烂，脸上满是即将奔赴新生活的喜悦！

接下来的一段时间，几个人忙得不亦乐乎，成立个歌舞团说着简单，实际操办起来可是千头万绪。你这套家当放在哪儿就是个问题，放家里没那么大地方，放楼下空地怕丢不说，风吹雨淋的没几天就得报废，放在大棚里也不行，大棚立一天就要一天的钱。最后还是找小老舅谷志军帮忙，在水暖队借了一间库房，用于放置金叔移交的设备，分门别类逐个清点，看看什么可以继续使用、什么需要修理、什么当废品卖掉、什么该重新添置。

最主要的是灯光音响，金叔的这点家底，搁在大棚里还能凑合用用，去剧场或礼堂中演出可太寒碜了。就拿灯来说，只有一排面光加几个摇头灯，年深日久，好多灯泡都“乌涂”了，且不说效果远远不够，就连铺亮整个舞台都费劲。卫星托关系找朋友，通过电影制片厂一个熟人的关系，置办了顶光灯、追光灯、聚光灯、色片灯、迪斯科球灯，还有控制灯光的台子，本着能省则省的原则，有二手处理的，绝不买新的。

音响也不行，狂狼歌舞团的十二路调音台，以及三四个破旧的麦克风勉强能对付着使，台口音箱却远远不够，金叔的四个大音箱，乍一看挺唬人，实际上加在一起二百瓦，那个响动放在剧场里根本打不满，又没有返送音箱，台上演员听不见自己的声音，一不留神就唱跑了。但是专业的演出音响既不好买，又贵得离谱，卫星灵机一动，想到了帮阚大路做音箱的那个老师傅。

那个老师傅姓肖，在中华乐器厂做了一辈子技术员，官称“肖老师”，去年光荣退休，一贯敢想敢干手又巧，每年厂长从乐器展上买回来的新设备，到他手里就拆，拆明白了画好图纸比着做，电吉他、功放、音箱、调音台……没有做不出来的，给厂里研发出了多款畅销产品。冷不丁从热爱的工作岗位上退下来，正有点不适应，听说有活儿可干，一口应承下来。

卫星从肖老师口中得知，演出用的音箱跟在家练琴的不一样，想要声音大，放大器和变压器必须上大功率的，喇叭也不能用硬纸盆，那容易劈，一定要买大尺寸的胶盆，电路板也最好用进口的，要不然底噪声就吵得人受不了。用料方面肖老师都可以帮着踅摸，只不过一个大音箱立起来至少半人多高，这么大的壳子他做不了。

卫星一看这也简单，再次请来木匠权顺，按照肖老师给的图纸，定制八个舞台音箱和四个返送音箱的壳子，外边贴上黑色的人造革，底下装轱辘，又皮实又灵活。权顺干完活儿没收工钱，大棚和舞台上的那些木板、钢架，连同棚布都归他了。

解决设备问题的同时，也确定了银河电声歌舞团的演职人员。卫星专攻经营，联系业务、疏通关系，又是主要出资人，理所当然地当了团长，杂七杂八的事都忙不完，唱歌肯定是唱不了，用他自己的话说："不到万不得已，我就不上台唱了。"大伙知道这是自嘲，他那三斧子半不顶呛，上了台不够丢人的。王小青管后勤，郑婕负责财务，设备方面的进进出出全得一笔一笔记好了。肖老师也愿意留下来发挥余热，给他们当个设备总监，灯光台、调音台一个人全盯了。上台的演员方面，高冷足以挑大梁，阚大路也能够独当一面。

金叔的班底没留下几个人，大多是家达子[①]，他不干了，就全跟着回东北了，归拢包堆共留下来五个：第一个是吹萨克斯的小土豆，他吃了秤砣铁了心，跟定高冷了；另外还有三个练气功的，他们是半路入的伙，换了班主不耽误挣饭吃；再一个是负责搬搬抬抬的杂工马五子。而在他们拆大棚的那天，跑来一个花枝招展的姑娘，是甜蜜蜜劲舞大乐团里一个"跳开放"的女演员，艺名叫"曼丽"，老家在黑龙江省的黑河市，在那几个舞蹈演员之中，她是长得最漂亮、身材最好的，天天被"甜蜜蜜"的老板骚扰，动不动咸猪手就往她大腿上划拉。曼丽是学民族舞出身，还自学了霹雳舞和迪斯科，生活所迫下海挣钱，但也是"卖艺不卖身"，实在不堪其扰，一气之下跳棚投奔了卫星。

满打满算也就这几个人，远远撑不起一整台节目，比如最叫座

---

① 家达子：天津方言。主要是指家庭成员以及一些关系比较密切的亲戚朋友，这个词主要在老天津卫人中常用。

的流行歌曲演唱部分，拢共两个弹吉他的、一个吹萨克斯的，连个打架子鼓的都没有，上了台观众能买账吗？当时弹吉他的一抓一大把，鼓手却少得可怜，因为在那个年代，谁家住得都不宽敞，整套的架子鼓买得起也没地方放，何况那玩意儿响动太大，很容易扰民，练起来不方便。专业的艺术团体里倒是有鼓手，可人家端着铁饭碗，瞧不上他们这伙业余的。

这个节骨眼儿上，木匠权顺给卫星推荐了一个鼓手，说起来不是外人——他儿子权海。这小子打在娘胎里，就听着“叮叮当当”打家具的声音，天生节奏感出众。有一次权顺接了个包工包料的大活儿，雇主是广播艺术团的鼓手，要做全套的实木家具。权海给他爹打下手，一看见人家那套亮晶晶的“大明牌”架子鼓，立马走不动道儿了。拿着鼓槌儿一通乱敲，正巧被鼓手看见，不但没数落他，反倒特别欣赏，这小子敲得乱七八糟，但一下一下都在点儿上，手腕也灵活，脚底下的踩镲和地鼓看似乱踩，却满能分开节奏，天生的该吃这碗饭，有意收他为徒。权顺本想着让儿子继承自己的手艺，可见这位家里条件这么好，便问道:“打鼓挣钱吗？”鼓手哈哈一笑:“不挣钱我打得起满屋子实木家具吗？”自此权海拜了鼓手为师。

当时广播艺术团开办了培训班，鼓手也教学生，却都资质平平，没有一个像权海这样，是他主动收的，并且是带回家里教。其他学生叫他老师，权海则叫他师父，称呼不一样，教的东西也不一样，别人上来就练节奏型，“咚次哒次”的差不多是那意思，对得起学费就行。权海是从认鼓谱开始，一点一点系统地学。谱子认全了，开始打哑鼓，是个包着皮的圆形木头板，打不出什么动静，弹性也比真鼓差。按照师父的要求，不许用标准鼓槌，让他爸爸用硬杂木给旋了两根特制的练功槌，握把处足有大号擀面棍粗，越往前端越细，分量比普通鼓槌重出好几倍。对着机械节拍器，先在哑鼓上练单跳、双跳、三连音、滚奏……速度从 40 拍开始，一点一点往上提，最后提到 208 拍。权海手掌上的水泡变成了老茧，手腕肿了消、消了肿，足足两三年的时间，总算把基本功练扎实了，两个手的力道也练出来了，这才让他摸真鼓。

权海果然有这方面的天赋，用了不到一年，常见的节奏型、加花全会打了，再往后就可以打整首的曲子了。师父又指点他:“鼓手是台上掌舵的，乐队那几大件，都得跟着鼓走，不在快不在慢，关键在一个稳，从头到尾必须保持好速度，你一乱大伙都乱了……”

就这么口传心授，隔三岔五带着他在外演出积累经验，没过多久，权海已经可以自己上台了。当时天津市的大小文艺演出、舞会都抢着要鼓手，他师父是圈子里的头把交椅，每天晚上在第一饭店打爵士鼓，给外国人的舞会伴奏，接的小费都是美元，早早地就骑上了“嘉陵 70”摩托车，接不过来的散活儿，随随便便甩给他点，那就够吃的。权海挣钱以后学着他师父，给自己买了辆摩托车，“嘉陵 70”买不起，买了辆“明星 MX50”的轻骑摩托，石家庄红星机械厂制造。特地托人找关系，踅摸了一台雅马哈发动机，比国产黎明发动机的动力足、油耗低，还皮实。而且是以 800 块的内部价拿下的，他自己攒了 500 块，他爹权顺掏了 300 块。排量 50 毫升以下的摩托车不用考驾驶证，半天儿的工夫权海就骑熟了。打那儿开始，权海每天背着鼓槌包，骑着小摩托，穿梭于大小演出场所，造型也有，技术也高，一来二去的，“鼓手权海”的名号在圈子里越叫越响。

本以为从此吃上文艺饭了，不承想天不遂人愿，去年春节出了点儿意外。权海吃完年夜饭出去放炮，半大小子玩心大，嫌整挂的“大地红”鞭炮不过瘾，又买了俩特大号的“麻雷子”，足有手腕那么粗，炸上一个，周围的玻璃都跟着颤。他在空地上摆定一个，右手拿香去点，点完了赶紧缩手，却忘了左手里还攥着一个，香头儿正杵在炮信子上，没来得及撒手就响了，多亏穿得厚，身上没什么伤，却把手炸烂了，左手的中指和无名指都没了。打那儿起落下了残疾，一蹶不振，鼓槌也不拿了，摩托车也不骑了，演出也不去了，闷在家闭门不出，父母怎么劝都没用，还死活不让告诉他师父。

权顺整天发愁，听说卫星用得着鼓手，有心让儿子掺和掺和，挣不挣钱无所谓，他也不差这点儿钱，别在家憋出病来。卫星那张嘴真不是白长的，带着阚大路去了一趟，对权海晓之以理动之以情，好好地做了一番思想工作。阚大路还现身说法："少俩手指头算什么？你瞧瞧我这条腿，一瘸一拐的不照样上台吗？只要咱有能耐，到哪儿都不丢人！"

卫星还特地送给他一副山羊皮的手套，缺了二指的地方塞了棉花。权海心怀感激，答应为银河电声歌舞团效力，可他家里没有整套的架子鼓，以往出去演出，都是主办方给提供架子鼓，他自己只带鼓槌，最多再背上踩锤和镲片。金叔留下来的那套鼓破破烂烂，已经快不能打了，仗着有权顺这个"赛鲁班"，修修补补，重新刷漆，鼓筒没问题了，可鼓皮也已经皱巴了，动静比敲土箱还难听。当时乐器店里卖架子鼓的就不多，单卖鼓皮的就更少了。好在权海听他师父说过，有个大明乐器厂的员工，嫌厂里效益不好，自己偷偷开了个"门市部"，藏在长春道菜市附近的一座小二楼里，不是圈子里的人一般不知道那个地方，寻过去买了全套的新鼓皮换上，终于是"旧貌换新颜"了。

鼓手是有了，但撑满一台节目，至少要凑齐"四梁八柱"，否则遇上点风浪就得垮台。跟阚大路一起玩吉他的小哥们儿里，有两个说相声的，岁数不大，但辈分不小，正经拜过宝字辈的老先生为师，在师父家里吃，在师父家里住，一嘴一嘴学出来的，本想考专业院团，无奈家中没有门路，只得四处打游击。最常去酒楼、饭庄、涮肉馆子，食客在下边吃，他们在上边说，钱挣不了多少，每次还馋得够呛。年轻人追求新潮，也会弹吉他，又有说相声的底子，拿流行歌曲改几句歪词儿，还能当场现编，看见什么唱什么，演出效果也不错，索性拉来入伙。

卫星还想把虎爷和两个虎妞儿带上，胖老头脾气倔，嘴上不饶人，但是弹唱的实力不俗，往台上一站，就一个字——稳！两个虎妞儿活力四射，看点十足，有这爷儿仨加入，想不火都难。卫星和阚大路拎着点心匣子找上门去，对虎爷溜须拍马一通吹捧，邀他重出江湖，来当银河电声歌舞团的“定海神针”。虎爷自觉有了面子，心里跟吃了波罗蜜似的，高高兴兴地应允了。

经过一番招兵买马、聚草屯粮，只等着大显身手了。此时岁暮天寒，该过年了。大年三十的电视机里，毛阿敏歌里的那只蝴蝶飞进了千家万户的窗口，又将流行歌曲的风潮狠狠地往前推了一把。人们见了面都爱开玩笑地唱上一句:“你从哪里来？我的朋友。”

银河电声歌舞团全体成员在年初六聚餐，卫星、阚大路、高冷、郑婕、王小青、肖老师、虎爷、二妞儿、三妞儿、权海、曼丽、小土豆、马五子，还有三个气功师傅和那对相声演员，十几个人在红旗饭庄围桌而坐。

桌子上碟子压碟子、碗挨着碗，白的、啤的应有尽有。卫星作为团长，带头表了态："感谢各位的信任和抬爱，让我从马路吉他队大队长，变成了银河电声歌舞团的团长，名头变了，但是为大家伙服务的宗旨不会变，从今以后咱们拧成一股绳，有福同享，有难同当，我先干为敬！"阚大路也说："没错兄弟们，咱都是一根绳上的蚂蚱了，谁也不许拉胯，什么炸馃子，什么蒸包子，那都是瞎胡闹，往后咱就靠唱歌挣钱了，文艺界的康庄大道必将越走越宽！"

一干人等推杯换盏，拜年话说得一句比一句热乎，饭桌上虎爷告诉卫星一个消息，老貔貅带着几个徒弟，成立了一支电声乐队，用棉六厂工会给他们置办的乐器，在东郊文化馆演出捞外快，想让虎爷跟着一起去。虎爷没搭理他。

阚大路听完气不打一处来："老貔貅这么一个心术不正的下三烂玩意儿，小食堂的事还没跟他算账，怎么着，三九天穿单褂——抖起来了？爆米花炉子——摇起来了？"卫星也恨得牙根儿痒痒："我正寻思头一站去哪儿演，这算行了，过了十五咱就装车接人，去东郊斗一斗老貔貅！"

2

搁在当时来说，东郊大部分区域还是农田、河流和水库。卫星提前踩了道，将演出地点定在最热闹的张贵庄镇，通过之前陪阚大路演出时搭建的关系，租下了镇上的长江影剧院，一连演三场，看准了皇历上的好日子定下时间——正月十八星期六晚上七点半首演，正月十九下午、晚上再各演一场。到管理部门交付了各项费用，办妥了演出手续，又找人设计了海报和广告牌，提前一周戳在了影剧院门口，开始预售票。

这一次的演出不仅是为了灭一灭老貔貅的风头，更是银河电声歌舞团的首演，头一炮必须得打响了，所以卫星还想再找一个强援。他听说小彬彬从部队转业回来后，每天游走于北京的各个录音棚之间，有音像公司来录磁带，他就给人家弹琴，行话叫“趴棚子”。能接这个活儿的乐手，那必须是顶级水平。

为什么呢？前来录音的有男有女，歌曲有快有慢，涵盖了古今中外各种曲风，人家唱什么你就得弹什么，还得会编曲，要说今天的歌你弹不了，或者弹得不出彩，往后可就没人找你了，小彬彬的琴技因此突飞猛进。加之北京开始流行摇滚 party（派对），以马克西姆餐厅为大本营，众多崭露头角的摇滚青年频频聚会演出，有翻唱外国乐队作品的，也有自己写歌的，小彬彬造型帅、人缘好，经常被拉去弹吉他，可以说无论从技术上，还是在演出经验上，都要比之前提高了一大截，如果能请他出马助阵，那才叫如虎添翼！

卫星打定主意，让高冷联系小彬彬。一通长途电话拨过去，小彬彬想都没想，一口应承下来。到天津站接他那天，卫星、阚大路和高冷都看呆了——彬哥的造型又升级了：压花的尖头长靴直到膝盖下边，鞋跟后边挂着明晃晃的马刺；黑色瘦腿牛仔裤，裤腿破洞、裤脚飞边，双排眼儿的黑皮带镶着一圈银钉，后腰上还掖着一条大红的头巾；紧身高领的黑毛衣，胸前挂了三四条链子，老鹰、五星、骷髅头……有长有短、有粗有细，一走道丁零当啷的，外边套着一件短款的机车皮衣，极其夸张的大翻领，横着竖着斜着全是拉链；毛线帽、皮手套、蛤蟆镜也都是黑的，手里还拎着一个棕色的皮制琴盒。

卫星和阚大路心情激动："就冲这副扮相，到东郊绝对震了！"没想到小彬彬比他们还激动，伸出来的手不住地颤抖，哆哆嗦嗦一句囫囵话也说不出来。合着当天格外冷，还刮大风，而这哥们儿为了玩造型，穿得太少了！

有了小彬彬这个强大的外援，银河电声歌舞团的演出阵容，足以对老貔貅和他那几个徒弟形成碾压之势。卫星租下一辆卡车、一辆大轿车，分别拉上设备，以及所有的演职人员，浩浩荡荡开赴东郊。

众人住进了镇上的招待所，按照男女分配好房间，为了节省开支，借招待所的厨房自己开火，王小青跟杂工马五子一起烧开水、做饭、刷碗。卫星带人将设备卸在影剧院后台，在肖老师的指挥下，灯光、音响该上台的上台，该上架的上架，所有的线连好、捋顺、贴着舞台边缘进台子，为了不绊脚，全得用胶带贴紧了。架子鼓摆在台中靠后的位置，底下铺块毯子，以免打起来往前蹿。还在地鼓里塞入一床棉被，防止声音太空旷。

权海坐在鼓凳上，一手拿着鼓钥匙一手拿着鼓槌，仔仔细细地把每个鼓的声音调到最佳状态，又帮着肖老师将地鼓、军鼓、通鼓、踩镲、吊镲分别支上麦克风。这些麦克风好多都是刚淘换来的二手货，品牌、型号各不相同，好在肖老师的水平高，在调音台上推推拧拧，逐一调试好音量配比，完事让权海打段 solo（独奏）试试。

权海自打进了歌舞团还没什么机会展示，当即撸胳膊挽袖子，戴好卫星给他的皮手套，来上了一段，直接把所有人看惊了。他们以往见过的鼓手里有喜欢炫技的，歌曲中间所有乐器全停，留出十几个小节让鼓手玩一段儿，可无非就是基本的节奏型再加几个花点儿，主打一个节奏快、动静大，再甩甩头发，转几下鼓槌，准能引得满场彩声。

权海却不这么打，首先来说，他拿鼓槌的姿势就不一样，左手横着拿、右手竖着拿，从军鼓开始，单跳、双跳、三连音，越打越快，然后一个鼓一个鼓地往里加，从四分到八分再到十六分、三十二分，扎扎实实、越填越满，最后再配合上踩镲和吊镲。从头到尾没有“咚次哒次”，节奏却稳得不能再稳了，看得人眼花缭乱，一时间甚至怀疑，这是两只手能打出来的动静吗？打到最热闹的时候，忽然用右手猛击了一下吊镲，几乎是同时，左手捏住镲片制音，戛然而止、干净利落。

剧场里的回音还未落下，权海已经站起身来，冲着肖老师一挑大指。卫星他们几个全愣住了，真没想到，坐在最后面的鼓手也能这么出风头。肖老师也被震撼了，重新降下灯架，特地在权海的头顶上加了两束定点光。

随后调试吉他，高冷仍用那把贴着拾音器的民谣吉他。阚大路也是用之前的鹦鹉牌电吉他，款式老、声音呲，他却依旧爱不释手，还套了别家的广告词，没事儿就唱上一句“鹦鹉、鹦鹉，一曲歌来一片情”，权当自我安慰了。小彬彬则已鸟枪换炮，从棕色琴盒里取出一把美国原装进口的电吉他，周身上下全是锃亮的黑漆，配着白色的包边和金色拾音器，琴头上一个英文商标“Gibson”，下边还有四个三角形和一个长方形凑成的菱形标志，简直太酷了，据说比崔健当时用的吉他还贵，尽管是把二手琴，但说出价格来依旧让众人吃惊不已，看起来在北京趴棚子是真不少挣。

所有设备调试完毕，演员们又挨个上台走位彩排，肖老师跑前跑后地贴地标、摆话筒架、调整返送音箱位置、台侧贴上节目单……全折腾完已经是后半夜了。卫星翻来覆去睡不着，满心期待首演的盛况！

3

转天晚上六点刚过，张贵庄镇长江影剧院的门口就围满了人，不冲别的，广告牌子上的内容太吸引人了:“银河电声歌舞团全国首演，南国红歌星高冷、北京摇滚天王彬哥、天津歌神阚大路、上海吉他教父虎爷、绝美舞后曼丽……”

就冲这些头衔儿，谁不想进来一睹真容？到了七点开始放人，观众争先恐后冲入剧院，有票没票的都跟着往里挤。

开场节目是气功表演，那两年气功热，电视机里经常播放气功表演，剧场里的比荧屏里的还要吸引人，真刀真枪真玩命，观众都爱看。但见一个花白胡子的老师傅，带着俩年轻徒弟气定神闲地来至台中，抱拳拱手，说几句场面话过后，什么“胸口碎大石、空手拉铁链、银枪刺喉、吞铁球、吞宝剑、腹内穿针、阴阳掌双流击烈火……”全是江湖杂耍儿，可也凭真功夫，胆子还得够大，一不留神就把自己玩残了。

师徒三人的气功节目时长不算短，老师傅嘴里不住声，天上一句地下一句，哪儿也不挨哪儿，把自己吹得比太上老君还牛，给观众绕晕了，到最后才亮一亮绝活，演上两三段小气功。卫星看着挺有意思，这不跟姥爷撂地时一个路数吗？以此时此刻的眼光来看，这套江湖把戏显然过时了。他也真有办法，就在这组的节目末尾，加上了迪曲伴奏，配上灯光效果，增强了现场氛围，借此引出正角儿。两个虎妞儿、阚大路、虎爷相继登台，他们的特点各不相同，但有一个共同点，只唱时下最流行的歌曲，频频带动全场观众的大合唱。仅凭这一条，就足以让观众值回票价了。

卫星擅长把握演出节奏，他自己在幕后盯着，看见观众们听美了、站累了，嗓子也喊哑了，此时让两个说相声的上场，充当串场的主持人，不穿大褂儿穿西装，说学逗唱，插科打诨，还来了一段颇为流行的“吉他相声”，一个人打快板，一个人弹琴，观众让他们唱什么，他们就能唱什么，但不按原词唱，抓哏、砸挂、抖包袱，全是即兴的，逗得观众们前仰后合，笑声不断，随后引出曼丽的舞蹈。

长江影剧院的舞台不小，百八十人的大合唱都能站开，曼丽一个人压住台着实不容易。自打加入银河电声歌舞团，她也不用再“跳开放”了，上台前小声告诉卫星：“今天让你看看，我不用脱衣服，照样能把场子震了！”

果不其然，在强劲的迪斯科曲子伴奏下，曼丽挥动双手一路小跑上了台，一条亮银色的健美裤，配上露肚脐的红色蝙蝠衫，身段尽显又绝不擦边，将以往充满挑逗的媚态，换成了高难度的舞蹈动作，挂着风跳得满台飞，彻底征服了观众。

攒底的当然是高冷，经过这段时间的磨炼，他的嗓音更开阔了，颤音运用自如，节奏感更强了，台风也成型了，而且会控场了，观众喜欢慢歌，他就多唱慢歌，如果唱快歌时掌声更热烈，他就连着唱快歌，在台上从容不迫，一切都显得那么自然。再加上权海专业水准的架子鼓、小彬彬出神入化的电吉他 solo，还有小土豆纯熟的萨克斯演奏，观众们激动得快把房顶掀了！

这个阵容，这个水平，搭配上红极一时百听不厌的金曲，迅速在当地打响了“银河电声歌舞团”的名号。金杯银杯不如口碑，东郊的民众口口相传，说镇上的长江影剧院来了大明星，携家带口排着队来看演出。卫星和影剧院签的合同是除了场租以外，票房三七分账。三场演下来，影剧院虽然只占三成，但是如此爆满的上座率，也让他们大赚了一笔，剧场经理拽着卫星的手，说什么也不让走，至少得再加演三场！

小彬彬的档期排得太满，最主要是得进棚录音，所以助演完前三场，先跟大伙告别。卫星掏出一个装着钞票的信封塞给他，小彬彬身上带着北京人的那份“局气”，说什么也不肯收：“我是来帮忙的，你要给酬劳，就等于不拿我当哥们儿，以后我也不来了！”卫星只得作罢，心里记着这份情义。

首战告捷，卫星等人自是喜出望外，却把一个人气得牙龈肿痛、脑门子长疙瘩，一连吃了三天的清肺抑火丸，一点儿用也没有，因为不对症！此人正是老貔貅。他生在东郊赤土镇，打小好斗，撒起狠来六亲不认。为了口棒子面饽饽，能给兄弟姐妹打得鼻青脸肿，为人也小气，只进不出，吝啬至极，七八岁时就得了“老貔貅”这么个绰号。“大家唱”比赛获奖之后，他认为自己出名了，整个天津市唱歌的人里挑十五个就有他，这不是人尖儿是什么？既为人中龙凤，理应衣锦还乡，跟厂里请了两个月病假，托关系与东郊文化馆合作，带着门下众多弟子举办“津门新星轻音乐会”！

文化馆有自己的剧场，三百多个座位，可以放电影，也有全套的灯光音响设备，能够承接大小文艺演出。首演当天来捧场的观众，无一例外是他老家的亲戚朋友，没一个花钱买票的。白看玩意儿自然得捧个人场，台底下起哄、拍手、吹口哨，现场气氛没的说，老貔貅入戏颇深、感动至极，返了两回场、谢了三次幕，眼含热泪、频频鞠躬，弯腰 90 度都怕对不起观众，恨不能把脑袋扎到裤裆里。剧场经理看不下去了，到后台告诉老貔貅:“如果下一场还没人买票，你就甭演了，从哪儿来回哪儿去。”

老貔貅舍不得这个来之不易的机会，叫徒弟们轮番助阵，不惜力气拼命表现，恨不能把脑浆唱出来。为了给自己脸上贴金，还安排了一个访谈环节，找人冒充记者，问他获奖感言。折腾了一个礼拜，票房刚有点起色，突然又不行了。不仅没挣着，还得往里搭饭钱，一日三餐，十来个人，光吃窝头、咸菜也是一大笔开销了。老貔貅一扫听才知道，卫星的银河电声歌舞团来了东郊，就在隔着两条街的长江影剧院演出，观众都跑他那边看热闹去了，不由得心中暗骂:“天下这么大，你个小王八羔子哪儿也不去，偏偏来我老家，还赶在我演出的节骨眼儿上来，存心拆我的台是吗？”

东郊是老貔貅的老巢，他又不是什么善男信女，搭须子，拴扣儿，挑拨离间，无所不能，眼看卫星在自己家门口挑衅，恨不得直接去闹砸，可是转念一想，真打上架，他这几个厂工徒弟没一个顶戗[1]的，如果找几个当地的土棍助拳，那还得掏钱请客。老貔貅出

---

① 顶戗：意思是支撑，比喻能起骨干作用。

道早，明白架没有白打的。何况寻衅滋事，公安能不管吗？好不容易成功洗白了，整个棉纺系统都知道他是文艺积极分子，还在全市的比赛中获了奖，怎能自毁前程？不过没关系，他肚子里别的没有，损招坏招可有的是，绝不能便宜了卫星这小子！

一天中午，卫星收到一条传呼信息。当时寻呼台、BP机（传呼机）刚出现不久，尚未完全普及，手提电话“大哥大”更是凤毛麟角。卫星为了联系业务，才给自己置办了一台BP机。他找个公用电话回过去，对方竟是高冷的妹妹，说她骑自行车放学回家，半路上撞了人，送到二中心医院，不知怎么办了，想让她哥哥回来一趟。卫星不敢耽搁，撂下电话去找高冷，让他回去帮妹妹解决问题。高冷也慌了，急匆匆搭上长途汽车往回赶。

下午五点来钟，演出开场之前，老貔貅带着几个徒弟，拎着琴盒闯入长江影剧院。他的造型不同以往，焦黄的头发贴着头皮曲里拐弯，一件肥大的黑色T恤，胸前印着花里胡哨的图案，紧身弹力牛仔裤紧紧箍住圆滚滚的屁股和两条粗壮的小短腿，脚下一双军靴，鞋带从脚面一直系到脚腕子上。不伦不类、不土不洋，怎么看怎么没个人样。

卫星和阚大路相视一笑，大摇大摆地迎上去：“老貔貅，想看演出花钱买票去，没票别进来。不过今天的票你还真买不着了，全卖光了，要么我找经理给你走走后门，买几条绳子，给你们来几张‘挂票’怎么样？”

冤家对头再次聚首，老貔貅强压怒火，开门见山质问二人：“东郊是我老家，我在这演得好好的，你们上来就横插一杠子，有你们这样的吗？总得有个先来后到吧？”

卫星没少跟老貔貅打交道，老貔貅原本是东郊的口音，音调拐了三道弯儿，此刻一开口，却拿腔作调地说普通话，忍不住挖苦道：“你吃错药了？放屁怎么还是京调儿的？”

老貔貅一瞪眼：“甭说那么多咸的淡的，你凭什么来我家门口捣乱？经过谁允许了？”卫星故意气他：“东郊这一片盐碱地你家买下来了？写你名字了吗？来这演出还得跟你请示？你做得了主吗？”阚大路也说：“老貔貅，几个菜喝成这样？太平洋的警察——你管得倒挺宽。我们想在哪儿演就在哪儿演，哪天高兴了我们还去珠穆朗玛峰上演去，我们乐意！”

老貔貅翻着白眼拍老腔：“你们也不扫听扫听，我赤土老貔貅是好欺负的吗？想骑我脖子上拉屎，我劝你们还是死了这条心。你以为人家是爱看你们？那是拿你们找乐儿，看要猴儿的懂吗？”

卫星根本没拿老貔貅当盘菜：“我告诉你，本来我们哪儿都能去，但就跟你杠上了，我就不想让你舒服了，你舒服了，我就不舒服。我想起来了，你还没给我磕头喊师父呢。快快快，先磕一个！”

老貔貅道：“没必要提那些陈谷子烂芝麻的事，眼下就说眼下。咱都是文化人，玩儿的是脑子，讲的是韬略，想分个高低胜败，用不着动刀动枪，更不用动嘴！咱这么着，再斗一次琴，我输了，立马踹了琴，规规矩矩回棉六上班；你们输了，抱着脑袋滚蛋，敢不敢接？”

卫星心里一翻个儿，高冷前脚走，老貔貅后脚就来斗琴，这别再是他下的套吧？这种缺德事老貔貅绝对做得出来！但话赶话说到这儿，无论如何不能让他叫呲了：“老貔貅啊老貔貅，本来我还想给你留条活路，可是你不知死活，非得往火坑里跳，斗呗，倒霉了你可别赖我！”

老貔貅一挑大拇指：“有种啊！我也别欺负你岁数小，咱敞开了比试一把，有人路过愿意看，进来看，没人看无所谓，我跟你们单挑，无论你们上多少人，我自己唱，我徒弟给我伴奏，倒让你看看我老貔貅，怎么把你们全灭了！”

卫星看老貔貅敢单打独斗，自己这边也不能以多欺少给他来个车轮战，否则又得落人话柄：“行啊，咱就一对一，一局定输赢，让观众进来当裁判，不怕你是本乡本土的，到时候别提上裤子不认账就行！”

第二章

和老貔貅斗琴

尽管老貔貅一肚子蔫损，三番两次在暗中给卫星下绊子，但是不得不承认，这一次老貔貅并没有乘人之危、落井下石，反倒挺身而出。此人在斗琴上屡战屡败，却能屡败屡战，对音乐的那股子执着劲儿，倒真是有目共睹。

1

卫星他们以往斗琴，纯粹是面子之争，输的一方砸琴认栽，胜者赢一口气，在圈子里落个虚名而已。但这一次再战老貔貅，俨然升级成了死对头抢地盘，也应了“同行是冤家”那句话，双方各有各的班底，都指着演出挣钱，输赢直接关系到经济利益，弦儿绷得比以往任何一次斗琴都紧。

卫星让人把影剧院的所有门都敞开，拿大喇叭到门口喊话，招呼观众免费进场。路过的人一听不要钱，可赶上这拨了，不看白不看，你拥我挤地往里钻，没过多大一会儿，台下已是座无虚席，过道上站的都是人。老貔貅和几个徒弟，阚大路、虎爷、二妞儿、三妞儿在台上各据一方。

卫星手持麦克风充当主持人，上台说了一番开场白："感谢乡亲父老莅临银河电声歌舞团的演出现场，今天有一位本地歌星到场，他叫老貔貅，原本在文化馆剧场演出，可能耐不济、玩意儿不行，观众们不捧场，卖不出去几张票，泥了[①]，他不服啊，睡不着觉赖枕头，拉不出屎赖茅房，非说是我们给他捣乱，要跟我们斗一场琴，把我们挤对走。什么叫斗琴呢？可能大伙不太熟悉，自古文人相轻，玩吉他的谁看谁都不顺眼，非得分出高下不可。虽然我们不是土生土长的东郊人，但在家靠父母，出门靠朋友，这几天也仰仗各位照顾了，所以我们不能当缩头王八，否则对不起大伙。接下来请您各位评判评判，哪一方的掌声热烈，持续时间长，就算哪一方赢！"

台下众人这才明白了个大概其，觉得有点看头儿，都屏住呼吸，睁大眼睛盯着台上。卫星对老貔貅说："我看你是芥末就白酒——真够呛啊！上台之前你低头认个错，喊我一声师父，说不定我还可以放你一马，念在这是你家门口，给你留个整脸儿。既然上了台，那讲不了说不得，开弓没有回头箭，是骡子是马你牵出来遛遛吧！"老貔貅反唇相讥："大猩猩，开水煮鸭子——你也就剩这张嘴了，少说两句没人拿你当哑巴卖了，一会拆台搬家，人手不够

① 泥了：天津方言，用来形容事情办砸了。

言语一声，我带着徒弟们给你帮忙！怎么着，你们这个什么银河电声歌舞团，派谁上台跟我比试？”说着话四下看了看，故意问道：“哎？高冷呢，他怎么不上呢，害怕了？临阵脱逃了？”

他不提高冷还好，一提可把众人气坏了。高冷的妹妹骑自行车撞人，显然是老貔貅下的套、使的坏，把高冷骗回市里，他好趁机来捣乱。阚大路怒不可遏，往前走了几步，点指着老貔貅的鼻子尖：“你别揣着明白装糊涂！”

老貔貅故作诧异，直往后躲：“我怎么了，什么意思，是不是有什么误会？”阚大路咬牙切齿：“你是真够能演的，都能当影帝了，演吧，接着演，我看你能演到什么时候！”

演出再精彩，总不及打架吸引人。有几个流里流气的小青年，比着吹口哨、起哄、跺脚，巴不得台上的人赶紧掐上，打个头破血流才过瘾。不过阚大路跟老貔貅都没犯浑，只是你有来言我有去语的逗闷子，迟迟不肯先动手。

卫星打刚才就一直琢磨，究竟让谁跟老貔貅斗这一局，二妞儿、三妞儿也在“大家唱”比赛中拿了优秀奖，与老貔貅名次差不多，然而斗琴不仅仅是唱歌，还得玩琴，这么一比，两个虎妞儿肯定略逊一筹。阚大路进步神速，唱歌有几分沧桑的味道，缺点是音域不够宽，他的嗓子主要在中音区，对上老貔貅顶多斗个旗鼓相当，没有必胜的把握。虎爷虽是老貔貅的师父，但青出于蓝而胜于蓝，徒弟赢了师父的例子比比皆是，万一虎爷输了，不在东郊演出了尚在其次，可别给老头儿气出个好歹的。

此刻箭在弦上，再没有退路了。卫星心念一转，不如让对方先来，看看他葫芦里到底卖的什么药，于是有请老貔貅："客随主便，这是你家门口，你先打个样儿，给大伙瞧瞧吧！"

老貔貅正有先声夺人之意，二话不说打开琴盒，小心翼翼地捧出一把电吉他，天蓝色的漆面锃明瓦亮，照得出人影，尖尖的琴头，弦钮整整齐齐地排列在一侧，闪电形的品记格外招摇，琴桥比一般电吉他的琴桥宽得多，上边插着摇把，下边是一个方形的凹槽，来回晃动摇把，能发出独特的颤音，中国制造印着美国商标，属于合资的高档货。

小彬彬早走了一步，阚大路等人的琴跟他这把琴一比，只能算烧火棍。老貔貅摆弄了几下，一脸得意地说："大猩猩，咱哥们儿如今主要玩电的了，来你的场子，我不能把电门也带来啊，还得借你的音箱用用。"卫星一挥手："你尽管用！"

老貔貅猫腰撅腚，从琴盒里拿出一根老长的过线，一头插在吉他上，另一头毕恭毕敬地递给肖老师接入调音台，然后还作揖道了声"辛苦"。不是他多有涵养，皆因玩乐器的都不敢得罪音响师，加上此人心眼脏，怕肖老师给他下绊子，还甭说不让他出音儿，如果高中低频胡乱拧巴拧巴，弹出来就不是动静了，所以客气客气，还显得自己有素质、够专业。

老貔貅调准琴弦，试了试音色，又试了试麦克风的声音。他身后的徒弟里有一男一女也都背着琴包，男的是个五短身材，但是面相不错，白白净净、慈眉善目的，从长方形的黑布包里抱出一架电子琴，银色的壳子、黑白分明的琴键，上边密密麻麻的满是按钮，找了张桌子放下。那个女徒弟长得挺飒，留着刚过脖子的短发，高鼻梁深眼窝，牛仔裤白衬衫，从背后的琴包里拿出把奶白色的电贝斯。

当时弹贝斯的并不多见，弹贝斯的姑娘就更少了，这种低音乐器的琴弦比自行车条还粗，老爷们儿摁着都费劲，女的想弹好更得下功夫。她这把贝斯也太漂亮了，又细又长的琴颈和指板浑然一体，是拿一块木头削出来的，彩贝镶嵌的圆点品记，黑色的护板、亮闪闪的弦钮，琴头上一行英文字虽不认识，可也看得出来，绝对不便宜。

卫星和阚大路见状有点儿发蒙，暗骂大意了，相对自己这伙人的“小米加步枪”，老貔貅的电声乐队，几乎够得上全套美式装备了！

肖老师把他们的乐器逐一接入调音台，男徒弟先用电子琴播放出一个鼓点，随后双手摁动琴键，发出了层次分明的弦乐声，在他的烘托之下，女徒弟的贝斯也加了进来，一下一下的低音跟着节奏又闷又稳，震得人心里一哆嗦一哆嗦的。

老貔貅扬扬得意，从紧绷的屁股兜儿里摸出个拨片，先来了一段吉他独奏。故意把前奏延长，弹了两三分钟，花样迭出，摇头晃脑地炫技，闭着眼、皱着眉头做沉思状，偷眼看看台下，瞥见观众们稳当住了，这才扯开叫驴一般的嗓子，唱了一首时下流行的西北风歌曲《信天游》。

咱实话实说，老貔貅与之前判若两人了。在这一年中，他每天早晨起来，都会到河边喊嗓子，别人这么做是为了打通气息，他则是要把嗓子喊得更破、更哑，追求一种粗犷的效果。因为在那会儿，西北风歌曲风靡一时，老貔貅头一次听《信天游》，就觉得是给自己量身定做的，尽管这只是自作多情的幻觉，可又不得不承认，不在黄土坡上打几年滚，再用老烟叶和油泼辣子把嗓子折腾残了，谁能把黄土高原的民歌唱对味儿？

然而在老貔貅身上，此等特质几乎是与生俱来的，进城这么多年，始终抹不掉骨子里那种土得掉渣的气息，一天洗三遍澡、刷五次牙都不管用，用一句当时流行的歌词来形容，那就是“从来不需要想起，永远也不会忘记”。正所谓“一个猴儿一个拴法”，这种粗犷的歌曲，还就合适他这样的演唱方式，试想一下，如果让高冷这样的歌手唱西北风，就算唱得再好，也会让人觉得不搭调。

一曲终了之际，别的乐器都停了，老貔貅又来了一段吉他炫技，左手几根手指在琴弦上飞速游走，右手的拨片上下翻飞，又不时晃动摇把，脸上表情扭曲，身体左摇右晃，歇斯底里地甩动头发，如同抽风打摆子，只差满地乱滚了，看得人眼花缭乱。在一系列颤音之后，他把拨片弹飞到观众席，头几排的人不知道来者何物，纷纷歪着身子躲避。再看台上，老貔貅整个人终于在舞台上定格，双膝跪地，摆出了一个拧麻花一般的奇怪造型，真不知道他是怎么琢磨出来的！

观众们这才回过味儿来，掌声四起，连连喝彩，虽然不太懂，但是看得出来，这大冷的天，台上这位愣是折腾得满头大汗，绝对卖了力气了，又都是乡里乡亲，必须给他呱唧呱唧！

出乎卫星的意料，老貔貅获得的掌声、喝彩声竟是如此热烈、经久不息。老貔貅自己也激动了，站起身来手扶琴头，鞠了一个 90 度的躬，足足一分钟，直到掌声渐弱，他才抬起头，挺直了腰杆，一脸得意地看着卫星等人。

卫星自知轻敌了。老貔貅鸟屁成精，且不论唱得怎么样，只看这把电吉他、这副造型、这份往死里折腾的劲头儿，在场的有一个算一个，谁是他的对手？让谁上场呢？扭头看看身后，虎爷也震惊了，瞪着俩大眼珠子嘴里嘟嘟囔囔，不知在说些什么。卫星又把目光投向另一侧，阚大路倒是一脸淡定。他冲卫星一点头，往后台招呼一声："该咱俩上了！"

只见一个少女款款而来，上身一件碎花的确良衬衣，外边罩着个大红的毛线坎肩，下身一条蓝布肥腿条绒长裤，脚上穿着双深紫色的棉鞋，假如走在大街上，没人会多看她一眼。不过面庞挺白皙，一双大眼又黑又亮，涂着淡淡的口红，细看倒是有几分俏丽，手里的麦克风也显示出她与众不同的身份。

卫星脑子里"嗡"的一下，这，这……这不是小保姆、服务员、勤杂工王小青吗，她要上台演出？平时倒是听她哼哼过几句，从没唱过一首整歌，哪儿来的底气敢担此重任？不过事已至此，总不能再上去把她拽下来，干脆听天由命，两眼一闭，爱怎么着怎么着吧，真输了大不了转场走人。老貔貅那边也蒙了，心想卫星这小子花活儿太多了，上次淘换出一个蹬三轮的高冷，弄得我没脸见人，这又从哪踅摸来个村姑？

阚大路不屑于再跟老貔貅废话，抱着吉他走到王小青旁边，直接扫出一段铿锵的节奏，二人对唱了一首《无言的结局》，那是他们俩自己偷着练的。两个人对歌词一知半解，后来唱得多了，渐渐发现这是一对恋人分手之际的对话。男女二重唱的歌曲非常多，但完全以对话形式表现的很少。

阚大路知道王小青有一副好嗓子，只是从没当众唱过。刚才本打算跟卫星商量，让自己和王小青出阵对付老貔貅，可是又一想，卫星一贯拿王小青当个小丫头片子，肯定不会同意，这一时半会儿的，自己也说服不了他。干脆先斩后奏，来不及找演出服，也顾不上化妆、做头发，只能匆匆嘱咐了她两句，告诉她用不着紧张，先在后台候场，平时怎么唱，上了台就怎么唱。

王小青生在安徽黄山脚下，打小喝山泉水长大，牙牙学语就在山里唱歌。她的嗓子清澈似水，穿透力极强，以往跟阚大路学着唱流行歌曲就是肉嗓子干唱，此时一拿麦克风，声音通过音箱传出去，还加了些混响效果，她一下子找到了感觉，随着情绪的投入，收放自如的歌声越发明亮，有如山谷里的百灵，与原唱的成熟果决形成了反差，却又不失分手的心碎。

权海不知何时溜到了台上，给他们的演唱加入了鼓点，为了不喧宾夺主，故意放轻了双手，左手的军鼓不用鼓槌直接敲，而是横过来，一下一下地叩在鼓边上，声音轻柔，节奏感十足。

王小青在鼓点的伴奏下越唱越稳，旁边操台的肖老师也吓了一跳，真想不到这个“买菜煮饭的勤杂工”如此深藏不露，赶紧打开灯光台配合。变幻的灯光打在王小青身上，她再也不是那个拎着旅行包，一脸茫然，一肚子委屈，看见烧饼、油条两眼冒光，吃起来没个够的乡下小保姆了，而是变成了一个娇柔温存的女人、一个魅力四射的歌手！

阚大路也是第一次看王小青站在聚光灯下，只觉得她眼神中那份天真和淳朴格外动人。有那么一瞬间，阚大路心头掠过一抹伤感，自己腿有残疾，怎么配得上这样的王小青呢？不知不觉中，他的六弦琴中带出了些许惆怅，歌声也多了几分落寞，恰恰与这首歌的意境不谋而合。三个人珠联璧合，一曲终了，台下鸦雀无声，观众以及团里的演员，包括卫星在内，全都听傻了。

片刻沉默之后，现场爆发出雷鸣般的掌声，就感觉整个剧场都跟着掌声颤动着，随着声浪的震荡起伏不定。天赋异禀的高冷也没得到过这么热烈的掌声，王小青这个初出茅庐的“丑小鸭”却得到了，也许这就是传说中的“观众缘”。胜败已见分晓。卫星无论如何想不到，最后竟是买菜做饭、扫地倒垃圾的王小青，收拾了不可一世的老貔貅。

老貔貅额头上全是汗珠子，太阳穴都憋青了。他不能否认，阚大路和王小青这首《无言的结局》唱得确实不错，但是并不服气，自己的《信天游》也不差啊，要调门有调门，要味道有味道，真情实感有多少算多少全搁里了，绝对到位了，吃亏就吃亏在最后那段吉他独奏太前卫，画蛇添足了，东郊的观众欣赏不来。

可他还得强词夺理，就算输了，也想找回点面子，梗着脖子问卫星："说定了一个对一个，伴奏的不算，唱歌的你们这边上来俩，怎么个意思？要这么说，我还得再来一段！"没等卫星反驳他，台下那么多观众不干了，品过了王小青这等"精粮"，谁还想吃老貔貅那种"糟糠"？齐声给老貔貅起哄，有人带头先喊"一二三"，随后一群人大喊"下去吧"！哄声此起彼伏，整齐划一，还有人往台上乱扔东西。老貔貅直捂脑袋，反正也是输了，不想继续丢人现眼，冲几个徒弟一扬手，说了一声"撤"，灰溜溜地从后门走了。

观众不肯走，还想再看王小青，接着大喊："再来一个，再来一个！"卫星连忙安抚，告诉大伙，从今天开始，往后场场都有王小青，随时欢迎前来捧场！

转天高冷回来，简单把家里的情况跟众人说了一遍。原来高冷的妹妹骑自行车遇上个碰瓷儿的，车轱辘根本就没挨着，自己就躺下了，嘴里一边"哎哟"，一边揪着骑车的不让走，送到医院一通检查，什么问题也没有，别说伤筋动骨，就连皮儿都没擦破。碰瓷儿的却闹头晕，执意留院观察。高冷给他钱他又不要，坚称自己不是碰瓷儿的，一直耗到天黑，觉得没事了，可以自己回家，这才放走了兄妹二人。高冷来不及再赶长途汽车的末班车，只好在家住了一晚。

问都不用问，那碰瓷儿的肯定是老貔貅安排的！只不过卫星他们没有真凭实据，现在找上门去，以老貔貅的人性，肯定不会承认。哥儿几个怒不可遏，不能干吃这个哑巴亏，所谓祸不及家人，这老小子太不地道，得琢磨个办法，给他来个一次管够，让他下半辈子再也不敢来找麻烦了！然而没等他们去收拾老貔貅，又发生了一件意想不到的事，让卫星的报复行动付之东流了！

2

自从王小青在台上唱了一首《无言的结局》，她是鲤鱼跃龙门，再不用打杂了，银河电声歌舞团中多了一名女歌手。卫星给她想了个名号“特邀深圳抒情歌后”，节目顺序安排在“倒二”，最后攒底的仍是高冷，因为换其他人接不住王小青，准得让观众轰下去。

随着银河电声歌舞团的名头越来越响，四郊五县的乡镇企业搞活动，或者某些人家有什么红白喜事，都会邀请他们去助兴，有时规模比较小，只请两三个演员，有时排场大，必须全团上阵，演出一整台节目，需要动用全套的灯光音响，有时还得让木匠权顺过来平地起台。

业务不断拓展，经营也趋向正规化。每场演出谁上场了，唱了几首歌，演了多长时间，郑婕都记在账本上，每个月按演出场次发放工资。外面有人来邀请演员，也有一个价目表，每个演员明码标价，一目了然。钱先给到团里，团里跟演员四六分账，演员拿大头，每一笔都记得明明白白。她还买了财务、企业管理方面的书，得空就看。以前在包子铺，几个人就是蒸包子、卖包子，乐乐呵呵，打打闹闹，如今改了行，成了文艺工作者，收入水涨船高，各自的状态也有了很大变化。

郑婕明白，自己五音不全，不可能走唱歌这条路，必须在适合自己的方面提升，否则就会被淘汰，也多亏有她管账，要不然早乱套了。

在全部演员当中，王小青的收入最高，甚至超过了高冷，因为请她去演出的农民企业家多到得排队。谁也想不到这位“深圳抒情歌后”其实是个乡下来的小保姆。尤其是唱红了以后，无论是穿衣打扮，还是头型发式都越发时髦，说话再带上点儿南方口音，着实唬住了不少观众，觊觎她的美色、打她鬼主意的人不在少数。

其中有这么一位，二十郎当岁，是个大黑胖子，身高一米八五，体重两百多斤，满脸的青春美丽疙瘩痘，落上个苍蝇都能把脚崴了，此人姓韩，外号“韩胖子”，家住新立村。仗着家里有条件，大伯是村支书，爹在村里开了一家制药厂，生产注射液，远销华北各省，属于先富起来的那一批人。韩胖子人长得胖，不过并不笨拙，游泳、滑冰、捣皮拳、打台球、骑摩托车，没有不会玩的，最喜欢踩高跷，因为是他们家祖传的技艺，甩步、倒蹲、背剑、鹞子翻身……他都能来上几下。男大当婚女大当嫁，给他提亲的人踢破了门槛，他一个也没瞧上。直到他爹请来银河电声歌舞团，在新立村演了一场，他一眼就相中了台上的王小青。

韩胖子立刻展开了疯狂的攻势，只要王小青来东郊演出，他是场场不落，到点准来，还带着俩跟班儿，大胖身子往那一坐，能占两个人的位置，送花篮、送礼物、送水果、送烧鸡、送酱牛肉，逮着什么送什么，死缠烂打，没完没了，树叶子过河——全凭这股浪劲儿！

王小青措手不及，刚刚受到命运之神的眷顾，正幻想着能遇到心目中的“白马王子”，怎料招来了一个“黑熊少爷”。韩胖子是挺有钱，但自己唱歌也有收入，为什么还要受金钱的摆布，而不去寻找真爱呢？所以任凭韩胖子费尽心机，她也是不为所动，能躲就躲。阚大路早看韩胖子不顺眼了，碍于人家是来买票看演出的，也不好发作。

躲得了初一躲不了十五，银河电声歌舞团是从东郊演出名的，所有收到的邀约里就数东郊的最多，尤其是第一次合作的长江影剧院，一口气签下一年的合同，让他们每个月过来演三场，场租不要了，只分票房。那天下午散场，阚大路又撞见韩胖子纠缠王小青，大胖身子堵住去路，非要带“深圳抒情歌后”去下馆子。他忍无可忍，上前挡住韩胖子：“真没见过这么憨皮赖脸的，二百年的老糖瓜——你也太粘牙了，还有完没完啊？也不撒泡尿照照自己胖成什么样了，人家不乐意，懂吗？”

韩胖子是地方上的一霸，对王小青阿谀谄媚，对别人可没这么客气。一看过来挡横这位，不也是台上唱歌的吗，不由得气不打一处来，心说：“你长得比我还黑，腿也不怎么利索，莫非也想充当护花使者？”他被王小青婉拒了无数次，正憋着一肚子火，顿时冲阚大路一瞪眼：“你也不扫听扫听胖哥我是谁？敢跟我这么说话？念在你跟我们家小青妹妹是一个团里的，胖哥饶你这一次，下不为例！”

阚大路的浑劲儿一上来，九头牛也挡不住，他一把薅住韩胖子的衣领，怒道：“你们家小青妹妹？她什么时候成你们家的了？你买了票进来看演出，我们敬你三分，你自己可别不往人道上走！”

韩胖子是真没挨过揍，从小到大仗着家里有钱有势，自己又高人一头、乍人一背，身边的人谁也不敢在他面前“造次”，眼下当着心上人的面儿吃了个大瘪，在那儿运了半天气，肚子一鼓一鼓的，几乎炸裂开来，抬手攥住阚大路的手腕：“你算老几？我跟小青妹妹搞对象，轮得到你管吗？”

阚大路没搭理他，扭头问王小青：“他要跟你搞对象，你同意吗？”王小青用力摇了摇头，仍嫌不够决绝，又找补了一句：“坚决不同意！”阚大路哈哈一笑，扯开韩胖子的大肉手，顺势把他往后一推：“听见没有？别自讨没趣了，赶紧滚蛋！”

韩胖子被阚大路数落十句，乃至于挨上一顿，都不及王小青当面拒绝他这一句扎心，不觉恼羞成怒，一撇子扇在阚大路脸上。韩胖子身大力不亏，又练过拳击，这一下打得又快又准，阚大路居然没躲开，眼前金星乱闪，腮帮子生疼。他专打野架，能吃这个亏吗？他一个饿虎扑食，将韩胖子扑倒在地，俩人滚在地上一通扭打，折腾得暴土扬尘。

阚大路虽在地震中砸伤了一条腿，却仍不安分，隔三岔五就出去打架，由于下盘不稳，他没少吃亏，逐渐总结出一条经验，无论跟谁动手，上来先扑倒对方，抵消脚下的劣势。可之前从没对付过韩胖子这么大块头的，只听人说过“胖子怕拍不怕捣”，那一身五花三层的肉膘，挨几撇子跟挠痒痒似的，但是一拍准傻。当下抡开两个大巴掌，左右开弓一顿狂拍，他这两只蒲扇似的大手，和面、捏包子外加弹吉他，手劲大不说，而且又硬又糙，抡起来带风，拍在身上“啪叽啪叽”的。

韩胖子还真没见过这招，他练拳击练过“直、勾、刺、摆”，唯独没有这个“拍”字，不会用，更不会防，顿时让阚大路拍了个鼻青脸肿，嗷嗷乱叫。两个跟班儿上去助阵，踹了阚大路几脚，他却毫不理会，只认准“擒贼先擒王”的道理，挨踹挨得越狠，手底下拍得劲越大。此时卫星等人也冲了过来，连劝架带拉偏手，总算制止了这场恶战。

韩胖子脸上青一块紫一块，鼻孔淌着血，从头到脚全是土，他从地上爬起来，悲愤地看了王小青一眼，招呼两个跟班儿，气哼哼地走了。

阚大路仅受了一点皮外伤，能为王小青打架，他比喝了琼浆玉露还痛快。卫星问明情况，有点犯嘀咕：“听说过韩胖子这个人，今天吃了亏，想来不会善罢甘休，得防着他再杀个回马枪。”阚大路混不吝：“反正这堆这块，豁雷子捣撇子，还怕他一个土流氓不成？”

卫星毕竟是带队的，不能再像以前那样不管不顾，各方面都得考虑周全了，他告诉阚大路：“强龙不压地头蛇，咱出来是为了挣钱，不是为了打架。好在今天晚上是这个月的最后一场，大伙收拾收拾，我跟司机说一声，别休整了，演完就撤。”

当天晚上的演出韩胖子并没有露面，卫星悬着的心刚放下来一点儿，怎知晚上十点，演出刚散场，众人正收拾东西，韩胖子就杀到了！他是“复写纸擦屁股——蓝了眼了”，身后跟着二三十个地痞流氓，拎着棍棒，吆五喝六，声称要把王小青抢走。

卫星让女演员，还有虎爷、肖老师、气功师傅三个岁数大的全去后台，谁也别出来。江湖上害人之心不可有，防人之心不可无，他早在装设备的箱子里备了一捆镐把，都锯成二尺多长，鸭蛋般粗细，抡起来十分称手。当下带着阚大路、高冷、权海、小土豆，还有两个练气功的徒弟、两个说相声的，各持一根镐把，挡在大棚门口。气氛异常紧张，恶斗一触即发。

韩胖子大喊大叫：“识相的都给我让开！我要接小青妹妹去新立村住几天，看看我们家药厂的实力！还有那个阚大路，在东郊这地方，没人敢跟我动手，你是头一个，今天必须办了你！”

阚大路一阵狂笑：“癞蛤蟆打哈欠——你口气不小啊！来来来，你办个试试！”

韩胖子不管不顾了，招呼一声：“给我上！打死打残都算我的！”双方人马短兵相接，在大棚门口展开了一场混战。

3

阚大路双目喷火，他是真敢豁命，无奈瘸着一条腿，机动能力不行，顶多对付一个韩胖子。新立村的土流氓仗着人多势众，两三个人围攻一个。卫星左躲右闪、高接低挡，尚可支撑一阵。高冷、小土豆和权海根本不会打架，很快被对方打翻在地，全无还手之力。那俩说相声的更要命，没动手之前气势汹汹的，双足插地、双目圆睁，拉开架门儿，摆了个“夜战八方藏刀式”，一动上手就看不见人了。

两个练气功的徒弟倒是不白给，一边打一边“吼嘿哈嘿”地乱喊，跟武打片里演得一模一样，再加上他们二位的造型，剃着光头，月白色对襟小褂，黑色兜裆裤，脚蹬靸鞋，恰似刚下山的少林寺武僧，手中镐把近了戳远了砸，上边敲手腕，下边扫脚脖，避开要害，哪儿疼往哪儿招呼，土流氓们很难靠得上前。

可毕竟是“双拳难敌四手，饿虎也怕群狼”，新立村这二三十号人真不是吃素的，耕田种地练出一身蛮力，又有阔少爷韩胖子撑腰壮胆，很快占据了上风。卫星等人只剩招架之功，再无还手之力，一时间被打得人仰马翻。

最惨的是阚大路，被两个地痞按倒在地，韩胖子则坐在他肚皮上，正一拳接一拳地往他脸上招呼。阚大路鼻血长流，但是一声没吭，怒睁二目，狠狠盯住韩胖子！

杂工马五子一直站在大棚门口发呆，手里也没拿家伙。他早先跟小土豆差不多，是个到处流浪的孤儿，跟气功师傅学艺进了大棚，金叔嫌他呆头呆脑，好似半傻，不让他登台表演，只在后边搬搬扛扛，干些个粗活累活。但他还是喜欢练气功，没事就找一堵墙，两根手指头对着墙砖一下一下地戳。此时看见两位师兄和歌舞团这些人都挨了打，心想:“这还了得？买卖要是散了，往后我靠什么吃饭？”他如同疯了一般，两只大眼珠子瞪得赛过电灯泡，眉毛和头发全往上竖，闷不吭声地冲过来，右手食指和中指并拢，对着一众土流氓乱捅一气！可了不得了，他那两根手指头，赛铁条一般，捅到谁身上，谁就滚倒在地，惨叫不止。

马五子一口气撂倒了四五个对手，土流氓们一时傻了眼，都不敢再往前冲了，韩胖子也停了手。卫星趁机扶起阚大路，哥儿俩乐得直冒鼻涕泡："纱绷子擦屁股还真漏了一手，想不到呆瓜马五子会二指禅啊，太厉害了！"

正自僵持不下，突然一阵脚步纷乱，暗夜中又跑来四五位，带头的不是别人，正是老貔貅！卫星心说："真是按下葫芦起了瓢，看来这老小子是要趁火打劫！"老貔貅却冲他一摆手，操着那一口不着调儿的普通话说："咱哥们儿斗琴归斗琴，那是咱音乐圈自己的事，属于人民内部矛盾。你别看他们是我老乡，但在我家门口欺负玩音乐的，等于给我上眼药，我老貔貅不可能袖手旁观！"卫星等人面面相觑，满腹狐疑，老貔貅到底什么意思？

老貔貅真拿自己当盘菜了，转头对韩胖子说："你虽然没见过我，但想必也听说过我赤土老貔貅，都是本乡本土的，给老哥哥我一个面子，由我来做中间人，咱来个大事化小，小事化了，怎么样？"

韩胖子不管那套："什么老貔貅、大蛤蟆，你算是哪根葱？胖哥我凭什么给你面子？"老貔貅颜面扫地，气得嘴都歪了："你，你……你这孩子怎么不懂好歹呢？你家大人怎么教育你的？"

韩胖子轻蔑地一笑，权当没有老貔貅这个人。正待二度出击，跟卫星他们决一死战，远处开来一辆拖拉机，下来几个人，中间的这位，高大魁梧，花白的短发，黑红脸膛，褂子不穿披在肩上，卫星等人不认识，韩胖子却太熟了，正是他大伯——新立村的村支书！

看到眼前一片狼藉，在场众人大多头破血流，浑身是伤，褂子也烂了，裤子也破了，鞋也飞了，老支书脸色一沉，上去踹了韩胖子一脚："你小子想造反是吗？为个小姑娘折腾一宿，东郊招不开你了？还不给我滚！"韩胖子这下老实了，垂头丧气，怯生生地退了几步，狠狠地跺了一脚，长叹一声，大步走远了。那些给他帮忙的土流氓也一哄而散。

老支书安抚卫星等人："是我管教不严，孩子小，闯了祸，你们多担待，我替他给哥儿几个道歉。改天我做东，请几位一起坐坐，我再正式赔罪。"又指了指满身是血的阚大路，"这位老弟伤得重，我找个车，送他去医院！"卫星等人不明所以，不知道该说什么，老貔貅又来精神儿了，点头哈腰地寒暄道："我们自己去看伤，就不劳烦您了。"

这救兵还真是老貔貅搬来的。他跟卫星斗了三次琴，无论摇人助力，还是使盘外招，结局都落了个铩羽而归，真有点怵头了，心想："自己都这岁数了，没完没了地斗下去没多大意思，不如改变策略，化敌为友，兴许能多挣点钱。”

事出偶然，当天他回东郊，和同村几个发小儿在小饭馆喝酒，碰上韩胖子带着一众地痞流氓，在饭桌上大放厥词，誓要跟卫星、阚大路决一死战！老貔貅觉得和谈的机会来了，派人去给韩胖子他大伯、新立村的老支书通风报信，自己则带人一路尾随，追到了长江影剧院。刚开始打的时候没敢露面，棍棒无眼，怕伤了自己，直到双方僵持住了才屁颠屁颠跑过来买好。

一场冲突告一段落，老貔貅紧着跟卫星表功：“听说韩胖子带人来抢王小青，我立马急了，咱可是一抹子的，老哥哥我能袖手旁观吗？”

卫星只得道了一声谢，尽管老貔貅一肚子蔫损，三番两次在暗中给他们下绊子，但是不得不承认，这一次老貔貅并没有乘人之危、落井下石，反倒挺身而出，此人在斗琴上屡战屡败，却能屡败屡战，对音乐的那股子执着劲儿，倒真是有目共睹。

既如此，冤家宜解不宜结，今后大路朝天，各走半边吧！

第三章

草台班子的转变

阚大路带头叫号，不打算签约的几个演员也找到了主心骨，闹得更欢了：“大路哥说得没错，现在这样挺好的，没必要一山望着一山高，俗话怎么说的？人比人得死，货比货得扔，本就是上不了台面的草台班子，拿什么跟正式的演出团体比？你规章制度一样了，福利待遇能一样吗？”

1

二十世纪九十年代终于拉开了序幕，华语流行音乐如井喷一般汹涌澎湃、势不可当，一首首好歌，一支支金曲，一位位明星，一夜之间就能红遍大江南北，大有星火燎原之势。广播电台开办了《点播音乐》《每周一歌》等节目，热心听众的信件如同雪片一般纷至沓来，成筐成筐摞在直播间里；热播电视剧的主题曲也大行其道，熙攘的人群中，无论谁哼出一句，准能有人随之应和；还有大大小小的轻音乐会、流行歌会、交际舞会，逐渐超越了话剧、电影，成为更加时髦的文化潮流，受到前所未有的追捧。

卫星的“银河电声歌舞团”迎上这滚滚洪流，采用“农村包围城市”的打法。先带着队伍在四郊五县十里八乡转了一溜够，演火了、出名了、舞台经验积累足了，再转战回大城市，打通了“工厂、学校、企业、街道、文艺团体、文化部门”各个方面的关系，大大小小的演出一场接一场，甭说周末了，平时都不得闲。

为了便于开展业务，他又从水暖队赁下两间房子，小的那间摆上桌椅、沙发当办公室，为了唬人，自掏腰包做了一堆锦旗，写着什么“精神文明先进团体”“文艺战线青年标兵”“五讲四美榜样”“计划生育模范”，甭管挨着不挨着的，挂了满满一面墙。另一间大的铺地毯、装镜子，还搭了个小舞台，充当演员们的排练室，再加上他之前借用的那个库房，几乎是把小院一分为二，一半水暖队，一半歌舞团。

歌舞团经营有方，逐渐引起了文化部门的关注。由于之前的演出执照属于异地注册，卫星总觉得不稳妥，烦门托窍，[①]上下打点，总算将歌舞团挂靠在本市一个文化馆，每年象征性地交一份管理费，取得了半官方的认证。对文化馆而言，这也是活跃群众文化生活的一项重要业绩。

至于演出内容，他仍主打一个“新”字，尤其是挑大梁的流行歌曲，规定演员们每天抽时间学新歌，学会了立刻跟乐队排练，保

---

① 烦门托窍：天津话，大意是请人帮忙办事，想方设法，打通各种关节。

证每个星期都有新作品。高冷钟爱的英文歌受众面窄，走穴演唱要以时下最流行的港台歌曲为主，如罗大佑的《恋曲1990》《光阴的故事》《童年》，童安格的《其实你不懂我的心》，齐秦的《冬雨》《花祭》，王杰的《安妮》《忘了你忘了我》《一场游戏一场梦》，姜育恒的《驿动的心》等经典曲目，他都能信手拈来。粤语歌也不在话下，谭咏麟、陈百强、林子祥、张国荣等人的作品，高冷是张嘴就来，这段时间还迷上了一支叫“beyond”的香港乐队，声音模仿得惟妙惟肖，几乎可以乱真。

王小青也是唱港台歌曲居多，如陈慧娴的《千千阙歌》，梅艳芳的《烈焰红唇》，潘美辰的《我想有个家》，陈淑桦的《梦醒时分》，另外又跟阚大路排练了几首对唱歌曲，除了一战成名的那首《无言的结局》，还学了《萍聚》《你是我胸口永远的痛》，以及当下传唱度最高的《亚洲雄风》。为了迎合观众的口味，卫星又让她学唱了不少电视剧主题曲，《西游记》里的《女儿情》，《红楼梦》里的《枉凝眉》，《渴望》里的《好人一生平安》，《篱笆、女人和狗》里的《篱笆墙的影子》，《木鱼石的传说》里的《一个美丽的传说》。这些歌曲有个共同的特点，就是人们在看电视的时候不知不觉就学会了，可能都不清楚歌名叫什么，旋律和歌词就记了个八九不离十，几乎可以达到台上一呼台下百应的效果。

阚大路肚囊宽绰，号称“文武昆乱不挡”，演出的时候总让观众现场点歌，无论是港台歌曲还是内地歌曲，没有难得住他的，那真叫“六场通透”，效果绝对火爆；二妞儿、三妞儿依旧以节奏欢快的热歌为主，即便不那么欢快的，她们也能改成连唱带跳的形式，配上乐队迪斯科风格的编曲，足以在一瞬间把场子唱热了；只有虎爷墨守成规，抱着改编自二十世纪三十年代的百乐门经典老歌不放，用他自己的话讲:“你们懂什么？我这叫流行音乐复兴运动！”

对其他演员，卫星也有要求，他让曼丽从老家找来几个当初一起学舞蹈的小姐妹，组成一个小舞团，不仅有迪斯科和霹雳舞，还特意编排了几段眼下十分流行的健美操，跳的时候穿着高衩泳衣配紧身裤，脚下是半高筒的毛袜子，爆炸头勒上吸汗带，动作大开大合，青春洋溢、朝气十足，格外吸引眼球。

说相声和练气功的也得多学新段子、多研究新绝活，反正“一招鲜吃遍天”那一套，在他这个团队中行不通。

凭借这样的阵容和节目，“银河电声歌舞团”的知名度和影响力越来越大，天津这块地皮他们算是彻底踩透了。卫星也不是没动过去外地走穴的念头，他听小彬彬说过，北京文艺界的那些人成天在外漂着，一年里有十一个月都不着家，宁可在团里背处分，偷着摸着也得往外跑，因为真赚钱呀。北京管组织演出的穴头叫“大猫”，最有名的几个“大猫”早就开上大奔了，他能不眼馋吗？但心里又多少有点嘀咕，他们团的票价是当时最高的10块钱一场，而在本市这方地界，只要打出高冷和王小青的名字，什么时候也不愁卖票，到了外地他可没把握保持这个热度。

直到有一次，营口歌舞团来天津闯码头，第一场定在中山门剧场，按照江湖规矩，得请当地的同行来捧场，卫星带着高冷和王小青一进后台，演员们就围上来了，这个要签名，那个要合影的，给几个人都弄傻了。

一打听才知道，去年天津有个音像公司要录一盘本地歌手的拼盘磁带，名字叫《唱遍天涯路》，请高冷和王小青一人录了一首粤语歌，还把照片印到了封面上，给每人支付了三百块的费用。他们俩没太当回事儿，哪知道这盘磁带在东北卖得特别好，半年的时间卖出去几十万张，两个人的知名度也跟着水涨船高。

经此一事，卫星出去走穴的信心大增，又赶上在蓟县（今天津蓟州区）演出时，众人抽空去逛独乐寺，遇上个摆卦摊的老头，送了卫星一句话：“我看你财坐驿马星，一生东奔西走，离家越远，挣钱越多！”卫星感觉老头算得挺准，国内的演出市场空前繁荣，自己手中有那么多实力唱将，随便哪一位放在其他团里都可以独当一面，还有什么可担心的？

他听小土豆叨念过，说山西有一座县城，位置比较偏远，但是大大小小的煤窑遍地开花，素有“煤海”之称。经常有演出团体，去当地走马开穴，卫星也想到“煤海”闯一闯，兴冲冲地去找郑婕商量，却被兜头泼了一盆冷水。

郑婕跟他说：“我支持开拓市场，可你想过没有，咱之前守着家门口，总有个退身步，一旦背井离乡，这么多人如同一盘散沙，万一有谁捅了娄子、出了意外，你负得起这个责任吗？另外社会上诱惑越来越多，行业里的人员流动也大，说不定今天还在你这儿演出的人，为了多挣一点，明天就跟别的团跑了，你拦得住吗？”

一番话说动了卫星的心思，他本以为银河电声歌舞团跟马路吉他队差不多，兄弟姐妹们聚在一起走南闯北，有福同享、有祸同当，玩着就把钱挣了。可随着收入的增加，各种意想不到的问题接踵而至，尤其是那一众演员，“业余”二字在他们身上体现得淋漓尽致。

挣得多的演出时卖卖力气，挣得少的就穷对付；排练从来不上心，有的上台忘词、磕磕绊绊，临下台也不鞠躬；有的外出不请假，该上场却找不着人了；还有人窝里斗，彼此看着不顺眼的，招欠把闲，无事生非，闹得乌烟瘴气。

卫星不是不想改变这种情况，无奈推行不动，阻碍太多了。比如虎爷一家子是他远接高迎请来的，虎爷岁数大、资历老，肯服谁的管？别说管了，说话不带个“您”字，他都得挑眼。还有曼丽她们几个姑娘也不省心，迟到早退不守规矩，还都是典型的“驴粪球表面光”，看着一个个捯饬得挺光鲜，后台她们待的地方都下不去脚，烟头、饭盒、瓜子皮、汽水瓶子、拖鞋、高筒袜、化妆品、夹子、头绳……堆得乱七八糟。

最散漫的一位当数阚大路，整个一无组织无纪律的典型，要排练了他拉稀去了，音乐起了他抽烟去了，除了发钱那天准时准点，平时说找不着人就找不着人，上了台也不老实唱歌，胡说八道、口无遮拦，尽管他是卫星的铁哥们儿，可从未起到好作用，那些演员跟他学不了好。

卫星问郑婕：“如果让你当这个团长，你会怎么做？”郑婕回答得很干脆：“立规矩，签合约！”正所谓慈不掌兵义不掌财，卫星何尝不想将这支“游击队”整编为“正规军”，只是担心有人不服管，当场闹起来，既然有郑婕相助，不妨一个唱红脸，一个唱白脸，岂不是老太太买韭菜——手拿把攥了吗？

二人反复斟酌，把能想到的条款逐一列出，拟定了银河电声歌舞团的规章制度，以及演职人员合约，随后召集众人开会。卫星在排练室的小舞台中间摆了张桌子，他腰杆笔直，正襟危坐。再看下面这些人，三个一群，五个一伙，叼着烟卷儿的，嗑着瓜子的，打着毛活的……站没个站相，坐没个坐相，旁若无人一般喧哗说笑，卫星不由得叹了口气，心说：“真如郑婕所言，这一个个的，可不就是散兵游勇，真不给我长脸！”

卫星心中不快，一脸严肃地大声说道：“别吵吵了，都闭嘴，听我说两句！”一连说了三遍，却压不住那鸡一嘴鸭一嘴的聒噪，好像根本没人听到他在说话。其中闹得最凶的就是阚大路，不知道哪根筋搭错了，显得格外亢奋，跟旁边几个人嘻嘻哈哈、胡吹海侃，上满弦似的停不下来，一张嘴不够他使的。坐在头一排的郑婕，略带无奈地看着卫星，眼神中写满了同情。

卫星火往上撞，忽地站起身来，使劲拍了两下桌子，震得桌面上的搪瓷缸子嗡嗡直颤，怒吼一声：“阚大路，你还有完没完？”阚大路让他吓了一跳，愣了一愣，恍然大悟般招呼众人：“都消停消停，别闹了，开会了，开会！”

他们哥儿俩好得穿一条裤子，从来也不见外，卫星如今是银河电声歌舞团的团长了，但他本人和阚大路，都拿所谓的“团长”当个称呼，并不觉得是个可以发号施令的“职务”，而他们俩的态度，也有意无意地影响了所有人。大伙还是头一次看见卫星跟阚大路掉脸儿，都觉得十分诧异，不由得住口收声，把注意力集中在了台上。

卫星再次坐下和说道：“各位，咱们凑在一块儿演出可有一段时间了，实话实说，小钱挣了不少，大钱却没挣着。我想，要论本事，在场的一个顶一个，都是身怀绝技，但相比正规演出团体，始终还是差了点儿意思，为什么呢？你让我说，只有一个原因，咱自己没拿自己当回事儿，从心里觉得低人一等，所以从不严格要求自己，说句粗话，咱就是潘金莲的裤腰带——太松了！”

台下又是一阵躁动，有人咧嘴大笑，有人交头接耳，想不出卫星到底要干什么。卫星抬手往下压了压，示意众人少安毋躁：“话糙理不糙，让你们自己说说，咱是不是太松快了？是不是没有再往上奔的心气儿了？我说兄弟们、姐妹们，咱总不能稀里糊涂一直这么过吧？我是这么想的，咱们的收入呢，还要进一步提高，无论去什么地方，哪怕是各大省城，都得住宾馆、下饭店，不能光住招待所，睡大通铺，喝白菜汤！话说回来，怎么才能提高收入呢？那就得正规化，立规矩，签合约，正规的歌舞团怎么干，咱就怎么干，不愁发展不起来！”

众人在卫星的鼓动下，心底泛起一层层波澜，但听到最后，又察觉到不对劲儿了，团长打算找个借口把大伙管起来不成？

只听卫星接着说道：“规矩怎么立，合约怎么签，我心里也没谱，但是咱有高人啊！”他一指坐在台下的郑婕：“郑会计可是上过夜大的，比咱们所有人学历都高，看问题看得透亮，更能讲出道理来。我跟郑会计聊了几次，促膝长谈啊，无非是为了拿出个章程、想出个办法，把咱这一盘散沙变成胶泥瓣儿，牢牢粘在一起。最后呢，总算没白忙活，我俩憋宝似的，还真憋出了约法三章，郑会计，你来给大伙说说！”

底下有同意的，也有反对的，多数人则是满腹狐疑，宁愿维持现状，安安稳稳混日子，现在这样不是挺好吗，要什么章程？卫星安抚众人：“咱们先听郑会计说完，然后轮流发言，谁有什么想法尽管说！”

郑婕大步走上台，站在卫星旁边，环顾台下：“大家上午好，按卫星团长的要求，我草拟了一份规章制度，请大家一起讨论，该修改的修改，该补充的补充，目的只有一个——让咱们团成为全国一流的个体户歌舞团，提升所有演职人员的收入、待遇！”

接下来，郑婕宣读了一遍“银河电声歌舞团规章制度”，大致包括：建立考勤，不得无故缺席排练、演出；演出由团里统一安排，不允许接私活，如有发现，第一次扣发演出费，第二次停演，第三次直接开除；节目单提前定好，由团长签字，台上不许私自更改节目内容；公物不得私用，人为损坏需照价赔偿；刻制正规公章，银行开设户头，演出费一律归到团里，再定期集中发放；排练认真，演出时表现出色、受到观众欢迎的，将给予奖励，迟到误场、演出失误，将给予处罚。

另外还有演员合约的内容，主要是歌舞团无特殊原因不得辞退演员，演员也不能单方面毁约跳槽，否则要赔偿歌舞团的经济损失。

卫星听郑婕念完，接过话茬儿说：“大伙听明白没有？国有国法，家有家规，咱以前没有规矩，所以难成方圆，从今往后，规章制度就是底线，包括我在内，谁也不能过线。哪位有不同意见，现在可以提出来……”

他一边说话，一边观察众人，单等着不服管的蹦出来，闹得越厉害，他越容易立威，不来个杀鸡儆猴，又该如何服众？

果不出他所料，台下的人炸了窝，七嘴八舌地嚷嚷：“管得这么严，能多挣几个钱？”“奖金没准儿还不如罚款多！”“正式单位还能泡病号、出工不出力呢，凭什么这么管我们？”“咱守的是江湖规矩，还需要什么规章制度？”

说来说去，还是不想签合约的人多，尤其金叔的老班底，练气功的那几位，以往散漫惯了，到哪儿不是干活？到哪儿挣不来这口吃喝？大不了撂挑子走人，谁也别耽误谁，不愿意为了多挣仨瓜俩枣的，多受一层约束。

虎爷率先发难，站起身来吹胡子瞪眼：“我签不了这个合约，我是动物园正式退休的，在外面干点私活、补个差，老领导对我睁一只眼闭一只眼，揣着明白装糊涂罢了，如果当了正式演员，人事关系也调过来了，动物园那边还不把我的退休金给掐了？那不崴泥了？”

王小青却说：“正式演员有啥不好？我做梦都想当，越正式越好，我头一个签！对了卫星哥，听说正式演员都分房，看病还给报销医药费，生孩子都有人管，咱也这样吗？”阚大路抢过话头：“生孩子的事包在我身上了，团里不给报销，我给你报！”惹得其余人等一阵哄笑。二妞儿、三妞儿这一次没跟虎爷一个心思，而是站在了王小青一边：“我们是待业青年，没工作，我们也想签正式合约！”

曼丽手里抓着一把瓜子，一边嗑一边略带醋意地说：“合约我可以签，但签也是跟卫星哥签，郑会计你不是管账的吗？怎么又开始管人了？你这是要当歌舞团的老板娘吗？”

当场把郑婕说了个大红脸，她心里可以感觉到，自打曼丽跳棚加入银河电声歌舞团，卫星也不让她“跳开放”了，也不用她上街拉客了，因为家不在本地，对她还格外照顾，曼丽看卫星的眼神越来越不对劲，还总是有意无意地排挤自己，大有上演“后宫争宠”的苗头。

高冷和小土豆一直没吭声，看看这个，瞅瞅那个，仿佛签不签合约，立不立章程，都是别人的事，跟他们俩毫无关系。阚大路则是根本没把规章制度放在眼里，他的小名叫“不服管”，外号叫“管不服”，除了十几岁时在国营包子铺上过几天班，一天八小时，按点儿来按点儿走，除此之外是想怎么过就怎么过。

何况他太了解卫星了，要论自由散漫，卫星堪称天下第一，他阚大路只能甘拜下风！他在台下有一搭没一搭地听着，觉得大伙说得都挺在理，于是站直了身子大声说道：“咱们聚在一块，不就是图个乐吗？什么‘没规矩不成方圆’，你成方圆，我还毛阿敏呢，现在这样不挺好吗？”

他一带头叫号，不打算签约的几个演员也找到了主心骨，闹得更欢了：“大路哥说得没错，现在这样挺好的，没必要一山望着一山高，俗话怎么说的？人比人得死，货比货得扔，本就是上不了台面的草台班子，拿什么跟正式的演出团体比？你规章制度一样了，福利待遇能一样吗？”

卫星正愁找不着人下刀，一看阚大路自己蹦出来了，要当出头的椽子，这不正合适吗？如果换了虎爷、高冷，或者金叔留下的人闹事，还真不好办，唯有阚大路，自己才能假戏真做，唱上一出“斩马谡”，借此镇唬住一众不服管的。反正他最明白哥儿俩的交情，无论什么时候，阚大路也不可能翻脸不认人！

卫星一瞪眼，铜铃一般赛张飞，脸涨得恰似关公，怒气冲冲走下台，往外一揪阚大路：“你带头造反是吗？不想干了是吗？行啊，从哪儿来的回哪儿去，以后你走你的阳关道，我过我的独木桥！”调门儿一声比一声高，“嗡嗡”带着回音，语气也一句比一句重，在场众人面面相觑，惊讶于以往那个嘻嘻哈哈的团长，怎么会发这么大的脾气？又都想看看，阚大路该如何收场？

阚大路万万没想到，卫星会拿自己撒火，一瞬间仿佛又回到了小时候，两人又成了死对头。他刚才说那几句话都没过脑子，纯属瞎起哄，更不在乎签不签合约、定不定规章。不管出现什么状况，只要卫星一句话，他赴汤蹈火在所不惜。

但阚大路也是五尺多高一把扳不倒的汉子，卫星当着众人这么栽他，心里能不别扭吗？可随着卫星将他往外一扯，扭过头来冲他一使眼色，阚大路立马明白了。他伸手一搂卫星的肩膀，嬉皮笑脸地说道：“哟哟哟，怎么还急了？不至于的啊，我又没说不签！”

卫星就坡下驴，又找补了几句：“订立规章制度，可绝不是拿条条框框挤对兄弟们，而是为了团队的发展，为了共同的利益。别人叫咱草台班子，没错，眼下确实不是什么专业团体，可咱自己不能把自己看扁了，令行禁止、赏罚分明，这才能让大伙服气，否则的话，卖力气的人吃亏，偷懒耍滑的得意了，一粒耗子屎能毁一锅汤，最终结果就是人心散了、饭碗砸了！”

银河电声歌舞团创立以来，卫星带队走穴演出，对众人不偏不向，一视同仁，做事也是有板有眼，建立了一定程度的威信。他让阚大路坐下，又跟大伙说：“咱们在一口锅里搅马勺，我怎么可能不在意你们的想法？你们也应该知道，我不是那种光占便宜不吃亏的人，签合约立规矩，只是为了给咱们多一层保障，并不是不讲人情世故了。我先做个保证，我卫星绝不干损人利己的勾当，如果存了坑害你们的心思，以后谁看见我谁啐我，我拿脸接着行吗？再者说了，合约是双方的，对团里面，包括对我本人，一样也是约束！”

他又安抚虎爷：“您老不用多想，咱的合约只在咱歌舞团内部生效，一不算工龄，二不调档案，跟社会上没有任何关系，您在外边该干什么干什么，不可能有人扣您的退休金！”

话说到这个份儿上，除非不打算留下，否则碍着面子，都不可能不签这个合约了。郑婕已经准备了一大摞文件，用蓝靛纸誊写得清清楚楚，每个人都签了字，按了手印，又盖上了歌舞团的公章。卫星和郑婕总算干成了一件大事，银河电声歌舞团从此立下规章制度，像不像起码三分样，再不是草台班子了，有了那么一点儿正规发展的意思了！

2

银河电声歌舞团的演出阵容，不仅是一套固定的班底，另有一些随来随走，当时称为跑“外串”的演员，按老话说是“借地”挣钱的。对于这些人，卫星也制定了临时合约，想跟着干的，至少演够一个月，再不能像过去那样，到后台抱抱拳、盘盘道、说声“辛苦”上台就演，转天又找不到人了。

再一个，演出内容提前上报，免得你在台上胡说八道，有娄子还得我兜着。

签完合约还不算完，卫星将这几十号人，按照各自分工不同编成几个小组，比如歌手组、乐队组、演艺组、技术组、后勤组……明确了组长的人选，每周开一次组长会，总结上一周的工作，安排下一周的任务，谁的组里出了岔子，先拿组长是问。

一摞盖章签字的合约书，锁进了办公室的保险柜。卫星终于心满意足了，找来阚大路、王小青、高冷、虎爷等人，商量去山西跑演出。他告诉众人："树挪死，人挪活，凭咱的实力，早该出去闯闯了，我也知道广州、深圳这样的大城市钱好挣，可全国这么多演出团体都盯着呢，出了大名、成了大腕儿、上过大舞台的比比皆是，目前咱们还拼不过人家，所以大城市那方阵地先让他们争去。咱出去走穴，仍从县城开始演，不过穷地方不能去，那都挣不出人吃马喂的挑费。经过我的考察，山西煤海再合适不过了。又有钱又相对封闭，俗话说外来的和尚会念经，去这一趟准保大赚！"

卫星这一张嘴，侃得在座的几位晕头转向，真觉得光明大道铺到脚底下了，一个个喜出望外蠢蠢欲动。只是虎爷有点犹豫，年岁不饶人，他不想离家太远，怕自己不适应，别的不说，山西那地方有卖煎饼馃子、锅巴菜的吗？却拗不过二妞儿、三妞儿年轻贪玩，执意随团演出，当爹的为了照顾女儿，硬着头皮也得跟着。众人达成共识，各自收拾行李，准备去大干一场。

赶在这个当口，老貔貅闻着味儿找上门来。他听说卫星要去"煤海"，也想搭着顺风车去捞上一票，见面后挤出一张笑脸："星弟，以前是哥哥我不对，给你赔个不是。你要嫌不解恨，给我来俩塞梨、仨蹬灌儿、五个端斗儿，总行了吧？那个什么，我听说怎么着，你们要去山西煤海走穴，那你可得带着我啊，你哥哥我岁数大，道儿上的事比你们小年轻的明晰，往后咱一块合作，我绝对听你指挥！”

卫星念在上一次他出手相助的份儿上，忍着没发作，没有永远的敌人，只有永远的利益，眼下正是用人之际，老貔貅也确实有两下子。他权衡利弊，又征求了阚大路、虎爷等人的意见，决定收下老貔貅，不过有个条件，必须把上次斗琴时一男一女那两个徒弟带上。

老貔貅求之不得，那是他门下最得意的两大弟子，弹电子琴的那个小胖子外号叫“墩子”，女贝斯手人称“夏梅”，两个人原本是棉六职工民乐队的，墩子敲扬琴，夏梅弹琵琶，老貔貅撺掇厂领导组建电声乐队，临时抓来现改的行当，好在都有底子，一摸就有，一点就透，成了老貔貅的固定班底，本就是左膀右臂，一起出门还能有个关照，兴高采烈地签订了临时合约。

如此一来，银河电声歌舞团可谓兵强马壮、人才济济了。

对于跑马走穴而言，山西堪称一方宝地，但是卫星心里有数，这一趟山西之行说着容易，实际上却是阻碍重重。设备方面就是个问题，县城不比大城市，缺少的灯光音响舞台装置可以租、可以借，县城里没有这种条件，全得自己带齐了。

他们原来那些旧设备，很多都该淘汰了，这两年的演出设备越来越先进，舞台上甚至还出现了烟雾机、泡泡机、下雪机等专门营造氛围的装置。自己已经落后了，正可借此机会更新换代，卫星不惜血本，把这一年多攒的钱全拿上，和肖老师专门跑了趟北京，看了一遍时下最新型的灯光、音响、舞台装置，真是不看不知道，一看吓一跳，为什么呢？太贵了！

不过，舍不得孩子套不来狼，没有金刚钻也揽不来瓷器活，你想追求演出效果，高档设备是必不可少的。卫星回去之后，归拢了账面上的全部现金，东拼西凑又对付了一部分，勉强是够数了。他让郑婕带着现金和支票本，叫上高冷和阚大路，几个人再次去北京，购置了百威的音箱、雅马哈的调音台、索尼的麦克风，以及全套进口的灯光设备、舞台装置。

这么说吧，当时天津歌舞团用的都没他们专业。众人把全部装备打包发往天津，又在小彬彬的带领下，去琉璃厂溜达了一圈，大小琴行挨个转了一遍。

阚大路看上一把跟小彬彬同品牌的电吉他，线条优美，形状配置基本相同，颜色却比他那把全黑的妖娆多了，外圈红中间黄，搭配得如同西红柿炒鸡蛋，抱起来他就舍不得放下了。

高冷则相中了一把琴身宽大、琴头窄窄的电吉他，浅黄色的油漆没那么扎眼，但是味道十足，声音甜得赛过嚼冰糖，最难得的是，这是一把真正的左手琴，就是为左撇子定制的，再也不用反装琴弦了。

他们第一次看到了效果器，一个宽大的板子上布满了大大小小各种旋钮、按钮、踏板、踩钉，每踩一下，手里的吉他就会变换一种音色，时而浓烈、时而空灵、时而躁动，甚至还能模仿出鸟叫、流水、飞机起降的声音，真是太神奇了。

他们俩用不明白，小彬彬却是轻车熟路，在效果器上拧了拧、摁了摁，调出个特别“凶狠”的失真音色，然后在吉他上扫出几个和弦，顿时把大家都听愣了，这不就是磁带里听到过那种声音吗？原来是这么弹出来的，以往从没见过这种弹法，这也太带劲了。

小彬彬现场教学，告诉高冷和阚大路，这叫“强力和弦”，也叫“金属和弦”，只弹“根音”和“五音”，省去了中间的“三音”，可以根据音乐的起伏，在不同的八度中演奏，特别过瘾。

阚大路和高冷本就是弹吉他的虫子，所以上手非常快，从下午一直试到傍晚，越弹越弹不够。卫星没好意思上手弹，但听着也痛快，心想这要是配上架子鼓，来个开场曲什么的，可比迪曲强多了。当下毫不吝啬，大手一挥全部买下，哥儿俩都傻了：“这么贵的东西，就这么送给我们了？”

卫星摆出一副团长派头：“谁说送了？这都是团里的固定资产，回去让郑会计做好登记，贴上标签，哪天你们不干了，东西得给我留下。”阚大路咧着大嘴傻乐：“就冲这把琴，我下半辈子都交给你了！”

另外，卫星相中了一套进口的珍珠牌架子鼓，地鼓、军鼓加上仨通鼓，一共五个，黑色金属漆的鼓身，乍看不显眼，灯光一打立马闪出点点金光，吊镲和踩镲也都光可鉴人。好马配好鞍，以权海的技术，早该换套这样的了，一咬牙一狠心，拿下吧！

琴行老板这一单没少赚，主动帮他们联系物流，高冷和阚大路却舍不得撒手，只让他把架子鼓发了回去，哪怕把胳膊累断了，自己的设备也得自己拿着。

从琉璃厂的琴行出来，外边的天都黑透了，金秋九月，北京夜晚的空气格外清爽，满大街都是迎接亚运会的标语，憨态可掬的“熊猫盼盼”更是随处可见，看得人心情激动。

一行人提着新买的吉他，拎着效果器，来到东直门内大街，但见各式小饭馆一家挨着一家，当时一些颇有经济头脑的居民，瞅着夜间餐饮的需求越来越大，纷纷把自家的后墙打开，做起了餐饮生意，营业时间一直持续到深夜，人们参照“鬼市”的叫法，起名为

“鬼街”，是京城“夜猫子”的聚集地。

今天是小彬彬做东，带着众人来到鬼街当中的一家涮肉馆子，鲜切的上脑、后腿、胸口、黄瓜条，挨个点了一遍，配上白菜、豆腐、细粉丝，又要了芥末堆儿、炸灌肠、心里美、豌豆黄儿几个凉菜，还让老板给爆了点牛百叶、羊散丹、肚仁、肚领、蘑菇头，二锅头加燕京啤酒敞开了喝。

卫星这次来北京，一方面是为了购买设备，另一方面是想拉拢小彬彬入伙，如今他们歌舞团的电声乐队有鼓手权海、键盘手墩子、贝斯手夏梅、萨克斯手小土豆，高冷、阚大路和虎爷虽然都弹吉他，但严格意义上讲，他们都属于歌手，按乐队配置的话叫“主唱”，手里弹的叫节奏吉他，也称“二琴”，唯独缺少一个灵魂人物——主音吉他手！

北京的小彬彬要技术有技术、要经验有经验、要造型有造型，又是多年的老朋友，知根知底，让他担纲再合适不过了。只是卫星考虑到他一直在北京“趴棚子”，收入相对稳定，未必同意出去走穴。借着喝酒的机会一问，小彬彬果然有点犹豫，京城的职业乐手越来越多，互相砸价，的确是越来越不好干了，可一旦离开这个圈子，想要再回来绝非易事。

一直默不作声的高冷拍了拍他的肩膀：“你来吧，咱们一块玩儿！”小彬彬看了看高冷，抓起酒杯来一饮而尽：“行，就这么着了！”卫星大喜过望，招呼大伙倒满杯中酒，热烈欢迎小彬彬的加入。

众人高谈阔论，一起描绘着未来的美好蓝图。小彬彬告诉卫星，北京这两年走穴成风，每天早晨天不亮，大小穴头就在车站跟前等着，有能弹擅唱的抱着吉他过来展示一段，只要看得过去，当时就给买票上车，山东、山西、河南、河北说走就走，简直跟劳务市场招短工一样。他之前在部队的时候，过惯了天南海北的生活，也动过走穴的念头，但毕竟没有组织，收入不如趴棚子稳定，眼下有这么个机会，又都是对得上脾气的朋友，也该做出取舍了。

至此，银河电声歌舞团“煤海”之行的全部班底终于敲定了，但这么多人的队伍，这么贵重的设备，可不是说走就能走的。为了确保万无一失，卫星先带着小土豆去“煤海”打前站，到了才发现，看上这块“好地”的远不止他们一家。

在当时那个年代，各个演出团体中，从不乏几个小有名气的歌手，够不上明星，然而新华书店可以买到他们的个人专辑，有专属的海报宣传画，还在电台、报纸上频频亮相，不能说声名赫赫，可是一提起来，至少让观众觉得耳熟。纵然高冷、王小青实力不俗，但仅凭一盒若干歌手录制的拼盘磁带，在这个圈子里，仍属无名之辈，拿什么跟人家竞争呢？

卫星搜肠刮肚，琢磨出一条妙计——打造所谓的“秘密武器”！天津滨江道附近的文化市场有一个摊位，专卖港台最新版翻录磁带，摊主是几个小帅哥，以前常去包子铺吃包子，跟卫星、阚大路很熟，自称是从上海延安中路“拷兄”手里进的货，再拿夏普777录音机、索尼录音带，翻录下港台原版磁带，保证音质没有损耗。磁带封面也都是用铜版纸一比一印刷，再用塑封机封好，完全看不出是翻录的，价格也是8元一盘，跟正版的一样。

卫星让他们把高冷和王小青之前在《唱遍天涯路》里唱的歌，搭上时下最流行的港台歌曲，重新翻录成一盒拼盘磁带，把两个人的照片和一众港台歌星印在一起做封面，起了个名字叫《香港十大浓情金曲》，总共做了八百盘，全部进行了塑封包装。

随后去涉外宾馆，托熟人找了几本日本画报，由郑婕参照画报上明星的图片，给高冷和王小青量身定做了几套演出服。随后印制一批银河电声歌舞团的海报和传单，橘红色团名横贯正中间，“电声”两个字设计成闪电形状，底下是“实力献唱”四个大字，上面配有高冷、王小青的大幅彩照，写着“香港龙虎榜冠军得主、情歌王子高冷先生”“香港最受欢迎十大歌手、抒情金曲天后王小青小姐”等夸张的宣传语，最下边一排是“京城首席吉他手小彬彬、灵魂歌手冯老虎、民谣歌王阚大路、狂野迪斯科曼丽舞团、劲歌金曲组合虎妹妹、西北风乡土摇滚老貔貅”一行小字，四周点缀了一圈吉他、贝斯、鼓、射灯、麦克风等电声乐队的图片元素，绝对抢眼。

卫星又抽个空子，再次去山西“煤海”，凭着这些磁带、海报和他那张嘴，谈下了一个能够容纳千余人的剧场，办下全套的演出手续，联系好了招待所。提前一个礼拜，剧场门口就整整齐齐地贴上了两排海报，剧场经理还专门设置了一个售卖磁带的柜台，因为卫星告诉他:“甭管卖多少盘，挣的钱都归你。”

一切安排妥当，卫星回来后就订了一辆厢货车、一辆大轿车，用于运送设备和人员。出发那天，一大早起来，歌舞团在约定地点集合。卫星和郑婕一亮相，焕然一新的装扮让众人啧啧称奇，卫星身穿白色皮尔·卡丹西装、黑色尖领衬衫、金利来腰带、苹果牌牛仔裤、高帮彪马旅游鞋，头发用发胶固定得纹丝不乱，戴一副美国雷朋变色镜，手里还拿着一部“大哥大”，跟涂了黑漆的半块砖头差不多。浑身上下的时髦货，不伦不类，可又价值不菲。

郑婕比他会捯饬，一身黑色的职业套装，剪裁得特别得体，配着雪白的窄领衬衫，脖子上系了条丝巾，脚下一双半高跟黑色皮鞋，拎着个棕色金扣女包，头发梳得一丝不乱，脸上化了化淡妆，配上一副金丝眼镜，显得十分干练，俨然就是个女秘书，而且是能主事的那种，看得曼丽直翻白眼。

路途并不太远，中午在路边小面馆打尖，卫星当众宣布了此行最重要的计划，全力将高冷和王小青包装成“明星”，受银河电声歌舞团高价邀约，专程来“煤海”演出！高冷和王小青将入住当地最高级的宾馆，其他人仍住招待所，并非分出个三六九等，而是得靠这二位“冒牌货”挣大钱，戏份儿一定要做足了。包括卫星自己这身行头，以及手里的“大哥大”，还有跟在身边的郑婕，也是为了唬住当地的一众同行，你得让别人相信，银河电声歌舞团有足够的实力，可以请来真正的明星。

众人无不钦佩卫星考虑得周全，老貔貅不失时机地捧臭脚：“星总，要不我死活都得跟你混呢，你是真有脑子啊！别人投一百块钱能挣回来二百块钱，你能挣五百；别人看出三步棋就算高手，你能看出八步！”

虎爷瞪了他一眼，借机敲打：“甭拿糖衣炮弹迷惑卫星，你想把团长拍晕了，多分你几个是吗？我告诉你啊，放老实点，少玩歪的斜的，咱们团可有规章制度了，谁敢乱来就让谁吃不了兜着走，明白吗？”老貔貅可不敢惹虎爷，干笑几声：“师父，师父，我挣钱也是为了孝敬您啊，您老只管放心，我肯定卖力气！”

吃完午饭继续出发，随着汽车驶入丘陵地带，但见远处光秃秃的山坡上，一辆辆卡车、拖拉机来往运货，一座座土焦炉冒着黑烟。即使车窗关得严严实实，仍挡不住煤灰、粉尘在车厢中弥漫开来，直至傍晚时分，终于穿过一个残破的城门洞，进入了一座大煤坑般的县城。

山路颠簸尚在意料之中，怎知城里的路更难走，布满了或大或小、深浅不一的土坑，坑里不是泥浆就是煤渣，汽车开得东倒西歪，颠得人头晕眼花。最神奇的是路面凹凸不平，却跑着一辆辆豪华轿车，蓝鸟、皇冠、尼桑、奔驰……还有很多叫不上名字、见都没见过的车型，都擦得锃光瓦亮，一辆比一辆干净。

县城中漫天黑尘，道路两侧的房屋灰不溜秋，各家各户的玻璃乌乌涂涂，一点儿也不透亮。来来往往的行人，无论男女老少，个个灰头土脸，都像是刚从煤窑里钻出来的。汽车东拐西绕，最终停在一个破旧的招待所跟前，众人从车上下来活动活动筋骨，郑婕负责给他们分配好房间，卫星又把高冷和王小青送入了离此不远的宾馆。

剧场经理为了多挣几个钱是真卖力气，不但玩命地推销磁带，还把大幅海报贴满街头巷尾，又让几个工作人员乘坐雇来的电三轮沿途发放传单，举着扩音喇叭大声喊话，一时之间，银河电声歌舞团特邀香港歌坛情歌王子、金曲天后莅临“煤海”，成为县城里的一件盛事！

3

首场演出在晚上七点半开始，由于前期宣传到位，剧场中座无虚席，观众们一双双眼睛瞪得溜圆，紧紧盯着台上，心里都纳闷儿，以往也来过歌舞团，从没闹出过这么大动静，这次就差没把宣传画贴自己家床头上了。

灯光变暗，簇新的灯芯绒大幕徐徐拉开，一个打扮光鲜亮丽的女主持人，穿着连衣裙，踩着高跟鞋缓缓走上舞台。一直以来是那俩说相声的充当主持人，节目与节目之间靠迪曲转场，这一次为了显得专业，特地请了一位主持人，是鼓手权海的女朋友，在广播电台实习过一阵子，尽管没有转正，业务能力却没问题，登台报幕也不用拿稿子，字正腔圆毫不怯场，三五句话引出了今天的第一个节目。

头一炮必须达到震撼效果，以往开场时比较慢热的气功杂耍，换成了二妞儿、三妞儿的劲歌热舞。随着五颜六色的摇头灯、彩灯、镭射灯交织闪烁，激情四射的鼓点响起，烫着爆炸头、穿着白色超短裙和玻璃丝袜的二妞儿、三妞儿，蹦蹦跳跳跑上舞台，摆出夸张的姿势，涂着黑眼圈的大眼睛直勾勾盯着远处，表情如梦似幻、异常迷离。

在她们身后，小彬彬领衔的乐队奏响强劲的音乐。二妞儿、三妞儿扭腰摇臀，尖声尖气地唱了一首《路灯下的小姑娘》，接着又是一首当下流行的《跟着感觉走》。

台下观众大多是煤窑的矿工，有在矿坑底下挖煤的、推坡的、拉绳的，有在坑上推矿车的、补车胎的，干的都是又苦又累的体力活，但是收入不菲，舍得花钱，以前没少看演出，可像二妞儿和三妞儿这么洋气、性感的歌手组合却不多见，看得眼都直了。

在此起彼伏的欢呼声中，虎爷、阚大路先后登台，凭着出众的歌喉和老练的台风，赢得了阵阵掌声，老貔貅不甘示弱，也声嘶力竭地唱了几首西北风摇滚。在曼丽和几个小姐妹激情四射的健美操表演过后，终于轮到王小青上场了。

只见她头戴宽檐帽，垂下来的灰色透明面纱遮住了半张脸，穿着露肩黑色拖地长裙，随着音乐节奏轻摆腰肢，连唱《千千阙歌》

《祝福》《烈焰红唇》三首粤语歌，十足的港风。大棚里的观众大开眼界，一曲终了的时候拼命鼓掌喝彩。

卫星的计划非常周密，其中一点，就是香港红歌星要保持神秘感，一首歌也不能多唱，半句话也不能多说，只在唱完后用港腔说声“多谢”，随即挥一挥手，转身离场。其实也说不了别的了，再多说半个字就得露馅儿。

攒底的必须是高冷。之前登场的那几位，几乎榨干了观众的热情，但是跟高冷比起来，只能算是序曲、垫场。“不怕不识货，就怕货比货”，这话用在什么年代、什么场合都合适。他的演出服和装扮也与众不同——奶白色短款西装上衣，垫肩、包身、收腰，领子上镶着星星点点的亮片，一条白色喇叭裤，下半截裤腿用银丝线绣着细密的花纹，脚上一双白色尖皮鞋，烫了个飞机头，戴着大墨镜，造型赛过美国摇滚巨星“猫王”。

如果说王小青的粤语歌属于蒙混过关，那么高冷跟她一比，完全可以乱真。先是一首情歌《偏偏喜欢你》，让观众陷入缠绵悱恻的情绪，接着连续两首律动的舞曲——《拒绝再玩》和《成吉思汗》，又重新唤醒了观众的热情。内向寡言的高冷彻底玩儿嗨了，踩着太空步边跳边唱，把麦克风对着台下，观众也情不自禁地舞动双手，狂喊乱叫。

高冷越来越能体会到演员和观众之间，这种相辅相成的微妙感觉，台下反响越大，自己就越放得开，很多即兴的舞蹈、动作，包括翻八度的高音，完全是由心而发的。

最后高冷接过剪场人员递上来的电吉他，伸手将小彬彬从乐队的高台上请到自己身边，两个人心有灵犀地对了对眼神，只见小彬彬竖起吉他，仿佛仪仗队里的战士抱着长枪一般，随着鼓手权海高举双臂敲了四下鼓槌，他的指尖流淌出了一串串动人旋律，两首Beyond乐队的代表作品《大地》和《真的爱你》，瞬间将整场演出推到了高潮，在场的观众也说不出到底好在什么地方，只觉得那高亢的歌声和激昂的吉他演奏，似乎蕴含着一种无形的力量，把心都要撑破了。唱完了节目单上所有的曲目，后台的演员们都跑到台上返场谢幕，并合唱了一首《明天会更好》，这支写在世界和平年代的公益歌曲极具煽动性，观众的掌声如同涨潮的海浪，一波一波地向上翻涌。

恰逢其时，肖老师点亮了全场的灯光，看着观众们挥舞的双手和洋溢的笑容，台上的每个人都无比激动，所有人手拉手站成一排，深深鞠躬表示谢意，感谢观众的热情，更感谢卫星为大家提供了如此华丽的舞台，很多人之前都不知道，自己的歌声从这些专业设备里传出来，竟会如此美妙。

演出大获成功，结束时是晚上十点。卫星提前订好饭馆，安排了庆功宴。山西人离不了醋，高粱、玉米、小米、柿子皆能酿醋，名气最响的就是老陈醋，饭馆里的味道赛过醋坛子。糖醋鱼、过油肉、蒸肉、焖肉摆了几大桌，面食更是花样迭出，拨鱼儿、揪片儿、饸饹面、猫耳朵，尤其刀削面，师傅手里一把快刀使得随心所欲，柳叶般的面片儿飞进锅里，上下翻滚，热气蒸腾。大伙尽情吃喝，几乎都喝多了，各自说了不少鼓劲儿的话。

其中阚大路和老貔貅闹得最凶，划拳喝酒、连喊带唱，到最后称兄道弟、勾肩搭背，仿佛前不久的势不两立已经是上辈子的事了。

卫星做了山西首演的总结发言，对在座的每一位都提出了表扬，又指出了一些细枝末节的小问题，鼓励大家在今后演出中百尺竿头更进一步，说完一口撴了杯中酒，坐下来望向桌子对面的郑婕，眼神交织，他仿佛又看到了那一抹光亮，却依旧分不出那是希望，抑或是泪光……

第四章

走穴山西“煤海”

季老板越听越生气，断喝一声：“快闭嘴吧！什么高冷，什么王小青，什么香港歌王？上坟头烧报纸——糊弄鬼呢？现在所有人都知道他俩不是香港人了，你们歌舞团就是个诈骗团伙，你还想冒充好人？”

1

银河电声歌舞团在“煤海”一炮打响，此后延续着火爆的势头，一天演两场，场场满坑满谷，票房比在天津时翻了几番，甚至还出现了加价倒票的现象。二妞儿、三妞儿、虎爷、小彬彬、阚大路、老貔貅等人都受到了明星般的拥戴。只要一上街，身后就围上一群人，跟看大熊猫似的，他们去哪儿，人们就跟到哪儿，追着他们索要签名。人们最想见的自然还是王小青和高冷，只不过根本见不着，因为这俩人几乎是两点一线，从剧场到宾馆，再从宾馆到剧场，来回都是车接车送，还有杂工马五子当保安，时时刻刻不离左右，如同蒙着一层神秘的面纱。

卫星的野心远不止于此，又开始谋划扩大市场。他让郑婕盯着剧场的演出，自己出去跑业务。这几天他对“煤海”有了更深的了解，煤老板的钱最好赚，出手阔绰、一掷千金的大有人在，用他们自己的话说：“我的钱不是偷来的、抢来的，我想咋用就咋用，不把钱花出去，那挣钱干啥呢？”

话虽如此，在矿区花钱可不容易，条件十分有限，再吃再喝能花出去多少？因此煤老板们最愿意请明星吃饭、喝酒、合影、送礼物、发红包，跟旧社会纨绔子弟“捧角儿”差不多，相互间还要炫耀攀比，谁都想借机压竞争对手一头。

在卫星的推动下，高冷、王小青俩人的档期一下子排到一个月之后，连阚大路、老貔貅都闲不住了。不过卫星也有自己的底线，出堂会、陪吃陪喝来者不拒，可无论是谁，绝不陪睡，给多少钱也不干那种勾当。郑婕这边合理调度，尽量保证高冷或者王小青每天都能登场，别俩人同时出去，万一观众不买账、闹退票麻烦就大了。

“煤海”当地有个季老板，此人个头儿挺高，但极不匀称，上半身比一般人都长，水蛇腰弯弯曲曲像山路十八弯一样，胳膊腿儿短得出奇，走起路来脑袋向前探出老远。脸上的特征同样明显，有点下兜齿，下巴往前翘，两撇小黄胡子，眼珠子也是黄褐色的。

他是当地最早的那一批煤老板，命运也特别坎坷。少年丧父，家里穷得揭不开锅，抱着落草为寇的念头烧土焦炉，在沟边挖个大坑，垒上些石头，再把煤倒进去，点火炼焦炭。逐渐积累本钱，跟人合伙承包煤窑，艰难起步，甚至自己跟着矿工一起下井，在阎王爷眼皮底下挖煤。皇天不负苦心人，季老板挖到了大矿，煤的品质极佳，又赶上煤价疯涨，资产跟坐了火箭似的，噌噌地往天上飞。在“煤海”提到他的名号，可谓无人不知、无人不晓，各条道儿上都得给他面子。

煤老板们喜欢女歌星，这也是人之常情，王小青以及曼丽舞团里的年轻女演员饭局最多，而这位季老板的品位却与众不同，他专请胖乎乎的二妞儿和三妞儿，每次都趁着敬酒动手动脚，摸摸头发，拍拍肩膀，捏捏胳膊，好在虎爷和卫星每次都跟着，不等卫星拦着，虎爷先急了，虎视眈眈地盯着季老板。

虎爷以前天天跟动物园里的大老虎打交道，加上那副长相，有一种不怒自威的气势。季老板虽然财大气粗，看见虎爷瞪眼心里也犯嘀咕，不敢越雷池半步。

卫星从侧面打听，了解到一些内情。原来季老板事事顺心，唯有一件美中不足，老婆给他生了三个孩子，都是女儿，冒死挣来的万贯家财，难道要便宜外姓人？于是他到处认干女儿，其实就是情妇，特别喜欢胖乎乎的女孩，认为屁股大好生养，并放出话去，谁生儿子就让谁做二房。几年下来，季老板人瘦了一圈，仍未得着儿子，虽然看上了二妞儿和三妞儿，但他到底是个有头有脸的人物，人家的爹不乐意，他也不去强求了。

随后出了一件大事，季老板带着人跟邻乡某村打了一仗。之前他准备去那个村开矿，村里人基本是一个姓，同宗同族，水土硬、人生猛，提出补偿费翻三倍，谈判一上来就陷入了僵局。煤老板出来混，该打时必须打，如若不打，补偿款成了天价不说，村里人会拿你当软柿子，往后还会不断找你的麻烦。季老板拍出几箱大额钞票，纠集了二百来号人马，有自己矿上的四川矿工，外加县城的东北帮，带上称手的家伙，浩浩荡荡杀到村口！

这一场硬仗，打得昏天黑地，遍野狼烟，双方都有人受伤，只得再次坐下来和谈。季老板让了一步，占地补偿费翻两番，全村人都可以到矿上优先就业。对方领头的又提出一条，必须给受伤的村民赔偿医药费，季老板不差这点钱，答应得很痛快，双方化干戈为玉帛。

有一次，卫星得知附近村子里准备办白事，他一合计，觉得这还能挣点外快，便毫不犹豫地主动联系了村子里的人，表明自己愿意去帮忙。他带着乐队来到灵棚，接上电源，演奏哀乐悲曲，气势也足、动静也大，看热闹的人也挺多。

当地有专门干鼓手的，跟操持白事的都勾连着，也带着唢呐、笙、锣钹、碰钟来到葬礼上，不管不问吹起来看。村里人恰恰特别认这个，无论办红事还是办白事，必请吹唢呐的，最少三拨，对着吹，震天动地，哪个团赢了，主家多给钱，其他团挣的钱也得分走一半。

这么一争一闹，卫星有点尴尬，自己这边价值数万的电声设备，竟然干不过那几根竹子杆、木头管，多少有点下不来台了。小土豆把萨克斯一放，拍着胸脯对卫星说："老板甭生气，吹唢呐咱可没服过谁！"大八仙桌子往地上一摆，他爬到桌子上，从腰里掏出唢呐，梗直了脖子高仰着头，鼓起腮帮子可劲儿地吹，一首接一首的悲曲儿，直吹得死者的妻儿亲属肝肠寸断，号啕大哭，招魂幡随风乱摆，让人心里发毛。

小土豆风头出尽，收入自然比别人多。卫星心花怒放，但脸上不敢挂相，万一憋不住乐出来，那不是找打吗？

唢呐这种乐器，能吹得人耳热心酸，也能吹得人心花怒放，所以红白喜事全离不了它。卫星如获至宝，拉着小土豆的手："你不是小土豆，你是个金豆子啊，今后我捧定你了！"说到做到，他开始用心经营小土豆，尽心给他找活儿。有一次遇上一档子白事，村里人说，这家的儿子铁石心肠，平常打爹骂娘，他爹死了都不带掉眼泪的。结果小土豆吹了一曲《哭七关》，刚吹了个开头，第一关还没过去，就把这不孝子吹得泪流满面。小土豆在“煤海”周围的名气越来越大，当地人都说歌舞团这个吹唢呐的神了，办红白喜事要是能请来小土豆助阵，都觉得脸上有光。

歌舞团的业绩噌噌地往上涨，演员的收入也出现了比较大的差距。按照合约上的规定，外出走穴的演出费一周一结，挣得最多的是王小青，毕竟煤老板愿意请女演员，其后才是台柱子高冷，再往后是新晋的红人小土豆，虎爷和两个虎妞儿又低了一档，小彬彬、阚大路、老貔貅三个大老爷们儿比他们挣得还少。这个差距可不是百八十块，而是好几倍！

众人的心态或多或少都发生了变化。阚大路属于世外散仙，只要能玩能闹能唱歌，晚上散场再喝杯啤酒，来碗灌肠、羊杂、煮花生，那就行了，挣多挣少无所谓，看见王小青天天美得合不拢嘴，打心里替她高兴。

高冷有点别扭，被王小青压了一头，钱只是一方面，另外他争强好胜，觉得谁也不如自己唱得好，默默地较劲，但没跟任何人提过。卫星觉得亏欠小彬彬，大老远把人家请过来，挣得却不多，想多给他点补贴。小彬彬仍是不肯要：“走穴演出各凭本事，你额外给我加钱，等于看不起哥们儿，再者说了，乐队拿的是整份的钱，你是团长，必须一碗水端平了。”

卫星也看出来了，小彬彬是真不在乎钱，人家痴迷的是在舞台上耍起来的感觉，这让卫星由衷地佩服。

最不满意的是老貔貅，这一次他是豁出去了，在厂里办了停薪留职才出来走穴，没想到一段时间演下来，与他的预期差之千里。这地方不得吃也不得喝，米饭里的煤渣子都淘不干净，硌得他牙都快掉了，这倒不算什么，出门在外，能忍则忍。但任凭他使出浑身解数，挣得却比别人少，几乎垫底儿了，他实在无法接受，越想越别扭。私底下去找卫星，磨叽了半天，提出要涨工资。

卫星直嘬牙花子，本该直接回绝，用不着啰唆，可毕竟是一起出来跑穴的，不好意思一点儿面子都不给。他跟老貔貅说：“咱有规章、有合约，写得明明白白，按劳取酬，挣多少钱都摆在明面上。干得多挣得多，回去买辆摩托车；干得少挣得少，也能买块大手表。要是观众支持你，外面邀请你的次数多了，那肯定会给你涨钱。”

老貔貅不服不忿，一肚子话被顶了回去，咽不下这口气，不能就这么算了，高冷和王小青不就是录过两盘破磁带吗？其中一盘还是“西贝货”，有什么了不起的？凭他老貔貅在天津音乐圈的人脉，这还算事儿吗？

老貔貅背着大伙找了个公用电话，给自己认识的音乐圈里的人挨个打了一遍，长途电话费没少花，可还真让他捞上了，天津海河音像公司的录音编辑跟他有过一面之缘，正要录一盘西北风专辑，老貔貅死乞白赖地哀求，好话说了一箩筐，非要一块掺和掺和。对方实在甩不掉这块狗皮膏药，只好心不甘情不愿地答应了。

老貔貅跟卫星请了半个月假，说家里有点事，连徒弟也没带，自己背着吉他回了天津。那个年代各大城市的音像公司都争相录制出版拼盘磁带，歌曲大同小异，就那么几十首歌，都是当下最流行的，各种排列组合，公司自己组织音乐人编曲、配器，邀请不同的歌手进棚录音，再起一个响亮的标题，像什么《大冲击大流行》《东方歌坛龙虎榜》《广场歌王》《金曲唱不停》……几乎稳赚不赔。

因为当时流行音乐的传播主要靠录音磁带，无论大都市还是小县城，所有的新华书店、百货商场都有专门的磁带柜台，只要音像公司打通了销售渠道，肯定可以挣钱。如果这盘磁带的选歌、演唱、音质都到位，再配上个招人喜欢的封面，那必定会创造惊人的销量，带来巨额利润。

那位音像公司的朋友，原本只想让老貔貅在录音时担任乐手，老貔貅可不是傻子，弹吉他给的那点儿报酬，还不如在“煤海”唱歌呢，而且干幕后有什么意思？贼不走空，吉他该弹还得弹，关系该搞也得搞！你要说请客送礼，那绝不是他的风格，他是一毛不拔也能把事办成了，手段无非是溜须拍马、软磨硬泡，狗掀门帘，拿嘴对付，天天跟在人家屁股后边叨叨个没完，音乐编辑和监制都没辙了，只能答应他，让他在拼盘里唱了一首《天上下雨地上流》。

他们那个年代，真要往快了说，一天一宿就能录完十几首歌，无论歌手还是乐手，基本上都能一遍过，这些人确实有天赋、有实力，而且制作上没有那么严格的要求，后期也不那么较真儿。受邀歌手们按照规定时间，走马灯似的轮番进棚，录制的这盘合辑取名为《西北歌王排行榜》，母带拿到工厂加急生产。

老貔貅掰着手指头苦等了十天，磁带终于上市。他把封面翻来覆去看了好几遍，没找到自己的照片，只在七八个歌手的末尾发现了“老貔貅”三个字，《天上下雨地上流》那首歌排在B面倒数第二的位置，特别不起眼。咱这么说吧，除了老貔貅自己和那几个参与录音的歌手，都没人知道他在一盒拼盘磁带里唱了一首歌！尽管如此，老貔貅也激动得够呛，心想：“就凭我一个东郊赤土的农民，又进过劳改队，竟然成了真正的歌星，都出了磁带了，这辈子太够本儿了！”

老貔貅咬碎了后槽牙，自己掏腰包买了二十盒磁带，坐长途汽车返回“煤海”。先送给卫星一盒，洋洋自得地说：“卫星弟弟，你听听，一曲成名啊，咱哥们儿这不摇起来了吗！”卫星一看，确实跟自己之前翻录的冒牌货不一样，是正规的音像出版物，其中还真有两三个小有名气的歌星，老貔貅终究是自己团里的演员，便鼓励了他几句：“不错，回头我在例会上说说，让大伙跟你学学，都能再上一个台阶！”

老貔貅借机又提出要涨工资：“磁带都给咱哥们儿定性了，西北歌王、著名歌星，出场费怎么说也得跟高冷看齐吧？”卫星让他闹得脑仁儿疼，完全不答应也不合适，甭管真的假的，人家毕竟出成绩了，可是转念一想，不能惯他的臭毛病，便搪塞道：“回头我跟郑婕商量一下，演出一场给你涨一成，如果观众反响好，外面请你的人多，那就还能累计，咱们上不封顶。”

增加这一成的收入老貔貅也不嫌少，心想：“我磁带都出了，不信观众不服我！”等再上台时，他先是一通吹嘘，按跑江湖的行话讲叫“铺纲”，说自己从小弹吉他，天赋过人，刚刚录制了一盒磁带，名为《西北歌王排行榜》，各地争相邀他前去演出，但他还要为“煤海”的观众献唱，所以把外面的演出都推迟了，说完还不忘从上衣口袋里掏出那盘磁带当众展示。

观众没人爱听他瞎白话，催他赶紧唱。老貔貅这才弹唱了两首歌。他仍沉浸在出版磁带的喜悦中，内心的荣誉感拉满，摆出大腕儿的架势，唱完扭头就往后台走，却盼着观众大呼小叫地把自己喊回来，也做好了欲拒还迎的姿态。谁知台下那么多观众，竟然一个搭理他的也没有，掌声稀稀拉拉，与其说是为他鼓掌，不如说是对他的下台深感欣慰，这也难怪，在此挖煤的哪个不是天天吃一嘴煤渣子？一个个嗓音比他粗多了，谁愿意听他在台上嘶吼？

老貔貅埋怨观众不懂音乐，自己磁带都出了，排行榜都上了，还是不如“假歌王”挣得多，这是什么世道？

他的心气儿没以前那么足了，开始自暴自弃地混日子，一有空就到离招待所不远的小饭馆喝闷酒，喝完了又往亮着粉灯的小洗头房里扎，去鼓励那里的“妹妹你大胆地往前走”。

2

深秋已至，满城都是沾着煤灰的落叶。剧场的采暖设备陈旧，人们高涨的热情抵不过钻皮透骨的寒意，以往挤满、坐满的观众席也慢慢出现了空当，尤其是晚场的演出，西北风从门窗的缝隙里呼呼往台上灌，男演员换上最厚的演出服，女演员丝袜里面套了秋裤，仍被冻得瑟瑟发抖，乐队成员们一边演奏一边不住地往手上哈气。卫星跟大伙一商量，在“煤海”待的日子不短了，钱也挣得差不多了，不如拔营起寨，趁着天还不是特别冷，多在山西这方风水宝地转悠转悠。

租的汽车很快到了。最后一晚演出结束，为了节省时间，大伙连夜装车。收拾利索了，司机关上车门，准备发动汽车。郑婕清点人数，数来数去，却多了一个人！

车上黑灯瞎火，郑婕问怎么回事，谁上错车了，哪位不是咱们团里的人？问了三五遍，没人吱声，这不闹鬼了？他让司机打开车灯，自己从前往后走，团里的人朝夕相处，不可能不认识。

走到倒数第二排时，看见高冷身边坐了一个女的，裹着头巾，戴着墨镜，穿一件黑色风衣，捂得严严实实。他问高冷这是谁。高冷支支吾吾，半天说不出个子丑寅卯。

卫星在前面看着，大概明白怎么一档子事了，他知道高冷嘴笨，直接过去问那个女的，你叫什么名字，从哪来的，想干什么。那女的倒是一点儿也不怯场，摘下墨镜看着卫星，感觉也就二十出头，长得眉清目秀的，倒是不寒碜，声称自己是高冷的女朋友，要跟高冷一起走。

“女朋友”三个字一出口，车厢内一片哗然。王小青第一个吵吵起来：“高冷有女朋友了？你这保密工作做得够好的，什么时候搞上对象的？”郑婕也说：“这么大的事，你至少得跟卫星说一声啊！”

阚大路最愿意起哄架秧子，拍着高冷的肩膀哈哈一笑：“我说冷子，真没看出来你个少言寡语、老实巴交的，居然敢拐带妇女？”最诧异的是小彬彬，他眼中的高冷一跟女的说话脸就红，打哪儿冒出来个女朋友？

卫星也纳着闷儿，看这个姑娘的穿着打扮、言谈举止都不一般，究竟是从哪儿冒出来的？几时成了高冷的女朋友？老貔貅凑在卫星耳边小声说："我早看见这女的上车了，你们还不明白吗？这俩人要私奔！指不定是谁家的媳妇儿哪，赶紧开车吧，要不然一会儿人家爷们儿追上来，咱一个也走不了！"

卫星心里一翻个儿，老貔貅这几句话还真绝非信口开河，搞不好捅了大娄子了，是非之地不久留，先把车开走，到下一站再商量怎么解决。他这个念头一转上来，立即招呼司机开车，可没等车轱辘转起来，路已经被堵死了。

迎面而来的三辆汽车挡住了去路，下来五六个人，拎着棍棒、手电筒，领头一人，正是季老板，指着卫星他们的大轿车破口大骂："他奶奶个球的，拿老子当泥儿捏的？今天一个也走不了！"更要命的是，在季老板身后，竟然跟着四条藏獒，吐着血红血红的舌头"汪汪"狂吠！

卫星倒没觉得怎样，阚大路先怕了，无论几个人在他眼里都是屁泥，但他打小怕狗，当初卫星养的那条黑子，真给他留下不可磨灭的心理阴影了，何况是"一獒顶十犬"的藏獒。听说上次季老板带着二百多人去村里打仗，都没出动藏獒，这回是豁命来的？

事到如今，跑也跑不了，打又打不过，这可如何是好？

卫星焦头烂额，吩咐司机千万别开车门，又去问那个姑娘：“你到底是谁？”那个姑娘仍说自己是高冷的女朋友，别的无可奉告。她旁边的高冷满脸通红，跟哑巴似的，光张嘴说不出话来。坐在前排的小土豆实在看不下去了，扭身一指那姑娘：“是她犯花痴了！”

小土豆跟高冷关系最近，高冷一天喝多少水、上几趟厕所他都知道。在山西这阵子，他发现总有一个女人去宾馆找高冷，从侧门进去，上楼梯，进了房间把门一关，待上半天才出来。他知道高冷不是拈花惹草的人，等没人时，问高冷那是谁？高冷只说你别问了，随后便一言不发。

高冷越不肯说，小土豆越嘀咕，生怕师父上当受骗：“仙人跳的事儿我听的可多了，你要是不说，我就告诉卫星老板去，让他问你！”这下一轮到高冷紧张了：“千万别！”他吞吞吐吐说了个大概其，原来这个女人是煤老板的女儿，真以为高冷是香港歌星，死活要跟他走。

话是这么说，小土豆也看得出来，高冷有点喜欢这个女人。因为以高冷的性格，如果对这个人没感觉，他不会跟对方多说半个字。小土豆不想闹得满城风雨，一直替高冷保密，认为一旦离开“煤海”，这件事也就翻篇了。

卫星觉得事情没那么简单，否则季老板不至于兴师动众，连夜赶过来。他小声问高冷:“你们俩上床没有？”高冷使劲摇了摇头。卫星不放心:“真没上床？”高冷还是摇头:“真没有……”

卫星又问:“那你们究竟是什么关系？”高冷的脸涨得通红，费了半天劲，憋出几个字:“她是……是我女朋友吧？”

这语气像是肯定，又像在问别人，但话一出口，旁边那个姑娘立刻对他投来充满爱意的目光，伸手紧紧挽住他的胳膊，顺势把头靠在了他的肩膀上。

小彬彬瞠目结舌，心说高冷真是蔫人出豹子，想戏果儿[①]你也得问问来路啊。阚大路跟高冷关系最好，所以比谁都急:“哎哟，我的大哥啊，还有闲心跟这儿起腻呢？玩儿够了吗？赶紧让她下车吧！”

高冷一脸委屈，看看在场的哥儿几个:“我……我没让她上车，拦……拦不住！”

王小青推了阚大路一把:“有你这样的吗？高冷好不容易搞了对象，你非给人家拆散了？”

郑婕对众人说:“你们都少说两句吧，事已至此，只能下车去跟季老板谈谈了。”

---

① 戏果儿：指调戏勾搭青年女性。

3

此时车外的叫嚣声越来越大，有人抡着棍棒，“砰砰砰”敲打车门。司机吓坏了，让卫星赶紧想辙，车是东家的，万一砸坏了，那可得照价赔偿！

卫星脑子转得飞快，下了车怎么跟季老板交代呢？仓促之间想不出什么对策，却认定了一条——无论如何也得护着高冷，这可是银河电声歌舞团的台柱子，万一有个三长两短的，不仅歌舞团要散伙，更对不起高冷的父母家人。他嘱咐高冷、郑婕、王小青、二妞儿、三妞儿等人在车上等着，让司机打开车门，他自己硬着头皮下了车，阚大路不放心，带着老貔貅、小彬彬和马五子跟了下去。

季老板满面怒容：“姓卫的，我季某人哪点儿对不住你，是差了你的钱，还是差了你的吃喝，你竟敢拐带……”说到此处，他忽然顿了三秒，鼻孔中哼了一声：“……拐带良家妇女！你还算人吗？今天有你没我，有我没你，让你明白明白，你惹了不该惹的人！”

卫星自知理亏：“您消消火、消消火，大水冲了龙王庙，这都是误会，我们哪敢拐带您的人啊？”

季老板盯着卫星说：“咱也别抬杠，我上车看看，如果没有我的人，马上放你们走！”卫星打着马虎眼说：“不是不让您上车，我们得赶时间，去部队慰问演出，实在来不及了！”说完又问阚大路：“你跟首长定的是几点来着？”

他们俩可是老搭档了，卫星一眨巴眼儿，阚大路就知道他想干什么，随口应道：“明天早晨七点！”卫星两手一摊：“季老板，您看看，我真是急着赶路啊，您快放我们走吧！”

季老板瞪了他一眼：“你快打住吧，甭跟我耍花活了，哪个首长啊？我现在就给他打电话！你也不想想，不让我把这车翻个底儿朝天，你们走得了吗？”

软的不行来硬的，卫星把脸一沉：“季老板，我们歌舞团在此走穴，上有管理部门的批文，下有人民群众的口碑，现在要去别的地方演出，怎么着，您打算把我们扣下来不成？我问您一句，凭什么？有公安部门的逮捕令、搜查令吗？我们车上有很多贵重乐器，更何况高冷先生、王小青小姐是香港来的贵宾，真把事情搞大，您兜得住吗？”

季老板越听越生气，断喝一声：“快闭嘴吧！什么高冷，什么王小青，什么香港歌王？上坟头烧报纸——糊弄鬼呢？现在所有人都知道他俩不是香港人了，你们歌舞团就是个诈骗团伙，你还想冒充好人？”

卫星吓了一激灵，本以为可以瞒天过海，怎料最后一刻还是被揭穿了，可见季老板是有备而来，人家把歌舞团的老底儿都查清楚了。这要是等到天亮，消息传出去，得有多少人来找他们退票？那还有活路吗？

只听季老板不容置疑地说：“姓卫的，念在咱打过交道，我不为难你。你也用不着跟我藏着掖着，把高冷和那女的交出来，我马上放你们走人。还有个办法，咱就这么耗着，看谁耗得过谁！”

本来卫星还想跟季老板商量商量，交出那个姑娘就算了，可看这意思，季老板肯定不会放过高冷，根本没有讨价还价的余地！有心硬闯，杀出一条血路，可就在季老板身后，那几条藏獒正恶狠狠地瞪着三角眼，压低嗓子“汪汪”咆哮，但凡脖子上的铁链子一松，立即就会扑上来，将他们几个人撕成碎片！

阚大路从没怕过事，真敢替卫星挡刀子，但此时却躲到了卫星身后，因为他打架有一定的套路：先以刀子般的眼神盯住对手，盯得人心里发毛；然后斗嘴，一番降人的言语，无论对手说什么，他都能给怼回去；到最后才是要胳膊根儿，第一招就下狠手，一点儿余地也不留，所以胜多败少。

可这几条藏獒的眼神凶得都过分了，阚大路胆战心惊，甚至不能跟它们对视；要说斗嘴，他也不是个儿，那阵阵狂吠让人骨头缝发寒，他那套混混儿的大白话，再合辙押韵，狗也听不明白啊；动手更没戏，此刻他两条腿发软，已经挪不动步了！

小彬彬眼看那几条藏獒近在咫尺，空气里弥漫着一股煞气，他也含糊了。再看那位身怀绝技、一贯淡定自若的马五子，也是一脸惧意，后背抵住车身，根本不敢上前。卫星脑门冒汗，手脚冰凉，有生以来头一次感觉被逼上了绝路，冤家对头竟是几条恶犬！

煤老板有三大癖好：钱、女人、狗。前两样毋庸赘言，为什么喜欢狗？一是能看家护院，二是能震慑矿工。“煤海”的煤老板们比着养狗，不少人有自己的狗场，还时常下注斗狗。

季老板酷爱养狗，狗场里豢养了各种名犬，派人寻遍青海、西藏，花巨资从雪山脚下带回几条纯种藏獒，头如麦斗，嘴短鼻宽，浑身的黑毛又长又密，头颈部的鬣毛乍乍蓬蓬的，这哪是狗，分明是几头狮子！怎知道水土不服，整日无精打采。有懂行的人给出主意，藏獒怕热不怕冷，在冰天雪地也能安然入睡，再有一点，可以不吃肉，但离不了取完酥油的奶渣水拌糌粑，吃这个才有劲儿，因为打生下来就吃惯了。

季老板不差钱，挖了个大地窖当狗窝，天热时一车一车的冰块往地窖里运，还从西藏请来了一位擅养藏獒的牧民，专门负责做饭、遛狗。这一次季老板下了狠心，死活要拦住卫星他们，又不想兴师动众，闹得尽人皆知，这才舍得牵出藏獒。

卫星叫天天不应、叫地地不灵，忽听身后一阵响动，大客车的门开了，走下一人，手里拎着镐把，正是虎爷。老爷子须发倒竖，虎目圆睁，“噔噔噔”紧走几步，绕过卫星等人，脸对脸盯着季老板：“好狗不挡道，你赶紧从哪儿来回哪儿去，别耽误我回家！”

季老板心想，这糟老头子是不是吃错药了，看见藏獒怎么不知道害怕呢？他也不是吓大的，自己这边要人有人，要狗有狗，不可能因为这几句话退开，铁了心要“扫除害群之马，肃清文艺队伍”。当下声色俱厉地冲虎爷说：“我看你岁数大了，不跟你计较，你要是能做主的，上车把高冷和那女的给我叫下来，不行你就靠边站！”虎爷晃晃大脑袋：“不行！”

季老板火往上撞，吩咐一声：“放狗！”按他的设想，狗链子一松，几条藏獒扑上去一咬，卫星等人必然是抱头鼠窜，他借机上车抓人。可是谁承想，身后几个跟班的松开了狗链子，那几条异常凶猛的藏獒却像是被钉在地上，以往的威风全然不见。

再看虎爷，右手握着镐把，在自己左手的手心上轻轻敲打，两眼放光，狠狠瞪着眼前的藏獒！

在卫星、阚大路等人看来，这几条藏獒比老虎更吓人，可在虎爷眼里不过是几只小黑猫，那有什么可怕的？他养了几十年老虎，老虎的屁股也敢打，从头到脚一身的虎味儿，无论多凶的狗，只要他一瞪眼，没有不哆嗦的。

季老板心有不甘，喝令藏獒往上冲。一条藏獒硬着头皮扑过去，那姿势却透着胆怯。虎爷手疾眼快，当头一棒，但点到即止，没下死手，藏獒似乎懂了，借势闷哼一声，倒地打了个滚，爬起来老老实实地后退几步，鬣毛都服服帖帖地塌了下来。

所谓的“一獒战三虎，三獒沉航母”，毕竟只是传说，老虎则是兽中之王，再凶悍的恶犬也怕虎。阚大路长舒一口气，但又怕藏獒翻脸不认人，虎爷未必降得住，所以他还不敢太过张扬。

季老板“人仗狗势”，藏獒一服软，他也泄了气，拽着卫星到一旁，低声道出实情。他有三个女儿，自从歌舞团来到“煤海”，大女儿天天去看演出，成了高冷的歌迷，继而去宾馆找高冷，据说俩人还谈起了恋爱！季老板至今没生出儿子，最担心万贯家财归了外人，私下派人跟踪女儿，又把银河电声歌舞团的老底儿查了个清清楚楚，发现高冷根本不是香港歌星。这下季老板更不放心了，得知卫星他们今夜要走，偏偏此时大女儿也不见了，那肯定是想跟高冷私奔，说什么也得拦住了！

家丑不可外扬，他不想把事情闹大，所以没带几个人，只牵了四头藏獒，本以为万无一失，怎料半路杀出个虎GF，搅了他的局。

卫星心平气和地说道：“我们是正规演出团体，绝没有那么多的歪门邪道，其实您应该最了解，我们来了这么长时间，无论哪个演员，谁有过花边新闻？”

他话里有话，点出季老板想泡二妞儿、三妞儿的事，但并不说透，季老板自然听得明白。卫星又说：“我跟您保证，高冷不可能干出那种事。这么着，我把他俩叫下来，跟您当面对质。”

随后他喊来了高冷和那个姑娘，几个人当面锣，对面鼓，把事情都说清楚了。高冷生来被动，在男女之事上比别人都慢半拍，确实是什么也没干。姑娘还想争辩，又不舍得离开高冷，季老板把脸一板，吼道：“把你爹的脸都丢光了，跟我回去！”说罢拽住女儿，不容置疑地上车走了。

卫星等人也赶紧上车，郑婕又清点了一遍人数，正正好好一个不差。司机给足油门，汽车一溜烟地逃离了“煤海”！

第五章

热闹的春节

一直在沙发上正襟危坐翻看报纸的老卫突然像过电一样，“腾”地一下站起身来：“儿子，这是谁呀？”卫星当场起了一身冷痱子，脖子后边的寒毛倒竖，这么多年以来，老卫对他的称呼无外乎“小崽子、小混球、小王八羔子”，“儿子”二字属实稀罕。

1

银河电声歌舞团终于离开了“煤海”，车上众人惊魂未定，尤其阚大路，几乎被那几只凶獒吓尿裤子，幸得虎爷出手解围，才没让他当众出丑，他由衷地佩服虎爷宝刀不老，堪称黄忠在世、廉颇重生。其余的人也跟着吹捧，你一言我一语，顺耳的话犹如滔滔不绝的长江之水。虎爷还真吃这一套，撇着嘴、眯着眼，捋着曲里拐弯的络腮胡子，心中得意至极。

别人说得越热闹，高冷心里越不是滋味，此事因他而起，又是最让人难堪的“男女关系”，臊得他耳朵根子都红了，恨不能把脑袋扎到胳肢窝里。

卫星瞧出端倪，有意岔开这个话头，起身告诉众人：“有惊无险也好，死里逃生也罢，甭管怎么说，咱这一次来山西跑马走穴，绝对可以说是旗开得胜，最后这几场的演出费，郑会计已经核算完了，另外每个人还单有一笔奖金，具体数字她在账本上写得清清楚楚，不如先让她给大伙报一下，咱也高兴高兴！”

一阵欢呼声过后，郑婕公布了每个人的收入，果不其然，还是王小青最多，团里的演出费，再加上外出跑堂会、煤老板们的额外打赏，绝对地遥遥领先，高冷略逊一筹，其余人等按劳取酬，都挣得不少。大家心里盘算着，照此再演上一年半载，团里收入最低的也是“万元户”了。

卫星比谁都清楚，话说得再漂亮，都不如这些数字鼓舞人心。本来按郑婕的意思，各人的收入应当保密，卫星却不这么想，因为这个瞒不住，与其让大伙背地里猜议，倒不如当众公布出来，让团员之间互相有个比对，找找差距。

作为团长，他不可能替每个演职人员规划好下一步，需要他们各自发挥主观能动性，尽量提高演出水平，否则收入永远排不到前头。随后他又宣布了接下来的演出方案：“眼瞅着到年底了，咱不往别处奔了，在山西境内转着圈演上一两个月，回家过个肥年！”

有矿的县城大同小异，有了“煤海”之行的经验，卫星把两辆汽车改为长租，大队人马沿着省道一路走一路演。如果票房收入高、观众热情，就多待几天，挣不着钱也不恋战，上车赶赴下一站。演出期间，卫星又联系了滨江道卖磁带的那几个朋友，加班加点赶制出一批翻录磁带寄过来，每次演出最后搞个抽奖，抽中的不仅赠送一盘磁带，还可以让王小青和高冷在封面上签字，带着照相机的还能合张影，因此是一场比一场火爆，甚至到了一票难求的程度。

可也正应了那句话，“在家千日好，出门半日难”。银河电声歌舞团一路上翻山过河，错过饭口只能在车上啃凉馒头，冰天雪地的连口热水也喝不上。找不到厕所，就在路边解决。阚大路总是起哄似的招呼一嗓子：“拿话筒的站车左边，不拿话筒的蹲车右边，不许趁机偷看耍流氓！”

遇上道路坑洼，车轮陷了，无论多大的腕儿，即便是重点打造的高冷和王小青两大台柱子，照样要下来推车。历经千难万难自不必说，甚至还险遭全军覆没。

有一次半路下起大雨，雨刷器开到最快，乃是看不清道路，大轿车正走在盘山公路上，再掉头回去是不可能了，只得硬着头皮往前开，不知怎么打了个滑，半个轱辘悬空，车身都斜了，幸亏司机反应敏捷，否则真有可能掉进山涧，来个万劫不复。

还有一次，汽车途中抛锚，前不着村后不着店，众人被迫在山林里过夜，没吃没喝不说，半夜还能听见阵阵狼嚎，吓得女演员们连声尖叫——这尖叫声比狼嚎还瘆人。

最恐怖的一次，是在临汾一个下辖县演出的时候，大家刚进到剧场就觉得冷风扑面，陈旧舞台上也是阴气森森的，后台更是破烂不堪、蛛网遍结，硬着头皮开了场，演出中途不是灯泡憋了，就是话筒不出声，甚至还有几次音响莫名其妙地开始啸叫，尖锐刺耳的声音听得人直起鸡皮疙瘩。肖老师不得不把调音台上所有的推子都拉下来，演出也因此频频中断，本就不多的几个观众纷纷闹着退票，后来一扫听才知道，这个剧场的位置早先是片乱坟岗，二十世纪七十年代刚建成的时候就怪事频出，当地人很少敢进来，怪不得场租那么便宜。

咱把话说回来，江湖险恶，以人心为最。精明如卫星，仍不免踩坑崴脚。银河电声歌舞团驻扎长治的那几天，遇到一个攒穴的穴头，定在晋城体育馆演出，邀请卫星带几个演员参加，此类“跑外串”的现象，在圈子里很正常，也很普遍。

两地距离不远，双方谈好价钱，交付了两成定金，卫星安排郑婕盯着剧场的演出，自己带上阚大路、王小青，跟随穴头去晋城，住在体育馆后面的招待所。连演七天，一天两场，王小青大受欢迎，成了整台节目最叫座儿的演员，观众们被她的歌声和台风所征服，齐刷刷地喊着她的名字，不唱完五六首歌下不了台。

最后一晚演出结束，穴头让大伙把行李、乐器提前放到车上，请他们去吃庆功酒。觥筹交错之间，穴头跟卫星和阚大路称兄道弟，又认王小青当了干妹子，不断吹嘘着自己多么有路子、有资源，体育馆以下的小规模演出早不接了，下个月还要攒一场更大的，一万八千人的体育场，来的全是京城大腕儿。他拉着王小青的手说："找机会我给妹妹引荐引荐，凭你的实力，跟哥哥走上几场，保准比阿敏、阿英她们还红，到时候上晚会、出专辑、挣大钱……"哄得王小青五迷三道的，频频举杯敬酒，卫星和阚大路也陪着灌了不少。

转天一早，大雪纷飞，卫星他们仨出屋一看，满眼的银装素裹，格外干净，更干净的是——车没了，连穴头带演员都跑了，演出费没结，演出服、电吉他也丢了！仨人这才明白过来，穴头压根儿就是想白使唤人，没打算给钱，但他们完全蒙在鼓里，还傻呵呵地卖力表演！

那把吉他可是阚大路的心头肉，昨天怎么这么大意，搁车上让人顺走了呢？真给他心疼坏了，坐在雪地里失声大哭，引得路人纷纷侧目。王小青也气得直跳脚，拽着卫星和阚大路去报案，非得把穴头抓回来才解气，可人家早跑了，上哪儿找去？万般出在无计奈，用身上仅有的零钱买了三张长途汽车票，空着两手、饿着肚子、垂头丧气地回到长治，跟大部队会合。

尽管遭了很多罪，吃了很多苦，但在那个人人都待在一个地方、上一辈子班的年代，能够说走就走，想去哪儿去哪儿，体验各地的风土人情，跟各种各样的人接触，唱着、跳着、玩着就把钱挣了，终归是难得的人生境遇，收获的快乐无可替代。

随着经历的事越来越多，歌舞团的人在音乐理念上逐渐产生了分歧：阚大路、高冷、小彬彬和小土豆，倾向于追求精神自由，音乐玩得越来越野，演奏越发炉火纯青，创造了很多即兴的东西，甚至自己写歌、编曲，还拉上乐队哥儿几个，没事儿就摇啊滚啊。

卫星、郑婕、王小青、虎爷、二妞儿、三妞儿，再加上老貔貅，还是想多挣点钱，什么叫座演什么。不过求同存异，无论遇到什么情况，大伙总是抱团取暖，一起想对策，彼此之间的感情也深了，如同一个不可分割的大家庭。

一进入腊月，归心似箭的矿工们，就纷纷打上行李卷回老家了。卫星也觉得差不多了，该回去过年了。当即安排人手，拆台装车，率队从矿区出来，先在太原休整两天，逛逛商场、集市，买上些汾酒、陈醋、平遥牛肉之类的山西特产，又赶在腊八当天去五台山拜了拜，这才一路返回天津。

经过一路颠簸，两辆汽车风尘仆仆地驶入水暖队大院，在“灯光音响总工程师”肖老师的指挥下，杂工们将全部器材设备搬进库房，整齐有序地码放好了，大门上了三道锁，钥匙交给郑婕。卫星宣布:“大伙辛苦了，今天回去好好休息，明天中午我和郑会计去一趟银行，把还没发的演出费和奖金全提出来，晚上六点在蓬莱香饭庄集合庆功！”

蓬莱香是著名的鲁菜馆子，山珍海味材料齐全，厨子手艺高超，丝熘片炒、明油亮芡的，看着就让人流口水，各道菜的盘子边上贴着厨师编号，吃着满意可以叫过来敬杯酒，不满意下次就不让他炒了。卫星和郑婕去银行取完钱，早早来到包间，让服务员帮忙，挂上彩灯、彩带、气球，三张大圆桌上，摆满了酒水饮料、瓜子水果，还真有点过年的气氛。

五点半一过，歌舞团的成员陆续到场，包间里也变得嘈杂起来，为了讨吉利，郑婕将钞票装进了大红包，进来一个发一个，每个人脸上都跟开了花似的，喜悦之情溢于言表。卫星坐在居中的主位上，见人到齐了，吩咐服务员上菜，大鱼大肉大丸子、大扬大虾大海参，冒着热气，一盘接一盘地端上桌来。卫星不想扫众人的兴，没说什么总结发言，道声各位辛苦，举杯先干为敬，让大伙尽情吃喝。

三五轮酒喝下来，量浅的便已有了几分醉意，阚大路嚷嚷道:

“都听我说啊，干喝酒没意思，咱得来点小节目对不对？”底下有起哄的:“对，路哥给我们唱一个，让曼丽伴舞！”阚大路一摆手:“唱歌跳舞什么时候不行？今天可是开支的日子，大伙去山西走穴演出都没少挣，我出个题目，咱轮流发言，各自说说打算怎么花这个钱，这多有意思？小青妹妹，你是团里的台柱子，你带个头吧！”

王小青早不是当年那个小保姆了，她在山西的时候，隔三岔五的参加宴会酒局，场面话学了不少，不过当着自己人，她一不愿意装腔作势，二不避讳出身:“如今我也要潇洒走一回，明天跟两个虎妹妹去滨江道、去劝业场、去百货大楼，什么金啊银啊翠啊钻啊的，置办一套全的，再买几身名牌衣服，过年回老家让他们看看，看看我王小青过得怎么样了！”

阚大路笑道:“哎呀，我的妹妹，金银首饰你着什么急呀，等来年哥哥给你置办彩礼，还不是要什么有什么？”王小青听得一嘟嘴，狠狠地在阚大路胳膊上拧了一把，惹得众人哄堂大笑。阚大路心里却跟吃了蜂蜜似的，别提多甜了。他与王小青干了一杯酒，转头去问高冷:“高大腕儿，你也说说？”

高冷是个没嘴的葫芦，喝了酒话更少了，半天吭哧不出一句整的，只能让坐在旁边的小土豆替他说了:“我师父挣的钱全交家里，给师姑姑、师奶奶换个房子，让她们宽绰宽绰。”几句话说得众人心头一暖，都夸高冷有心。高冷支支吾吾地解释："其实我给自己留了一点儿，买……买点磁带！"

阚大路猛地一拍高冷肩膀："今时不同往日，咱高大腕儿逛音像店，那可不是一盘一盘买了，那得一柜台一柜台地往家端呀！"众人又是一阵大笑，阚大路不愧是团队中头一号的活宝，只要有他在，什么时候也不会冷场，绝对的气氛担当，酒桌上捅咕捅咕这个、挤对挤对那个，别人发言他接着，说来说去该轮到他自己了。

阚大路先清了清嗓子，故弄玄虚地说："哥们儿的收入拿出来一半孝敬老娘，剩下的一半呢，我自有安排！"任凭大伙怎么追问，他却只是嬉皮笑脸，东拉西扯不肯吐露。

众人欢聚一堂，举杯互相祝福、鼓劲儿，酒量小的也不想扫大伙的兴，明知道会醉，那也敞开了喝！卫星跟郑婕挨桌敬酒，走到练气功的老师傅面前。每次看到这老几位，他都会想起小时候家里常来常往的江湖艺人，想起送自己胡琴的老人家，想起那个断了条胳膊的说书人，想起跟姥爷走穴时风餐露宿的苦日子，总觉得特别亲切。

而今的银河电声歌舞团，气功表演越来越边缘化，甚至有可能被彻底淘汰掉。关键还是一个字——钱，在所有的这些演员当中，老师傅和他俩徒弟挣得最少。卫星打心里觉得对不起这爷儿仨，但团里所有的工作量都摆在明面上了，如果无缘无故给他们多开支，其余的成员肯定不服气。

其实卫星没少给老师傅出主意，想让他学几首《少林寺》《铁血丹心》《万里长城永不倒》……配上拳脚功夫、师徒对练，那能没观众吗？问题是老师傅真学不来，他虽有不少现挂，懂得怎么把点开活、怎么随机应变，但基本的路数，早在几十年前就定型了，何况他缺五音少六律，荒腔走板，词多了记不住，调高了够不着，怎么唱呢？

这一点卫星也理解，试想，要是让姥爷上台唱流行歌曲，那得多难为他老人家？时代变化太快，也许将来某个时段，老传统还会回来，不过一时说一时，当下观众就不爱看老时年间的旧玩意儿，真没辙！

卫星端着酒杯，想跟老师傅说几句拜年话，却一时语塞，不知说什么好。没想到老师傅先开了口："卫老板，这阵子没少给你添麻烦，我借花献佛，敬你一杯。"

说罢，老师傅举杯一饮而尽，咂摸咂摸嘴，接着说了一番话："现在不比以往在大棚演出了，我们爷们儿卖了半天力气，台底下没几个捧场的，因为观众只爱听流行歌曲，说相声的人家都改唱歌了。看别人挣得多，要说不眼红，那不是实话，但咱不能揣着明白装糊涂。眼下不是旧时的杂耍园子了，我们爷们儿是真干不了这个买卖，狗肉上不了正席，你赶鸭子上架，上去了也站不住。歌舞团按劳取酬、按场结算，是合同上写好的，半路没把我们师徒赶出去，还跟着白吃白住，拿一笔保底钱，你已经是仁至义尽，咱好聚好散……我岁数大了，也该回家养老了。”

卫星再三挽留，但老师傅去意已决，拦乜拦不住，他对卫星说：“咱相处一场，我求卫老板最后一件事，让我这俩徒弟留在团里，跟马五子一样，当个保安、杂工都行，在您的团里挣得再少，都比在外边的收入高，你让他们干啥，他们绝无二话。”卫星向老师傅打包票：“您老放心，我绝不会亏待他们！”

2

年关将至，众人兴高采烈地准备辞旧迎新。对于卫星而言，过年没多大意思，无非是扫房子、添新衣、买年货。而银河电声歌舞团中有相当一部分是外地演员，春运期间的车票太难买了，小彬彬还好说，北京才有多远，大不了买张站票，怎么也不耽误回家。

练气功的两个徒弟同师父回沧州老家过年，路程比北京还近，坐长途汽车就能回去。可王小青要回安徽、曼丽和舞团的小姐妹要回东北，挤破了脑袋连个硬座都抢不着，更别提卧铺了。多亏了鼓手权海托关系，找到广播艺术团传达室的一位老大爷，早先是团里的专业演员，严打进去过一阵，出来后归到传达室工作，尽管只是个看大门的，路子可比谁都野，再难买的车次，他蹬着小三轮去趟火车站，分分钟就能买出来，而且每张都是下铺，不得不让人佩服。

解决了车票的问题，卫星又和郑婕挨个去送站，给她们买了十八街的麻花、桂顺斋的点心，最后只剩下小土豆和马五子两个人无家可归，倒也好办，高冷和卫星一人认领一个，带回家过年。

一切安排妥当，郑婕也要回塘沽，卫星越来越感觉自己离不开她了，但是大过年的又不能拦着人家回去，约定了年初三回来，上门看望卫星的姥姥、姥爷。

忙活完这些事，卫星也想买点什么，孝敬孝敬姥姥、姥爷，可还真把他难住了。他小舅谷志军这两年发了大财，水暖队走千家进万户，往往能够第一时间掌握信息，谁家想卖房，谁家要换房，谁家预备买房，都一清二楚。

谷志军胆大心活，抓住机会做上了地产生意，结果风生水起，直接干成了水暖队的三产，他出任总经理，钱挣得都没数了。不但给家里添置了全套的家具、电器，电话也装上了，“大哥大”也拿上了，皇冠汽车都开上了，冰箱里塞得顶盖肥，鸡鸭鱼肉什么都不缺，买点什么好呢？卫星绞尽脑汁，先到市场上踅摸了两只三斤多重的大甲鱼，又买了条五斤左右的速冻鳎目鱼，决定亲自给家里人露一手，把炸馃子、蒸包子时边干边琢磨出来的手艺亮一亮，来它个“鼋鱼炖鳎目”！

大外孙子要回家吃饭，老两口子能不高兴吗？俗话说“滚蛋饺子缠腿面”，说什么也得给他好好做顿打卤面，多留这小王八蛋几天。一早起来泡木耳、煮香菇、切虾仁、发干贝，能想到的好东西全打到这盆卤子里了，怕外边买的面条不筋道，姥爷亲自和面抻条儿，又预备了各种菜码，配上红白粉皮，五颜六色端上桌，真比做寿吃的还讲究。

卫星经常不着家，但对他来说，在外边下馆子吃得再好，总不如家里的饭菜顺口。晚饭时间，全家人围桌而坐，卫星忙着斟酒布菜，让他们尝尝自己的手艺。别说，浓油赤酱的，还真不错，野生甲鱼的裙边又宽又厚，又融合了鳎目鱼的海味，确实鲜上加鲜。

卫星看大家吃得挺满意，又从包里掏出三件礼物。满翠的大手镯送给姥姥，告诉她这东西金贵，怕磕怕碰，戴上以后不许再干活了，年后家里雇个保姆，让她从此告别锅碗瓢盆。小拇指粗细的大金戒指送给姥爷，姥爷是江湖人出身，讲究外面儿，别的老头儿盘对核桃、揉个铁球的，你是我卫星的姥爷，手里当然不能空着，戴出去晃死他们。最后一件礼物——瑞士进口的精钢全自动机械手表，卫星白天特地去劝业场钟表专柜买的，比“不买不订婚”的西玛表贵出好几倍，亲自给小老舅戴到手腕上。

谷志军看着手表问卫星：“给你爸爸买什么了？”卫星一撇嘴：

“我呀？我给他买个口罩，省得一进门就数落我。”谷志军笑了笑：“话不能这么说，你爹嘴上不饶人，心里可惦记你了，时不时地往家里打电话问你的情况。”说着把手表摘了下来，重新装回盒子里：“过两天等他回来，你把这块表送给他，等挣了大钱给小老舅买块金的。”

卫星推脱不过只得作罢，跟姥姥聊了会儿家常，又跟姥爷说了说在山西的所见所闻，最后和谷志军说：“这趟跑下来我也算发了笔小财，我是不是也该买辆汽车了？你说我是买桑塔纳，还是切诺基？钱不够我可以再贷点儿，必须一步到位！”

谷志军一笑：“你自己那钱留着买房娶媳妇儿吧，想开车开我的，以后这车归你了，回头自己考个本儿去。”说完把车钥匙往卫星跟前一扔，问他：“过完年打算去哪儿？”

卫星也没想好，听说南边演出市场热火朝天，徐州、南京、上海……眼下还没个准谱，打算走一步算一步。谷志军说：“手底下二十来号人指着你，怎么能没个计划呢？我给推荐个地方，海南刚刚建省，眼下‘十万大军闯海南’，岛上遍地是黄金，到处有机会，一个人可以开公司，两个人成立联合体，三个人就能搞跨国托拉斯。”

谷志军的一番话听得卫星心潮澎湃：“过了年我就买机票，先飞过去打个前站！”

谷志军摇摇头说:“你也是带队走穴的团长了，手底下没个替你跑业务的人吗？”卫星挺无奈，团里这二十几个人，上台唱歌跳舞的一个比一个能耐大，要论为人处世、协调安排，却没有一个可靠的，除非让郑婕去，那他又舍不得。

谷志军想了想，给卫星推荐了一个人选，就是三梆子。这小子一直没有稳定工作，但是能折腾，从来也闲不住。头两年倒过菠萝罐头和荔枝罐头，全国各地到处跑，也去过几次海南，了解当地的情况，办事细致有条理，又是知根知底的兄弟，不如让他当个业务员，专门负责给歌舞团打前站。卫星连连点头，确实没有比三梆子再合适的人选了，托小老舅先跟三梆子知会一声，年后准备动身，眼下另有一件让他头疼的事——他爹卫连贵马上要回来了！

卫星和他爹一年才见一次，老卫除了白头发见多，一脸严肃的表情却是从来没变过，见着儿子也没个笑模样，知道这小子挣了点钱，可还是看不顺眼。因为他觉得卫星这个行当属于不务正业、投机取巧，比不了国营单位的铁饭碗，一天天东跑西颠、居无定所的，那能行吗？卫星也习惯了，反正说也说不通，能躲则躲，实在躲不了就给个耳朵听着。

3

年三十下午，一家人正包着饺子，忽听有人敲门，开门一看是阚大路的老娘，进了屋一把鼻涕一把泪地诉开苦了，嘴里头是连卷带骂，数落着阚大路这个逆子，钱是挣回来了，人却待不住了，跟着王小青跑到安徽老家当上门女婿去了，本来说定了三十回来的，这又打来电话说不回来了，让她上卫星家过年去。都说娶了媳妇儿忘了娘，这媳妇儿还没娶呢，白眼狼的本色就暴露出来了，以后真要是娶过了门，那小两口蜜里调油、如胶似漆的，她这个当娘的还有地方待吗？

卫星又气又乐，心说阚大路是真行，怪不得一直没见着人，还以为是忙着准备过年，敢情是去拜见未来的丈母娘了。可他是真看不出来还是假看不出来？自打王小青出了名挣了钱，一直对他忽冷忽热、若即若离，这丫头心高气傲，只怕再难踏踏实实过日子了，如今八字还没一撇呢，就屁颠屁颠地跟人回老家了，这不浪得难受吗？等他回来非得好好挖苦挖苦他！

眼下没别的办法，只能留阚大路的老娘一起过年了，加上杂工马五子，家里多了两个人，这个年过得也比以往热闹。吃完了年夜饭，所有人都守在电视机前看春节晚会，卫星听着潘美辰的那首《我想有个家》，心里忽然有点酸，不知郑婕在干什么，真盼着赶紧到初三……

接下来的两天，是卫星一年中最难熬的两天，年三十吃团圆饭，在场的人多，都敬着姥姥、姥爷，他爹尚有所收敛，但从大年初一睁眼，卫星就得忍受无休无止的说教，自己重金买下的那块手表算是打水漂了，一点作用都没起到。

好不容易盼到初三，郑婕拎着拜年的礼物如约到来，身穿一件暗红色的呢子大衣，黑色的高筒皮靴，米黄色的羊毛短裙，上边是一件雪白的高领羊绒衫，胸前别着个金色的蝴蝶胸针，过年应景烫了个波浪卷，绝对地楚楚动人外加落落大方。卫星乐得一蹦多高，忙不迭地把心上人请到屋里。

一直在沙发上正襟危坐翻看报纸的老卫突然像过电一样，“腾”

地一下站起身来:“儿子，这是谁呀？”卫星当场起了一身冷痱子，脖子后边的寒毛倒竖，这么多年以来，老卫对他的称呼无外乎“小崽子、小混球、小王八羔子”，“儿子”二字属实稀罕。再看他爸爸脸上的表情，跟刚开化的海河一样，瞬间有了破冰的暖意，看得卫星心里直发毛。

郑婕倒是挺大方:“您是伯父吗？伯父您好，我叫郑婕，是卫星的……同事！”倒是老卫不会说话了:“同事好，同事好，哎呀，好……好……真好……”接下来的聊天，卫星几乎插不上话了，老卫跟查户口似的，问着郑婕各种各样的问题，边问边点头，脸上的笑容就没断过。

卫星一看老卫刨根问底没完没了，再不拦着说不定这就要找户口本让他们俩登记去了，只得插口说:“行了行了，人家郑婕不光是来看你，还得去给姥姥、姥爷和小老舅拜年呢。”老卫这才回过神来:“对对对，快去见姥姥、姥爷！”

卫星提前打过招呼，今天到家里拜年的郑婕，很有可能是他们未来的外孙媳妇儿，老两口子乐得假牙都快掉了，争着抢着往郑婕手里塞红包，一家人高高兴兴地吃了顿饭。

过完了这个无比热闹的春节，卫星和郑婕一起送老卫上了返程的火车，那是他头一次见到老卫一边挥手一边咧着嘴傻笑。自从郑婕来家里拜年，他爸似乎变了一个人，对卫星也不那么排斥了，问了好多关于歌舞团的事，还意味深长地叮嘱他:“希望下个春节，可以在咱家年夜饭的餐桌上见到小郑！”

卫星嘴上答应着:“小郑又不是酱牛肉、扒肘子，怎么能上餐桌呢？”心里却恍惚感觉到“爸爸”不再是个随口一叫的代号，而是一份真真切切的关爱和惦念，他也意识到原来自己竟这么渴望得到父亲的认可，那种强烈似乎超过了他对事业的追求和对爱情的憧憬。

熙熙攘攘的站台上，“大哥大”的铃声猛然将卫星拽回了现实，原来是打前站的三梆子从海南传回了捷报。他在电话中告诉卫星，海南不愧是海南，演出手续办得特别顺利，费用也极低。因为人家的工作节奏快，思想意识也开放，既然演出是为了繁荣海南的文化生活，那就给你提供机会，为你服务，而不是处处为难你。另外，演出场地和招待所也安排好了，海阔天高，就等着咱们大有作为了！

第六章

请到天涯海角来

经过一定的宣传，加上三梆子卖力跑业务，联系了一些工厂、企业和学校的资源，还推出了价位低廉的套票和集体票，演出票房渐渐有了起色，但仍与在北方走穴的收入相去甚远。

别人不用走脑子，卫星不想可不行，赔钱事小，面子事大，传出去不好听，说银河电声歌舞团跑穴闯海南，赔了夫人又折兵，栽到泥儿里了，往后还怎么在这个圈子里混？

1

大队人马做足了一切准备，满怀憧憬地开赴广东湛江徐闻县。一路上，卫星他们没少拿阚大路寻开心，“丈母娘叫了吗？”“改口费收了吗？”“结婚日子定了吗？”阚大路则一反常态，不做正面回应，嘴上支支吾吾应承着：“快了，快了！”后来他私底下告诉卫星，这趟安徽行他钱没少花、累没少受，大包小包地给未来丈母娘买了一堆见面礼，还给她两个弟弟一人包了一个大红包，王小青却是左躲右闪、欲拒还迎，以家里住不开为由，把他安排在了县城的招待所。其间就领他回家吃了顿饭，饭桌上人家一家子“叽里呱啦”地说着当地方言，阚大路根本听不懂，更插不上话，一句正事儿没谈，稀里糊涂地帮王小青背着一麻袋家乡特产就回来了。不知怎的，听完他的讲述，卫星脑海中总是出现《西游记》第七集中的场景，想起来就忍不住发笑。

歌舞团日夜兼程，越走天气越暖和，顺利到达海安港的时候，早已脱去厚厚的棉服，换成单裤单褂了。一行人买票登船，船长拉响汽笛，巨轮起锚离岸。身后雷州半岛雄浑苍劲的山影渐渐模糊，大海上风平浪静，骄阳照射下的海面鳞光闪闪，海水澄澈，几乎能看到水底的鱼虾、扇贝、珊瑚、水草……如同梦幻般的水晶宫，与北方粗狂雄浑的渤海湾形成了鲜明对比。众人站在甲板上大呼小叫，郑婕、阚大路这几个水性好的，都想跳到海里扑腾扑腾。还没看够这绚烂的风景，便已渡过了琼州海峡，短暂得让人错愕。

两辆大车在海口市登陆，热带风光尽收眼底，椰树苍翠，榕树似伞，紫荆花艳，荔枝飘香，街边有许多古老的骑楼、书院、古庙、祠堂，矮墙、石阶上爬满青苔。沙滩上，孩子们打着赤脚、光着脊梁到处乱跑，或者爬上高高的椰子树，摘下椰子，五毛钱一个卖给游客，拿钱去买冰棍儿。马路上载客的三轮摩托，冒着黑烟，“突突突”地疾驰而过。而随处可见的建筑工地，现代化的高楼大厦拔地而起，又预示着这里正在发生巨变。

当时的海口市面积不大，汽车绕城一圈，只用了半个多小时。看过了城市的格局，在三梆子的指引下，众人来到距离海岸线不远的海滨剧场。这里是由二十世纪七十年代的一个旧礼堂改造而成的，剧场中的舞台、座椅，都是全新的，当地的重要演出都在此举办，能够顺利谈下这个场子，足以证明三梆子的办事能力。

众人驾轻就熟，拉设备的货车直接开到台侧的装卸通道门口，肖老师指挥着马五子他们几个杂工卸车装台。演员们则从正门入场，里里外外熟悉一遍演出环境。后台也有专人负责安排，给王小青和高冷留出两间单独的小化妆间，其余的两个大间按照男女分开。乐器、演出服、化妆箱各归各位。卫星和郑婕在门口张贴海报，一切都进行得井然有序。

现代化的电声歌舞团不像老戏班子，后台供着祖师爷的牌位，未曾开戏之前，先要破台，但卫星也会在台上拜拜，心里念叨几句，求个万事顺利。以往还都挺灵验的，可是谁也没想到，这次开演之后票房却十分惨淡，每场的观众人数还不如演员多，有一次甚至只来了一位观众，阚大路在后台自嘲："这位要是去上趟厕所，咱台上就别唱了。"

本地人看不懂，不往剧场里走，这倒情有可原，可是外来人口众多，为什么也没人看呢？

道理很简单，很多刚毕业的大学生来海南，或求职或创业，他们住的招待所被戏称为"大学生集中营"，等待工作期间也得填饱肚子，就在大街上卖报纸、卖烤鱿鱼，甚至擦皮鞋，日子过得清苦，吃喝用度还没着落，哪有闲心看演出？有闲心的也没闲钱，找到工作的就更忙了，四五百块钱的月薪在内地衣食无忧，可海南岛上物价极高，外来打工的几乎都要从事第二职业，再多挣一份钱才行，从早忙到晚，累得精疲力竭，收工后只想回家睡觉。还有一类人，做买卖挣了钱，腰包鼓了，晚上要么去夜市大排档喝酒吃海鲜，要么去歌舞厅消费，能喝能玩还能谈事，一周七天，有六天都在应酬，谁也不愿意坐在剧场里看演出。

不仅是票房低迷，众人也不适应当地环境，湿热的气候总让身上黏答答的，台上的灯光又热，跟进了蒸笼似的，唱上两首、跳上两段，全身都能湿透了，男演员还好，女演员动不动妆就花了，还得赶紧跑去后台补妆。住宿环境也不怎么样，海岛上“三个蚊子一盘菜，三个老鼠一麻袋”，就连小小的红蚂蚁也能把这些北方人折腾迷糊了。半夜睡觉，总感觉身上瘙痒难耐，起来拿手电筒一照，铺盖上、枕头上，成群结队的红蚂蚁到处乱爬，吓得女演员们不敢睡觉。卫星买了灭蚁药，撒过这一次，蚂蚁尸横遍野，成簸箕地往外扫，但没过三天，新一批红蚂蚁又卷土重来，真可谓“生生不息”。

当然也有特别吸引人的地方，就是可以大饱口福。卖早餐的摊档、小店，一口炉锅、一个食柜、几张小桌凳，卖的东西花样迭出，海南拌粉、海菜、酸瓜、豆腐花、牛杂汤、甜薯奶糊、糯米糍、糯米卷……看着眼花缭乱，什么都想尝尝。水果摊遍布街巷，几个大口玻璃瓶，盛着半瓶盐水，泡着切好的菠萝、阳桃、丝瓜，摊板上堆着椰子、波罗蜜、香蕉、杧果、木瓜、番石榴、荔枝……想吃什么有什么，还特别便宜。

最诱人的是夜市，摊位上鲜活的石斑鱼、花蟹、梭子蟹、海蜇、大虾，码得密密麻麻的海螺、扇贝、花蛤，都让人垂涎欲滴。伙计招徕食客，老板亲手掌灶，清蒸、烹炸、干烧、辣炒，再加上地道海南风味的四大名菜——文昌鸡、和乐蟹、嘉积鸭、东山羊，鲜香混杂，单冲这通吃，也能麻醉人的神经，暂时忘却了所有的不适。

好在前段时间攒下些钱，足够维持开销。经过一定的宣传，加上三梆子卖力跑业务，联系了一些工厂、企业和学校的资源，还推出了价位低廉的套票和集体票，演出票房渐渐有了起色，但仍与在北方走穴的收入相去甚远。别人不用走脑子，卫星不想可不行，赔钱事小，面子事大，传出去不好听，说银河电声歌舞团跑穴闯海南，赔了夫人又折兵，栽到泥儿里了，往后还怎么在这个圈子里混？

卫星召集大伙开会，想要群策群力改变经营惨淡的现状，可这些人整天脑袋里就那几个音符，对歌舞团怎么经营却没一点准谱。

坐在台下鸡一嘴鸭一嘴，没一句说到点子上。

最后曼丽站起来说："卫星哥，你别上火，要不我带几个姐妹到街上拉人吧，穿得少点、嘴里甜点，不信不上座。"卫星知道曼丽是真心为歌舞团着想，才肯主动做出牺牲，可如此一来，好不容易正规化的歌舞团，不又变回了野台子一般的大棚了？正犹豫不决，旁边的郑婕已经抢先表态了："不行，我们是正规的民营艺术团体，不能搞低俗那一套。"曼丽冲她一翻白眼儿："你说谁低俗？你那么清高，倒是想个办法呀？整天人五人六的，真把自己当团长夫人了？"几句话噎得郑婕小脸通红，起身愤然离席。

卫星在海边找到郑婕时，她正坐在一块礁石上发呆。天近黄昏，一颗红彤彤的太阳，肉眼可见地慢慢下坠，在海平面铺洒下一大片金光，好像拼命要留在这个傍晚的时光里，却又被宇宙巨大的力量拉扯，根本没办法抵抗。

郑婕眼神放空，整个人仿佛融进了无边无际的大海和渐渐变暗的天空。卫星走过去，静静地坐在她旁边。郑婕不想说话的时候，卫星也从不多言，能这样朝夕相处，对他来说已经很满足了。耳畔只有海浪拍岸的声响，以及此起彼伏的海鸟的鸣叫。两人就这么看着落日，在海滩上留下一抹美丽的剪影，直到天幕彻底黑下来……

2

哪怕生活乱成一锅粥，也迟早有一把马勺能给它搅和匀了，关键时刻想不出扭转乾坤的主意，那还是卫星吗？不到一周的时间，他再次召集众人开会，宣布了接下来的计划——银河艺术培训学校！

原来这几天，他跟三梆子跑遍了海口的相关部门，倚仗当地的便利条件，注册了“银河演艺培训有限公司”，经营范围既包括“电声歌舞团演出”，也包括“艺术培训班”。他把团员们分成了三个班级：器乐演奏班，班主任小彬彬，带领着虎爷、阚大路、小土豆和乐队哥儿几个，教授吉他、架子鼓、电子琴、萨克斯等课程；声乐班班主任王小青，同高冷、老貔貅、二妞儿、三妞儿，一起教授通俗歌曲演唱；舞蹈班班主任曼丽，带领舞团的小姐妹们开设民族舞、迪斯科、霹雳舞、健美操等课程。

卫星和郑婕负责外宣，找当地的印刷厂制作了海报和传单，依旧是怎么唬人怎么写，什么“著名吉他演奏家”“全国青年歌手大赛一等奖”“华北鼓王”“现代舞天后”……外加点名人标签，这个是谁谁的学生，那个是谁谁的弟子，还有谁谁的得意门生、谁谁的同门师妹，总之有骆驼不吹牛，反正身处“天涯海角”，没人求证较真。

一方面是铺天盖地的海报和传单，另一方面专门在报纸上登了广告，特地标明“优秀学员不仅颁发结业证书，更有机会参加歌舞团的正式演出”。效果立竿见影，接二连三有人过来报名，绝大多数都是中小学生。这一点恰在卫星的预计之内，他想着岛上有这么多孩子，家长们拼死拼活地工作挣钱，自己舍不得花，但为了下一代有出息，肯定不惜血本，这都九十年代了，不懂点艺术怎么跟得上时代发展？

陆陆续续凑齐了百十个学员，眼瞅着开课在即，卫星进一步制订了更为详细的计划，剧场的舞台、后台、化妆间一律改成临时教室，所有的课程分为初、中、高三个等级，每一级十次课，一次课15 块钱学费，一周上三次，一个月的初级班上完了，还想接着学就得报中级班，学到高级班结业，即可登台演出。又嘱咐团员们尽快习惯自己的新身份，尤其是当着学员的面，别再嬉皮笑脸、口无遮拦，互相之间要以“老师”相称，在保证日常排练的前提下，每天也要认真备课，不要求多么系统、全面，但是得教真东西，上了台必须见到成果。

而在所有的课程里，仍属吉他最受欢迎，主要是节省成本，比起动辄几千甚至上万块的钢琴，几十块一把的吉他简直太便宜了，又特别容易上手，门槛很低，带出去也方便，学校里参加个联欢会，或者组织个春游什么的，背起来就走，哪怕只是在沙滩上自弹自唱来这么一段，也足够吸引眼球。

可惜当时的海口，还没有像样的琴行，文具店里的吉他也少得可怜，这倒给了卫星机会。他让肖老师联系天津的乐器厂，订购了一批吉他加急送到海口，为了能适应当地的气候，特意在琴包里配上了袋装的干燥剂，每把加二十块钱卖给学生，不在这儿学的也能买，一把加收三十块，这又是一笔收入。

第一批学员顺利拿到了结业证，“银河艺术培训学校首场汇报演出”也随之开幕。卫星把家长们的心理都揣摩透了，学员们的名字、照片，清清楚楚地印在了海报和节目单上，剧场里张灯结彩，舞台上的灯光音响，都严格按照专业演出的标准要求，其间还有

“教师们”的助兴表演。家长们给自己孩子捧场，能不尽心吗？

于是，各位家长纷纷拖家带口、呼朋唤友，一下就把“银河”的牌子打出去了，不但来报名的学员渐多，歌舞团日常的演出也逐渐上座了。卫星又让三梆子联系了当地的电台，经过几轮交涉，开设了每周一次的《银河空中课堂》栏目，由小彬彬、阚大路、虎爷、老貔貅在电台教授吉他演奏，当然了，仍以展示为主，讲也只讲最初级的东西，再想往后学的，请到海滨剧场报名交费！

3

短短三个月的时间，歌舞团从入不敷出到扭亏增盈，再到名利双收，团员们无不佩服卫星的领导能力，人人热情高涨，相处得也越来越融洽。这一天结束了晚场演出，大伙闲来没事，出去逛夜市、吃夜宵。

头两天才听当地人说，前边一条背靠海湾的小街上有很多大排档，由于中间一段路黑灯瞎火的，所以从没往这边走过，当天溜达过来一看，夜市排档还真热闹。摊主多是渔民，早上出海打鱼，下午满载而归，值钱的交到餐馆、鱼市，剩下一些自己卖，天黑之前，把桌椅、灶具搬上岸，一声高过一声地吆喝。但更吸引食客的，无疑是那一筐筐、一缸缸、一盆盆鲜活的鱼虾扇贝。摊位排档栉比鳞次、挤挤插插，百余盏汽灯连成一条通亮的银河，看不到尽头，烹鱼蒸蟹的香气在灯光映射下升腾、缭绕、弥漫。

卫星等人漫步其间，看见不少弹吉他卖唱的，一首歌挣一块钱，赶上带着美女的老板出手阔绰，给个五块十块也正常，一晚上不少挣。

阚大路兴致上来了，眉飞色舞地说："这不是咱哥们儿的强项吗？还等什么，比画吧！"小土豆腿脚麻利，剧场离夜市也不远，去得快回来得更快，连背带抱，拿来四把吉他。阚大路、高冷、王小青、小彬彬、虎爷、二妞儿、三妞儿、老貔貅——银河电声歌舞团的四梁八柱摇身一变，成了海口夜市的卖唱歌手，摇曳的身姿穿梭在大排档的桌椅板凳之间，尽情享受着浓浓的烟火气，还有食客们炽热的目光和掌声。

这种氛围特别迷人，连卫星也不甘寂寞，抱着吉他沿街卖唱，主打歌还是《耶利亚女郎》。不过这个时候卫星的调门远不如前几年了，唱到整首歌的最高音，"耶利耶利亚"这一句时吼不上去，只能带动听歌的人一起唱，气氛搞得挺热烈，一晚上还真能挣上几块钱，真是"骑驴吃豆包——乐颠了馅"。

不论干什么事，都讲个先来后到，但凡能挣钱的买卖，别管大小，无不有帮有伙，有规有则。过去在夜市卖唱的总共十几个歌手，有本地人，也有外来的，混得久了，相互之间有个照应，谁挨了欺负，谁遇上为难的事，大伙都能搭把手。

卫星、阚大路这些歌手一下子拥进来，个个琴艺精湛，嗓子豁亮，穿戴华丽，会唱的歌也新，一夜之间就把听歌的客人都抢走了，那以前在这唱歌的人能答应吗？领头的三个本地歌手，一个叫大胡子，一个叫菠萝哥，还有一个女的，外号叫什么美神小妹，带着十几个歌手，在夜市入口外面拦住卫星、阚大路等人，要找他们讨个说法。

这三个人打扮得怪里怪气，在传统守旧中又带着三分时髦。站在中间的这位，三十多岁，身穿花里胡哨的衬衫、白色短裤、脚下一双趿拉板儿，皮肤黝黑，身材敦实，满脸络腮胡子，裸露的小腿上、胳膊上、胸膛上都布满密密麻麻的汗毛，跟虎爷倒有两分神似，抱着一把大号木吉他。

左边一个年轻小伙，晒得比那大胡子还黑，身板精瘦，手叉开像蒲扇，脚丫子像五股杈，眼窝深陷，塌鼻梁，厚嘴唇，额头勒着一条火红色的弹力发带，深棕色的头发足有四寸长，根根竖立，支支棱棱，整个脑袋看上去好似一个没砍掉叶子的菠萝，也斜挎着一把木吉他。

右边是个本地美女，扎着马尾辫，双眸黑亮，碎花长裙，塑料高跟凉鞋，手拿一面铃鼓，最扎眼的是满身的银饰，大耳环、银项圈、银戒指，两个手腕上还各有一大串银手镯。夜色中冷眼一看，这三位跟电视剧《西游记》里的三个妖怪似的。

大胡子操着一口蹩脚的普通话，板起脸质问:“你们这些北方佬，来了就抢生意，跟谁打过招呼？懂规矩吗？奉劝你们一句，明天别来了！”

阚大路听他说话就想笑，但还是得瞪眼，要在气势上压对方一头:“我们愿意在哪唱就在哪唱，想什么时候来就什么时候来，你管得着吗？”卫星也说:“什么叫你的地盘，写你名字了吗？你是长鳞了还是长犄角了？夜市是你们家开的？想当南霸天啊？下大雨开窗户——你不嫌臊得慌！识相的躲远点，别耽误我们唱歌！”

大胡子原本还比较冷静，语气也算不上嚣张，被阚大路和卫星这么一刺激，有点上头，叽里呱啦地吼道:“一个萝卜一个坑，想在夜市混饭，就得听我们的，你要是好说好道，也许还能给你留点菜汤，想硬来，别怪我们不客气！”

老貔貅不干了，梗着脖子说道:“哟呵，动物园大门没上锁，什么时候跑出来一大马猴？这一身毛是怎么个意思？返祖现象？大晚上的，赶紧认祖归宗，上动物园找你爹去，别在这捣乱！”

大胡子听不懂卫星等人的满嘴俏皮话，只觉得他们蛮横无理，表情、姿势、声调都特别怪异，他也认准了一条，地头蛇不怕过江龙，挺直腰杆，怒冲冲地说道:“进了这条街，就是我们的地盘，不能你们想干什么就干什么，不服可以，分个输赢，争个高下，谁输了就把琴砸了，往后别来夜市唱歌！”

两拨人说话的地方正是夜市入口，来往人流不断。见这些人剑拔弩张，却都抱着吉他，不像是要动手打架，觉得新奇，便在近处驻足观望，很快围了一圈人。

卫星听见“砸琴”二字，心想:“有点意思，在海口还斗上琴了，我这马路吉他队大队长还真闲不住！”上前一步，对着大胡子，也冲围观的人们大声说:“既然想斗一把，那咱就定个规矩，我们唱三首歌，你们唱三首歌，让观众给评判评判，谁的掌声热烈，就算谁赢，三局两胜，输家砸琴，退出夜市！”

其实他并不想争地盘，弹琴卖唱只图一乐，那三块两块的收入算得了什么？只不过他天生要强，一提比斗就兴奋。

大胡子过去跟卫星击掌，又撇着嘴说道:“一言为定，不许反悔！”阚大路跟卫星乃是一丘之貉，听见“斗琴”二字无比激动，当场哈哈大笑，在后面嚷嚷:“拉完屁屁能往回坐吗？谁反悔谁是孙子！”大胡子一扬手:“你们是外乡人，就让你们先唱！”

第一个登场的是老貔貅。他自从上了海南岛就一直琢磨，入乡随俗，到底该唱什么歌呢？突然想起有首著名的流行歌曲《请到天涯海角来》，写的就是海南岛，节奏明快、朗朗上口，他把这首歌改成了摇滚版，在剧场演出时唱过几次，虽然是首十来年的老歌，但能感觉到，大家的反响还不错。

在这个热风拂面的夜晚，老貔貅众目睽睽之下扯开嗓子唱起了《请到天涯海角来》。自从给自己安上“西北歌王”的头衔，无论是演唱还是演奏上，他都尽力地往西北风上靠，吉他的扫弦铿锵有力，美中不足的是没有电音，没有军鼓，少了几分气势，好在老貔貅的破锣嗓子力道十足，与原版女声合唱反差极大，重新勾起当地人对这首歌的热情，给老貔貅报以热烈的掌声。

紧接着，双方歌手相继献唱。菠萝哥唱了一首闽南语的《爱拼才会赢》，阚大路和王小青再唱《无言的结局》，美神小妹唱了脍炙人口的《阿里山的姑娘》。两拨歌手斗得难解难分，终于轮到高冷，无论到什么时候，他都是卫星最信赖的底牌！

高冷从容登场，到海南岛之后，他借鉴虎爷那段联唱的绝活，把费翔的《夏天的浪花》《夏的季节》《海角天涯》串联起来，更绝的是，这三首歌都跟大海有关，“海角天涯”就在海南岛！经过这一路南行演出，高冷唱歌时越发挥洒自如，对声音的控制几乎达到了随心所欲的程度。唱到《海角天涯》时，那欲进还退的探戈曲风被他演绎得淋漓尽致，现场观众忍不住随着节奏摇晃身体，翩翩起舞，甚至齐声合唱！

无论何时何地，只要高冷唱歌，小彬彬从不闲着，抱起吉他帮他伴奏，根本用不着排练，两个人的默契早已成型。到了间奏部分，时而用琴弦拨出流畅的旋律，时而加入口哨，看似漫不经心，实则添光增彩。

权海看得技痒，不自觉地加入其中，就地取材找了一大一小两个盛海鲜的塑料桶，倒扣在地上当手鼓打，节奏分明，起伏错落，又给高冷的演唱增色不少。

卫星以为胜券在握，暗自得意，但没想到的是，对方也放了大招！大胡子、菠萝哥、美神小妹三人联袂，一面铃鼓、两把吉他，唱了一首不知道名字、听不懂歌词，更摸不透曲风的当地民歌。这仨人都是黎族人，吃得辣，下得海，斗得赢风暴，捉得住水怪，弯腰耕种，扬手撒网，追逐狩猎，仰头唱歌，每日与湛蓝的大海、青绿的山岭、丰收的橡胶园、漫天洒下的星光为伴。他们的歌声也似乎有一种特殊的魔力，能让听歌的人飞起来，悬浮在半空，舒缓地摇来荡去，无处停靠，却又无与伦比地舒坦自在。

歌声渐弱，掌声四起。老貔貅鸡蛋里挑骨头，指着菠萝哥和美神小妹："你俩刚才不是唱完了吗？怎么还唱？这不合规矩！"卫星和阚大路都替他脸红，毕竟人家唱得感染力太强了，他们不得不心悦诚服。一向寡言少语的高冷，出人意料地上前一步，看着大胡子说了四个字："我们输了。"

卫星等人从第一天来夜市卖唱，就是为了玩，没想指这个谋生，无意中抢了别人的饭碗，觉得多少有点不讲江湖道义。看大胡子等人唱得那么好，不禁惺惺相惜，他跟阚大路对了下眼神，俩人也一起走到大胡子跟前："兄弟，我们认输，以后不来了！"

有人要问，大胡子这仨人唱得那么好，怎么会被卫星他们把生意抢走呢？因为在那个年代，所谓的"通俗歌曲"盛极一时，人们趋之若鹜，来夜市的食客自然要点唱最流行的歌。大胡子他们乐感虽好，但唱得不伦不类，大部分新歌别说唱，听都没听过，所以卫星等人一入场，就把他们挤得没饭吃了。

斗琴的时候，菠萝哥三人一上来唱的也是通俗歌曲，但高冷和小彬彬那种玩音乐的感觉刺激了他们的神经，让他们有了共鸣，这才把以往在村子里玩的东西亮了出来。外行看热闹，内行看门道，高冷、小彬彬等人一听，就觉得这些人玩儿得高级，从演奏手法到发音位置，都跟普通的流行歌曲不一样，似乎蕴含着一种特殊的能量，输得心服口服。

高冷默默地摘下了吉他。这把琴是劝业场老琴匠送给他的，当初旧，现在更旧，但实则是经典款式，音色没得挑，跟着他走南闯北，早已人琴合一，甚至很多时候，他拿别的琴都弹不出那种感觉了。可他是一根筋，规矩提前讲完了，输了就得砸琴，明知可以像老貔貅那样耍滑头，但他做不来，再舍不得也得砸，把心爱的吉他举过头顶，就要往地上摔！

围观的众人发出一阵惊呼，谁知琴落到一半，小彬彬、卫星等人还没反应过来，高冷的胳膊已经被人托住了。原来是大胡子几步蹿过来："琴是乐器，是宝贝，是用来弹的，砸琴的人不配弹琴。"

这些当地人天性淳朴善良，更不是什么帮派团伙，见卫星等人愿赌服输，这么干脆就让出了夜市，称得上诚实守信，对他们多了几分好感，脸上露出憨笑，话语中也透出了亲切，不再剑拔弩张。高冷这才停手，嘴上没吱声，心里却暗暗感激大胡子。卫星自我介绍："我们歌舞团就在海滨剧场演出，有空过来玩儿！"

不打不相识，自此之后，大胡子、菠萝哥、美神小妹一有时间就去剧场，很快跟歌舞团的这些人成了朋友，一块弹琴唱歌。菠萝哥跟小土豆最合拍，因为俩人都会吹树叶，独奏变成了二重奏。美神小妹跟二妞儿、三妞儿玩得来，三个青春少女弹着吉他蹦蹦跳跳的，活力十足。他们也临时加入了演出队伍，登台献唱，还真带来了一部分人气，吸引了不少当地百姓买票看节目。晚上偶尔不忙，卫星他们也去夜市，跟大胡子等人一起唱歌。

无忧无虑的日子终归不会无休止地延续下去，卫星自己心里清楚，演出加培训的办法管得了一时，保不了长久，毕竟本地人口有限，外来打拼的大多是孤身一人，家里有孩子的也不是谁都有兴趣、有财力来学的，学生资源日渐稀少，早晚会被消耗殆尽。况且他也知道，这些个在舞台上撒欢儿惯了的人，踏踏实实坐在凳子上教课肯定不是长久之计，只有让他们拿着麦克风，站在聚光灯下，看着观众们舞动的双手，才能真正地熠熠生辉。他琢磨着，是该离开海南岛了，但下一步怎么走，心里也没个准数。

那天大胡子、菠萝哥和美神小妹又来剧场玩儿，卫星说了自己有心转战外地的想法，又问他们愿不愿意跟着歌舞团出去走穴，凭他们的实力绝对会大受欢迎，收入比夜市上卖唱多出十倍不止。大胡子却并不看好走穴这件事，现在时代不一样了，愿意坐在剧场里一本正经看演出的越来越少，歌厅、酒吧才是未来的发展趋势，演员和观众之间不再隔着高高的舞台，可以面对面像朋友一样交流，来消费的既能听歌，又能点歌，还不耽误喝酒、聊天。演员们除了演出费，客人们打赏的小费也极其可观。看看现在的海口，这种形式的娱乐场所一天比一天多，很多混夜市的歌手都被请去唱歌了，他们仨也正打算去试试。

相对于歌舞团的其他成员，卫星最大的优势就是一点就透，大胡子的话在他心头狠狠戳了一下，玩音乐这条路其实就是人与时代的追逐，脚步稍微慢一点，就会错过洪流。

从当时第一批敢于走上街头的马路吉他队，到后来去四郊五县演出的草台班子，再到现在越来越正规化的民营电声歌舞团，任何一步都是在追逐、在突破，接下来的路要怎么走，卫星的心里似乎有了点眉目，取西经总得过火焰山，一旦有合适的机会，必须带队闯一闯广州！

第七章

银河歌舞厅

此后的一段时间，卫星每天晚上都带队去海珠桥唱歌，不仅收获了一批又一批的观众，也跟桥上一众歌手混熟了。

广州的音乐氛围很好，志同道合的野生歌手们见了面，大有相见恨晚之感，弹琴唱歌、彼此交流，偶尔一决高下，输了的也用不着踹琴，顶多请对方喝瓶汽水，仿佛又回到了最初的那段岁月。

1

银河电声歌舞团总算没栽在海南，但也领教了——南方沿海地区的水太深，不愧是改革开放的前沿阵地，凡事敢为天下之先。卫星多少有点自知之明，在没有十足把握的情况下，不敢轻易闯荡广州。所以取道“广西、湖南、湖北、河南”，按着这个路线北上。每到一地之前，都让业务员三梆子去打前站，有合适的场地就演上几天，赶在春节之前回到天津。

匆匆过了个年，人马再次集结，直到出发时，老貔貅仍未露面，只让墩子给卫星带了个话，说他春节贴吊钱，一不小心打凳子上摔下来了，扭了腰抻了腿，戳了胳膊窝了膀子，需要休养一阵子，等恢复了再归队。卫星心知肚明——都是钱闹的，老貔貅擅长的

“西北风”已经过时了，加之没有台缘，观众不爱看，赶上“水穴”几乎没有收入，还不如回棉六上班呢。

但老貔貅的左膀右臂——键盘手墩子、贝斯手夏梅都不想回去了，愿意全职加入银河电声歌舞团。在走穴演出的过程中接触久了，卫星对此二人的了解也多了。贝斯手夏梅出身于普通工人家庭，从小在区少年宫学琵琶。

十五岁那年，有个在杂技团工作的邻居，送给她一张票，是“第一次中日友好音乐会”的门票，地点是第一工人文化宫。演出分为上下半场，上半场的阵容包括了天津歌舞剧院、杂技团和广播艺术团的演员，去了很多大腕儿。下半场则是一支来自日本的乐队——后醍醐邪人，日本电影《狐狸的故事》插曲《大地，早上好》就是他们的作品。当时还没有摇滚乐的概念，宣传册上把他们的音乐称作“电声音乐”。

那是夏梅第一次看到如此震撼的表演，变幻的灯光，震耳欲聋的音乐，台上的演员个个奇装异服，留着古怪的发型，唱得轻松自在，又充满力量，那种感觉简直无法用言语来形容。最让她心动的就是一直伴随在音乐中隐隐约约的低音，她分辨不出那是由哪件乐器演奏出来的，只是觉得那声音震得她的心不停地颤抖。中专毕业后，夏梅分配到了棉六，当起了纺织女工，还参加了厂里的民乐队，仍是弹琵琶。

后来，赶上老貔貅组织电声乐队，她才知道，当年那个震撼她的低音是电贝斯弹出来的，于是拜入老貔貅门下学起了贝斯，和琵琶一样，都是四根弦。老貔貅弹吉他还可以，电贝斯他也不会，只知道最简单的根音，夏梅却非常有天分，也很好学，对着磁带一点一点地抠，一个音一个音地练，弹得越来越像样。

随着摇滚乐的风潮吹入中国，她无论从音乐风格上，还是造型上都跟从前大不一样，剪短了满头顺直的长发，换掉了碎花裙子，穿上了牛仔裤，台风飒爽，活力十足，怎么形容呢？就跟沙窝的青萝卜似的，又脆又甜，还微微带着点儿辣。不管是厂子里，还是社会上，追求她的大有人在。

直至加入银河电声歌舞团她才知道，自己竟跟鼓手权海有点渊源。当年的那场中日友好音乐会之后，作为礼物，日方把所有的演出设备和乐器都留了下来，其中的那套架子鼓，分给了广播艺术团，当时团里吹唢呐的乐手，自此转行做起了鼓手，在后边的演出里，开始边打鼓边演唱日本歌曲，嗓音独特、劲道十足，还被誉为“北方鼓王”，那正是权海的师父！

再说键盘手墩子，从小住在泰安道的一座三层小楼里，并不是家里条件多好，房子是租来的。房东老太太早年间是个大家闺秀，后来上了年纪，老伴先走了，一儿一女都在国外，她自己一个人觉得太冷清，便招了几个租户。房东家里有一台老钢琴，不像普通钢琴那样，方方正正、通体黝黑，只在深红色的木头上刷了一层清漆，透着清晰的木头纹理，88 个琴键全是象牙包的，白键上透着一圈圈的牙纹。

墩子自小圆头圆脑的，小胳膊小腿伸出来，跟刮了皮的藕节似的，特别招人喜欢。房东老太太也喜欢他，没事儿就教他弹钢琴。他也分不清什么是肖邦、拜厄、车尔尼，就跟着一点点地学，不急不躁也能坐得住，童子功练得非常扎实。

但在严格意义上说，墩子并不算老貔貅的徒弟。老貔貅也不会弹电子琴，只不过墩子那台电子琴，是老貔貅从厂领导那儿忽悠来的。老貔貅的电声乐队招人的时候，满厂子踅摸键盘手，愣没一个会的，只得退而求其次地问："有弹过黑白键的吗？"这才招来三个人，除了墩子，另外两个都是拉手风琴的。手风琴 41 个键、电子琴 61 个键，钢琴 88 个键，结果可想而知，键数上遥遥领先的墩子，从一个整理棉卷、粗纱等原材料的辅助工，顺利晋升为电声乐队键盘手。

墩子并不是一个爱出风头的人，一上台就紧张，好几次都不想再弹了，却仍咬着牙坚持了下来。因为吸引他的，不仅是那台音色丰富的电子琴，还有个更主要的原因——他喜欢夏梅，从第一次见她弹贝斯的时候就喜欢上了。只是由于性格问题，一直没好意思开口表白，就认准了夏梅去哪儿他去哪儿，跟着老貔貅到处演出的时候，在台上看着夏梅蹦蹦跳跳的背影，他也慢慢地变得不紧张了。

乐队中有了鼓手权海，吉他手小彬彬，再加上键盘手墩子，贝斯手夏梅，还有吹萨克斯的小土豆，四梁八柱都配齐了，他们才是卫星最看重的班底，是一切演出的基本保障。

过完春节的头一站，卫星选择了绍兴，大家在车上唱着《让我一次爱个够》，兴高采烈地出发了。抵达绍兴后连着演了七天，票房并不理想，继而转战嘉兴、苏州、常州、镇江、盐城、淮安、徐州，由此进入山东地界，枣庄、济宁、泰安、淄博、聊城、德州演了一圈，路过天津休整了一下，又沿着渤海湾往北走，秦皇岛、葫芦岛、锦州、营口、瓦房店，最后抵达大连市区，到了一年当中最热的季节。

2

舟车劳顿了这半年，几乎所有人都意识到“跑马穴”不赚钱了。实际上流行音乐的热潮并未减退，只不过随着时代的发展，大众对于流行文化的认知程度越来越高，“官穴”逐步占领了主流市场，由相关部门组织，各专业团体出人，号召力强，影响力大，当红的明星、成名的大腕儿抢着参加。哪怕没有官方组织，那些个三四线的小歌手、小演员，仗着上过几次报纸电视，在大众面前混了个“脸熟”，扎堆组团凑成个临时班底，全国各地走一圈，票房也相当可观。

对卫星他们这种纯业余团体的冲击，无异于灭顶之灾。三梆子打前站的首要任务，就是要摸清会不会跟别的团体“撞车”。即便没有撞车，来看演出的观众也一天比一天少，歌厅、舞厅、酒吧、卡拉 OK 成了人们更喜欢去的地方。

即使拼了命地演，银河电声歌舞团的上座率，最多也只维持在一半多一点，这是什么概念？刨去各项开销以及保底工资，只能落个嘴顶嘴，演员一毛钱的奖金也挣不到，元宵不叫元宵——白玩儿。

周遭的一切仿佛都在悄悄地改变着，昔日满坑满谷的盛况已经一去不返了。

卫星作为银河电声歌舞团的团长，当然了，这只是冠冕堂皇的叫法，说穿了也是个“穴头”，他完全可以和其他同行一样，一仍旧贯地吃老本儿，城市里不行就去乡镇，乡镇挣不着钱去农村，再不然接一接红白喜事、大小堂会，“十几个人七八条枪”地糊弄下去。

卫星并不惧怕改变，因为变化会带来新的机遇，他可不想跟他爹老卫似的，一辈子走不出遵义大山中的老厂房，那种所谓一眼望到头的“稳定”才最可怕。敢于否定自己，打破固有的状态，正是他的过人之处。在海口夜市上，黎族大胡子那番话已经给了他一定的启发，只是暂时还没有想清楚，银河电声歌舞团应当做出怎样的改变？

这一次在海边发呆的人轮到卫星了，各种各样的想法如同汹涌的浪涛，在他脑子里不停翻滚着。三天之后，卫星召集全体成员开会，试探着说了自己的想法:“所谓此一时彼一时，现在走穴演出，不可能跟之前一样火爆了，咱再打一枪换一个地方，也仍是撑不着饿不死。趁着账上还有资金，我打算做一个可以持续挣钱的生意，愿意出资的都可以入股，不入股的也能按劳取酬，比如开个酒吧歌舞厅，配上卡拉 OK、高档音响什么的，想听听大伙有什么意见。”

为什么试探着问呢？毕竟开歌舞厅和走穴演出相去甚远，从经营模式到消费群体，以及演出的内容、风格，完全是两码事，他想当然不要紧，别人能接受吗？

怎知得到的反馈超出预期，团里绝大多数人表示支持，愿意投资入股，他们走穴这两年都没少挣，对卫星是无条件地信任，何况当下歌舞厅生意火爆是有目共睹的，既是转型的关键时期，又岂能畏首畏尾？

不过，仍有几个人不想接着干了，首先是那两个说相声的，随着娱乐方式的多元化，彻底把相声打入了谷底，广播电视里频繁播放的那些段子，将听众的笑点提高到了前所未有的程度。掌声可以是礼貌性的，笑声则是发自内心的，任凭他们在台上口沫横飞，使出浑身解数卖力表演，却怎么也换不来曾经的哄堂大笑，从给歌舞节目垫场，到串场做主持人，再到检场拉大幕，纵然是“城墙厚的一张脸”，磨得也差不多了。

临别之际，二人对卫星抱拳拱手:“星总，你既是我们大哥，又是我们老板。承蒙不弃，带着我们出来走穴挣钱，让我们吃了几年饱饭。无奈年头变了，观众不爱相声了，我们俩不想拖你的后腿，如果有一天相声能再火起来，我们哥儿俩一定来投靠你。青山不倒，绿水长流，咱们江湖再见，后会有期！”

另外一个要走的是虎爷，倒不是有什么别的想法，确实是身体跟不上了，演唱时的气息乱得一塌糊涂，嘴上调侃自己是“气声唱法”，可真怕有一天栽到台上，到头来一世英名付诸东流，索性是急流勇退、见好就收。他亲眼见证了卫星的能力和为人，没什么不放心的，同意让二妞儿、三妞儿留下。

通过会议表决，卫星作为歌舞厅的主要出资人和负责人，是第一大股东，其余人员按出资比例不同，各自持有不同的股份，至于开在什么地方，可又颇费思量了。

曼丽给卫星支招:“酒吧也好，歌舞厅也罢，意思都差不多，卖酒是主要的。要我说能喝酒的地方，东北指定能占一席之地，咱干脆原地不动，开在大连就挺好，省得折腾。”

卫星却不想开那种传统意义上的歌舞厅:“客人们进来花钱买醉、关灯跳舞，台上演什么只是个陪衬，咱都是从马路边唱出来的，玩儿音乐才是根本，得靠这个把人吸引过来。换句话说，来咱歌舞厅的客人，起码得有点素质，懂得欣赏音乐才行。”

小彬彬正有此意，他希望去北京。当时的北京，已经有很多酒吧专门唱摇滚乐，诸多有名的乐队，都是从酒吧唱出来的。而一贯寡言少语的高冷却说了三个字：“去广州！”

卫星看了看高冷，又问小彬彬：“凭咱们这两下子，能在广州立足吗？”

小彬彬沉吟半晌，告诉卫星：“摇滚乐看北京，流行音乐还得看广州，趴棚子那两年，我给几个广州歌手弹过琴，冒充港台明星那一套，全是人家玩儿剩下的，他们可比咱们明目张胆多了，香港歌手的作品整盘整盘地翻唱，编曲都不改，让我们完全按着原版扒带子，磁带封面直接印上‘小罗文’‘赛甄妮’‘又一许冠杰’‘二代邓丽君’，底下才是自己的本名或艺名，但凡顶上此类头衔，无不在广州、深圳大受欢迎，据说被模仿的本尊都来看过他们演出。如今人家那边的港台风早刮过去了，已经开始玩原创歌曲了，还学了香港人的理念，开了唱片公司，捧自己的明星，你看眼目前大火的，有相当一部分是从广州唱出来的。咱要是去了开歌舞厅，竞争肯定激烈，但风险越大，机会越多，用广东人的话讲，‘搏一搏，单车变摩托’，是骡子是马，总得拉出来遛遛才见分晓！”

三梆子举双手赞同去广州：“头两年我做过一段时间的服装生

意，搭乘从北京站始发的Z35，二十多个小时到广州，每个月跑一趟，牛仔裤、蝙蝠衫、连衣裙、皮夹克……各式新潮时装塞到蛇皮袋子里背回来，拿到滨江道就是一通疯抢，这叫什么？潮流！那会儿的广州就已经遍地是音乐茶座和歌舞厅了，几乎天天爆满，观众们还特别捧场，有人听美了站在桌子上连喊带跳的，我们几个北方的还说呢，要论玩儿得生猛，那还得说是大老广！”

王小青和二妞儿、三妞儿，对什么演出市场、原创歌曲完全不了解，也从未了解过，但听三梆子说到广州的新潮时装，立时来了精神，都想去那边长长见识、开开眼界。

小彬彬又说：“对了，时下流行起来的‘打口磁带’你们知道吗？全是欧美漂过来的正版货，磁带的边缘有个电锯锯出来的小口，修修补补不影响听，尖货可以卖到二三十块一盘，源头就在广州。坊间传言，广州海边的郊区有几座‘打口村’，各种各样的打口磁带堆得像小山一样，给村里大娘几块钱，她就给你个塑料袋，让你自己爬到‘磁带山’上去装，装满了为止。Metal（金属）、Punk（朋克）、Grunge（垃圾摇滚）、Reggae（雷鬼）、Jazz（爵士）、Blues（蓝调）……狂野的、激情的、忧伤的、温柔的，无论什么风格的音乐都能找到，咱囤一批回来卖也行啊！”

卫星本想回天津，那边的酒吧歌舞厅方兴未艾，生意也还不错。后来又想去山西太原，那地方大款多，喜欢追求新事物，舍得花钱尝鲜。还想过去长沙，听说是一座不夜城，晚上比白天更热闹。广州并非没在他的考虑之中，1985 年的时候，广州举办了全国第一届流行歌曲大赛，跟天津的“大家唱”比赛不一样，要求所有参赛选手，至少要有一首自己的原创歌曲，因此收获了大批的新人和新作，不但评选出了“羊城十大歌手”，还给“羊城十大金曲”颁了奖。打那开始，广州的流行音乐迅猛发展，吸引了全国各地的音乐人，催生出无数的歌手、乐手、创作人、制作人，势头直逼港台，这正是他为什么迟迟不敢带团去广州走穴的原因，此刻见众人心驰神往、跃跃欲试，他的信心也增强了！

开歌舞厅可不跟走穴似的，需要长期经营，选址、装修、各种手续、人员安排都比较烦琐。首先来说，再住招待所肯定不现实，至少得有个固定的地方，还有吃饭问题、外来人口登记、人身安全的问题……

凡事都要摸着石头过河，在逐一落实之前，大部队不能轻易开拔。卫星决定兵分两路：由郑婕带着队伍返回天津，剧场中的设备在歌舞厅几乎用不上，郑婕回去该怎么处理怎么处理，一件不留，全换成现金，再把水暖队的房子退了，去广州重打锣鼓另开张；他自己则订下机票，跟三梆子去打前站。

3

二十世纪九十年代的广州街头，车水马龙、熙来攘往，从高架桥上放眼望去，大都市的雏形已初见端倪，现代化的大厦和陈旧的骑楼形成了一种奇特的呼应，仿佛预示着古老的羊城，即将再次焕发青春。

经过人头攒动的广州火车站，站前广场上扛着大包的农民工不计其数。出租车驶入老城区，街巷随之变得狭窄，两侧晒满了衣服的阳台上，“打工妹”们端着盒饭，一边吃一边用好奇的眼睛注视着街上涌动的人潮。

街口的广告牌上再不是“牙膏、肥皂、保温杯”，取而代之的是“铃木摩托车、上海桑塔纳、乐华牌彩色电视机”，一家接一家的通信商店门口贴出的“BP 机大酬宾”“大哥大跳楼价”的宣传横幅，处处彰显着这里的消费水准。

而最让卫星在意的，当然是一家挨一家的歌厅、舞厅、卡拉OK、酒吧、音乐茶座，五颜六色的招牌，以及尚未开启的霓虹灯，不难让人想象，一旦夜幕降临，将会呈现出怎样的繁华。

经过一连几天的踩点，卫星和三梆子转遍了适合开歌舞厅的地方，捎带着观察了周边的居民结构，是否具备消费能力，能不能成为客源的主体，包括附近餐厅、饭店的上座率也在考虑之中。来歌舞厅消遣的客人，大多是吃过晚餐来喝二场，因此在餐馆集中的区域，酒吧歌舞厅的生意也相对不错。卫星最后看中了越秀区一栋老旧的骑楼，上下三层，位于公园旁的一处街角，由于交通便利，左邻右舍多为商户，有服装店、音像店、通信店、茶餐厅和大排档。

不仅是环境因素，建筑的格局也合适，一层可以全部打通，只留立柱，当作歌舞厅的主体，足以容纳舞台、吧台、散座，边上还能隔出两个半开放的包厢，外加一间独立的办公室。二层三层的房间当成宿舍、厨房、仓库，算了算人数，应该是够用了。三梆子又找到一个有交情的服装贩子，以他们本地人的价格谈定了租约，合同签了三年，先付六个月的房租。

他们当天去工商局申办了歌舞厅的营业执照，等待的间隙，二人分头行动，三梆子去跑公安、消防、街道的相关事宜，卫星则是马不停蹄地联系装修队进场。大规模建设时期的广州，到处都在施工，最不缺大大小小的工程队。为了能让歌舞厅尽快开门迎客，卫星让工头尽量多找人手，争取两个月之内完工。

最先收拾出二楼、三楼的房间，配备了基础生活设施，卫星就通知郑婕他们可以动身了。安顿完大部队，卫星做出如下安排，所有手续上的事一概交给三梆子，除非需要由他本人签字，其余的三梆子可以全权代表。

一层歌舞厅的装修由肖老师监工，毕竟以演艺为主，舞台上的大事小情没人比他更在行。伙食问题交给阚大路，这一次他还把老娘带来了，那年去王小青家过完春节，回来被老娘狠狠收拾了一通，差点给他那条好腿也打瘸了，许是打怕了，抑或良心发现，反正再不敢扔下老娘一个人了。眼下正好，老太太的手艺有了用武之地，每天带着马五子和小土豆去早市买菜，回来跟阚大路一起给大家做饭。卫星和郑婕主要是采购设施，大到灯光、音响、乐器、吧台、桌椅，小到杯子、烟缸、花瓶、窗帘、烛台，同时对比各个烟酒饮料批发商的价格，选择其中货真价实的，签订供货合同。

演员们安顿下来之后，一时没有演出，排练也没地方，想帮忙又插不上手，但是这些人闲不住，看见海珠桥上，从桥头走到桥尾，隔不了多远就有几个弹琴唱歌的，有的放个帽子，有的摆个琴盒，总有听歌的往里扔钱。

阚大路等人都有心去玩玩，挣不挣钱无所谓，只是不想干待着，顺带着给即将开业的歌舞厅宣传一下。卫星叮嘱他们注意安全，尤其是保护好几个女演员，人生地不熟的，千万别惹祸。

4

早年间，珠江北岸商贾云集、繁华一片，南边则分布着大片的农田和果园，零零星星有几个工厂，过江还需要搭乘轮渡，因此流传着一句话叫“宁要江北一张床，不要江南一套房”，直至海珠大桥落成，迅速拉近了两岸的距离，缩小了两岸的贫富差距。

白天的海珠桥，绝对够得上一景，上下班时间，川流不息的汽车、摩托车、自行车，几乎遮蔽了整个桥面。那时候广州的自行车，差不多有两百多万辆，高峰时期的每小时，都会有八万辆以上的自行车穿越海珠桥，行色匆匆的人们拥挤到只能推车过桥。

夜幕降临后则又是另一番景象，失去了密密麻麻的车流和人群，老化凹陷的桥面和生锈变形的钢架一一显现出来，透出一种繁华过尽的落寞。大批弹琴唱歌的年轻人聚集于此，挎着老旧的吉他，靠着斑驳的栏杆，漫不经心地唱着各式各样的歌曲。

银河电声歌舞团一行人，在阚大路的带领下来到海珠桥。桥上为数众多的走唱歌手和流浪艺人，汇集了南北中外各种音乐风格，过往的行人早已司空见惯，但是曼丽和几个姐妹劲爆的霹雳舞，仍是引得人们纷纷驻足，紧接着二妞儿、三妞儿也连唱带跳地来了两首，一个半圆形的人圈开始逐渐成形。

阚大路是典型的人来疯，迫不及待地抱起吉他，自弹自唱了一曲《再回首》。想当初那个穿着白色中山装、吹着背头、戴着金丝眼镜的台湾歌手，凭借这一曲俘获了万千人心，他身上散发出的那种斯文气质，跟阚大路的形象截然不同，听歌的谁也没想到，这个一瘸一拐的黑大个儿能唱得如此动听。

到了副歌的部分，阚大路又在吉他上加了个变奏，每个四分音符扫得干净利落，一拍是一拍，同时将“幽幽暗暗”“反反复复”“平平淡淡”“从从容容”几句歌词，唱得高低错落，仿佛在引导着众人一同附和，这种舞台上的技巧放在此时更加适用，围观的人们不由自主地跟着合唱，记不住歌词的也用手打起了拍子，海珠桥头顿时热闹了起来。

阚大路过完瘾，换了小土豆登场，他跟墩子玩儿得不错，两个人专门排练了几首萨克斯曲。墩子的电子琴可以装电池，还自带扬声器，成了今天演出唯一的电声乐器。随着一段简单的铺垫，小土豆摇头晃脑地吹响萨克斯，是 Kenny G（凯丽·金）的《回家》，这首曲子的影响之大甚至带动了一股学习萨克斯的风潮，无论什么场合，只要“re mi sol”这三个音符飘出来，准是一片喝彩。

卫星和郑婕忙里偷闲，也过来看了看，正赶上高冷演唱，只见他和小彬彬一人抱着一把木吉他，旁边的权海盘腿而坐，用一大一小两个手鼓给他们打着节奏。高冷最近对 Beyond 乐队爱得越发痴狂，粤语也练得炉火纯青，即便是当地人也听不出半点破绽，飘忽空灵的嗓音唱出一首《冷雨夜》，彻底慰藉了这些晚归的心灵，随后又用《谁伴我闯荡》和《光辉岁月》让大家对明天充满了信心和希望。现场的掌声一浪高过一浪，还有人用粤语大声高喊“家驹、家驹”！

广州人给小费的习惯由来已久，有很多听得尽兴的，掏出钱来往高冷面前的琴盒里放。卫星忙说：“各位各位，先别忙着掏钱，我们都是银河歌舞厅的演员，下个月新店开业，大伙想捧场到那儿捧去，趁着现在听歌还不收钱，再给大家多唱几首好不好？来，有请我们的当家歌手王小青！”

如今的王小青已是身经百战，没有舞台和话筒依然是风采奕奕，唱歌的同时，动作和表情加入了“演”的成分，可以随着歌曲的意境不断变化。在阚大路的吉他伴奏下，用一首略显哀怨的《爱上一个不回家的人》，深深打动了现场的人群。她的歌声也随着奔流不绝的珠江水传出去好远好远。

不等人们回过神来，权海手里的康佳鼓“啷啷”敲了两下，阚大路的吉他演奏，忽然从细腻的分解，转变成了动感的扫弦，王小青身体轻摆，唱起了眼下最流行的《潇洒走一回》，声线收放自如、恰到好处，围观的人群纷纷议论，都以为这是哪位电视里的女歌星呢。

卫星和郑婕也没闲着，当场给众人分发今天刚刚印好的传单和名片。这都是歌舞厅的潜在客户，开门的第一桶金全指望他们了。

此后的一段时间，卫星每天晚上都带队去海珠桥唱歌，不仅收获了一批又一批的观众，也跟桥上一众歌手混熟了。广州的音乐氛围很好，志同道合的野生歌手们见了面，大有相见恨晚之感，弹琴唱歌、彼此交流，偶尔一决高下，输了的也用不着踹琴，顶多请对方喝瓶汽水，仿佛又回到了最初的那段岁月。

第八章

折戟广州音乐大赛

两行清澈的泪水，悄然从王小青的脸颊上滑落，其中一行是对过去的留恋，另一行则是对未来的憧憬。

天下没有不散的筵席，该走的总归要走。王小青转身离去的刹那，卫星揽住了阚大路的肩膀，既是不让他去自讨没趣，又是一种无声的安慰。

1

在“噼噼啪啪”的鞭炮声中，“银河歌舞厅”终于顺利开业，内部最现代化的舞台设施和装修风格，恍若是另一个空间。高端大气的吧台、桌椅、沙发，再加上各种精致的摆设，给人一种进来就想喝上一杯的冲动。

台上的设备更透着专业，吉他、贝斯不再直入调音台，换成了分体式的全电子管音箱，再由平头麦克风拾音。架子鼓从过去的“五件套”升级为“七件套”，从大到小四个筒鼓再加上军鼓、地鼓和坐筒，双踩锤、双吊镲，镲片亮得晃眼。键盘也是鸟枪换炮，从普通的电子琴，换成了最新型的合成器，内行人能看得出来，这台琴换一辆本田 125 摩托车绰绰有余。其余的像什么沙锤、铃鼓、音束、风铃、三角铁这些小玩意儿也是一应俱全。

人员方面完全可以用“齐备”二字形容，卫星出任总经理，郑婕为财务总监，王小青、高冷、阚大路、二妞儿、三妞儿是歌手，小彬彬、夏梅、墩子、权海、小土豆为驻场乐队，曼丽和几个小姐妹既可以跳舞，同时又兼任服务员。肖老师继续负责灯光、音响和舞台监督，马五子穿上了保安制服到处巡视，另外又雇了个调酒师盯着吧台，两个练气功的学徒充当库管，还请了一位阿姨负责打扫卫生，那真叫兵强马壮、设备高档、能喝能玩、能跳能唱！

歌舞厅本身即暴利行业，何况是在遍地老板的广州，这地方外商、港商云集，满大街的倒爷和水货贩子。一块多钱的啤酒饮料，哪怕翻上十倍的价格，依旧卖得“呼呼”的，随便切上一个果盘，就能卖出一筐水果的价格，再赶上哪个老板开瓶洋酒，像什么“人头马面”“皇家土炮”“叉叉圈圈”之类的，那更是成百上千地赚。

泡酒吧歌舞厅的人们都愿意去新场子，环境好、设备新，又有不一样的歌手，加上卫星他们之前一个多月在海珠桥上的“卖力宣传”。所以银河歌舞厅打从开业那天起，就是一座难求，忙得大伙过年都没空回家，年三十晚上众人聚在一起，打开彩灯、放着音乐，尽情地吃着喝着唱着笑着，过了一个终生难忘的春节。

新年伊始的第一个好消息，是广州又要举办流行歌曲大赛了，经过多年的发展和积累，这个地方级的赛事，吸引了全国各地的歌手前来报名，省宣传部门也格外重视，将“流行音乐在广州的崛起”与“广东在改革开放中的突飞猛进”提升到了一样的高度，甚至有人把广州比作“流行音乐的圣地”！

随着比赛的临近，马路上背着吉他、挎着电子琴的人似乎也多了起来，给春天的羊城增添了一抹别样的风景，空气中仿佛都浮动着迷人的旋律。

卫星早想抓住这个机会了，在当今这个人人都能凭借一首金曲一夜爆红的年代，他的梦想远不止于开个歌舞厅，自己旗下的歌手们个个都能独当一面，一旦其中有一两个在比赛中成了名，今后的生意必定会水涨船高。

卫星反复研究了今年的赛制，他以“银河演艺公司签约歌手”的身份给大家报了名，又排兵布阵似的，为每个人制订了具体方案：王小青不用多说，当家的“大青衣”，是重点打造的对象，从伴奏、伴舞，到演出服装，全用最高规格；高冷和小彬彬他们几个则以“银河电声大乐队”的形式参赛；阚大路依旧自弹自唱，继续树立“身残志坚”的模范形象，这两年不是有个大火的台湾歌手叫郑智化吗？腿脚也不利索，但是唱的歌特别励志，就按照他的路子来；二妞儿、三妞儿接着以“虎妹妹”组合的形式上台，当下“忧欢派对”“红唇族”“城市少女”等边唱边跳的女子偶像组合大受欢迎，照猫画虎肯定没错。

参赛歌曲却是一大难题，该项赛事以“鼓励原创歌曲”为宗旨，他们这些人里有尝试过写歌的，充其量不过两三句，拿不出一首完整的作品。在卫星的“威逼利诱”之下，小彬彬、阚大路和墩子承担起了创作任务，限期一个月，每人交两首歌。

一个月的准备时间并不充裕，大伙白天写歌、排练、编舞，晚上则要忙于歌舞厅的演出，两头都跟上满了弦似的，都容不得半点懈怠。

本以为“临阵磨枪，不快也光”，哪承想“山外有山，人外有人”，参赛的选手卧虎藏龙，有才华的太多了，无论创作上还是演唱上，可以说精彩迭现，各种音乐形式、演唱风格、表现技巧、舞台造型，很多都能让人眼前一亮。

一句句直击人心的歌词，一声声朗朗上口的旋律，铺天盖地般灌入评委和观众的耳朵，进而引起人们的共鸣。卫星他们费挺大劲筹备了一个多月的作品，并没有真正高人一头的地方，拿到赛场上根本不够瞧的，可能也是因为运气不佳，最终全军覆没，没有任何一人杀入决赛。

卫星是头一次见到这么多优秀的歌手齐聚一堂，毫不夸张地说，从中随便拎出几个选手，都可以跟当下最火的大腕儿们拼上一拼。心中充满挫败感的同时，他不由得感慨，原来那些光鲜亮丽的明星，不过是空中飘浮的灰尘，更多籍籍无名的音乐人，则是地上无尽的泥土。可能有一天，组成土壤的某一粒泥沙，会被风吹上天，而在尘土飞扬过后，又终将回归为泥土，这大概就是音乐圈的循环法则。

当他们引以为傲的才能，忽然变得不堪一击了，这对每个人的内心都是一次重创。不过参加这么大规模的比赛，总归还是有所收获的。当地电视台连续十天的直播，再次助推了流行音乐的风潮，没听过瘾的人们，开始涌入各类演出场所。

卫星把原本准备好的"获奖歌手倾情献唱"的横幅换成了"参赛歌手倾情献唱"，歌舞厅的生意比之前更上了一层楼。歌手们的工资几乎翻了一番，尤其是王小青，加上客人点歌的钱还有小费，每天能有八百到一千的收入，其余的歌手也能挣个五六百，乐队是集体工资，四个人分一千五，但不是均分，按照约定俗成的规矩，负责扒谱的键盘手墩子拿得最多。曼丽她们几个也不错，有跳舞和服务员两份工资。收入的猛增，让大家心中的阴霾多少散去了一点。

王小青身上的漂亮衣服几乎天天不重样儿。她挣得多也舍得花，频繁出入友谊商店这样的高档消费场所，每次都是空着手进去，再大包小包地出来。二妞儿、三妞儿也不甘人后，没事就跟曼丽她们往高第街跑，大深领、超短裙、低胸高衩……越穿越大胆。

高冷仍是将大部分收入寄回家，其实他一直想买块劳力士手表，他看香港明星几乎人手一块，几番激烈的心理斗争下来，还是没舍得买，最后去站西钟表城拿了一块高仿货。不过他也有不惜血本的时候，先是买了最贵的索尼随身听，又跟小彬彬同时玩上了摩托车，痴迷于那种风驰电掣的速度感，各自斥巨资买来新款“哈雷·戴维森胖子”，广州人管它叫“肥仔（Fat Boy）”，线条流畅，光芒四射，绝对是太子车界的扛把子，要多拉风有多拉风。

不管有事没事，无论黑夜白天，他俩经常骑着摩托车在公路上飞驰，如同驾驶着巨兽，或你追我赶，或并驾齐驱。外加长发及肩、身着皮衣、脚蹬马丁靴，如此炫酷的造型，不论到哪儿，都是路人视线的焦点。

阚大路调侃他俩：“人家是铁包肉，你们这是肉包铁，这不等于裸奔吗？荷尔蒙都快爆炸了，还能不能行了？”

作为大股东兼老板的卫星自然也没闲着，留下一部分资金用于“扩大再生产”，又专门去挑选了一枚钻戒，没想到却被郑婕以“事业的上升期，暂不考虑个人问题”的理由婉拒了。

阚大路这个碎嘴子，到什么时候也不闲着，生怕不说话让人拿他当哑巴卖了：“嘿嘿，卫老板真是商场得意，情场失意啊！”至于他自己的钱，几乎全被老娘以“娶媳妇儿”为由帮他存了起来。

2

自从比赛过后，总有一位客人，每天固定时间坐在吧台前的高脚凳上，四十多岁的年纪，看上去比其他酒客略显成熟，穿着打扮也不那么新潮，白衬衫、灰西裤、黑皮鞋，蓬蓬松松的背头吹得一丝不乱，鼻梁子上架着一副茶色眼镜，手里总是端着一杯加冰的单麦威士忌，一边晃着一边盯着在台上演唱的王小青。半天不见他喝一口。卫星看这个人有点眼熟，想了半天也记不起在哪儿见过。

作为歌舞厅的老板，对于这样的常客必须主动招待，毕竟人家手上一杯威士忌的价格，能顶三打啤酒。这天卫星主动上前打招呼，一番寒暄过后才恍然大悟，这个自称“凯文哥”的人竟是歌手大赛的评委之一，广州音乐圈里资深的制作人！

简直是天降贵客，卫星兴奋坏了，他早想结识这样的人物了，恭恭敬敬地将凯文哥请到办公室，点烟倒酒好一番款待。凯文哥直言不讳："卫老板啊，我来这里不是为了喝酒，而是专程来看王小青的，不知道有没有这个荣幸，能否请王小姐单独吃个饭？"

卫星对于这种事早已经见怪不怪了，走穴这几年，想请王小青吃饭的海了去了，有钱的、有势的、犯了花痴的，什么样的没有？作为艺人，既不能逢请必到，又不能全部回绝，比如像凯文哥这种有身份的，那是万万不能得罪。只不过"单独"两个字，在卫星听来有点别扭，王小青以往出去参加饭局，均由他或阚大路陪同，还得带着保安马五子，除非有具体合作，否则再大的老板也不可能单独约女歌手外出，这不合规矩。

凯文哥看出卫星不想答应，从口袋里掏出一个精致的名片盒，打开递上一张给卫星，那上面清清楚楚写着："陈凯文，广州新风潮唱片公司总经理、音乐制作人"，他笑了笑说："卫老板放心，我没有别的意思，只是单纯想跟王小姐认识一下，这样吧，不吃饭、不喝酒，只请她喝个早茶或下午茶，耽误不了晚上的演出，你看可以吗？"话说到这个份儿上，卫星再推三阻四也不合适了，当下将王小青带到办公室，给二人做了引荐。

那天之后，凯文哥来歌舞厅的次数变少了，偶尔来个一两次，都只选在王小青上场的时间段，听完转身就走。王小青也没什么变化，一如既往地按时演出，跟大家同吃同住，隔三岔五出去逛逛街、买买衣服和化妆品。想不到过了一个来月，她一本正经地找到卫星和阚大路，突然提出要单飞！

原来凯文哥头一次约王小青吃广式早茶，主动起身为她拉出椅子，又耐心地问道："王小姐作为歌手，是不是不想吃得太油腻？"在得到王小青的确认后，特地避开了红烧乳鸽、蒸排骨、叉烧包、油条，只选了几样口味清淡的点心，一举一动都显得那么绅士那么体贴。

随后的一番话，更让王小青受宠若惊，他说："在那天比赛中十个评委里，我可是为你打出了最高分，但是没有办法，按照比赛的规则，最高分和最低分是要被去掉的，不过我还是非常欣赏你的演唱。"

王小青脸上一红，毕竟自己在大赛中的成绩并不理想，略带羞愧地说了声："谢谢。"凯文哥惋惜地说："凭你的演唱实力，完全可以大红大紫，我说句不怕你介意的话，你之所以落选，就是因为你参赛的那首歌太一般了，歌词创作、编曲配器，包括伴舞，处处透着平庸，像是草台班子的感觉，怎么可能脱颖而出？"

王小青羞惭中带着几分不快，并非凯文哥说得不对，恰恰是因为人家都说对了，何止是草台班子，再往前说几年，她自己还是个土里土气的小保姆呢。

凯文哥胸有成竹地给王小青画着大饼："如果你愿意加入我的唱片公司，这一切都不是问题，我们有专门的歌手培训课程，从演唱到台风，全有专业老师一点点教。至于所谓的原创歌曲，那更不成问题，在广州，遍地是卖歌的人，你们不是圈子里的人，所以没有这个资源。反正这么说吧，我甚至可以让著名的词曲作家，为你量身创作，但有个前提条件，一旦签了约，你就再也不能去歌舞厅唱歌了。"

王小青没听明白："为什么？我白天去您的唱片公司上班，并不耽误晚上的演出呀。"

凯文哥嘿嘿一笑："王小姐，我们公司是造星的，明星的星，签完约才会为你打造自己的专辑，上电视台的晚会，开个人的专场，登上更大的舞台。你会和现在的当红明星一样，无论去哪里，都有专车、有保镖、有经纪人、有助理，所有的服装、化妆、造型，哪怕是说话的语气、方式，全部由公司为你设计，一切的宣发、通告也会提前安排，你不仅要唱好歌，还要注意艺人形象，公众和媒体会随时盯着你，怎能再去那个乌烟瘴气的歌舞厅呢？"

一粒泥沙即将变为飞扬在风中的灰尘，不管结局如何，过程总是令人兴奋。王小青一时消化不了这么多的内容，有点不知所措了。凯文哥并不急于求成，让她回去好好考虑。

后来又经过几次沟通，王小青终于做出了决定，她想抓住这个机会！

比起跟凯文哥的交流，她和卫星、阚大路的沟通简短多了，很可能是凯文哥教给王小青这么说的：“卫星哥，我有机会去实现我的梦想了，你不替我高兴吗？”

卫星淡淡地一笑，他记得很清楚，当初在滨江道上的包子铺里，几个人谈论梦想的时候，王小青说只要有工资拿，愿意卖一辈子包子。此时王小青却说：“我知道这样做违反了合约，我愿意将歌舞厅的股份让出来，当作我毁约的赔偿。”话音刚落，阚大路猛地站了起来，一把抓住王小青的手：“我们之间只值那一份合约吗？我可是要娶你的，我妈把户口本都带来了，你能不走吗？”

王小青叹了一口气：“大路哥，人总得往前看，如果你真对我好，就应该支持我、鼓励我、祝福我，我永远都认你这个亲哥哥。”一句话说得阚大路的心都凉了，怎么自己成了“亲哥哥”了？不知不觉间，他的眼眶红了，抓着王小青的手也放开了。

卫星心里清楚，凯文哥许给王小青的条件，是他和阚大路给不了的，这个人无论如何是留不住了，于情于理都留不住，毕竟对王小青而言，加入知名唱片公司的机会太难得了，作为多年的朋友，更不该意气用事，误了人家的前程。

他劝开阚大路，对王小青说："你大路哥刚才那句话说得挺对，咱们之间不只是一份合约，无论何时何地，感情总是在的。只要银河歌舞厅开一天，你的股份永远给你留着，万一将来有个为难走窄，随时欢迎你王小青回来。"

两行清澈的泪水，悄然从王小青的脸颊上滑落，其中一行是对过去的留恋，另一行则是对未来的憧憬。天下没有不散的筵席，该走的总归要走。王小青转身离去的刹那，卫星揽住了阚大路的肩膀，既是不让他去自讨没趣，又是一种无声的安慰。

第九章

出走的兄弟

霞姨看看小彬彬，又看看高冷，眼神里充满爱惜：“总之，你们是有理想的人，不要再虚度年华了。不用急着答复，我明天一早回香港，下星期三回来，到时候我们再谈！没人能左右你们的想法，但是，我愿意尽最大的努力去帮助你们、成就你们。把握住这次机会吧，你们一定会前途无量！”

1

阚大路心里搁不住事，王小青的出走让他一蹶不振，喝酒成了唯一的逃避方式，任凭大家怎么劝、老娘怎么骂，他也是整天喝得昏昏沉沉的。有一次他又在台上喝多了，跟点歌的客人吵了一架，一气之下砸碎了自己最心爱的那把吉他。

卫星无奈，不得已叫停了阚大路的演出，只能等待时间慢慢去填补他心中的那道伤痕。

凯文哥的新风潮唱片公司，起步于二十世纪八十年代中期，最早是在佛山设立了一家音带厂，出版翻唱港台歌曲的拼盘磁带，一盘磁带动辄就是几百万盒的销量，逐步介入原创音乐制作，这么多年摸爬滚打下来，已经达到了非常成熟的工业化生产水平。

从王小青签约的那天到第一张专辑的推出，只用了短短三个月，磁带封面上王小青的背影站在一片白茫茫的雪地中，头顶上印着专辑的名字——《雪中倒影》，乍看上去，给人一种凄美忧伤的感觉。这是凯文哥亲自给她制定的风格，在无数的“金童玉女”大唱甜歌的时代反其道而行之，推出一位走悲情路线的女歌手，以此来打动人心。

公司砸下重金，请来当下最炙手可热的创作人，给王小青定制了十首新歌，编曲、配器、录音、缩混、制作无不是最好的团队，最高的水准。

事实证明凯文哥的计划非常成功，专辑一经推出，销量出奇地好，短短几天时间，主打歌《雪中倒影》就登上了各大音乐排行榜，热度持续不退，王小青也开始频繁出现在当地电台的各档音乐节目中，通过电波跟歌迷们亲切交流，只闻其声不曾见面，让听众们对这位新晋女歌手充满了好奇，导播间的热线电话都快被打爆了。

公司又专门为她举办了一场小型见面会，现场演唱专辑里的歌，同步推出《雪中倒影》的音乐 MV，其后是签售环节，并安排电视台对她进行专访。一番操作下来，这个吊足了大家胃口的神秘女歌手一举闯入了公众视野，效果事半功倍。

阚大路没抢到见面会的门票，也确实不好抢，主办方把大多数的票留给了媒体和业内人士，剩下的少之又少。他也只得睹物思人，翻来覆去听王小青的磁带，尤其是《雪中倒影》这首歌，总是在他的随身听里单曲循环：

雪花漫天纷飞，
落在眼里化作泪滴，
这样的时候　总会想起你。
你说会像雪一样，
默默地守在我身旁，
曾经的诺言　已成心头伤。

还记得你远去，
孤独的背影　沉重的行囊，
留下无助的我，
寒风凛冽中　满目是苍茫。

雪花依然飞扬，
我们早已天各一方，
忍不住幻想　你还在身旁。
雪中没有倒影，

却依稀看见你模样，

才发觉泪水　盈满了眼眶。

凄美的歌词、忧伤的旋律，仍让阚大路抱有幻想，以为这是王小青在表达对自己的思念。

自从没了王小青这根台柱子，银河歌舞厅的营业额果然出现了一定程度的下滑。卫星尝试着邀来几个临时歌手，也有海珠桥上认识的朋友来串过场，效果皆不尽如人意。万幸高冷保持着一贯的水准，上次大赛受挫，他和小彬彬痛定思痛，开始认真研究原创歌曲，也找到了传说中的“打口村”，购买了大量的打口磁带。

其实那并不是一个村落，而是塑料加工厂的废料集散地。当时欧美唱片公司的一些磁带、CD 生产过剩，形成积压，必须清理库存，怎么办呢？用电锯在整箱全新的磁带、CD 上象征性地锯一下子，这就相当于销毁了，然后当成塑料垃圾装入集装箱，漂洋过海，成吨成吨地运到中国的沿海城市。一些有头脑的人从中发现了商机，论斤过磅、拿麻袋装，白菜价买下来，再加价卖给零售商。

这些卖磁带的二道贩子，不一定懂音乐，二十六个英文字母也认不全，但是常年在这个行当中浸淫，看得多了，听得多了，至少也有半个专家的水平。根据音乐杂志上的介绍，开盲盒似的打开一箱打口磁带，挑出有名有姓的歌星、专辑高价出售，剩下那些叫不上名字的，杂志上没介绍过的，当然这里面有可能隐藏着真正的巨星、经典的专辑，但卖不上价儿，便十块钱三盘、五盘、八盘地处理。

其实大多数流入市场的打口带损伤并不大，但开头引带部位基本上都被打断了，购买者还得自己修复。而欧美磁带跟中国磁带的最大区别，是带盒上没有螺丝！如果整个撬开，接好磁带，再拿透明胶带粘牢带盒，那就不完美了，也不够结实。修得多了，慢慢练成了绝活儿，不用开带盒，在桌子上稍微磕几下，断掉的磁带自己就能从缺口部位冒出来，粘好后复原如初，简直天衣无缝。

在那个年代，跟高冷、小彬彬一样，众多迷恋音乐、听腻了港台歌曲的文艺青年，其中也不乏音乐产业的从业者，把各种各样的打口带一包一包地往回拎，修好后放入录音机，从中大量汲取欧美音乐的养分，在演唱、演奏和创作方面，都有了很大的提高。

高冷和小彬彬还经常骑上哈雷摩托车、戴着耳机到处寻找灵感，白云山、上下九、沙面、光孝寺，不管是景物、街道还是人群、车流，只要心有所感，便迅速记录下来，等回到歌舞厅，便将这些只言片语的歌词以及一闪而过的旋律拼凑完整，交由乐队成员共同编曲配器，演出的时候夹杂在众多流行金曲之间唱给客人们听，赢得了一些真正懂音乐的客人的掌声。

其他人也在以自己的方式默默努力着，阚大路终于扔掉了酒瓶子，跟卫星恳谈过几次之后，他重新登台，并开始演唱王小青的歌曲，不只是《雪中倒影》，专辑里的所有歌他都学会了，并自动进入到“曲中人”的角色中，唱得声情并茂，一次次泪洒舞台。

二妞儿、三妞儿都比以前成熟了，不再疯玩疯闹，每天认真学习新的音乐元素，歌路比原来宽多了。曼丽她们则开始排练《野人的士高》中的舞蹈，怎么狂野劲爆怎么跳，还自己设计演出服。郑婕在降低运营成本方面下足了功夫，经过多方挖掘打探，成功绕开了区域代理，联系上几种畅销的啤酒、洋酒品牌的一级经销商，以最低价格签订了长期合同。卫星心知肚明，对于王小青的离开，大伙虽然嘴上没说什么，心里却都憋着一口气。

六月份的最后一天，传来了一条足以震动整个华语乐坛的新闻——黄家驹走了！一个集才华、梦想、责任、担当于一身的天才音乐人，在三十一岁这个本该大展拳脚的年纪，就这么永远地离开了，突如其来，猝不及防。

作为Beyond乐队的忠实歌迷，高冷盯着手里的报纸愣了许久，之前在他的带动下，卫星、阚大路、小彬彬等人都喜欢上了Beyond乐队，在银河歌舞厅的歌单上，Beyond乐队的经典佳作总是排在前边，黄家驹的死对他们每个人来说，都是一种触动，一份惋惜。

在小彬彬的提议下，大家做出了一个决定，在银河歌舞厅举办一场“怀念家驹”的主题演出，当天的酒水半价，演出营业额全部捐给慈善机构。

高冷、阚大路、二妞儿、三妞儿和一众乐手，开始没日没夜地排练，不做任何改编，力求还原出磁带里的每一个音符，又邀请了海珠桥上一起唱过歌的朋友们过来助阵，大家定好各自演唱的曲目。歌舞厅被重新布置了一番，舞台正中间挂上黄家驹的海报，电视机里反复播放着 Beyond 乐队的演出录像，每个桌上都点起了蜡烛，来看演出的人们自发带来了鲜花，在舞台两侧堆得满满的。

卫星宣布演出正式开始。小彬彬踩下效果器的失真踏板，熟练地弹出《真的爱你》的前奏，观众们跟台上的歌手一起唱着，从头到尾没有一个人坐下来。舞台上柔和黯淡的灯光，也在配合着众人的心情，时不时地变幻着色彩。最后一首《Amani》是所有歌手的大合唱，卫星也上台了，尽管他的粤语不那么标准，尽管很久没唱了，气息都快跟不上了，却仍是攥着话筒，闭着双眼卖力地唱着，将自己完完全全地融入音乐当中，享受着这份纯粹。

此时此刻，很多人都喝多了，很多人都流泪了，他们举着手里的打火机跟随着音乐轻轻摇晃，火苗和烛光交相辉映，气氛凝重中又带着一丝温暖。

2

曲终人散，众人的心情久久不能平复，他们坐在舞台上，看着空荡荡的歌舞厅，横倒竖歪的酒瓶子和一支支即将熄灭的蜡烛，感觉很久没唱得这么尽兴了。今天的他们，没有为了迎合客人，去唱那些自己不喜欢的口水歌；没有为了让花钱点歌的人高兴，在台上一口气灌下整瓶的啤酒；没有为了多挣小费，硬着头皮去包厢里跳舞；也没有因为谁开了一瓶好酒，点头哈腰地赔一晚上笑脸……

歌声仿佛还在每个人的心里回荡着，直到一个声音打破了沉寂："彬子？是彬子吗？"循声望去，从角落里走过来一位四十岁上下的女人，一头干练的短发，眼角淡淡的皱纹，身材却丝毫没走样，牛仔裤加上条纹衬衫的搭配，衬得她十分清新脱俗。昏暗的灯光下小彬彬眯着眼看了半天，突然脱口而出：“干妈！”

众人皆是一惊，小彬彬已经三十大几了，眼前这女人多说四十来岁，辈分对得上吗？小彬彬忙给他们介绍：“这是我干妈丁霞，你们该叫霞姨。”经他一番介绍，众人才恍然大悟，霞姨看似四十来岁，实则已过了知天命之年，由于保养得太到位了，完全看不出实际年龄。卫星见小彬彬跟干妈有说不完的话，应该是多年未见了，既然是母子团圆的好事，干脆顺水推舟，邀请霞姨跟他们一起去吃夜宵。

广州的夏天潮湿闷热，不是每家每户都有条件装空调，久久难以入睡的人们，免不了腹中饥饿，趁着夜风微凉，去喝一杯晚茶配上些点心，或者找露天的大排档吃夜宵、喝啤酒，这早已经形成了一种习惯、一种文化。出门不远就有一家大排档，老板姓何，本地人，爱说爱聊，待人接物格外热情，早年间也玩过吉他，所以跟卫星他们特别聊得来。自打歌舞厅开业以来，这里几乎成了演员们固定的深夜食堂。

卫星点了大家爱吃的炒牛河、烤生蚝、生滚粥、田螺、花甲、啫啫煲，满满当当一大桌子。老板知道他们的喜好，用盛满冰块的铁桶拎上来两打啤酒，拿来最大号的啤酒杯，又额外赠送了几个下酒的小菜。

按照老规矩，夜宵开始之前，阚大路先得拽几句词儿，总说狗嘴里吐不出象牙，他嘴里却总出名言。比方说像什么“投入这滚烫的砂锅，感受生命的沸腾”，还有“我们就像肠粉一样，平实的外表下包裹着别样的灵魂”，也对王小青说过“龟苓膏、芝麻糊和我全是黑的，不同的是一个败火、一个解饿、一个对你爱得执着”，如今没有了王小青，他的开场白也略带伤感，举杯在手长叹一声：“牛杂煲为什么好吃？因为里面肝肠寸断！”

觥筹交错之中，小彬彬给大家介绍干妈的过往：霞姨本是交响乐团的长笛手，和小彬彬的亲妈是在同一个机关大院长大的，素以姐妹相称，打从小彬彬还没出世，霞姨就认下他这个干儿子了，后来又做了他的音乐启蒙老师，他在少年宫吹奏的那支长笛就是干妈送的。后因机缘巧合，霞姨嫁给了一个港商，自此离开了北京，早些年还有书信往来，直到小彬彬去参军入伍，才慢慢失去了联系，没想到他乡遇故知，竟然在广州碰上了。

卫星好奇地问：“霞姨，好巧不巧，您怎么会来看我们的演出呢？”霞姨告诉众人，她当初为了爱情放弃了事业，毅然辞掉了团里首席长笛手的工作远赴香港，在家相夫教子，当起了家庭主妇，随着时间的沉淀，她感觉自己还是放不下音乐，便尝试用钢琴作曲。她老公在生意场上结识过一些唱片公司的老板，还有演出经纪人，拿她写的曲谱给专业人士过目，确实很有灵气，只不过她不会“0243”[①]的粤语填词法，只有曲子没有歌词。

当时香港地区的流行音乐很多是把欧美和日本的歌曲重新填词，涌现出了大批优秀的“词人”，经人介绍，霞姨找到了几个不错的“拍档”，一起谱曲填词，创作了几首歌，反响非常好，她的名声也在圈子里传开了，登门邀歌的唱片公司络绎不绝。

霞姨的老公是个非常精明的商人，见自己的太太这么有能力，立刻给她投资，开了一间自己的唱片公司。经过多年的苦心经营，已经在香港乐坛占得一席之地，很多明星大腕儿跟他们有过合作。当了老板，霞姨将更多的精力用于挖掘新人，带出了几名从内地到香港闯荡的歌手，专辑取得双白金销量，单曲也登上过香港电台“年度十大中文金曲龙虎榜”，同时跟广州的音像公司加深合作，为进军内地市场招兵买马。

前不久，她老公来广州参加商品交易会，与这边的几家企业达成了合作意向，经过几个月的研究和商讨，要回来再确认一些细节，并且签订正式合作协议。

霞姨上了岁数变得怀旧起来，这趟跟着老公一起返回内地，打

① “0243”：是指粤语填词中常用的一种方法，主要用于确保粤语歌曲的填词符合粤语的音韵和语法规则。

算再抽空回趟北京，见见故交。刚到广州，就听说了家驹去世的消息，因为工作的关系，她和家驹有过几面之缘，自是痛心不已。今天出来散步路过银河歌舞厅，看到门口的海报上写着“怀念家驹”专场演出，伴随着熟悉的旋律，她毫不犹豫地走了进来，没想到遇上了干儿子小彬彬。

霞姨也在酒桌上问起了小彬彬这些年的经历，十多年没见，话匣子打开就关不上了。一旁的卫星也时不时地插话，事无巨细地打听着唱片公司的经营之道，兴奋之情溢于言表。这么多人里，他只跟郑婕提起过，开一间唱片公司才是他的终极梦想。

霞姨对大家的提问知无不言，详细介绍了唱片公司的运营模式，以及香港乐坛的现状，历数了她认识的那些大牌歌手，从音乐风格又聊到他们各自的绯闻八卦，谁爱喝酒、谁爱抽烟、谁是第三者、谁是同性恋……虽是只言片语、点到为止，但也都是报纸、周刊上看不到的劲爆内容。她非常喜欢这些年轻人，感觉他们是真心热爱音乐，能从音乐中找到快乐和自我，也羡慕他们这个充满活力的年纪，更让她欣慰的是，这些孩子是幸运的，赶上了华语流行音乐飞速发展的好时代。

众人一直喝到天快亮了才散，小彬彬和卫星跟霞姨互留了联系方式，霞姨也答应他们，以后只要她人在广州，一定常来他们的歌舞厅捧场。

3

接下来的日子，银河歌舞厅按部就班地平稳运行着，每个人在自己的位置上都很踏实，从走穴时的居无定所，到如今的安居乐业，这种快乐和稳定是之前从未有过的。日积月累的情感和默契也在不断攀升，不只是生活中，在舞台上也能展现出来。

好比说，今天阚大路嘴欠，把贝斯手夏梅逗急眼了。他在台上唱到一半的时候，夏梅扭过头去一努嘴，鼓手权海立马心领神会，手底下突然加速，猛击四下踩镲，速度 80 拍的慢歌，一下涨到 140 拍，夏梅、墩子和小彬彬也跟着越来越快，阚大路生怕自己被撅在台上，嘴里忙不迭地跟着捣鼓。好不容易跟上了，权海一声吊镲过后，整个乐队又慢了下来，差点把阚大路的腰闪了。

再比如，曼丽她们几个给客人上酒，有的醉鬼以酒遮脸，对女服务员动手动脚，肖老师一束追光打过去，连台上带台下全往那儿看，保准看得醉鬼无地自容。高冷和小彬彬之间的配合也更加炉火纯青了，很多时候在台上都是即兴发挥，四四拍的歌唱得好好的，一个眼神交流，立马改成八六拍。原本抒情的慢歌，小彬彬一脚效果器下去，重金属音色响起，手里的强力和弦伴着闷音，气氛瞬间急转直上，转换得行云流水，比原版的还好听，唱歌的和听歌的都过足了瘾。

快乐的日子里也总会掺杂着磕磕绊绊，这天上午，跳舞的女孩们急匆匆地找到卫星，说她们队长曼丽一宿没回来，可能是跟客人出去了，BP 机连呼了几十遍也没有回音。卫星立马炸了，“不许私自跟客人外出”是死规定，尤其针对女演员，曼丽看着跟盘丝洞的妖精一样，但绝不是那种随随便便的女人，肯定出事了！几个人正商量着准备报警，却见光着两只脚丫子的曼丽，惊魂未定地回来了。

卫星上前问明了情况。原来是歌舞厅的一位常客把她带走了，这个人叫“胜仔”，干摄影起的家。从一个业余的摄影爱好者，最初是靠拍摄、洗印证件照、结婚照为生，到后来给报纸、杂志供稿，通过媒体的关系认识了一些文艺圈的人，逐步开始给歌手、演员拍写真、拍封面、拍海报，生意越做越大，单枪匹马地从一个小照相馆，到上下两层的大影楼，有助理、有跟班，钞票是真没少赚，地位也提高了。

毕竟“胜仔”这个名字略显小气，围着他溜须拍马的小兄弟，都称呼他“胜大师”。一只脚踏进文艺圈的他，自认为全身上下都是文艺气质，尽管脑满肠肥，还就好个捯饬，每次来歌舞厅，总把曲里拐弯的小分头抹得锃亮，花衬衫红领结，小白裤子大皮鞋，眯缝着两只小斗鸡眼儿，专往女演员的大腿上看，穿着裤子的，他能用眼神儿把人家裤子给扒下来，私下里他曾自诩，自己的眼睛比照相机更厉害，是X光机，带透视的！

通过卫星的观察，此人虽然形貌猥琐，可也属于“有贼心没贼胆”的范畴，碍于算是半个圈里人，每次见面还都对他挺客气。真没想到是他破了银河歌舞厅的规矩。

女孩们围着曼丽上上下下打量了一番，七嘴八舌地问她吃亏了没有。曼丽摇了摇头，说昨天晚上那个该死的胜仔喝多了，非要给她拍套写真，还说能把她的照片登在杂志封面上，凭她的姿色肯定会大受欢迎，十之八九会被导演选中，邀她去拍电影。

作为在娱乐场所混迹多年的老手，胜大师太知道女孩子想要什么了，尤其是搞文艺的姑娘，花言巧语比真金白银好使多了，以往通过这种手段，他没少占便宜。果不其然，曼丽也着了道，她太想成名了，这年头的女舞蹈演员，有机会给当红歌星伴舞已是最好的出路，单纯凭借跳舞而大红大紫的，全国才有几个？不管是为了自己，还是为了歌舞厅的生意，她都不想错失良机，面对胜大师的信誓旦旦，当时头脑一热，什么规章制度都不顾了。

散场以后，胜大师先请客吃了个夜宵，没少灌她酒，又将她带到黑漆漆空荡荡的影楼。起初还算正常，让曼丽选了几身衣服，换了几组花里胡哨的背景，煞有介事地拍了一些照片。后来就开始变味儿了，胜大师拿过来的衣服越来越暴露，还让她把鞋和袜子都脱了，拿着相机对着脚丫子一通猛拍，一边拍照一边色眯眯地告诉曼丽，他观察过了，所有跳舞的女孩子里就她的脚最好看。

再后来更过分，竟然让她光着脚，站到自己圆鼓鼓的肚子上跳舞，美其名曰“仰卧式肚皮舞”。真把曼丽整害怕了，借故要走，胜大师碍于名声和江湖地位，不便强行动粗，却横挡竖拦，堵着门不让她出去。两个人一直耗到快天亮，最后是曼丽推倒了一个摆道具的架子，给胜大师砸躺下，这才逮着机会逃出了影楼。

听明白始末缘由，卫星稍稍放下心来，在酒吧歌舞厅这样鱼龙混杂的场所，客人醉酒骚扰女服务员在所难免。他对众人重申了歌舞厅的规章制度，让郑婕每天散场后盘点人数，不管男女，如果有不知去向的，立刻向他报告。又叮嘱马五子把眼放亮点儿，再有类似情况发生，他这个保安队长也难辞其咎，但有一节，那手“二指禅”不能再用了，毕竟是开门迎客，伤了人买卖就甭干了。

尽管这场小小的风波并未造成任何严重的后果，却仍给了卫星一定的触动，歌舞厅的收入虽高，但离自己的梦想越来越远，在此等娱乐场所中，演员们再努力也不过是个摆设、是个项目，用旧社会的话说，是个“玩意儿”，他可不想当个娱乐大众的“欢喜虫”！

正在卫星心烦意乱的当口上，阚大路又犯病了，病因还是王小青，八卦杂志上登了一条重磅消息——当红女歌星王小青跟她的老板陈凯文关系暧昧，并被拍到了两个人出入高档酒店的照片。

各种杂志小报胡编乱造，文章怎么邪乎怎么写，有的说“音乐圈大佬陈凯文面临婚姻危机”，有的说“王小青已经怀有身孕”，还有的说“两人正在办理出国手续”。接踵而来的爆炸新闻，将阚大路的心炸得稀碎，他试着联系过王小青，人家根本不接电话，新风潮唱片公司的大门也关得死死的，原本排好日程的演唱会被无限期推迟。

阚大路托霞姨多方打听，始终没得到什么可靠的信息。他不想相信也不愿相信这些是真的，但是“无风不起浪”，这件事让他整天百爪挠心，看什么都烦，歌也唱不下去了，感觉自己像一个被不断充气的气球，说不定什么时候就炸了。卫星实在是劝不动阚大路了，他自己心里也是没着没落的，如同南方持续的阴雨天，让人无比压抑，仿佛有什么令人胆寒的事件，正在暗流涌动中缓缓酝酿着！

歌舞厅的表演分时段，从晚上七点半开始，演到八点半是第一时段，休息半个小时，给客人们留出喝酒聊天的空当，第二时段从九点到十点，十点半到十一点半演完第三场，有时再返几段，凌晨一点左右就差不多该散场了，当然如果还有客人没走也不能往外赶，服务行业嘛，得让“上帝”们喝尽兴。

按照规章制度，全体人员下午六点到岗，调音、试音、化妆、换衣服，做好演出前的一切准备。卫星则是固定在三点左右，提前来到办公室，给自己留出两三个小时，用来处理经营方面的问题。如果有多余的时间，他会想方设法多看一些“新”的东西，刚出炉的新歌、刚发售的新专辑、刚流传到市面上的演唱会录像带，以及报纸、杂志和流行刊物上的新服装、新造型、新设备、新装置……身处在这个行业，一旦原地不前，迟早会被来势汹汹的新浪潮所吞没。

无奈今天的办公和学习时间，又被失恋的阚大路占用了。哥儿俩开了一瓶白兰地，时不时地猛灌一口，然后狠狠嘬着香烟，在喷云吐雾中沉默相对。

卫星不打算再劝阚大路了，真是劝不动了，说来说去无外乎是什么“三条腿的蛤蟆不好找，两条腿的活人有的是”“天涯何处无芳草，何苦独恋一枝花”之类的屁话，与其喋喋不休，倒不如这么干坐着，此处无声胜有声，沉默是最好的交流方式！

其实求而不得的，又何止阚大路一个人？卫星都对郑婕表白过多少次了？而郑婕呢？简直像一个世界顶尖水平的守门员，无论他这个前锋拥有多么犀利的脚法、找到多么刁钻的角度、使出多么巨大的力量，都会被她轻而易举地化解，更不知道这场比赛还会踢多久。

本来顺理成章的事情，为什么会发展成这样呢？挡在二人之间的那层“窗户纸”到底是什么呢？

突如其来的敲门声，打破了办公室中的沉默。卫星说了一声“请进”，高冷和小彬彬推门而入，从两个人的神色上看，大有无事不登三宝殿的意思。卫星招呼他们坐下来，递过两杯酒。

阚大路不是外人，也不用回避，他坐在沙发上，纳闷儿地看着高冷。高冷攥着酒杯，还没喝，脸就已经涨得通红了，吭哧瘪肚的，半天说不出一句话。看来这一切的前因后果，只能由小彬彬来讲述了。

原来自从上次重逢之后，霞姨又约小彬彬和高冷出来见面，晚上演出走不开，便定好早上八点，请他俩喝早茶，地点在珠江岸边的白天鹅宾馆，几乎是照搬了凯文哥挖王小青的模式。

高冷和小彬彬上好闹钟，起了个大早，一人骑一辆摩托车，来到目的地。他们也是头一次走进这座百米高的大厦，中庭之内亭台楼阁，壁山瀑布，流水潺潺，绿植茂盛，把岭南园林搬到室内，令人叹为观止。

霞姨提前到了早茶餐厅，衣着得体，略施粉黛，显得落落大方。几名侍应生推着满载“虾饺、烧卖、凤爪、芋角、蛋挞、马蹄酥”的餐车，在各张餐桌前游走。霞姨点好了餐，咸甜搭配，摆满餐桌。高冷一如既往地少言寡语，吃得也不多，霞姨和小彬彬却聊得热火朝天。正是这次碰面，改变了高冷和小彬彬的人生轨迹。

一看见小彬彬，霞姨就忍不住想起往事，讲了几个他小时候调皮捣蛋的段子，接着问道：“你来广州，你妈妈同意吗？看你这意思也不像结了婚的，有女朋友了吗？往后有什么打算？还回北京吗？”

小彬彬夹起个虾子烧卖塞进嘴里，又喝了一口茶，含糊不清地说：“不瞒您，出来这么长时间，没混出个样儿来，灰头土脸地打道回府，那就不是我了！”

霞姨粲然一笑：“呵，都这么大了，脾气还跟小孩一样，不撞南墙不回头！”接着收住笑容，表情严肃起来：“彬子，你弹琴的技术、感觉，已经让大部分乐手望尘莫及了；高冷的嗓音、唱法，还有那股子帅劲儿，也是万里挑一。你们翻唱的 Beyond 乐队的歌非常棒，但是，现在流行音乐进入了原创时代，你们想过唱自己的歌吗？”

小彬彬被问得不好意思了：“写是写过，也有不少音乐动机，也排练过，但都不太成熟。您知道，来歌舞厅的客人，大多喜欢听熟悉的歌，喜欢追港台的口味，最好是你唱上句，他能接下句，最后再来个全场大合唱，那才算过瘾。这种场合，跟原创音乐真不太沾边儿。换句话说，在广州，靠唱歌挣钱很简单，但想靠做原创音乐生存，不容易！”

霞姨又问：“那你们做音乐到底是为什么，只为挣钱吗？”这个话题，小彬彬跟高冷、卫星、阚大路聊过无数次——浪迹天涯，历练人生，不重复过往的日子，沉浸于精神世界，写出传世之作，在舞台上升华灵魂，是他们共同的理想，但要是当着外人的面说这些，他还真有点儿张不开嘴，随口敷衍：“反正……反正音乐能让我充实、自在，今朝有酒今朝醉，这就行了！”

霞姨打断了他的话：“在我看来，你和我亲儿子是一样的。咱是一家人，不用兜圈子。我想把你和高冷签下来，包装成创作型的二重唱组合，就像日本的‘恰克与飞鸟’，美国的‘西蒙和加芬克尔’，发行专辑、开演唱会。你们的人生故事，一定会成为歌坛传奇，怎么样？有没有兴趣？”

高冷眼前一亮，这两个组合他都知道，也翻唱过他们的歌，但从来不敢想，有一天自己能跟他们一样，成为真正的创作型歌手，这不正是自己梦寐以求的事吗？

小彬彬也亢奋了，潇洒地甩了甩长发，端起茶杯：“干妈，就这么定了，以茶代酒，我敬您！”

一顿早茶吃了两个小时，小彬彬口若悬河，说自己喜欢广州，因为他在这里遇到了形形色色的人，他们有一个共同点，就是都在“炒更”“捞外快”，跟时间赛跑，那种努力打拼的态度特别迷人，让他也学会了满怀激情地去拥抱生活，音乐的灵感也由此勃发。而跟他形成鲜明对比的是高冷——坐在旁边一言不发，好像个木头人。

霞姨趁热打铁：“那干脆这样，我回去准备一下，下午就把合同签了。”小彬彬却突然话锋一转：“干妈，我还有个条件，能不能把阚大路也签了？二妞儿、三妞儿也不赖，肯定有前途，您也考虑考虑，再让卫星当我们哥儿几个的经纪人。哪怕我跟高冷少挣点钱，也行！”

高冷听完，看着霞姨使劲儿地点头。小彬彬这番话正是他想说却不知道该怎么表达的。他刚才一直在想，他们这些人一路南下，同甘共苦，梦想也都一样，王小青已经走了，自己跟小彬彬再走，那卫星、阚大路他们怎么办？

霞姨无奈地摇摇头："跟你俩签约是想帮你们，但我也承认，我想通过你们为公司获取利润。在商言商，公司不是慈善机构，不可能一下子签下那么多人，这个条件我不能答应。"

这下高冷再也憋不住了，斩钉截铁地说："对不起，我不签了。"小彬彬歪头看了他一眼，一挑大拇指："行，够哥们儿！"又对霞姨说："干妈，您知道我不是见利忘义、见弯儿就拐的人，要不也走不到今天，我也不签！"

霞姨笑了："先别急，这样吧，我带你们去一个地方，先看看，感受一下，再做决定。"

再怎么说，霞姨也是小彬彬的干妈，这层关系变不了，买卖不成交情还在，没什么不行的。小彬彬、高冷跟着霞姨走出白天鹅宾馆，霞姨可不敢坐他们的摩托车，三个人打上一辆出租车，一几分钟后，停在农林路一幢洋房别墅门口。

进门后，一个三十多岁的男人迎了上来。小个子、短发、金丝边眼镜、衬衫牛仔裤、一口广东普通话，潇洒干练。霞姨给他们彼此做介绍，小个子男人姓邱，是广州一家国有音像公司的总经理、霞姨在内地的合作伙伴。邱总热情地拉着小彬彬和高冷参观公司，楼上楼下转了一个遍。

虽是正规的国有公司，但楼里面的氛围却好像是一个温馨的大家庭。一层大厅里，几个长发披肩、貌似乐手的年轻人，跷着二郎腿，坐在沙发上高谈阔论。高冷和小彬彬一句也没听懂，来广州这么久，粤语歌张嘴就唱，真正的粤语却还是不甚了了，因为不仅是发音，语法、词序也能把北方人绕迷糊了。那几个人看到他俩，立即感觉出是同道中人，微笑着点头、大方地招手示意。

邱总又带他们去了宿舍、健身室和食堂，介绍说，公司“24小时不打烊”，排练、录音、开会累了，厨房有阿姨随时给大家做饭，人是铁饭是钢，永远不能缺了烟火气！

邱总非常健谈，边走边聊，从人生理想到风土人情，从音响器材到音乐风格，从约翰·列侬被歌迷枪杀到黄家驹的意外离世……时而眉飞色舞，时而伤春悲秋，好像永远有吐露不尽的情绪，但是丝毫不张扬，让听他说话的人觉得特别舒服、贴心。

他带着几个人上了二楼，参观录音棚和排练室。置身于合成器、调音台、麦克支架、谱台以及各种乐器之间，周围静谧无声，一根针落地都能听得见。小彬彬仿佛找回了当年在北京“趴棚子”，当“棚虫”的感觉。两个人自弹自唱，试着录了几首歌，邱总、霞姨和在场的录音师都连声称赞。对高冷来说，这又是一种全新的体验，让他兴奋不已。看似老实木讷、内向寡言的他，灵魂深处却永远追求着标新立异。

不得不说，小彬彬和高冷都爱上了这里的工作环境，爱上了这家公司的氛围。这栋漂亮的别墅让人有一种莫名的归属感，他们都有些心动了。

霞姨适时地抛出更大的诱惑：“我们的音乐制作是流水线式的，筹备歌曲、前期录音、唱片和磁带的加工生产、海内外的发行、大范围的打榜推广……都不用你们操心，你们只要做好音乐，就足够了。彬子、高冷，难道这还不算最好的实现理想的平台吗？更重要的是，你们这种实力派二重唱组合，无论在港台还是内地（大陆），都是凤毛麟角的，一准儿能够大获成功！”

高冷依旧默不作声，一贯能说会道的小彬彬也陷入了沉思。邱总补充说：“前几天霞姐跟我介绍过你们，我相信她的判断，但闻名不如见面哦，听完你们的歌，我对你们有了百分之百的信心！如果我们一起合作，在创作上公司绝不会越界，不会干涉你们的音乐风格。你们可以心无旁骛地写歌、录音，再也不用为了赚钱，每天在歌厅里看那些客人的脸色，何乐而不为呢？”

小彬彬的内心无比矛盾。以当下而言，香港流行音乐仍超出内地一大截，有不少内地歌手都是在香港成名的。那里有最成熟的商业音乐体系，最顶尖的音乐人，最完善的团队，最豪华的录音棚，最专业的演唱会，最绚丽的舞台，最高级的乐器，还能第一时间接触到全世界最新潮的音乐，有着大把大把出人头地的机会……如何顶得住这样的诱惑?

霞姨看看小彬彬，又看看高冷，眼神里充满爱惜:“总之，你们是有理想的人，不要再虚度年华了。不用急着答复，我明天一早回香港，下星期三回来，到时候我们再谈！没人能左右你们的想法，但是，我愿意尽最大的努力来帮助你们、成就你们。把握住这次机会吧，你们一定会前途无量！”

第十章

曲终人未散

卫星想起了电影《教父》中的一句台词：我将给他一个无法拒绝的条件。

由此来看，高冷和小彬彬的选择是水到渠成的。要想避免王小青和高冷事件的延续，只有一个可能——自己要强大起来。如果合作伙伴成长的速度远远超过了你的组织，那人家另投他处就是自然而然的选择。

1

几天后，还是在农林路的那栋别墅里，高冷、小彬彬和霞姨、邱总坐在会议室，草签了一份中英文双语、内容一致的意向合约。合约为期三年，公司为每人每月支付一万五千元工资，出版三张原创专辑，在港台和内地（大陆）同步发行，版税按销量分成，其间举办十场演唱会。之所以只是意向合约，皆因高冷无论如何要征求卫星和阚大路的意见。霞姨表示理解，深情拥抱了他和小彬彬：“我相信卫星老板的器量，他不会为难你们的，你们今后只管好好写歌，好好做音乐！”

小彬彬讲完了前因后果，又开始努力解释，替高冷和自己给卫星道歉。只不过后边的这些话，卫星完全听不清了，仿佛有一阵阵奇怪的噪声，盖住了小彬彬的长篇大论，他觉得也不必再往下听了。

兄弟们初相识的情景，在卫星脑海中一闪而过，那是在天津劝业场后边的宴宾楼，四个人把酒言欢，他将自己珍爱的那台松下双卡收录机送给了高冷，小彬彬给他们讲述了威猛乐队的传奇，又一起听了那首《无心快语》。再到后来的东郊长江影剧院、北京鬼街、山西“煤海”、海口夜市……

一幕幕回忆交织在一起，让他渐渐地恍惚了。王小青的离去，已经让这支队伍元气大伤，如果高冷和小彬彬也走了，自己还能坚持下去吗？常言道“人往高处走，水往低处流”，如果同样的机会摆在眼前，他又该如何取舍？

卫星忽然想到了几年前，自己在天津卫做床垫生意的往事。当时的卫星初出茅庐，本来要跟温州人较劲争夺床垫生意，损鸟掰开揉碎了一番苦劝，言犹在耳。

床垫生意虽然短暂，但确实给卫星扎扎实实地上了一课。任何一门生意，其中的利益盘根错节，都有很多关联方，绝非一己蛮力可以打破，那个时候的卫星选择了急流勇退。但如今音乐是他的全部，这个时候已经没有退路了。

卫星想起了电影《教父》中的一句台词：我将给他一个无法拒绝的条件。由此来看，高冷的选择是水到渠成的。要想避免王小青和高冷事件的延续，只有一个可能——自己要强大起来。如果合作伙伴成长的速度远远超过了你的组织，那人家另投他处就是自然而然的选择。

此时的音乐界，已经有了朴素的版权概念。唱别人的歌，弹别人的音乐，终究不是长久之计。要想在本土流行音乐的圈子里做大做强，完成产供销一条龙，只有原创这一条路。银河歌舞厅在广州流行歌曲大赛的完败，就是给他们敲响了警钟。

一瞬间，卫星想明白了很多事情，停留在哥儿们义气的情绪中于事无补。从此，卫星也要思考开始走原创这条路了。

卫星到广州有段时间了，这次高冷和小彬彬的出走，塞翁失马，反倒让他有了一次思维的升级。

2

没等醉醺醺的卫星做出回应，那边的阚大路先急了：“王小青走了，你和高冷再撂挑子，咱这歌舞厅还干不干了？吃饱了骂厨子，卸了磨就杀驴，你们也太不地道了！”

小彬彬恳切地说：“大路你放心，我从北京请两个朋友过来，弹琴、唱歌、造型，保证都是一等一的，绝不会耽误演出。另外咱在广州这边这么长时间，也认识了不少玩音乐的兄弟姐妹，哪一个没点儿真玩意儿？咱们这儿的客人又多、待遇又好，谁不想来驻场表演？我肯定先把事情都安排妥了，都稳当住了再走！咱哥们儿这么多年的交情，我是那拆台撤梯子的人吗？”

阚大路不依不饶：“那能一样吗？音乐风格、乐队配合、演出节奏、收入分配，哪一样不得重新磨合？”

卫星了解阚大路，他主要是不放心高冷，毕竟小彬彬对他们的帮助不小，关键时刻从没掉过链子，人家真要走你没法拦着，现在唯一需要确认的，就是高冷的态度。

高冷显然还在纠结，咬着嘴唇一言不发，一边是从小玩到大，风风雨雨里走过来的兄弟，另一边不仅仅是名与利的诱惑，更是理想的召唤，这个天平该向哪一边倾斜呢？

阚大路满脸怒容，一甩手砸了酒杯，指着高冷质问：“上学的时候是谁替你出头打架？后来是谁带你进的吉他队？又是谁拽着你去报名参加的比赛？在‘炼海’是谁舍命救你？你现在唱出来了，找着财大气粗的东家了，就翻脸不认人了？这不是忘恩负义是什么？你还够得上一撇一捺吗？”

连珠炮一般的发问，一声高过一声，阚大路越说越生气，实际上他一半说的是高冷，一半说的是王小青，只不过自己并未意识到。让他当场砸碎了一个洋酒杯，又嚷嚷这么一通，气氛一下子尴尬了。

小彬彬有点下不来台了，但他不是来吵架的，只想把这件事圆满地解决，阚大路和卫星都在气头上，不如自己先退一步，等大伙都冷静下来再谈。他起身背上琴包，招呼高冷：“咱先走吧，改天再来。”说罢拿起摩托车钥匙，扭头走出了大门。其实他也不知道该去哪儿，平时就住在歌舞厅二楼的宿舍，但眼前这种气氛太压抑了，只能先离开几天，然后再做打算。

高冷却没动，他也没喝酒，蜷缩在沙发一角一声不吭，半长的头发垂下来，遮住了他冷峻的面庞。卫星和阚大路也沉默了，一支一支地抽烟，烟雾不断扩散、升腾，一杯一杯地喝酒，很快喝完了整整一瓶 XO，又打开一瓶续上。良久，高冷终于开口了："我不走了……"阚大路的视线被泪水模糊了，他叹息一声，抬手打断了高冷的话："冷子，你跟小彬彬去吧，以你的才华，应该登上更大的舞台！"卫星什么也没说，仍一口接一口地灌着自己杯中的烈酒，似乎默认了阚大路的话。

高冷呆坐了片刻，面部表情越发的呆滞，站起来与二人紧紧抱了一下，拍拍肩膀，嘴里挤出两个字："保重！"卫星和阚大路失魂落魄，心里空落落的，等他们回过神来，高冷已经走了。

"地球离了谁都转，还转得更快……"阚大路散了架似的，四仰八叉往沙发上一躺，嘀嘀咕咕地自言自语。这阵子他太累了，主要是心累，王小青的八卦新闻搅得他彻夜难眠，躺在床上翻来覆去的，比笼屉里的包子还憋闷，如今高冷和小彬彬的离去，让他彻底心灰意冷了，在酒精的作用下，很快打上了呼噜。

卫星比他喝得还多，尽管这么多年驰骋"沙场"，他已是"久经”考验的“老战士”了，但是今天的酒太“上头”了，不知不觉地，竟也趴在自己的大班台上睡着了。

迷迷糊糊地不知过了多久，阚大路突然喊了一声“小青妹妹”，猛地从沙发上坐起来，大口大口地喘着粗气。卫星让他这一嗓子惊醒了，揉着眼轻哼一声：“你又撒什么癔症？别再惦记什么王小青了，她早跟别人远走高飞了。”阚大路瞪了卫星一眼：“对，她走了，高冷也走了，是你把他们放走的！”

卫星挠了挠头：“我怎么记得刚才是你让高冷走的？”阚大路强词夺理：“你为什么不拦我一句？其实你一句话，高冷肯定会留下，上次王小青要走，你也没拦着！”卫星说：“高冷也是我兄弟，我能为了自己挣钱，就一直给他拴在这个歌舞厅吗？再说他是跟小彬彬走的，又是去投奔霞姨，鸟随鸾凤飞腾远，咱俩有什么不放心的？至于王小青，人家是去傍大款攀高枝了，谁拦得住她？”

阚大路这个连日来不断膨胀的“气球”，这一下彻底炸了，最不愿意接受的事实，从最信任的兄弟口中说出来，无异于拿刀子剜他的心，让他当场破了防。他摇摇晃晃地站起身，拍着桌子大吼：“卫星，在你眼里我们是不是都他妈可有可无？你只认得钱，从来没拿我们当兄弟！”

卫星也被激怒了，自打他挑起这个摊子，里里外外大大小小的事情，哪一件不是他尽心竭力地操持？他从心底羡慕那些拥有音乐才华的人，但他找准了自己的定位，就像当初说的那样:“我这个马路吉他队大队长，就是为兄弟们服务的。”

这么多年下来，他一直坚守着这个原则，尽量让大家远离是非纷扰，只管玩好音乐，其余的都由他来承担，没想到换来的却是阚大路一句:“你从来没拿我们当兄弟！”只觉一股子邪火直撞顶梁门，指着阚大路的鼻子骂道:“对，你他妈说得对，我谁也不在乎，你也给我滚！”

阚大路的怒气值升到了极点，扑上去与卫星厮打在一处，谁都没手软。他们俩小时候当过几年死对头，但真正你来我往的拳脚相向，这还是头一次！

正当此时，办公室的门一开，郑婕冲了进来，见这两个醉鬼打得难解难分，劝也劝不开，拦也拦不住，情急之下，她跑出去招呼保安马五子，从吧台拎来一个冰桶，里边装得满满当当，一半是冰块一半是凉水，不容分说，对着卫星和阚大路泼了过去。

两个人被劈头盖脸的冰水一激，一瞬间清醒了。各自坐在地上，呼哧带喘，嘴角和鼻子都在淌血，谁也不想搭理谁。郑婕抓着他们的胳膊急道:“高冷出事了！”

她刚才接了个电话，是交通队打来的，说越秀公园南门附近发生了一起交通事故，有个背着吉他、骑着哈雷摩托车的年轻人和一辆卡车相撞，当场死亡。处理事故的交警从死者身上翻出了身份证和几张银河歌舞厅的名片，这才打电话过来核实。

卫星和阚大路有生以来，头一次体会了传说中的“五雷轰顶”，整个人的力气和精神，仿佛一下子被抽空了。阚大路愣了几秒钟，挣扎着爬起来，跌跌撞撞地夺门而出。卫星想跟上去，无奈两条腿不听使唤，只能让郑婕和马五子扶着他出去。此时的银河歌舞厅已经开始营业了，卫星勉强支撑着，安排郑婕留下来跟客人们解释解释，就说今天有临时状况，取消一切演出。

3

天上飘着针尖一样的细雨，卫星带着马五子和小土豆，紧紧跟上阚大路，赶去处置高冷的身后事。小土豆哭得几近昏厥，阚大路咬牙切齿，恶狠狠地问交警:“肇事司机在哪儿？你们让他跑了？”交警无奈地告诉他:“哪有什么肇事司机？人家大货车停在路边，动都没动过，是骑摩托车的一头撞了上去。”

永别了，高冷，我们最亲爱的兄弟。感恩有你陪伴，在最年轻的时光里，走过一座座陌生的城市，遇到一个个朋友，经历一次次爱恨与悲欢，唱出那一首首澎湃的歌曲。

人生所有的相聚，不过都是为了这最后的别离。我们终将替你走完余下的路，继续在生活的细碎波澜中，忍受着苟且与不堪，幻想着阳光和雨露，等待下一次的别离。

办妥了相关手续，已经是晚上九点多了，几个人丧荡游魂般地走在广州的街头，溽热的天气加上淅淅沥沥的小雨，憋闷得让人喘不上气来。阚大路把一切错误都归结在了自己身上，如果不是他当初带高冷去海河公园斗琴，命运的齿轮可能会旋转到其他方向，也许高冷还在三轮社蹬车送货，也许高冷可以去乐器店修吉他，也许高冷已经娶妻生子，也许高冷一事无成、落魄一生，但至少还活着，他们还能做兄弟，就在今天下午，如果他没让高冷离开……

悔恨自责，悲痛欲绝，他一下一下抽打着自己的脸，下手越来越重。

卫星知道他心里不好受，想将他拦下来。阚大路一下打开卫星的手，看都不看他一眼，一瘸一拐地走入了夜色深处。卫星怕阚大路一个人出事，示意马五子跟着。

回到银河歌舞厅，差不多十点半了，这个营业时段，以往都是最热闹的时候，可仿佛只在一夜之间，曾经的一切都变了。卫星垂头丧气地往里走，没等他进门，却见几个客人惊慌失措地跑了出来。

原来是几天不曾露面的胜大师，带着两个膀大腰圆的跟班“杀”了回来。上次他没能在曼丽身上得手，自己还受了伤，最关键的是两个人僵持的时候，他顺手将照相机放在了一个道具架子上，结果架子被曼丽推倒了，相机也掉在了地上。那是他最称手的一台德国旁轴相机，娇贵得很。经此一劫，镜头碎了，底座瘪了，后盖也掉了，返厂维修的价格高得吓人。他忍无可忍，这才带人来报复曼丽。

一贯财迷心窍、一毛不拔的胜大师，破天荒地坐进了有最低消费的包厢，在桌子上扔下大把的钞票，点名让曼丽进来跳舞。曼丽不同意，他那两个跟班连拉带拽，想强行把人掳进包厢，其余跳舞的姑娘看不过去，纷纷上前阻拦，夏梅、墩子、权海等几个乐手也撂下乐器过去帮忙。双方对骂了一阵，到最后直接大打出手，桌子也掀了，果盘也飞了，酒瓶子碎了一地，连赶过去劝架的郑婕都挂了彩。来喝酒的客人们害怕被误伤，账都顾不上结，争先恐后地往外跑。胜大师佯装受伤，赖在包厢里不肯善罢甘休。

卫星的心情本已糟糕到了极点，心里不停地问自己："高冷死了？他怎么会死呢？"当看到郑婕腿上被碎酒瓶子划出了血，他的眼都红了，三两步跑进办公室，抄起半截平常以备不测的球杆，转身出来，冲向包厢。

胜大师还在那龇牙咧嘴地装洋蒜，一心想讹钱，他本以为这些开歌舞厅的北方佬不敢把事闹大，怎么也想不到卫星会来拼命。肩膀上挨了一闷棍，火辣辣地疼，再也装不下去了，跳起来抱住卫星，扭打在一起。那俩跟班不可能瞪眼干看着，也扑上去帮忙。曼丽、郑婕、小土豆、墩子等人拥进包厢，众人叽里咕噜滚成一团，连喊带叫、连踢带踹、连抓带挠，打乱了套。

歌舞厅最能打架的几个，马五子、阚大路、小彬彬都没在，三梆子回天津办事，走了一个礼拜还没回来，剩下的人中女多男少，没什么战斗力，卫星孤掌难鸣，顾前顾不了后。而胜大师带来的那俩跟班越战越勇，把歌舞厅这些人打得人仰马翻，到最后，一边一个扭住卫星的两条胳膊，胜大师发了疯，一通组合拳疯狂输出。

卫星眼冒金星，口鼻蹿血，感觉整个脑浆跟开了锅似的，咕嘟咕嘟地翻涌，上半身动弹不得，两条腿拼死乱踢，嘴上还不肯服软，把胜大师的祖宗八代挨着个问候了一遍。他越骂，胜大师越来气，一拳接一拳地往他身上捣着。

卫星遍体鳞伤，但一点儿也不觉得疼了，感觉灵魂已经出窍，在天上追着高冷飘来荡去。胜大师疯了一般不肯停手，照这样打下去，卫星就算不死也得受内伤。危急时刻，却听到一声惨叫，胜大师摔倒在茶几旁，身体蜷缩，极度痛苦。那俩跟班急忙丢下卫星，去查看胜大师的伤势。

敢情是郑婕抓起一个啤酒瓶在桌角敲碎，从侧面朝胜大师脸上刺了过去，锋利的玻璃碴深深地插入了眼眶，她觉得手上一热，也分不清那是鲜血还是爆了浆的眼珠子！

卫星一瞬间清醒过来，耳朵里灌满了尖锐的嗡鸣，完全盖过了自己急促的呼吸，他不敢相信眼前所看到的一切，倒不是因为胜大师的眼珠子，而是因为郑婕——这还是那个端庄美丽、温柔似水的郑婕吗？还是那个办事严谨、沉着理智的郑婕吗？还是那个让自己魂牵梦萦、心心念念的郑婕吗？

在一阵阵“尖叫声、惊呼声、哭泣声、警笛声”混杂的纷乱中，一切的故事戛然而止，一切都定格在了广州那个闷热潮湿的夏天！

尾声

由于故意伤害罪，郑婕被判入狱八年，在审理过程中，卫星得知了她的过往。郑婕的父亲去世很早，为了一处容身之地，她妈带着她，嫁给了塘沽的一户渔民。当家的老渔民是个鳏夫，身边有个拖着大鼻涕的憨儿子。母女二人嫁给这一对父子。始料不及的是，父子二人嗜酒如命，整天喝得酩酊大醉，无缘无故地打人，母女俩被打得遍体鳞伤，家不像个家，日子过得一塌糊涂。

郑婕的妈妈明知上当了，这么过下去，女儿的一生都毁了，却并没有大哭大闹，而是一如既往地逆来顺受，让干什么就干什么。郑婕心如死灰，也不知道自己应当何去何从。

有一次，当妈的留下郑婕，跟那对父子出海打鱼，遇上了风浪，小渔船年久失修，漏水沉没。老渔民父子双双溺亡。郑婕妈妈是在运河上长大的，水性极佳，被另一艘渔船救上来，但回来后精神错乱，成了个疯婆子。整个渔村只有郑婕清楚，当妈的为了女儿忍辱负重，终于找到一个合适的机会，制造了这起沉船事故。

郑婕托村里人帮忙照顾妈妈，自己出来打工挣钱。经历了人生的挫折、命运的摧残，家里又有老妈妈需要养活，她又结过婚，觉得自己只会拖累卫星，因此一直回避，不敢有所承诺。

伤残鉴定结果出来了，胜大师左眼失明，属于重伤，要附带民事赔偿，他狮子大开口，索取天价。卫星遭受接二连三的打击，从王小青出走、高冷意外离世，到银河歌舞厅出了这么一场大乱子，生意一落千丈、入不敷出，真有点儿手足无措的感觉。

卫星在办公室借酒浇愁，突然桌上的电话铃响了。不用接也知道，这是一通越洋电话，千里之外，是自己的小老舅谷志军打来的。

谷志军前些年做地产生意发了横财，奈何他起来得有多快，跌倒得就有多迅速。前些年他看上了河边的几排平房，征地、拆迁办手续，很快建起两幢高楼。到最后工程验收时，才发现承包方偷工减料，楼房质量不过关，哪儿都是毛病，尤其是靠河堤太近，地基不牢，隐患无穷。无论炸掉重建，还是就这么干耗着，都已于事无补。一时间树倒猢狲散，公司宣告破产，谷志军赔了个毛干爪净。

人这一辈子，总得经历几番沉浮起落。谷志军讲板儿讲道、有里有面儿，虽然投资失败、血本无归，但并没有欠别人的。该还的账都还了，把家底儿重新归拢归拢，托付老街坊老邻居照顾爸妈，一个人背井离乡闯荡东欧，当上了国际倒爷。

几年下来，他在东欧逐渐站稳了脚，身边的女秘书金发碧眼，业务一天比一天忙。不过他再忙，挣的钱再多，心里挂念的，始终还是这个打小跟着自己长大的亲外甥。爷俩儿每个月都会在固定的时间段通通电话，说说家里的情况。

谷志军一听卫星说话的声调，就觉出不对劲儿："你小子怎么又没精打采了？"卫星抽着鼻子搪塞："感冒着凉，嗓子不舒服，没事儿。"他不想跟家里人念叨这些烦恼，小老舅要是知道了，姥姥、姥爷和他爸都得跟着操心。

但谷志军太了解卫星了，心里明白肯定出事儿了，而且还是大事儿！安慰卫星道："知道你遭遇了一些事儿，你说咱们爷们儿做个生意赚钱，哪能都是一帆风顺？记住老舅这句话，没有过不去的火焰山，只要骰子不停，就论不出输赢！"

俩人又唠了会儿家常，忆往昔峥嵘岁月稠。谷志军人在东欧，赶上好机遇，钱挣得多，身边的漂亮妞儿也多，但还是想家，尤其想念家乡的那口吃食。不光他想，很多在海外打拼的华人都想。谷志军有生意头脑，琢磨着投资开一家中餐厅，主打天津的水馅包子，让卫星问问阚大路，有没有出国挣钱的心气儿？

挂断电话，卫星陷入沉思。首先来说，他得振作起来，替郑婕，也替歌舞团的兄弟姐妹们挑起这个重担，不能自己先垮了；再有一点，小老舅这番话给了他一个特别大的启发——不在于包子，而在于音乐。

流行音乐在国内发展了这么多年，很大程度上都是在模仿西方的东西。就像卫星等人跟小彬彬第一次听威猛乐队的《无心快语》，那种直击心底的感觉，简直跟地震差不多。所以其后他们到全国各地走穴跑场子，直至开办银河歌舞厅，从台风到音乐，什么摇滚、迪斯科、重金属、民谣……都是在刻意地模仿外国人，唱的都是别人的歌。这么多年一直这样，几乎没变过。

但是，像老貔貅喜欢的那种土里土气的“西北风、信天游”，也着实火过一阵子，唱遍了大街小巷。他又想起在海南夜市跟大胡子等人斗琴，听他们弹唱海岛上原生态的音乐，能让高冷、小彬彬、老貔貅这些马路吉他队的“几大天王”哑口无言，输得心服口服外带佩服，又是为什么呢？

这就好比，中国人到了海外，最想吃的是中餐，所以真正让人为之动容，甚至在世界传唱的歌曲，还是得具有本土元素。如果能把这个东西挖掘出来，无异于找到了一个宝藏！

更重要的是，如果想做音乐这门生意，必须有自己的原创能力，这才是最核心的。高冷、小彬彬和王小青虽然唱得不错，但始终是模仿别人，缺乏核心能力。没有不可复制、独一无二的标签，就没有长远的生意。这种情况下，这些歌手早晚要出走。

之前卫星每一次遇到难题，小老舅总会在适当的时候托他一把。而此刻，卫星第一次没听小老舅的安排，去东欧开什么包子铺，身边更没了发小、朋友的帮衬，他只能单打独斗，去办一件大事，凭着自己对音乐的敏感和商业嗅觉，东山再起。

卫星不可能让郑婕一个人面对这些困难，他必须成就一番事业，担负起他们两个人的未来，这也成了支撑他走出阴霾的信念。

接下来的几年里，华语乐坛蓬勃发展：《爱情鸟》传来了《一封家书》，告诉村口的《小芳》，《牵挂你的人是我》；《九妹》洋溢着《笑脸》，坐上了心心念念的《大花轿》；在下着《心雨》的《晚秋》，《窗外》的《阿莲》和她的《知心爱人》深情《吻别》；《容易受伤的女人》因为《心太软》，终是说出了那句《我愿意》，从此迷失在《挪威的森林》里，变成了那个《痛哭的人》；谁是谁的《一生所爱》？谁对谁的《爱如潮水》？谁为谁剪了《短发》？谁跟谁回了《快乐老家》？如果在《梦里水乡》再次遇见《同桌的你》，是该问她《你在他乡还好吗》，还是告诉她《我真的好想你》？不用去找《一千个伤心的理由》，只因《白天不懂夜的黑》，面朝《大海》，想着《你的样子》，轻轻说一句走吧，这就是《爱的代价》……

卫星赶上了华语流行音乐最好的年头，在一次次的摸爬滚打中，迅速掌握了音乐产业的客观规律，这让他成了时代的弄潮儿。

郑婕服刑期间表现良好，赶在新千年的头一个夏天提前获释。

前来接她的卫星，如今已经是“银河文化娱乐公司”的大老板了，旗下的歌手个个实力强劲，在内地流行乐坛叱咤风云，随随便便一张专辑，都有几百万张的销售量，在这个盗版横行的时代依旧坚挺着。

公司大厅的展示柜里，摆放着高冷那辆哈雷·戴维森摩托车。卫星找人进行了修复，擦拭得干干净净，光可鉴人，却再也没人骑过。财务总监的位置一直给郑婕留着，还特地给她准备了一间独立办公室，墙上挂满了签约歌手的照片和专辑的海报，柜子里整整齐齐地排放着他们公司出品的磁带和 CD，整洁的办公桌上没有账本和计算器，而是一台崭新的电脑。

卫星告诉郑婕，公司眼下最重要的一个项目，是在北京开办了一家名为“音乐生产社”的子公司，前期事宜筹备得差不多了，只等着老板和老板娘去剪彩了，所以当务之急，是先去领结婚证！

新公司的地址选在了西二环边上，离中国唱片厂不远。郑婕万万没想到，出任分公司总经理的竟然是小彬彬。直到剪彩之前，卫星才把这个“惊喜”告诉她：当初小彬彬带着满心遗憾去了香港，因为搭档高冷意外离世，二重唱组合的计划搁浅，他在霞姨的公司里从头做起，写广告歌、给别人弹吉他伴奏、接商业演出、上慈善晚会，同时也开始默默地准备个人专辑，一切看起来都很顺利，但他却越来越不适应。

香港的音乐环境太过商业、太过浮躁，所谓的“精美”，完全构筑在浮华虚无的基础之上，并非人人都是黄家驹，也没有那么多敢于表达自我的音乐人，他们大多变成了资本的棋子，每天唱着言不由衷的歌词，保持着虚伪浮夸的人设，人前一面背后一面，过着表里不一的日子，这与小彬彬想象中的音乐环境截然相反。

别别扭扭地混到转年岁末，圣诞节前，一场震动香港乐坛的演唱会在红磡体育馆引爆了全场，来自北京的三个歌手和一支乐队，用他们新潮、前卫、有态度又充满力量的音乐，给香港人彻彻底底地上了一课，让他们见识到了内地摇滚乐的迅猛发展。特别是那个穿着海魂衫、系着红丝带，蹦蹦跳跳的年轻人，他的装扮和当年的卫星一模一样。接下来他一边问着：“香港的姑娘们，你们漂亮吗？”一边祝福四大天王过好圣诞节。那个“祝福”充满了揶揄和挑衅，看得小彬彬热血沸腾。

台上的乐手中有几个是他的故交，演出结束之后，在油麻地的大排档喝着啤酒，他们给小彬彬介绍了北京音乐圈的现状，这才知道他不在的几年里，北京的摇滚乐竟发展得如此迅猛，他深感新音乐的春天来了，不由得心驰神往。

千恩万谢辞别了干妈，小彬彬重回故里。他发现周遭的环境果然不一样了，耳朵里能听到的，除了清脆的车铃声、悠长的鸽哨声、京腔京韵的吆喝声，又多了一种铿锵有力的音乐声，从大大小小的音乐酒吧、摇滚俱乐部，还有各大高校的礼堂中传了出来，让他深有共鸣，也让他热泪盈眶。

往后这几年，小彬彬又做回了主音吉他手，甩着满头长发在舞台上尽情驰骋。他给他的乐队起了个很洋气的名字叫“cool star”，直译成中文是“冷星”或“酷星”，其中的意义只有他自己知道。很多次在台上，他仿佛看到了高冷站在疯狂舞动的人群中，目光交织的刹那却又不知所终。

年过不惑，小彬彬那头大波浪的披肩发剪短了，黑 T 恤也换成了黑衬衣，慢慢地从台前转到幕后，成了圈子里鼎鼎大名的制作人，由他经手的摇滚乐专辑很多都成了经典。卫星看中他的才能，请他来管理新公司，并配备了最先进的录音棚，还特地让三梆子来给他打下手，墩子、夏梅、权海、小土豆四名乐手也各就各位，相信他们一定能够大展拳脚。

新公司开业的当天晚上，小彬彬带着卫星和郑婕，再次来到了东直门附近的“鬼街”。当年的那家涮肉馆子还在，唯一的变化是价格涨了，其余的似乎一切如旧。老板告诉他们，这里马上要改名叫“簋街”了。饭桌上，三个人吃着喝着，说着聊着，慢慢地又变得沉默，各自回味着过往，过往的那些人，还有那些事……不知不觉中，泪水充盈了眼眶。

酒喝得差不多了，小彬彬又故弄玄虚，要带卫星和郑婕去一个地方。北京的夏天格外地热，但比起广州还是要舒服一些。他们从车上下来，往前没走几步，耳边的蝉鸣中忽然掺杂进了音乐和鼓点声。卫星举目望去，但见前边是一条灯火通明的街巷，一间挨一间的小酒吧齐聚于此，从中飘出来的各种音乐声交织融合，俊男美女出入其间，无一不是街上的风景。

一路溜达到小街尽头，小彬彬拉着卫星和郑婕，走进了一家没有招牌的民谣小酒馆，捡个角落坐下，一人要了一瓶啤酒。局促的空间、昏暗的灯光、刺鼻的烟味儿，三两桌客人，或窃窃私语，或大声喧哗。小舞台上空空如也，看来歌手正在休息。眼前这一切，并没有什么特别之处。而且这一整条街上，就数这家小酒馆最冷清。坐在吧台里的那位，多半是老板娘了，一个中年妇女，衣着过时，体态臃肿，烫着一脑袋小碎卷。卫星摇摇头："也不找个美女，生意能好才怪。"

小彬彬笑道："我是无意间发现这个地方的，这个老板挺有意思，玩儿的是情怀，只唱自己喜欢的歌，客人爱听不听、爱来不来，人家有底气，前几年卖画发了一笔财，且够他赔上一阵的。"

说话间，一个黑大个，抱着吉他，一瘸一拐地登台，黯淡的光影折射在他棱角分明的脸上。卫星刚喝下去的一口啤酒全喷了出来，看看小彬彬和郑婕，又看看台上那位，化成灰他都认识，这不阚大路吗？

高冷在广州出事之后，卫星再没见过阚大路，他们之间的联系也断了。小彬彬是无意中走进了这个民谣小酒馆，他没跟阚大路直接见面，找人打听了一下，原来阚大路还在生闷气，与其说跟别人较劲，倒不如说过不去自己心里那道坎儿。

多年前在美术学院联欢会上得到的那幅美人图，作画的画家出了大名，一平尺卖到几十万，他卖了画，带着老娘来北京，开了一间小酒馆，以前的朋友一概不见，相当于隐居了。卫星听小彬彬低声说了过往的情由，心底涌起了一股暖流，真以为这辈子再也见不到这个最好的兄弟了。

他抬头望向小舞台，只见阚大路低着头摆弄了几下吉他。吧台里那位似乎是老板娘的女人，走到台上，轻轻坐在阚大路旁边，捧着麦克风，唱了一曲《雪中倒影》，只不过没有繁复的电声伴奏，改成了浅吟低诉的民谣风格。

卫星对这个声线太熟悉了，那姿态、那表情、那韵味，每一处的细节都在告诉他，这正是他当年一手捧红的“抒情金曲天后”！

卫星使劲揉了揉眼，盯着这个身材已经走形的女人看了半天，他仍是无法想象，当年那个亭亭玉立、青春无敌的小姑娘，那个衣着光鲜、颜值在线的大明星，怎么会在岁月这把杀猪刀的屠戮之下，变成了这副模样？

当年王小青在歌坛昙花一现，传出绯闻后不知所终，万万没想到，她又跟阚大路再续前缘了！

震惊之余，卫星安静地听了几首歌。几乎全是当初的那些港台金曲，王小青唱得依旧那么甜美，只不过歌声中多了一些沧桑和感悟，配上一把木吉他伴奏的民谣风格，别有一番韵味。

卫星和小彬彬、郑婕相视一笑，招手叫来小酒馆里仅有的一名服务员:“能点歌吗？”服务员说:“歌单上有的都可以点”。

卫星没看歌单，又问:“能送花篮吗？”服务员点了点头。卫星送了一百个花篮，刷完卡告诉目瞪口呆的服务员:“我点一首《无言的结局》！”

（第二季 完）

图书在版编目（CIP）数据

马路吉他队 . 交响曲 / 天下霸唱著 . -- 北京 : 新世界出版社 , 2025. 4. -- ISBN 978-7-5104-8091-1
Ⅰ . I247.5
中国国家版本馆 CIP 数据核字第 2025M8E277 号

马路吉他队：交响曲

作　　者：天下霸唱
责任编辑：周　帆
版权运营：吴凤未
总 监 制：魏　童
责任校对：宣　慧　张杰楠
责任印制：王宝根
封面设计：尚燕平
内文排版：Garfie 佳菲

出　　版：新世界出版社
网　　址：http://www.nwp.com.cn
社　　址：北京西城区百万庄大街 24 号（100037）
发 行 部：(010)6899 5968（电话）(010)6899 0635（电话）
总 编 室：(010)6899 5424（电话）(010)6832 6679（传真）
版 权 部：+8610 6899 6306（电话） nwpcd@sina.com（电邮）
印　　刷：天津中印联印务有限公司
经　　销：新华书店
开　　本：880mm×1230mm　1/32　　尺　　寸：145mm×210mm
字　　数：160 千字　　印　　张：8.5
版　　次：2025 年 4 月第 1 版　2025 年 4 月第 1 次印刷
书　　号：ISBN 978-7-5104-8091-1
定　　价：59.80 元